Anna Banks
Blue Secrets
Der Ruf des Ozeans

DIE AUTORIN

Anna Banks ist in einer Kleinstadt namens Niceville aufgewachsen und lebt heute mit ihrem Mann und ihrer Tochter in Crestview in Florida. Nach *Der Kuss des Meeres* und *Das Flüstern der Wellen* erscheint mit *Der Ruf des Ozeans* jetzt der dritte Band ihrer *Blue Secrets*-Reihe bei cbt.

Von der Autorin ist bereits bei cbt erschienen:

Blue Secrets – Der Kuss des Meeres (30879, Band 1)
Blue Secrets – Das Flüstern der Wellen (30915, Band 2)

Anna Banks

Blue Secrets

Der Ruf des Ozeans

Aus dem Englischen
von Michaela Link

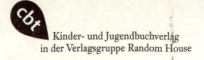
Kinder- und Jugendbuchverlag
in der Verlagsgruppe Random House

Verlagsgruppe Random House FSC® N001967
Das für dieses Buch verwendete
FSC®-zertifizierte Papier *Salzer Alpin*
liefert Salzer Papier, St. Pölten, Austria.

2. Auflage
Deutsche Erstausgabe Mai 2015
© 2014 by Anna Banks
Published by arrangements with Feiwel & Friends.
All rights reserved.
Die Originalausgabe erschien 2014 unter dem Titel
»Of Neptune« bei Feiwel & Friends, an imprint of
Macmillan, New York.
© 2015 cbt Verlag, München
in der Verlagsgruppe Random House GmbH
Alle deutschsprachigen Rechte vorbehalten
Aus dem Englischen von Michaela Link
Lektorat: Julia Przeplaska
Dieses Werk wurde im Auftrag von St. Martin's Press
LLC durch die Literarische Agentur Thomas Schlück
GmbH, 30827 Garbsen, vermittelt.
Umschlaggestaltung: init | Kommunikationsdesign, Bad
Oeynhausen unter Verwendung des Originalumschlags
Umschlagbild: Photo copyright © 2014 by Mallory
Morrison; Jacket design by Rich Deas & Anna Booth
jb · Herstellung: kw
Satz: Buch-Werkstatt GmbH, Bad Aibling
Druck und Bindung: GGP Media GmbH, Pößneck
ISBN: 978-3-570-31005-2
Printed in Germany

www.cbt-buecher.de

Für meinen Neffen Jason. Er weiß, warum.

1

Ich grabe meine nackten Füße in den Sand und schiebe mich gerade so nah ans Wasser heran, dass die Vormittagswellen meine Zehen kitzeln. Jede träge Welle leckt an meinen Füßen, dann zieht sie sich zurück, als wolle sie mich in den Atlantik hineinlocken. Eine jede flüstert von Abenteuer. Von Unheil.

Von verdammt friedlicher Stille.

Mehr will ich nach diesem vergangenen Sommer gar nicht. Nach Jagens Versuch, die Königreiche in seine Gewalt zu bringen, nachdem die Syrena beinahe von den Menschen entdeckt worden wären und nachdem ich einen Schwarm Fische zu einem Unterwassertribunal geführt habe – nach alldem war uns kaum Raum zum Atmen geblieben. Und dann raubte es uns den Atem endgültig, als Rachel ertrank.

Wir verdienen eine Pause, Galen und ich. Aber es sieht nicht so aus, als würden wir eine bekommen.

Der Wind schleppt immer wieder mal einen Schrei heran, der hinter mir aus unserem Haus hervorbricht. Galens Gebrüll und das seines älteren Bruders, Grom, sorgen für dicke Luft und treiben mich immer weiter vom Haus weg und tiefer ins Wasser hinein. Ich krempele meine Pyjamahosen hoch, lasse das Salzwasser um meine Waden schwappen und versuche, die Worte zu überhören, die ich durch das Gekreisch der Seemöwen über mir verstehen kann.

Worte wie »Loyalität« und »Privatsphäre« und »Gesetz«. Ich winde mich, als ich das Wort »Trauer« höre. Dieses Wort kommt von Grom und danach folgen keine Worte mehr von Galen. Ich habe gelernt, dieses Schweigen zu verstehen. Es ist von Pein und Qual und Schuldgefühlen erfüllt, aber auch von dem überwältigenden Verlangen, etwas zu sagen oder zu tun, um ebendiese Empfindungen zu verbergen.

Aber es lässt sich nicht verbergen, dass Rachels Tod ihn im tiefsten Innern zerrissen hat. Sie war mehr als nur seine Assistentin. Sie war seine engste menschliche Freundin. Vielleicht sehen die anderen nicht, wie tief diese Beziehung ging. Sonst würden sie ihm seine Trauer nicht ins Gesicht schleudern oder sie gegen ihn verwenden. Aber ich sehe es. Ich weiß auch, wie es ist, so heftige seelische Qualen zu leiden, dass man am Ende sogar die Luft verachtet, die einen am Leben erhält.

Galen weint nicht. Er redet nicht über sie. Anscheinend gibt es einen Teil von ihm, der Rachel gehört hat, und diesen Teil hat sie mitgenommen. Was von ihm übrig geblieben ist, versucht mit aller Macht, auch ohne den fehlenden Teil zu funktionieren, aber das klappt nicht wirklich. Wie ein Auto, dem das Benzin ausgegangen ist.

Ich will ihm helfen, will ihm sagen, dass ich weiß, wie er sich fühlt. Aber jemanden zu trösten, ist etwas anderes, als getröstet zu werden. In gewisser Weise ist es schwerer. Ich habe das alles durchgemacht, nachdem Dad an Krebs gestorben ist. Nachdem meine beste Freundin Chloe von einem Hai getötet wurde. Aber ich weiß immer noch nicht, was ich tun oder sagen soll, um es Galen leichter zu machen. Denn nur viele, viele Sonnenaufgänge können den Schmerz lindern. Und dafür ist noch nicht genug Zeit vergangen.

Ich fühle mich mies, weil ich meine Mom in der Küche zurückgelassen habe, und sie ohne Unterstützung mit diesem Schlamassel fertig werden muss. Für sie als Poseidonprinzessin ist es besonders schwierig, sich allein durch diese Geschichte hindurchzumanövrieren. Aber ich kann noch nicht wieder zurück. Das geht erst, wenn mir eine fantastische Ausrede einfällt, warum ich es okay fand, mich bei diesem sehr ernsten und für Galen extrem wichtigen Gespräch aus der Affäre zu ziehen. Ich sollte da drin bei ihnen in der Küche sein, ich sollte neben Galen stehen, die Arme vor der Brust verschränkt, und Grom mit einem so stinkigen Gesicht ansehen, dass ihm ganz schnell wieder einfällt, dass ich nicht seine Untertanin bin und auf Biegen und Brechen Galen zur Seite stehe werde, komme was wolle.

Aber es ist schwer, diese Nummer durchzuziehen, weil ich Grom irgendwie recht geben muss. Erschwerend kommt hinzu, dass der Tritonkönig so ungefähr die einschüchterndste Persönlichkeit ist, der ich jemals über den Weg laufen musste. Er würde mein Widerstreben sofort erkennen und sich darauf einschießen. Er würde mich durchschauen, wenn ich anfangen würde, so zu tun, als wäre mir der Ausflug wirklich wichtig.

Dieser blöde Ausflug.

Letztes Jahr beim Schulball – na ja, bei unserer eigenen Version eines Schulballs, bei der wir in Armani-Klamotten unter Wasser tanzten – haben wir einander versprochen, dass wir einen Ausflug in die Berge unternehmen würden. Um mal von allem wegzukommen oder so. Und zuerst hielt ich diese ganze Sommerspritztour landeinwärts mit Galen für eine gute Idee. Na gut, in Wirklichkeit erschien sie mir wie der ungetrübte Himmel. Galen besteht darauf, mit mir allein zu sein. Um die viele Zeit wettzumachen, die wir verloren haben, als wir beide unsere Gefühle füreinander verleugnet haben. Dann die Zeit, die wir damit verbracht haben, Jagens Griff nach den beiden Königreichen abzuwehren. Und was könnte besser sein? Zeit mit Galen allein zu verbringen, ist ungefähr gleichbedeutend mit der Zehn auf meinem Ekstasometer. *Natürlich* will ich die ganz verlorene Zeit wiederhaben – ich würde auch gleich noch die Zeit drauflegen, *bevor* wir uns überhaupt begegnet sind, wenn ich das Universum dahingehend bestechen könnte, Wünsche zu erfüllen.

Aber der bedeutendere Grund – der wahre Grund –, warum ich glaube, dass Galen weg will, ist Rachel. Ich weiß, dass er einen Tapetenwechsel braucht. Er will weg von dem Haus, das sie geteilt haben. Weg von der jetzt so unerträglich stillen Küche, in der sie früher auf klappernden Stilettos herumstolziert ist und ihm köstliche Speisen aus Meeresfrüchten zubereitet hat. Das Haus hat früher nach Rachels Kochkünsten und italienischem Parfüm geduftet und wahrscheinlich auch nach Schießpulver, wenn man am richtigen Tag kam.

Und ich weiß doch ganz genau, wie sich das anfühlt! Jeden Tag in meinem von oben bis unten mit Erinnerungen an Chloe angefüllten Zimmer aufzuwachen, war wie eine schnell wirkende Injektion schmerzlicher Erinnerungen. Jeden Tag das leere Platzdeckchen meines Vaters am Tisch anzustarren, war ein Gefühl, als würde ich Geier über seinem verlassenen Platz kreisen sehen. Aber Galen hat sich bisher geweigert, seine Trauer zuzulassen. Und dieser Ausflug kommt mir vor wie der Versuch, die Trauer noch länger auf Distanz zu halten. Was nicht gesund sein kann. Und da es nicht gesund ist, habe ich nur bedingt das Gefühl, ich würde ihn wirklich unterstützen, wenn ich jetzt Partei für ihn ergreife.

So oder so, ich sollte jetzt zurückgehen. Ich sollte zurückgehen und für Galen da sein und Grom erklären, dass Galen diesen Ausflug braucht. Ganz egal, was seine

Gründe dafür sind. Und dann, unter vier Augen, sollte ich Galen meine Bedenken mitteilen. Ich sollte jetzt für ihn da sein und ihn vor den anderen unterstützen, genau wie er es für mich täte – genau, wie er es bereits für mich getan hat.

Ich werde mich erklären müssen. Ich werde etwas dazu sagen müssen, warum ich überhaupt mitten im Gespräch davongelaufen bin, damit ich nicht ganz so sehr wie das Biest dastehe, das ich bin. Takt war in letzter Zeit nicht unbedingt meine Stärke. Ich glaube, dass Galens Schwester Rayna ansteckend ist, dass sie mich irgendwie mit ihrer Schroffheit infiziert haben muss. Aber vielleicht ist Takt auch gar nicht das, was ich momentan brauche. Vielleicht sollte ich es mit der Wahrheit versuchen. *Die Wahrheit wäre Galen nur peinlich*, beschließe ich. Und er würde sich dann noch einsamer fühlen.

Vielleicht bin ich in dieser ganzen Sache aber auch einfach bloß ein feiges Huhn.

Ich schätze, ich muss der Sache mit dem Takt ernsthaft eine Chance geben. Entzückend.

Gerade als ich mich umdrehe und zurückgehen will, spüre ich meinen Großvater im Wasser. Der Puls von Antonis, dem Poseidonkönig, schlingt sich um meine Beine wie eine Schnur, die sich zuzieht. Fantastisch. Genau das hat uns jetzt noch gefehlt. Eine weitere königliche Meinung zu unserem Ausflug.

Ich möchte, dass er an die Oberfläche kommt, und versuche, mir eine tolle Ausrede auszudenken, warum er nicht ins Haus gehen sollte. Mir fällt nichts ein. Egal was ich sage, es wird abweisend klingen, obwohl ich ihn wirklich gern öfter sehen würde. Er steht ganz weit oben auf der Liste von Leuten – von Leuten mit einer Flosse, meine ich natürlich –, mit denen ich gern mehr Zeit verbringen würde. Aber jetzt ist gerade kein guter Moment dafür.

Es dauert nicht lange, und mein Vorwand, ihn wegzuscheuchen, steht in Gestalt meines nackten Großvaters vor mir. Ich halte mir die Augen zu und in mir kocht es – ungewollt. »Also wirklich! Du vergisst echt jedes Mal, wenn du dich in einen Menschen verwandelst, dir Shorts anzuziehen! So kannst du nicht ins Haus gehen.«

Großvater seufzt. »Entschuldige bitte, Emma. Aber du musst zugeben, dass diese ganzen menschlichen Traditionen doch etwas erdrückend sind. Wo könnte ich wohl so ein Short finden?«

Dass Kleider ihm wie eine gewaltige Bürde erscheinen, erinnert mich daran, dass unsere Welten sich auf spektakuläre Weise voneinander unterscheiden. Und dass ich eine Menge von ihm lernen könnte. Ohne die Hand von den Augen zu nehmen, zeige ich aufs Wasser und schicke ihn möglichst weit von der Stelle weg, wo Galen, wie ich weiß, ein Paar versteckt hat. Im Zweifelsfall hinhalten. »Versuchs mal da drüben. Unter dem großen Stein. Und man nennt die Dinger *Shorts*, nicht ›ein Short‹.«

»Ich fürchte, du wirst jemand anderen mit deinen menschlichen Ausdrücken langweilen müssen, Kleine.

Mir ist das völlig gleichgültig.« Ich höre ihn unter Wasser verschwinden und mehrere Sekunden später wieder auftauchen. »Der Short ist nicht hier.«

Ich zucke die Achseln. »Ich schätze, dann kannst du nicht reingehen.« Das läuft besser, als ich erwartet habe.

Ich kann praktisch spüren, wie er die Arme vor der Brust verschränkt.

»Du glaubst, ich bin hier, weil ich etwas dagegen habe, dass du mit Galen landeinwärts fahren willst.«

Mir klappt der Unterkiefer herunter. Und ich stottere ausgiebig, als ich sage: »Nun ja. Ähm. Bist du nicht deswegen hier?« Denn bisher hat er nichts anderes getan, als den Anstandswauwau für Galen und mich zu spielen. Vor einigen Monaten ist er hereingeplatzt, als wir rumgemacht haben, und Galen ist deshalb fast in Ohnmacht gefallen. Seither hat er schreckliche Angst davor, den Poseidonkönig zu enttäuschen. Aus diesem Grund könnte Großvaters Widerstand in Sachen Ausflug tatsächlich zum Spielverderber werden.

Deswegen darf er nicht ins Haus.

Ich höre, wie Großvater mit dem Wasser verschmilzt, und er bestätigt, was mir meine Ohren bereits verraten haben: »Du kannst wieder hersehen.« Er ragt nur noch von der Brust an aufwärts aus den Wellen. Großvater lächelt. Es ist dieses entzückende Lächeln, das in meiner Vorstellung ein Großvater seiner Enkelin schenkt, wenn sie ihm ihre grässlichsten Wachskreidegemälde zeigt. »Ich bin gewiss nicht glücklich darüber, dass ihr landeinwärts fahren wollt. Ich hätte auch gerne einmal etwas Zeit mit euch verbracht. Aber ich weiß aus Erfahrung, dass Poseidonprinzessinnen herzlich wenig von meiner Meinung halten.«

Es ist irgendwie cool, als Prinzessin bezeichnet zu werden, obwohl meine Mutter *die* Prinzessin des Poseidonreichs ist. Trotzdem hebe ich eine Braue, als stumme Aufforderung, endlich zur Sache zu kommen. Großvater reagiert am besten auf »offen und direkt«.

»Ich bin hier, um mit dir zu reden, Emma. Nur mit dir.«

Gequält frage ich mich, ob es ein Syrena-Pendant zum »Bienchen- und Blümchengespräch« gibt. Wahrscheinlich schon, und es ist mit Sicherheit irgendeine grottige Analogie, die etwas mit Plankton oder Schlimmerem zu tun hat.

In der Ferne hören wir einen entrüsteten Aufschrei. Großvater legt den Kopf schräg. »Warum hilfst du deinem Prinzen nicht?«

Und ich dachte vorher schon, ich würde mich schuldig fühlen ... Aber dann fällt mir ein, dass das keine Sache ist, in die Großvater seine Nase hineinstecken müsste. Und momentan tue ich Galen tatsächlich einen Gefallen, wenn ich auf Zeit spiele. »Wenn ich noch länger dageblieben wäre, wäre mir von dem vielen Testosteron, das da durch die Luft fliegt, noch ein Bart gewachsen.« Natürlich versteht er nicht, was ich meine; er weist mit einem zu Tode gelangweilten Augenrollen darauf hin. Syrena wissen nicht – oder interessieren sich offensichtlich nicht dafür –, was Testosteron ist.

»Wenn du es mir nicht sagen willst, ist das in Ordnung«, sagt er. »Ich vertraue deinem Urteilsvermögen.« Mehr Geschrei hinter mir. Vielleicht ist mein Urteilsvermögen doch miserabel. Ich will mich gerade entschuldigen, als er hinzufügt: »Es ist besser so, dass sie abgelenkt sind. Was ich zu sagen habe, ist nur für deine Ohren bestimmt, Emma.« In dem Moment lässt eine Möwe über uns eine Bombe fallen, danach landet sie sauber auf Großvaters Schulter. Er murmelt einen fischigen Kraftausdruck, spritzt Salzwasser über den ekligen weißen Klecks und spült ihn ins Meer. »Warum kommst du nicht ins Wasser, damit wir nicht so weit voneinander weg sind? Es wäre mir lieber, wenn niemand uns belauschen könnte. Komm, ich nehme wieder Syrena-Gestalt an, wenn du dich dann wohler fühlst.«

Ich wate in den Atlantik, und diesmal mache ich mir nicht die Mühe, meine Pyjamahosen hochzukrempeln. Ich komme an einem großen Krebs vorbei, der aussieht, als würde er mich gerne kneifen. Dann hocke ich mich ins Wasser, tauche meinen Kopf ganz unter, sodass ich dem Krebs von Angesicht zu Angesicht gegenüberstehe. »Wenn du mich zwickst«, erkläre ich ihm, »hebe ich dich aus dem Wasser und werfe dich zu den Möwen an den Strand.« Die Gabe Poseidons – die Fähigkeit, mit Fischen zu sprechen – hat ihre Vorteile. Meeresbewohner herumzukommandieren, ist nur einer davon.

Ich habe gelernt, dass speziell Krebse Miniwutanfälle bekommen. Das Tier huscht davon, als hätte ich ihm den ganzen Tag versaut. Als ich wieder hochkomme und meinen Großvater erreiche, berühren meine Füße den Boden nicht mehr. Nachdem ich zu ihm hinübergeglitten bin, sage ich: »Also? Wir sind so ungestört, wie es nur geht.«

Dann lächelt er mich an, als sei ich der Grund, weshalb er im Wasser treiben kann, und nicht die Wellen oder seine mächtige Flosse. »Bevor du zu deinem Abenteuer aufbrichst, Emma, muss ich dir von einer Stadt namens Neptun erzählen.«

2

Galen nimmt sich eine Orange aus dem Obstkorb. Wenn er seinen Zorn doch nur in die Frucht leiten könnte! Wenn er die Schale mit seiner Rage impfen könnte, damit man ihm seine Entrüstung nicht im ganzen Gesicht ansähe.

Genau wie sein älterer Bruder Grom, der seine Gleichgültigkeit wie eine zweite Haut trägt.

Aber ich bin nicht Grom, der unergründliche Tritonkönig. Galen drückt die Frucht so fest, dass sie auf der Küchentheke zu einem ausgeweideten Matsch aus Schale, Kernen und Saft wird. Es ist ein gutes Gefühl, das Innere aus etwas herauszuquetschen. Galen würden auf Anhieb ein paar tausend Gefühle in seinem Inneren einfallen, die er nur zu gerne neben den Saft der Orange auf die Theke schütten würde. Aber Grom würde das alles kein bisschen berühren. Er ist immun gegen Gefühle.

Grom verdreht die Augen, während Nalia beiläufig Papiertücher aus dem Schrank holt.

»War das wirklich nötig?«, fragt Grom.

Nalia macht kurzen Prozess und wischt die Orangereste weg. Galen wirft ihr einen entschuldigenden Blick zu. Er hätte selbst saubergemacht, nachdem er und Grom sich über den Ausflug geeinigt hätten. Aber dann erwidert Nalia seinen Blick voller Mitleid. Galen hat es so satt, dass ihn alle bemitleiden. Allerdings hat es in Nalias Fall nichts mit Rachel zu tun. Nalia fühlt mit Galen, weil sie glaubt, dass er diesen Streit nicht gewinnen wird. Dass er Grom nicht gewachsen ist.

Galen beschließt, dass sie die Schweinerei ruhig selbst wegwischen kann.

»Eigentlich könnte ich mir etwas Besseres zum Zerquetschen vorstellen als eine Orange«, witzelt Galen. Wie zum Beispiel den harten Schädel seines Bruders Grom. Oder vielleicht seine Kehle. Rachels Worte fallen ihm ein: »Nun reg dich mal ab!« Galen zählt bis zehn, genau wie sie es ihm beigebracht hat. Dann zählt er bis zwanzig.

»Werd erwachsen, Bruder«, bemerkt Grom.

»Und du hast ein ganzes Königreich zu regieren, Hoheit. Weshalb ich nicht verstehe, warum wir immer noch hier sind. Und das sind meine Shorts.«

Grom zieht eine Augenbraue hoch, dann zuckt er die Achseln. »Deshalb kamen sie mir so klein vor.«

»Grom –«, setzt Nalia an, aber er fällt ihr mit einem Schnauben ins Wort.

»Du hast gerade erst vor ein paar Tagen deinen Abschluss auf der Menschenschule gemacht, Galen. Willst du nicht erst mal eine Weile ausspannen?« Grom nimmt einen Schluck aus seiner Wasserflasche, dann schraubt er den Verschluss so fest wieder zu, dass es knirscht.

»Highschool«, sagt Galen. »Wir haben den *Highschool*-Abschluss gemacht. Wenn du weiterhin alles einfach ›Menschen‹-Dies und ›Menschen‹-Das nennst –«

»Ich weiß, ich weiß.« Grom wedelt wegwerfend mit der Hand. »Sehr schön. High School. Was ist überhaupt so high an der High School? Nein, nein, erspar mir die Antwort. Es interessiert mich nicht genug. Aber, kleiner Bruder, warum hast du es so eilig, die Strände zu verlassen?«

»Zum hundertsten Mal«, knirscht Galen, »ich habe es nicht eilig, die Strände zu verlassen. Ich habe es eilig, Zeit mit Emma zu verbringen, bevor wir aufs College gehen oder bevor die Archive ihre Vereinbarung mit uns beiden doch noch einmal überdenken oder bevor eine neue Katastrophe über uns hereinbricht. Kannst du das Königreich nicht ohne meine Hilfe regieren, Bruderherz? Das hättest du auch gleich sagen können.«

Diese Worte verursachen einen Riss in der Fassade von Groms Gesicht. »Vorsicht, Galen. Wirst du denn niemals lernen, dass Diplomatie ihre Vorzüge hat?«

»Direktheit auch«, brummt Galen. Er fährt sich mit der Hand durchs Haar. »Hör mal, ich weiß ehrlich nicht, was dein Problem ist. Wir machen eine zweiwöchige Reise.«

»Unser Bündnis mit den Archiven ist immer noch heikel, Galen. Es dauert seine Zeit, Vertrauen aufzubauen. Dein Verschwinden mit Emma für so viele Sonnenaufgänge wird zu Gerede führen. Das weißt du. Und wir haben gerade miterlebt, wie groß die Macht von Gerede sein kann.«

Galen verdreht die Augen. Grom spricht von Jagens Beinahe-Übernahme der Häuser Triton und Poseidon, eine Verschwörung, die mit Gerede und Spekulationen begonnen hat und die Königsfamilien fast ihre Freiheit und ihren Thron gekostet hätte. Aber das hier ist etwas anderes. »Warum sollten sich die Königreiche darum scheren, dass wir unsere Freizeit miteinander verbringen?« Er will eigentlich nicht brüllen. Aber er bedauert es auch nicht.

»Nun, zum einen«, wirft Nalia so ruhig ein, dass es Galen ärgert, »bin ich mir sicher, dass es Gerede geben wird, ob ihr das Gesetz respektiert und euch nicht vor eurer Zeremonie paart.«

Dem kann Galen nichts entgegenhalten. Er kann nicht behaupten, dass die Gerüchte völlig grundlos seien. Er kann kaum die Finger von Emma lassen. Und sie ist in dieser Hinsicht auch nur wenig hilfreich, weil sie es sich so bereitwillig gefallen lässt, dass seine Hände auf Wanderschaft gehen. Er kneift sich in den Nasenrücken. »Sie müssen uns einfach vertrauen. Sie könnten in dieser einen Sache im Zweifel zu unseren Gunsten entscheiden.«

Grom zuckt die Achseln. »Könnten sie. Aber sie möchten die neue Poseidonprinzessin auch unbedingt kennenlernen. Sie muss mehr Zeit in den Königreichen verbringen.«

»Damit sie hinter ihrem Rücken über das Halbblut herziehen können?« Allein der Gedanke weckt in Galen den Wunsch, nach einer weiteren Orange zu greifen. Dennoch weiß er, dass Grom recht hat. Galen will ebenfalls, dass Emma mehr Zeit im Wasser verbringt. Dr. Milligan sagte, sie könnte am Ende vielleicht sogar imstande sein, den Atem viel länger anzuhalten. Momentan gelingt es ihr nur für einige Stunden. Vielleicht könnte sie mit genug Übung tagelang unter Wasser bleiben. In diesem Fall würden er und Emma nicht so oft zwischen Land und Meer wechseln müssen, sobald sie verbunden wären.

»Je mehr sie vor Ort ist, desto weniger werden sie sich an ihrer Anwesenheit stoßen, Galen. Sie geben ihr eine Chance. Das Mindeste, was du tun kannst, ist, dich entsprechend zu verhalten. Eines Tages werden sie nicht einmal mehr bemerken, dass sie ein Halbblut ist. Oder sie werden zumindest lernen, es zu akzeptieren.«

Das kann er nicht ernst meinen, denkt Galen. Alles an Emma schreit »Halbblut«, angefangen bei ihrer bleichen Haut und dem weißen Haar bis hin zu der Tatsache, dass sie keine Flosse hat. Sie ist in jeder Hinsicht ein schroffer Kontrast zu den Syrena.

Galen steht von seinem Barhocker auf. Er sollte sich die Beine vertreten, weil er dann vielleicht nicht dem Drang nachgeben muss, über die Theke zu springen. *Wo-*

her dieser ganze Zorn? »Es sind nur zwei Wochen, Grom. Zwei Wochen sind alles, worum ich bitte. Antonis ist damit einverstanden.« Zumindest hatte Antonis nichts *gegen* ihre Reise einzuwenden. *Und ich erhebe schon wieder die Stimme.* Vor einer anderen Zuhörerschaft wäre Grom gezwungen, ihn in seine Schranken zu weisen.

»Antonis stimmt zu, weil er es Emma unbedingt recht machen will. Immerhin ist es noch neu für ihn, eine Enkeltochter zu haben. Du bist mein Bruder. Ich habe mich schon zu lange mit deinen Mätzchen abgefunden.«

»Was hat denn das mit *irgendwas* zu tun? Warum kannst du nicht einfach deine Zustimmung geben, damit wir weitermachen können?«

»Weil ich das Gefühl nicht los werde, dass du sowieso fahren wirst, ob ich zustimme oder nicht. Oder irre ich mich etwa, Galen?«

Galen schüttelt den Kopf. »Ich will deine Zustimmung.«

»Das ist keine Antwort.«

»Mehr habe ich nicht zu bieten.« Er will Groms Zustimmung. Wahrhaftig, er will sie. Aber Grom hat recht – Galen will so weit wie möglich von hier weg. Selbst wenn es bedeutet, seinen älteren Bruder wütend zu machen. Der Drang zu fliehen ist beinahe überwältigend und er weiß nicht genau, warum. Nur eins ist sicher: dass er Emma bei sich haben will. Ihre Berührung, ihre Stimme, ihr Lachen. Sie ist die Algensalbe auf den klaffenden Wunden in seinem Inneren.

Grom seufzt und zieht die Kühlschranktür auf. Bedächtig stellt er die halbleere Wasserflasche neben einen Behälter mit etwas Grünem. »Ich weiß deine Aufrichtigkeit zu schätzen. Du bist kein Jungfisch mehr. Nach menschlichen Gesetzen hat Emma das Alter der Unabhängigkeit erreicht. Ihr kennt beide den Unterschied zwischen Richtig und Falsch. Es ist an euch, eure Entscheidungen zu treffen. Aber ich muss mich fragen, kleiner Bruder: Bist du dir sicher, dass das hier wirklich das Richtige für dich ist? Denn zwei Wochen werden nichts ändern. Manche Dinge ... manche Dinge lassen sich nicht ungeschehen machen. Ich hoffe, du verstehst das.«

»Hör auf damit, alles mit Rachel zu verknüpfen!« *Bitte.*

»Hör auf damit, nichts mit Rachel zu verknüpfen! Trauere um sie, Galen.«

»Also, dann habe ich deine Zustimmung?« Galen stößt den Barhocker zurück an seinen Platz. »Denn Emma und ich müssen packen.«

Ich wünschte, Emma würde wieder reinkommen.

3

Ich verdiene es nicht, wie mein Großvater mich so anlächelt. So, als hätte ich in meinem ganzen Leben nie etwas Schlechtes getan. So, als würde er mir alles Mögliche zutrauen, nur nichts Schlechtes.

Klar, er hat ja auch einen guten Teil meiner Kindheit verpasst. Ich hoffe, er findet nie heraus, dass Chloe und ich in der neunten Klasse Kekse mit Schokostückchen für meine Biolehrerin gebacken haben – nur dass es gar keine Schokolade war, sondern ein Abführmittel, und wir ... na ja, plötzlich hatten wir mehr Zeit, uns auf eine besonders schwierige Prüfung vorzubereiten.

Ich frage mich, ob es bei den Syrena Abführmittel gibt oder ob sie überhaupt welche brauchen. Was würden sie verwenden? So etwas sollte ich lieber Mom fragen. Ich glaube nicht, dass ich Galen fragen könnnte, ohne ohnmächtig zu werden.

Dann begreife ich, dass ich über Abführmittel nachgedacht habe, statt Antonis zuzuhören. Ich weiß nicht, warum es mich überrascht, wenn mein Großvater spricht oder mich ins Vertrauen zieht. Vielleicht liegt es an all den Geschichten, die Galen und Toraf mir erzählt haben und in denen der Poseidonkönig immer nur als ungeselliger Einsiedler vorkommt. Oder vielleicht liegt es daran, dass ich es nicht gewohnt bin, überhaupt einen Großvater zu haben, geschweige denn einen, der mit mir reden will. Oder vielleicht sollte ich mich jetzt lieber mal ganz flott an dieses Gefühl des Neuen gewöhnen und seine verflixte Frage beantworten.

Nur, was war die Frage? Ach ja. Ob ich mich einem Abenteuer gewachsen fühle.

»Natürlich«, sage ich zu ihm. »Falls Galen mit dabei ist.«

Großvater runzelt die Stirn. »Ich habe gehofft, dass du eine dieser Zeichnungen bei dir hättest, Emma. Die Menschen vom Land machen.«

Zeichnungen, die Menschen vom Land machen ... »Eine Karte?«

Der alte Syrena kratzt sich den Bart. Inzwischen kenne ich ihn gut genug, um zu bemerken, dass er Zeit schindet. Der Hang zu dieser Taktik muss bei uns in der Familie liegen. »Ja, ja, das ist es. Eine Karte. Aber bevor wir über eine Karte sprechen, darf ich darauf vertrauen, dass diese Sache unter uns bleibt? Oh, nein«, sagt er schnell. »Es ist nichts Schlimmes. Eigentlich ganz im Gegenteil. Aber es ist etwas, das ich nur dir mitteilen will. Die anderen würden ... es nicht so zu schätzen wissen wie du. Und du würdest es vielleicht nicht wirklich begrüßen, wenn sie es wüssten.«

Ich versuche immer noch, nicht nur die Tatsache zu begreifen, dass mein Großvater weiß, was eine Landkarte ist, sondern auch, woher dieses plötzliche Interesse rührt. Anscheinend haben »die anderen« keine Ahnung davon. Und es ist klar, dass »die anderen« – einschließlich Galen – nichts davon erfahren sollen. Ich weiß nicht so recht, wie ich dazu stehe. Aber ich bin zu neugierig, um es nicht zu versprechen. Außerdem hat Antonis versichert, dass es nichts Schlimmes ist. Vielleicht ist das hier so ähnlich, wie wenn normale Großeltern ihren Enkeln Kekse und Süßigkeiten zustecken, von denen die Eltern nichts wissen sollen. Es ist an und für sich nicht schlimm, aber die Eltern fänden es trotzdem nicht so toll. Mehr wird nicht dahinterstecken. Ein unschuldiges Geheimnis zwischen Großvater und Enkelin.

»Ich kann eine Karte auf mein Handy laden, aber ich habe es am Strand gelassen. Du wirst mit mir an Land kommen müssen, und wenn du an Land kommst, wirst du Shorts brauchen. Sie sind da drüben.« Ich zeige in eine andere Richtung als jene, in die ich ihn ursprünglich geschickt habe. »Unter dem Treibholz im Sand.«

Er nickt. Großvater trägt mich Huckepack zu den Shorts hinüber, dann lässt er mich los, damit er menschliche Beine annehmen kann.

Als er geziemend bedeckt ist und neben mir im Sand

sitzt, schenkt er mir ein wissendes Grinsen, das die kleinen Runzeln um seine Augen hervortreten lässt. Syrena altern langsam. Für einen Mann, der mehrere hundert Jahre alt ist, ist Großvaters Grinsen erstaunlich jugendlich und lebendig. Das einzig verräterische Zeichen für sein Alter ist die faltige Haut an seinem Bauch – und daran könnte auch nur der Winkel schuld sein, in dem er jetzt sitzt. Ich lade eine Karte auf mein Handy. »Ich kann Neptun anzeigen lassen.«

Er schüttelt den Kopf. »Es ist eine Weile her, seit ich dort war, aber bei meinem letzten Besuch war Neptun auf keiner menschlichen Karte zu finden.« Er reibt sich das Kinn. »Vom Wasser aus weiß ich, wo es ist. Zeig mir die Karte vom Land mit dem Wasser daneben, und ich werde wissen, wo es ist.«

»Natürlich.« Ich lade die Ostküste der Vereinigten Staaten und hoffe, dass ich ihn richtig verstanden habe. »Wie wär's damit?« Ich halte ihm das Handy hin. Die Karte zeigt einige Details, so zum Beispiel beschriftete Highways und Autobahnen. Ich bezweifle, dass er versteht, was wir uns da ansehen.

Bis er sagt: »Chattanooga. Das ist sehr nah, wenn ich mich recht erinnere.«

Mein Großvater, der Halbfisch, kann lesen? Echt? »Ähm. Okay, ich kann das etwas näher heranzoomen.« Mit einer Bewegung meiner Finger sind jetzt bloß noch Chattanooga und seine Vororte auf dem Bildschirm zu sehen. Ich kann nicht umhin zu bemerken, dass Chattanooga ein ganzes Stück vom Atlantik entfernt liegt. Tatsächlich muss ich mehrere Male scrollen. Meine Neugier wird sich gleich in einer Salve von Fragen entladen.

Großvater mustert mich noch eine Sekunden lang, als schätze er ab, ob er es mir sagen soll oder nicht. Oder vielleicht versucht er zu entscheiden, wo er anfangen soll. Und vielleicht sollte er sich besser beeilen, bevor ich platze.

Schließlich seufzt er. »Emma. Du hast meine Geschichte noch nicht gehört. Die Geschichte dessen, was ich getan habe, als deine Mutter verschwand.«

Es ist das erste Mal, dass jemand aus der Welt der Syrena »verschwand« gesagt hat statt »gestorben«, wenn es darum geht, was vor so vielen Jahren in dem Minenfeld mit meiner Mutter geschehen ist. Und jetzt, nachdem sie zurückgekehrt ist, sagen alle: »Als ich geglaubt habe, dass sie gestorben wäre.«

Ich habe die verschiedensten Versionen der Geschichte gehört. Wie Galen mir erzählt hat, sah es aus Groms Perspektive ursprünglich so aus: Mom wurde bei einer Explosion in einem Minenfeld in Stücke gerissen und galt als tot. Meine Mutter hat die Lücken in der Geschichte dann aus ihrer Sicht mit Einzelheiten darüber gefüllt, was an jenem schicksalsträchtigen Tag im Minenfeld geschah: Sie hat irgendwie überlebt, ist an Land gekommen, hat meinen Vater kennengelernt und … dann war ich da.

Aber manchmal gibt es in den Geschichten keine Lücken und Löcher, die nur darauf warten, gestopft zu werden. Geschichten, wie sie das Leben schreibt, können vielschichtig sein. Sie sind auf Fundamenten errichtet, die vor Jahrhunderten, vor vielen Generationen gelegt wurden. Solche Schichten sehe ich jetzt auf dem Gesicht meines Großvaters eingemeißelt.

»Ich habe getan, was jeder Vater tun würde, wenn sein Kind verschwindet«, fährt Antonis fort. »Ich habe nach ihr gesucht.« Und einfach so kommt eine weitere Schicht dieser Geschichte zum Vorschein. Eine Schicht, die nur Antonis beisteuern kann.

Dann sieht er mich an, schätzt meine Reaktion ab. Ich weiß nicht, wonach er sucht. Ich wende den Blick ab und grabe die Füße in den Sand, als sei das die wichtigste Aufgabe auf dem Planeten.

Zufrieden räuspert sich der alte Monarch. Er hält sich bedeckt, das kann ich wohl sagen.

Ich stoße den Atem aus. »Ja, ich weiß. Es hat geheißen, du hättest deine Fährtensucher lange suchen lassen.«

Großvater nickt. »Das ist wahr, junge Emma. Ich habe tatsächlich Fährtensuchertrupps ausgesandt. Sowohl während der hellen als auch der dunklen Stunden der Tage. Meine Fährtensucher waren die ganze Zeit über unterwegs. Und sie kehrten jedes Mal mit leeren Händen zurück.«

Das alles weiß ich bereits. Wir haben alles wieder und wieder unter die Lupe genommen. Vielleicht braucht mein Großvater einfach jemanden zum Reden. Und ich fühle mich irgendwie geehrt, dass er mich dazu auserwählt hat. Vor allem weil ich höre, wie sich seine Stimme verändert, wie sich seine Kehle bei jedem Wort zuschnürt, wie er fast an den aufwallenden Gefühlen erstickt. Es fällt ihm schwer, darüber zu sprechen. Aber er reißt alte Wunden, die kaum verschorft sind, wieder auf, um mir davon zu erzählen. Nur mir.

»Sie kamen mit leeren Händen zurück und ich verlor allmählich die Hoffnung«, fährt er fort. Antonis lehnt sich auf die Hände gestützt zurück und blickt konzentriert auf die Wellen, die vor uns heranrollen. »Bis eines Tages Baruk zu mir kam, einer meiner vertrautesten und talentiertesten Fährtensucher. Er schwor bei Poseidons Vermächtnis, dass er den Puls deiner Mutter gespürt habe. Dass er schwach und sprunghaft sei. Er kam und ging so schnell, dass es unmöglich war, ihm zu folgen, selbst für ihn. Manchmal tauchte er gegen Sonnenaufgang auf, dann wieder gegen Sonnenuntergang. Wir vermuteten, dass sie wohl irgendwo abgetrieben sei.«

Na gut, vielleicht habe ich das nicht alles gewusst. In der Tat bin ich mir sogar ziemlich sicher, dass mir die Gesichtszüge entgleist sind. »Grom hat das Gleiche gesagt, dass er manchmal ihren Puls gespürt habe. Hat er dir das erzählt?«

»Natürlich nicht«, antwortet Antonis mit ernster Stimme. »Genau wie ich es ihm nicht erzählt habe. Du musst verstehen, Emma, ich wusste nicht, was zwischen Grom und meiner Tochter vorgefallen war. Ich wusste nur, dass sie fort und er noch da war. Nein, ich habe es ihm nicht erzählt. Ich habe es niemandem erzählt.« Großvater hält inne und eine gewisse weise Neugier tanzt in seinen Augen. »Wäre dein Freund Toraf damals schon geboren gewesen, hätte ich vielleicht mein diplomatisches Geschick beim Haus Triton spielen lassen, um seine Talente als Fährtensucher zu nutzen. Du musst wissen, dass es noch nie einen wie ihn gegeben hat.«

Ich nicke. Mehr kann ich nicht tun. Es ist traurig, wie viele Gelegenheiten sich ihnen immer wieder geboten hatten, Informationen auszutauschen, zusammenzuarbeiten, um meine Mutter zu finden. Aber in diesem Fall wäre ich jetzt nicht hier. Daher hält sich mein Bedauern für diese längst vergangenen Umstände in Grenzen. Wenn mein Großvater auf eine Reaktion von mir wartet, sei es eine mitfühlende oder eine andere, so wird er sie nicht bekommen. Ich weiß, dass er seine Geschichte noch nicht beendet hat, und ich will nicht, dass er aufhört, sie mir zu erzählen.

Er spürt das anscheinend. »Nach einigen Tagen verschwand ihr Puls. Baruk war überzeugt, dass sie tot war. Ich wollte das nicht hinnehmen. Baruk hielt mich für verrückt, er hat mich angefleht, sie loszulassen und mich wieder dem Leben zuzuwenden. Aber verstehst du, ich konnte nicht. Nalia war alles, was ich noch hatte. Am Ende habe ich Baruk befohlen, mir die Richtung zu weisen, wo er sie zuletzt gespürt hatte. Ich wusste, dass sie vielleicht tot war. Aber ich wusste noch etwas über meine Tochter, Emma. Etwas, das ihr bis zum heutigen Tag nicht klar ist. Nalia hatte immer eine heimliche Schwäche für Menschen.«

Jepp, das wusste ich definitiv nicht. Ich begreife allmählich, dass ich mit alldem, was ich nicht weiß, ein Schwarzes Loch füllen könnte. »Was meinst du damit?«

»Ich meine, dass ein guter Vater weiß, was seine Jungfische im Schilde führen. Es gab eine Zeit kurz vor ihrem Verschwinden, da haben meine Fährtensucher berichtet, dass sie jeden Tag die gleiche Stelle in der Nähe der Arena besuchte. Tag für Tag folgten sie ihr, aber wenn sie dort eintrafen, war sie bereits fort. Sie haben nie etwas gefunden, sie kamen nicht dahinter, was es mit ihren täglichen Besuchen auf sich hatte. Zuerst glaubte ich, sie trage sich mit dem Gedanken, sich mit anderen Männer einzulassen, da sie anfangs gegen Grom eingenommen war. Doch alle Fährtensucher waren sich einig, dass sie keinen anderen Puls aufnahmen. Also beschloss ich, der Sache selbst auf den Grund zu gehen. Beinahe wäre es mir entgangen, ich sage es dir. Aber irgendwie fing eines der glänzenden Stücke aus ihrem Besitz einen der wenigen Sonnenstrahlen auf, die den Meeresgrund erreichen. Ich schätze, ich habe den Schlamm wohl genau an der richtigen Stelle aufgewühlt. Und so kam es, dass ich ihr Versteck mit den menschlichen Dingen gefunden habe.«

Ohmeingott! »Meine Mutter hat Menschendinge gesammelt?« Und mein Großvater hat sie nie auffliegen lassen? »Und du hast es ihr erlaubt? Was ist mit dem Gesetz? War es dir egal?«

Er machte eine geringschätzige Handbewegung. »Ach, welches Gesetz hat sie denn schon gebrochen? Wer konnte beweisen, dass sie Kontakt mit Menschen gehabt hatte? Wer wollte sagen, dass sie diese Dinge nicht in alten Schiffswracks gefunden hatte?«

Er hatte also ein Auge zugedrückt. Er hatte sich dazu entschieden, sie deshalb nicht in die Mangel zu nehmen. Irgendwie liebe ich ihn dafür nur umso mehr. »Also hast du wegen ihrer Besessenheit von Menschensachen den Schluss gezogen, dass sie an Land gegangen war?«

Antonis schüttelt den Kopf. »Ja und nein. Ich dachte, dass sie es vielleicht getan hat. Ich habe die Küsten abgesucht und mich dann tiefer ins Landesinnere vorgewagt. Natürlich habe ich sie nie gefunden. Aber dafür habe ich etwas anderes entdeckt, Emma. Etwas, wovon ich niemandem erzählt habe.«

Und in diesem Moment begreife ich, dass das hier nicht einfach auf ein unschuldiges Geheimnis zwischen Großvater und Enkelin hinausläuft.

4

Galen lädt den Rest von Emmas Gepäck in den Kofferraum seines SUV und zieht eine Augenbraue hoch, während er die beiden sehr unterschiedlichen Stapel persönlicher Besitztümer betrachtet. Er hat nicht einmal einen ganzen Koffer gefüllt, doch Emma hat es auf zwei große und einen kleinen gebracht. Ganz zu schweigen von diesem fetten Handtaschending, das sie immer mit sich herumschleppt. Er grinst. Entweder hat sie etwas Großes geplant oder sie hat gar nicht geplant.

Nicht dass es ihm etwas ausmachen würde. Er ist einfach glücklich darüber, mit ihr wegzukommen.

»Was meinst du, worum es vorhin ging?«, fragt Grom und schreckt ihn auf.

Galen runzelt die Stirn. »Seit wann kannst du dich auf deinen Menschenbeinen so anschleichen?«

Sein Bruder schenkt ihm ein träges Lächeln, dann zuckt er die Achseln. »Ich lerne schnell.«

»Offensichtlich«, brummelt Galen.

»Nun?«

»Nun was?«

Grom hat Galens Geduld heute bereits auf eine harte Probe gestellt. Dass er gezwungen wurde, vor allen um die Erlaubnis für diese Reise zu bitten – insbesondere, weil sie die Sache bereits unzählige Male diskutiert hatten –, war unnötig und demütigend. Hat Grom seine königlichen Muskeln wegen Nalia spielen lassen? *Oder hat er wirklich das Gefühl, dass ich meine Position als Botschafter bei den Menschen ausnutze?*

Denn in diesem Fall ist Galen bereit, diese Tätigkeit für seine königliche Majestät zu beenden. Vielleicht müssen die Menschen nicht beobachtet werden. Ihre Existenz auf Erden währt nur einen Augenblick und ist weitaus kürzer als die jedes Syrena und dann sind sie verschwunden. Genau wie Rachel.

Grom verschränkt die Arme vor der Brust und der Stoff seines geborgten Flanellhemds spannt sich. Emmas Vater muss von schmalerem Körperbau gewesen sein als er. »Was glaubst du, hatte Antonis Emma zu erzählen? Sie waren viel zu still, als sie vom Strand gekommen sind. Antonis' Shorts waren trocken. Sie sind offensichtlich eine ganze Weile dort gewesen.«

»Was kümmert's mich?«

»Du wärst ein Narr, wenn dem so wäre. Antonis ist immer ... ein Geheimniskrämer gewesen.«

Galen lehnt sich gegen den SUV und tritt in den Kies

der Einfahrt. »Klingt nach einer typischen Eigenschaft im Haus Poseidon.«

Grom nickt. »Ja. Genau. Deswegen musst du herausfinden, was sie im Schilde führen.«

»Die beiden haben so viele Jahre – nein, Emmas ganzes Leben – nachzuholen. Vielleicht bringen sie sich einfach gegenseitig auf den neuesten Stand der Dinge.«

»Das glaubst du doch selbst nicht. Und ich glaube es auch nicht.«

Grom hat recht. Galen glaubt es nicht. Sicher, sie haben viel zu besprechen. Aber Antonis kommt selten an Land. Er muss einen Grund gehabt haben. Einen Grund, von dem sonst niemand erfahren sollte. Trotzdem ist es die Sache nicht wert, diese Reise gleich mit einem Streit zu beginnen. »Emma wird es mir erzählen, wenn sie es will.«

Er sieht Grom an, fordert ihn zum Protest heraus. Sie wissen beide, dass der Tritonkönig seiner geliebten Nalia niemals irgendwelche Antworten abpressen würde. Und sie wissen beide, dass seine Erfolgsaussichten auch eher mäßig wären, selbst wenn er es versuchte.

Grom seufzt. »Vielleicht kannst du ihr Fangfragen stellen oder so.«

Aber Galen weiß, dass das Thema noch nicht durch ist. Soweit geht Groms Scheinheiligkeit dann doch nicht. Und das ist gut so, denn Emma ist mittlerweile auch ziemlich gut darin geworden, sich anzuschleichen.

»Wovon redet ihr?«, ertönt ihre Stimme hinter Grom.

Galen merkt ihr an, wie unmöglich sie es findet, dass Grom ein altes Hemd ihres Vaters trägt. »Und noch viel wichtiger: Sind wir bereit, diese Party steigen zu lassen?«

Nalia schiebt sich an Galen vorbei und umarmt Emma. »Ich wünsche dir eine gute Reise, Schatz, und dass dir nichts passiert.« Dann beugt sie sich weiter vor. Galen weiß, dass es nicht für seine Ohren bestimmt ist, was sie als Nächstes sagt. Aber er hört es trotzdem. »Ich werde dafür sorgen, dass Grom bei eurer Rückkehr eigene Kleider hat. Dann muss er nicht mehr Dads Sachen tragen.«

Galen zieht sich zurück und lässt ihnen einen Moment für sich. Obwohl er sich gerade über seinen Bruder ärgert, tut Grom ihm leid, weil er nicht einmal weiß, dass über ihn gesprochen wird. Oder wie sehr er Emmas Geduld strapaziert. Galen boxt seinen Bruder leicht in die Schulter. »Also, wie sieht's mit deiner Erlaubnis aus, Hoheit?«

Grom verdreht die Augen. »Viel Spaß, kleiner Fisch. Vergesst nur nicht, dass ihr noch nicht verbunden seid, also …«

Galen hebt die Hand. »Grom.« Dieses Gespräch wollte er nie mit seinem Bruder führen. Oder mit sonst jemandem, um genau zu sein.

»Ich erinnere dich nur daran«, sagt Grom und man sieht ihm an, dass ihm das ganze Gespräch genauso peinlich ist wie Galen. »Zweisamkeit bietet viele Gelegenheiten.«

Dessen ist sich Galen sehr wohl bewusst. Er weiß jedoch beim besten Willen nicht, ob es ihm noch etwas ausmacht. Die Finger von Emma lassen, darin ist er nicht gut. Und er ist sich nicht sicher, wie viel ihm noch am Gesetz der Syrena liegt. Das Gesetz hat sich schließlich auch im Hinblick auf Halbblüter geirrt. Emma ist kein Gräuel. »Darüber rede ich nicht mit dir.«

Grom wirkt erleichtert. »Aber Zweisamkeit bietet auch viele Gelegenheiten für Gespräche, daher würde es trotzdem nicht schaden, wenn du –«

Er wird unterbrochen, denn Nalia hakt sich bei ihm unter. »Toraf und Rayna sind bereits gegangen«, sagt sie. »Rayna lässt ausrichten, dass du ihr etwas ›Interessantes‹ mitbringen sollst.« Eigentlich waren die beiden nur gekommen, um sich von Emma und Galen zu verabschieden, aber angesichts der Spannungen zwischen Galen und Grom hatte Toraf einen Grund vorgeschoben, um sich und Rayna wieder entschuldigen zu lassen. Galen wünscht, er hätte etwas Zeit mit ihnen verbringen können.

Galen lächelt. »Natürlich, das sieht ihr ähnlich.« Er schlendert auf die Fahrerseite hinüber. »Bis in zwei Wochen.« Er wartet nicht auf eine Antwort, damit Grom nicht noch auf die Idee kommt, um die Zeitspanne zu verhandeln. Zwei Wochen sind bloß eine Schätzung. Galen hat das Gefühl, dass zwei Wochen zu kurz sein werden, wenn er und Emma tatsächlich miteinander allein sind. Zumindest für ihn.

5

Die Autobahn vor uns sieht aus wie ein Fluss aus Autos, der zwischen zwei Bergen dahinströmt. In meinen Ohren hat es während der letzten Stunde immer wieder geknackt, weil es ständig bergauf ging. Ein ums andere Mal gucke ich zu Galen auf den Fahrersitz hinüber, um festzustellen, ob es ihm genauso geht. Manchmal spüre ich, wie der Druck auf meine Ohren steigt, je tiefer wir im Ozean tauchen. Ich frage mich, ob Galens Syrena-Ohren sich an jede Art von Druck anpassen können oder nur an den Druck, den das tiefe, blaue Meer verursacht.

Er hat sich nicht darüber beklagt, aber das hat nichts zu bedeuten. Tatsächlich hat er überhaupt nicht viel gesprochen, was wiederum etwas zu bedeuten haben könnte. Entweder merkt er nicht, wie oft ich ihn anschaue, oder er tut so, als würde er es nicht merken. Ich kapiere, was das bedeutet: Er will nicht reden.

Aber angesichts des heimlichen Grunds für diesen Ausflug erscheint es mir kontraproduktiv, ihn seine Gedanken für sich behalten zu lassen. Als meine beste Freundin Chloe starb, wollte ich mich nur noch verkriechen und nicht mehr leben. Die Vorstellung, dass Galen ähnlich leidet, macht mich verrückt. Rachel war seine beste Freundin, vielleicht hat sie ihm sogar noch mehr bedeutet als Toraf. Und sie war auch eine Mutterfigur. Beides auf einmal zu verlieren, kann einen vernichten.

Ich lege ihm eine Hand auf die Schulter. »Denkst du wieder an sie?«

Galen zwingt sich zu einem schwermütigen, gezwungenen Lächeln, das nur eine Sekunde währt, bevor er wieder ein langes Gesicht macht. Rachels Tod hat uns alle getroffen. Wir alle hätten mehr tun können. Wir alle trugen die Verantwortung, uns um sie zu kümmern. Wir alle hätten wachsamer sein müssen. Wir hätten im Auge behalten müssen, wo sie an jenem Tag war, als wir Jagen von den Menschen zurückgeholt haben. Jeder von uns hätte verhindern können, dass sie ertrank. Aber Galen ist wild entschlossen, die Schuld ganz allein auf sich zu nehmen. Aber das werde ich nicht zulassen und ihn dazu bringen, wieder zur Vernunft zu kommen.

Ich habe nur noch nicht herausbekommen, wie ich das anstellen soll.

»Eigentlich«, erwidert er, »habe ich mich gefragt, worüber ihr, also du und Antonis, gestern so lange geredet habt.«

Oh. Das. Ich hatte schon überlegt, ob beziehungsweise

wann er fragen würde. »Über nichts Besonderes«, antworte ich. Vielleicht will ich doch nicht reden. Nicht weil ich ein Geheimnis hüte – das tue ich nicht. Nicht wirklich. Die Wahrheit ist, dass ich nicht weiß, warum Großvater darauf besteht, dass wir ins Herz von Tennessee reisen. Aber ich weiß, dass diese seltsame Schnitzeljagd wichtig für ihn ist, und aus irgendeinem verrückten Grund bin ich bereit, mich darauf einzulassen. Und bis jetzt habe ich geglaubt, das würde auch für Galen gelten. Er hat nicht nachgefragt, als ich gestern unser Ziel im GPS geändert habe. Wir fahren jetzt nicht mehr wie ursprünglich geplant in die Cascade Mountains, sondern zu einem neuen Ziel in den Smoky Mountains.

Galen stellt das Radio leiser. »Was werden wir in diesen Bergen finden, Emma? Warum schickt Antonis uns dahin?«

Ich will automatisch in die Defensive gehen, aber ich weiß, dass Galen angespannt ist. Ein Streit mit ihm ist das Letzte, was ich jetzt brauchen kann. Ich lächele. »Ich bin genauso neugierig wie du. Außerdem hat er uns nicht hierhergeschickt, schon vergessen? Wir hatten gesagt, dass wir die Berge erkunden wollen. Er hat nur einen Vorschlag gemacht, wohin es gehen könnte.« Genauer gesagt hat er den Daumen auf meinem Smartphone in die Mitte des Staates Tennessee gedrückt. Zum Vergleich: Sein Daumenabdruck war auf der Karte ungefähr hundertfünfzig Meilen breit.

Galen macht es sich auf seinem Sitz etwas bequemer

und stützt den Ellbogen auf die Armlehne der Tür. »Was genau hat er gesagt?«

»Er hat uns eine gute Reise gewünscht. Und dass er hoffe, ich würde finden, wonach ich suche.« Das ist die Wahrheit und damals klang es nicht annähernd so fragwürdig wie jetzt – sogar in Verbindung mit der ungeheuerlichen Geschichte, die er über die Suche nach meiner Mutter erzählt hat. Ich weiß nicht, ob ich dem, was ich Galen bereits über das Gespräch anvertraut habe, noch etwas Neues hinzufügen kann. Es ist nicht so, als hätte ich ihm etwas vorenthalten – ich habe schon erklärt, warum wir das Ziel geändert haben. Und ich dachte, er hätte das bereits akzeptiert. Aber Galen scheint im Geiste jedes Wort zu sezieren, das mein Großvater seit seiner Geburt gesprochen hat.

Was in mir leise Zweifel an Großvaters Motiven weckt. Hat er vorhergesehen, dass Galen Fragen stellen würde? Und hat er mir deshalb ganz bewusst keine handfesten Antworten gegeben? Und wenn ja, *warum?*

Galen sieht mich von der Seite an, bevor er den Blick wieder auf die Straße richtet. »Sonst hat er nichts gesagt? Irgendetwas Doppeldeutiges?«

»Fragst du das jetzt? Oder Grom?«

Galen verzieht das Gesicht. »Grom hat mich tatsächlich danach gefragt. Aber ich muss zugeben, ich bin neugierig. Wenn du genau wiederholst, was er gesagt hat, könnte ich dir vielleicht dabei helfen herauszufinden, was er im Schilde führt.«

Ich frage mich, ob Grom und Großvater das Kriegsbeil jemals begraben werden. Und ich bin nicht begeistert davon, dass Grom Galen offensichtlich beeinflusst. »Er sagte: ›Süßwasserfische sind fad.‹« Ich schnappe nach Luft. Widerlich. Dramatisch. Geblähte Nüstern und alles, was dazugehört. »Meinst du, das ist ein Code für ›Ich habe ein Raumschiff gesehen‹? Oder vielleicht: ›Ich bin in Wirklichkeit ein sowjetischer Androide‹? Wir sollten umdrehen, heimfahren und die Antworten aus ihm herausprügeln.«

Daraufhin lässt Galen ein Grinsen aufblitzen, bei dem mir das Herz aufgeht. »Weißt du eigentlich, wie zauberhaft du bist, wenn du …«

Aber seine Grübchen haben mein Vokabular bereits auf »Ähm« beschränkt. Und ich schwebe in ernster Gefahr, in meine alte Angewohnheit zu erröten zurückzufallen.

Er deutet mit dem Kopf auf die Straße vor uns. »Tut mir leid, dass ich so mürrisch bin. Lass uns diese Abfahrt nehmen. Ich habe keine Lust mehr zu fahren. Vertreten wir uns doch ein Weilchen die Beine.« Mit Beine vertreten meint Galen das Entfesseln seiner gewaltigen Flosse. Ich muss zugeben, es würde Spaß machen, die Quellen hier zu erkunden. Wenn man Google glaubt, gibt es in diesem Gebiet jede Menge davon.

»Ich habe meinen Badeanzug im Koffer«, erwidere ich. »Ich werde mir einen Platz suchen müssen, wo ich mich umziehen kann. Vielleicht eine Damentoilette?«

»Wegen mir brauchst du keinen Badeanzug anziehen.«

Ja klar. Ich laufe tomatenrot an und mein Mund wird trocken. Mein Inneres hat sich in Mus verwandelt, und ich stelle mir unfreiwillig einen Galen vor, der nichts anhat. Ohmeingott!

Anscheinend ist Galen Opfer seiner eigenen Courage geworden. Sein Grinsen ist längst verschwunden. An seine Stelle ist etwas getreten, das ich Hunger nennen würde. Er leckt sich die Lippen, dann runzelt er die Stirn und richtet seine Aufmerksamkeit wieder auf die Straße. »Entschuldige. Das ist mir so rausgerutscht.«

Galen rutscht nur selten so etwas heraus. Manchmal kann ich den Schalk, der ihm im Nacken sitzt, förmlich sehen – spielerisch, harmlos und kokett. Aber er kennt die Grenzen. Grenzen wie das Gesetz und sein Gewissen. Grenzen, die ihn bisher immer daran gehindert haben, so etwas zu sagen.

»Du hast dich noch nie zuvor bei mir entschuldigt, weil du mich aufgezogen hast«, überlege ich laut.

»Dich aufgezogen? Denkst du, dass ich das tue?«

»Willst du etwa abstreiten, dass du so etwas sagst, damit ich rot werde?«

Ein Grinsen zieht seine Mundwinkel nach oben. »Natürlich nicht. Aber ich habe mich entschuldigt, weil ich dich dieses Mal nicht aufgezogen habe.«

Es fällt ihm schwer, den Blick von meinem Mund auf die Straße zu richten. Mir fällt es dagegen schwer, meinen Sicherheitsgurt nicht zu lösen, sondern eine anständige – wenn möglich auch nach Maßstäben der Straßenverkehrsordnung *sichere* – Entfernung zwischen uns zu wahren.

Er schluckt. »Emma. Ich fahre.« Aber er ist nicht mit dem Herzen dabei. Er linst sogar zum Straßenrand und wird langsamer, wahrscheinlich für den Fall, dass ich mich auf ihn stürze.

»Du könntest anhalten«, biete ich hilfreich an.

Zu meiner absoluten Überraschung tut er es wirklich. Im Wagen herrscht Stille, nachdem das Brummen der schnellen Fahrt dem Knirschen von Kies unter den Rädern gewichen ist und Galen den SUV auf den Seitenstreifen gelenkt hat.

Er legt den Parkgang ein. Schnallt sich ab. Dreht sich zu mir um. »Was hast du gerade gesagt?«

Ich weiß nicht, ob er mich an sich gezogen hat oder ob ich die treibende Kraft war, aber Fakt ist, dass ich in Nullkommanichts nicht mehr in meinem Sitz, sondern auf seinem Schoß sitze und jeden Winkel seines Mundes koste. Ich bin überrascht und erfreut, als sich seine Hände am Rücken unter mein Sommerkleid schieben. Zunächst ist er schüchtern und streicht sanft mit den Fingerspitzen über meine Haut. Aber als mein Kuss leidenschaftlicher wird, verschwindet diese Leichtigkeit einem Verlangen, das meinem eigenen gleichkommt.

Ich danke im Stillen dem Erfinder der getönten Scheibe. Wir sind ein Wirbelwind aus Händen und Stöhnen und Ungeduld. Ich bin beinahe trunken von seinem Duft, seinem Geschmack und wie er sich unter mir anfühlt.

Galen ist gieriger denn je, und ich beschließe, das später zu analysieren. Ich weiß nicht, warum ich jetzt darüber nachdenke; normalerweise nehme ich, was ich kriegen kann, bevor er wieder zu Sinnen kommt. Und im Moment koste ich mein Glück aus. Ich schiebe die Daumen unter sein T-Shirt und lasse sie die harte Fläche seines Bauchs hinaufgleiten. Er lässt mich gerade lange genug los, um die Arme über den Kopf zu heben, damit ich ihm sein Shirt ausziehen kann. Dann bin ich wieder in seinen Armen, an ihm und um ihn herum. Beinah ein Teil von ihm.

Seine Hände graben sich in mein Haar, er zieht eine Spur von Küssen von meinem Ohr zu meinem Hals hinunter und hinterlässt etwas, das sich wie ein Lavastrom anfühlt.

Endlich bringe ich den Mut auf, nach seinem Jeansknopf zu greifen. Ich warte darauf, dass er dem ein Ende setzt, dass er diesem Wahnsinn Einhalt gebietet. Das Wunder geschieht, und er erlaubt mir tatsächlich, den Knopf zu öffnen. Ich fühle mich verwegen, unsicher und bestärkt zugleich, aber das Letzte, was ich will, ist aufzuhören und das hier zu zerdenken. Was wir tun. Wo wir sind. Wie weit wird er gehen? Wie weit möchte ich überhaupt, dass er geht? Und dann bin ich plötzlich überwältigt von der Antwort. Ich ziehe mich zurück.

Seine Hände fallen herab.

Ich beiße mir auf die Lippe. Ich hatte mich an die Vorstellung gewöhnt, bis zur Verbindungszeremonie zu warten. Die Vorstellung einer Verbindungszeremonie und dass wir dann gemeinsam eine Insel aussuchen, ist für mich ebenso verrückt wie romantisch. Klar, zuerst hat es sich wie eine Bürde angefühlt, so lange zu warten, bis wir die Syrena-Version von einem Ehepaar sind, bevor ich Galen zur Gänze genießen kann. Aber dann, ich weiß nicht wann, habe ich begonnen, die Dinge anders zu sehen. Er gibt mir so viel – er geht an Land und nimmt für mich eine menschliche Lebensweise an. Und alles, was er dafür erbeten hat, war, dass ich diese eine Tradition achte. Was für eine niedere Kreatur wäre ich, würde ich ihm diesen einen Wunsch abschlagen? Sicher, ich genieße es, ihn in Versuchung zu führen und ihn zu necken, aber ich weiß immer, dass er sich wieder fangen und ritterlich handeln wird – es ist jedes Mal so. Also, warum macht er jetzt einen Rückzieher? Habe ich es zu weit getrieben?

Worte der Reue formen sich auf meinen Lippen, aber Galen drückt mir einen Finger auf die Lippen.

»Ich weiß«, sagt er. »So nicht.«

Ich nicke. »Tut mir leid, es ist einfach so, dass ...«

Er lacht. »Komisch, dass du das Gefühl hast, dass *du* dich bei *mir* entschuldigen solltest.«

»Ich habe dich in Versuchung geführt und das hätte ich nicht tun sollen. Ich werde von jetzt an meinen Teil unseres Deals einhalten, versprochen.«

Meine Worte überraschen ihn offenbar. »Deal?«

»Dass du auf mich warten wirst, wenn ich auf dich warte.«

Lange Zeit ist er still, dann nickt er. Meine Beine schlafen langsam ein. Diese Position war vor fünf Minuten noch nicht so unbequem, aber jetzt verwandelt sie sich in die reinste Folter. Ich stemme mich gegen die Fahrertür und will auf meinen eigenen Platz zurückklettern, aber Galen zieht mich zu einem letzten Kuss an sich.

In dem Moment klopft jemand ans Fenster. Na toll.

Galen erstarrt. »Ist das ein Scherz?«, murmelt er an meinem Hals.

In diesem Augenblick habe ich zumindest genug Verstand, um mich zu schämen. Nicht so sehr dafür, wie weit wir gegangen sind, wie nahe wir einander gekommen sind. Nein, dafür hatte ich mich bereits entschuldigt, hatte die *geziemende Scham* verspürt. Aber das jetzt, das ist eine neue Art von Entsetzen. Weil es öffentlich ist. Wir befinden uns immer noch in einer nicht gerade idealen Position. Am Rand der verflixten Autobahn.

»Alles in Ordnung bei Ihnen? Probleme mit dem Wagen?«, fragt ein Mann. Dann legt dieser rundliche Fremde die hohlen Hände an das verdammte Fenster und späht herein. Dabei drückt er seine grobporige Nase auf das Glas, wobei er einen Kreis aus Dampf darauf haucht. Du lieber Himmel!

»Oh«, sagt er. »Verzeihung.« Er entfernt sich vom Fenster, als ich mich wieder in die Sicherheit meines eigenen Sitzes zurückziehe. Galen ist es bereits irgendwie gelungen, sein T-Shirt wieder überzustreifen. Was für mich natürlich gleichzeitig eine Erleichterung und niederschmetternd ist.

Er lässt das Fenster herunter und bringt es irgendwie fertig, höflich zu fragen: »Kann ich Ihnen helfen?« Aber seine Stimme ist belegt, voller Appetit. Er ist genauso bewegt wie ich, und zwar nur von den Anfängen eines Kusses.

Das Gesicht des Mannes ist so rot wie die Male der Küsse, die Galen auf meinem Hals hinterlassen hat. »Tut mir wirklich leid«, murmelt der Mann und steckt die Daumen in die Träger seines Overalls. »Ich wollte mich nur vergewissern, dass bei Ihnen alles in Ordnung ist. Ich habe gesehen, dass Sie ein auswärtiges Nummernschild haben.«

Wie er das im Fluss der dahinjagenden Autos auf dieser Schnellstraße erkennen konnte, ist mir ein Rätsel. Es sei denn natürlich, Tennessee ist voll von diesen Gutmenschen, die tatsächlich umdrehen und jemandem helfen. An jedem anderen Tag und in jeder anderen Sekunde in der Existenz des Universums wüsste ich das zu schätzen.

Aber gerade im Augenblick würde ich diesen Mann am liebsten erwürgen. Und Tennessee dafür verfluchen, dass es so hilfreiche Bürger hervorbringt.

Galen sieht den Mann stirnrunzelnd an. »Wir brauchen keine Hilfe, vielen Dank.«

Der Mann guckt an Galen vorbei und schätzt demonstrativ die Lage ein. Er sieht so aus, als würde er vielleicht Herschel heißen. Oder Grady. »Alles okay, junge Dame?«, fragt er mich.

Galen muss seine Absicht geahnt haben, denn er lehnt sich im Sitz zurück und verschafft Herschel/Grady so einen besseren Blick auf mich. Ich werde Galen umbringen. Und zwar nicht nur, weil ein wildfremder Mann sich größere Sorgen um meine Tugend macht, als er das in diesem Moment tut.

»Das war es«, erkläre ich bissig.

Der Mann räuspert sich. »Nun ja, entschuldigen Sie bitte die, ähm, … Störung. Einen schönen Tag noch.« Er sieht aus, als würde er uns vielleicht mit seiner Abwesenheit beglücken, aber dann dreht er sich noch einmal zu unserem Fenster um. Er kratzt sich mit einer beinahe abergläubischen Geste den Nacken. »Wissen Sie, es zieht ein richtig rauer Sturm auf. Sie sollten sich vielleicht überlegen, möglichst schnell Ihr Ziel anzusteuern.« Mit diesen Worten zieht er sich zurück. Wir warten, bis wir seine Autotür zuschlagen hören, bevor wir weiteratmen.

Ich zumindest.

Galen umklammert das Lenkrad mit beiden Händen. »Ich glaube, wir sollten für heute Schluss machen.«

Ich weiß, dass er bei schlechtem Wetter nicht gerne fährt. Aber ich glaube, davon redet er gar nicht. Ein winziger Knoten der Ablehnung wächst in meinem Magen. »Okay«, antworte ich ihm. Aber was habe ich erwartet? Er tut einfach nur das Richtige. Das will ich doch, oder?

Er wirft mir einen raschen Blick von der Seite zu.

»Nein, ich meine, falls es regnet, sollten wir vielleicht ... ich meine ...«

Ich lache. »Ist deine Zunge müde geworden?«

Er kapiert meine Doppeldeutigkeit ebenfalls. »Emma.«

Das ist der Moment, in dem ich mich von ihm abwende. Wenn ich ihn auch nur eine Sekunde länger anschaue, muss ich ihm noch einen Besuch auf seinem Schoß abstatten, was offensichtlich nicht das ist, was er will. Allmählich befürchte ich, dass ich überhaupt nicht weiß, was Galen will. Und abgesehen davon bezweifle ich, dass er selbst es weiß.

Vielleicht finden wir es bis zum Ende dieser Reise beide heraus.

Ich ziehe mein Smartphone heraus und suche den Link, den ich früher am Tag gefunden habe. Ich spüre, dass die Hitze aus meinen Wangen weicht. Meine Lippen fühlen sich jedoch immer noch an, als stünden sie in Flammen. »Es sind ein paar Touri-Gebiete in der Nähe. Quellen. Höhlen. Klingt ideal, um sich die Beine zu vertreten.«

Galen stößt den Atem aus. »Klingt eigentlich perfekt. Je weiter entfernt von Menschen, desto besser.«

Ich kann nicht umhin, auch darin nach einer Doppeldeutigkeit zu suchen.

6

Galen watet in das seichte Wasser und schreckt einige Frösche auf, deren Quaken sofort verstummt. Gerade als der Wind die Oberfläche des Teichs aufwühlt, peitscht ein Schwarm hektischer kleiner Fische seinerseits die Wasseroberfläche auf. Galen staunt darüber, dass kein Vogel diese Gelegenheit nutzt, um Beute zu machen. Er nimmt an, dass das Federvieh hier fett und glücklich sein muss, weil es über dem Wasser genügend Nahrung gibt – Frösche, Insekten und andere Krabbeltiere. Warum also das Risiko eingehen, nass zu werden? Vögel sind für die Luft gemacht.

Genau wie Syrena fürs Wasser. Er versucht, den Gedanken zurückzudrängen, aber er setzt sich dennoch durch. *Wenn Syrena fürs Wasser gemacht sind, was tue ich dann hier an Land?*

Dann schließt der Grund, weshalb Galen hier ist, die Tür des SUV. Emma muss ihren Badeanzug übergestreift haben – und hoffentlich ist es einer mit viel Stoff. Nach seinem Ausrutscher heute kann er momentan das Risiko nicht eingehen, sie leicht bekleidet vor seiner Nase herumhüpfen zu lassen. Nicht einmal das Gesetz hat ihn an diesem Nachmittag zurückgehalten, als er sie auf dem Schoß hatte und genau das tun wollte, was er nicht tun darf. Aber Emma versteht seine Selbstbeherrschung – oder zumindest das, was noch davon übrig ist – als Zurückweisung. Er hat ihr die Bedeutung des Gesetzes erklärt, obwohl er sie neuerdings selbst infrage stellt.

Ihm scheint, dass eher Aberglaube als Vernunft Triton und Poseidon vor all diesen Jahrhunderten dazu bewegte, sich dieses Gesetz auszudenken. Dass sie ihre Untertanen einschüchtern wollten, statt sich mit ihnen auseinanderzusetzen. Grom ist da anders, das weiß Galen. Sein Geist ist offen, er vertritt das, was die Menschen einen progressiven Standpunkt nennen. Und Galen hat den Verdacht, dass Antonis ähnlich denkt. Zumindest spricht die Art und Weise, wie sich der Poseidonkönig über seine Halbblut-Enkelin freut, stark dafür.

Aber die Königsfamilien haben das alte Gesetz bereits an seine Grenzen getrieben, als sie Emma in ihren Reihen akzeptierten. Daher ist es jetzt wichtiger denn je, sich dem Gesetz in allen anderen Punkten zu unterwerfen, wenn die Königlichen das volle Vertrauen des Königreichs zurückgewinnen wollen. Das der Archive. Das des gemeinen Volks. Und das der Ex-Getreuen, dem Pack, das Jagen als Gefolge um sich geschart hatte.

Da ist kein Platz für Misstrauen, wenn die Königreiche geeint bleiben sollen.

Galen weiß, dass der Tag kommen wird, an dem die Menschen sie entdecken werden. Grom weiß es ebenfalls. Und wenn das geschieht, haben die Syrena eine bessere Chance zu überleben, wenn sie an einem Strang ziehen. Keine stillen Kriege mehr. Keine Rebellionen mehr von jenen, die dem Ohr schmeicheln und ihre Versprechen dann doch nicht halten können. Falls es jemals eine Zeit gegeben hat, zu der sie sich keine Uneinigkeit leisten konnten, dann jetzt.

Das Rascheln von Laub und Gras unter Emmas nackten Füßen reißt Galen aus seinen Gedanken. Mit jedem Schritt, den sie macht, scheint sich sein Blut aufzuheizen und freier zu fließen. Die Anspannung weicht aus seinem Körper, und sämtliche Probleme des Königreichs lösen sich in Luft auf, um ein andermal wieder auf ihn herabzuregnen. Denn im Moment hat er Emma.

Er denkt daran, was sie im Auto gesagt hat. Denkt an ihren »Deal«. *Sie wird auf mich warten, wenn ich auf sie warte. Aber besteht überhaupt noch ein echter Grund zu warten?* Er schüttelt den Kopf. *Natürlich, du Idiot. Wenn nicht wegen des Gesetzes, dann um das Vertrauen der Königreiche zu bewahren.*

Er lächelt, als er hört, wie sie stolpert und aufkeucht. An Land ist sie nicht annähernd so anmutig wie im Wasser. Vielleicht kann er ihr irgendwie klarmachen, wie viel mehr sie ins Wasser gehört als an Land. Um wie viel einfacher es ist, im Meer zu leben, als ans Ufer zu kommen und Beziehungen zu Menschen aufzubauen, die irgendwann sterben und ...

»Wow, schau dir diese Wolken an«, sagt sie hinter ihm, als sie klatschend ins Wasser watet. Dann fädeln sich schlanke Finger zwischen seine und die verbliebene Angst lässt sich vom auffrischenden Wind davontragen. »Wird uns im Wasser nichts passieren?«

Er drückt ihr einen flüchtigen Kuss auf die Nasenspitze, im Moment der einzig sichere Ort für seine Lippen. Bevor sie schmollen kann, zieht er sie tiefer ins Wasser. Zu seiner Erleichterung – und seiner Enttäuschung – trägt sie einen einteiligen Badeanzug und hat sich für ein Paar passender Shorts entschieden. »Aber sicher.«

»Du kannst den Blitzen davonschwimmen, nicht wahr?« Die eine Hälfte ihres Satzes erklingt über der Oberfläche, die andere darunter. Sie kichert, als ihre Stimme für einen kurzen Moment verzerrt wird.

»Ich sage nicht, dass ich Blitzen davonschwimmen kann«, erwidert er, während er sie immer tiefer und tiefer hineinzieht. »Aber ich sage auch nicht, dass ich es nicht kann.« *Schließlich macht mich die Gabe Tritons schneller als jeden anderen lebenden Syrena.* Er weiß, wenn Emma in Gefahr wäre, würde er jedem Blitz ein faires Rennen liefern.

Für den Bruchteil einer Sekunde verschmelzen Emmas Haarsträhnen mit dem Licht der letzten Sonnenstrahlen, die die Oberfläche der Quelle kitzeln, und plötzlich ist sie umgeben von einem Heiligenschein aus goldener

Wärme. Galen kann sich nur mit Mühe daran erinnern, wie man atmet. Wenn er gewusst hätte, dass Quellwasser so herrlich sein kann, hätte er ihm schon viel früher eine Chance gegeben.

»Was ist?«, fragt sie. »Ist da was hinter mir?«

»Jetzt weiß ich, warum Menschen auf Schritt und Tritt Fotoapparate mit sich herumschleppen. Man weiß nie, wann sich die Vollkommenheit heranschleicht und sich dir zeigt.«

Sie schiebt sich näher an ihn heran, aber er hält eine Armeslänge Abstand zwischen ihr und ihm. Er dreht sich von ihr weg und hofft, so ihre Aufmerksamkeit abzulenken, damit sie sich auf das konzentriert, was unter ihnen ist. Sie wird es für eine Zurückweisung halten, das weiß er. »Da unten ist ein Höhleneingang. Siehst du ihn?«

Sie nickt. »Glaubst du, es ist gefährlich hineinzuschwimmen?«

Er lacht. »Seit wann machst du dir Sorgen um deine Sicherheit?«

»Ach, sei still«, brummt sie, als sie sich der Öffnung nähern.

Trotzdem bedeutet er ihr, hinter ihm zu bleiben. »Wenn etwas hier unten ist, dann soll es mich fressen, während du fliehst, Engelsfisch.«

»Das ist nicht deine Entscheidung.«

Galen hält inne. Er weiß, dass Emmas Augen einen Moment brauchen, um sich an die Dunkelheit des tiefen

Wassers anzupassen. Und wenn sie ganz in die Höhle eindringen, wird selbst der vage Lichtschein von der Oberfläche sie nicht mehr finden. »Besser?«, fragt er nach einigen Sekunden.

Sie antwortet ihm, indem sie versucht vorauszuschwimmen. Er holt sie an seine Seite, näher, als klug ist, und doch nicht so nah, wie es ihm lieb wäre. Ihre Körperwärme springt ihn förmlich an, selbst durch die kalte Strömung und seine dicke Haut. *Und seit wann lässt Hitze mich schaudern?* »Na schön«, sagt er und ärgert sich mehr über sich selbst als über sie. »Wir werden zusammen gehen. Aber ich schwöre bei Tritons Dreizack, wenn du versuchst, dich vor mich zu schieben ...«

»Seite an Seite ist immer okay für mich, Galen.« Bevor ihr noch mehr kluge Bemerkung einfallen, bremst sie sie beide ab. »Sieh mal! Das ist unglaublich.« Er folgt ihrem Blick zu einer Reihe spitzer Felsen vor ihnen. Sie erinnern ihn an den Eingang zur Höhle der Erinnerungen. Die Felsen sprießen wie Zähne aus dem Boden, bereit und in der Lage, jeden zu zermalmen, der kühn genug ist, hindurchzuschwimmen.

Und wenn Emma davon beeindruckt ist, kann er es nicht erwarten, bis sie alles sieht, was die Höhlen zu bieten haben. Nicht nur diese von einer Quelle gespeiste Höhle, sondern alle. Diejenigen in den tiefsten Teilen des Ozeans, wo die einzigen Bewohner Lebewesen sind, die ihr eigenes Licht erzeugen, um Beute anzulocken. Vielleicht wird er sie eines Tages, nachdem sich die Dinge ein wenig beruhigt haben, zur Höhle der Erinnerungen mitnehmen. Die würde ihr wirklich gefallen.

»In einem Horrorfilm wäre das jetzt der richtige Zeitpunkt, um umzukehren«, bemerkt sie, als sie die erste Reihe »Zähne« passieren. Ihre Stimme ist hell, aber als er stehen bleibt, klammert sie sich an seinen Arm. »Was ist? Was ist los?«

Dann schiebt er sie von sich weg und lässt sich eine kleine Strecke rückwärts treiben. »Fühlst du dich ... schwerer in diesem Wasser?«

»Nein. Warum? Sehe ich schwerer aus?«

Er verdreht die Augen.

»Nun, was meinst du dann mit schwerer?«

Er lässt seine Flosse vor- und zurückzucken und beobachtet, wie die Kielwelle etwas Schlamm aufwühlt. »Es fühlt sich hier anders an. Es kostet mehr Anstrengung, durchs Wasser zu kommen. Ist dir das nicht aufgefallen?«

Sie zuckt die Achseln. »Ein wenig, schätze ich. Vielleicht liegt es am Süßwasser. In Salzwasser ist der Auftrieb stärker.«

»Aber du spürst keinen Unterschied?«

»Mir wäre es wohl nicht aufgefallen, wenn du es nicht erwähnt hättest.«

Er greift nach ihrer Hand und fädelt seine Finger wieder durch ihre. »So sehr lenke ich dich ab, hm?«

Sie lächelt. »Du hast ja keine Ahnung.«

Er beugt sich vor und will ihr einen winzigen Kuss auf die Lippen drücken. Nur um ihm über die Runden zu helfen, wirklich. Nur ein unschuldiger, beherrschter Kuss, der nichts mit der rohen Leidenschaft zu tun hat, die er an diesem Nachmittag beinahe nicht mehr hätte bezähmen können. Zumindest ist das sein Plan ...

Und dann trifft es ihn wie ein Schlag. Ein schwaches Summen von Elektrizität, das kommt und geht. In der einen Sekunde kribbelig und störend, in der nächsten dann fließend und weich. Das ist auf keinen Fall ein Blitz.

Es kann nicht sein. Er hat schon früher Blitze im Wasser gespürt. Sie sind wie eine brutale Welle, die durch einen hindurchrauscht, und bevor man blinzeln kann, ist sie weg – hat den Körper ohne Erlaubnis oder Entschuldigung passiert. Ja, es ist kribbelig. Aber nicht so.

Das fühlt sich an wie ... aber kann es wirklich sein?

Er schüttelt leise den Kopf. Nein. *Auf keinen Fall spüre ich einen Puls.*

Denn Syrena haben keine solchen Pulse. Ein Syrena-Puls ist stark, nicht wie das verwässerte Summen, das er jetzt kaum auf der Haut spürt.

Was könnte es dann sein?

7

Panik zeichnet sich nur selten auf Galens Zügen ab. Als er nun vor Schreck die Augen weitet und sein ganzer Körper sich versteift, drehe ich beinahe durch. Vor allem, weil wir uns im Bauch einer fremden Höhle mit scharfen Zähnen befinden und es jedes Mal, wenn der Donner hinter uns grollt, so klingt, als würde besagter Höhle der Magen knurren. Und Galens Gesichtsausdruck nach zu urteilen, glaubt er ebenfalls, dass wir vielleicht das Appetithäppchen sein könnten. »Galen, ich weiß, du bist damit beschäftigt, ganz schwer zu sein und alles, aber du musst mir sagen, was los ist, verdammtnochmaljetztsofort.«

Warum will man nur umso lauter schreien, wenn einem jemand die Hand auf den Mund presst? »Sei ganz still, Engelsfisch«, flüstert er an seinem Handrücken, während er mir die Hand auf die Lippen drückt. Natürlich würde ich gern schreien, aber er lässt mich nicht. »Ich ... ich glaube, ich spüre etwas.«

»Etwas?«, frage ich, aber durch seine Hand klingt es wie »Öff-öff?«. Ich habe gedacht, Syrena könnten nur einander spüren, keine Gegenstände oder Tiere oder irgendein anderes Etwas, das Galen im Sinn hat. Der Druck seiner Hand lässt nach, und langsam biege ich seine Finger von meinem Gesicht, um ihm zu zeigen, dass ich nichts Voreiliges zu tun gedenke. Keine plötzlichen Bewegungen, keine lauten Geräusche, kein Vorausschwimmen.

Definitiv kein Vorausschwimmen.

»Was heißt das, ›etwas‹?«, frage ich zischend.

Galen will den Blick nicht von dem Tunnel vor uns losreißen. Nur noch einige wenige Schritte und die Höhle macht eine scharfe Biegung nach rechts. Zu glauben, dass wir tatsächlich dort hingehen wollen, in die Eingeweide dieses Ortes ... »Ich spüre ... etwas«, antwortet er leise. »Es ist kein Syrena, da bin ich mir sicher. Ich habe so etwas noch nie zuvor gespürt.« Er schiebt mich hinter sich und ausnahmsweise erlaube ich es ihm. »Was es auch sein mag, es ist direkt hinter dieser Ecke. Es kommt näher.«

Ich drücke die Stirn gegen seinen breiten Rücken. »Versuchst du, mir einen Schrecken einzujagen? Denn das klappt ganz hervorragend.«

Er kichert und ich entspanne mich ein wenig. »Auf gar keinen Fall, das verspreche ich dir. Es ist einfach ... interessant. Bist du nicht neugierig zu sehen, was es ist?«

In dem Moment bemerke ich, dass wir uns bewegen. Vorwärts. Seit wann ist Galen neugierig? Er ist normalerweise derjenige, der *mich* zurückzieht. »Aber du weißt nicht, was es sein könnte. Was, wenn es gefährlich ist? Was, wenn es der prähistorische Cousin des weißen Hais ist oder so?«

»Wie bitte?«

»Nichts.« Ich gestehe mir ein, dass ich etwas panisch klinge. Meine Stimme hallt von den Höhlenwänden wider und in dem Echo schwingt ein gewisser hysterischer Unterton mit. Ich spähe über Galens Schulter. »Kannst du es schon sehen?«

»Noch nicht.«

»Soll ich Verstärkung rufen?«

Galen hält inne. »Hast du hier drin eigentlich irgendwelche Fische gesehen? Ich nicht. Merkwürdig.«

Das ist nicht merkwürdig; es ist beängstigend. Hier *sollten* Fische sein. Aber bisher sind wir in dieser steinernen Höhle keinem einzigen Lebewesen begegnet. Was wahrscheinlich bedeutet, dass sich hier ein gefährlicher Raubfisch niedergelassen hat.

»Hallo?«, erklingt eine Stimme hinter der Biegung.

Offenbar ist der gefährliche Raubfisch hier männlich und spricht Englisch. Mein erster Gedanke ist: ein Sporttaucher oder mindestens ein Schnorchler. Aber die Worte sind klar und deutlich, unbeeinträchtigt von einer Maske oder einem Mundstück. Und würde er hier unten nicht Licht brauchen? Doch durch das Wasser fällt kein Licht. Oder haben sich meine Augen so weit angepasst, dass ich es nicht bemerke?

Ein großer Schwarm Fische schießt um die Biegung der Höhle und an uns vorbei. Bevor sie sich zu weit entfernen können, rufe ich ihnen nach: »Wo wollt ihr hin? Wer jagt euch? Kommt zurück.« Ich will auch sagen: *Nehmt mich mit*, aber das wäre nicht besonders tapfer.

Die ganze Gruppe kommt zurück und umkreist Galen und mich. Die Fische hier sind nicht so bunt wie im Salzwasser, aber sie sind trotzdem interessant anzuschauen – und anscheinend halten sie mich ebenfalls für interessant. Einige haben Streifen und rasierklingendünne Flossen. Andere sind lang und gesprenkelt, mit rosafarbenen Bäuchen. Dann sind da kurze, dickbäuchige Fische, getüpfelt wie Leoparden. Aber trotz ihrer Unterschiede haben sie alle eines gemeinsam: Sie verstehen die Gabe Poseidons.

Ich brauche einen Moment, bis mir klar wird, dass Galen nicht mehr den Kranz von Fischen um uns herum betrachtet. Er blickt geradeaus, die Zähne zusammengebissen. »Wer bist du?«, fragt er.

Der Junge, der vorsichtig auf uns zugeschwommen kommt, ist muskulös und offensichtlich mutig. Sein blondes Haar ist ein wenig länger als das von Galen, vielleicht schulterlang, aber ich kann es nicht so genau sagen, weil es wie ein Fächer über seinem Kopf im Wasser treibt. Er kommt näher; er trägt nur blaue Badeshorts und zeigt ein unbefangenes Lächeln, trotz der Tatsache, dass sich Galen unter meinen Fingerspitzen anspannt und bereit ist loszuspringen. Hinter dem Jungen schlängelt sich ein

Seil durchs Wasser, dessen Ende durch die Kiemen etlicher toter Fische gezogen ist.

Entweder hat dieser Junge einen Todeswunsch, oder sein Gehirn verfügt nicht über die Fähigkeit, Furcht zu verarbeiten, denn er treibt stetig auf uns zu, wie von einer Strömung getragen. Er könnte in unserem Alter oder etwas jünger sein. Er hat weder einen Schnorchel noch eine Taucherausrüstung oder ein Licht bei sich. Außerdem hat er es auch nicht besonders eilig, an die Oberfläche zu gelangen, um Luft zu holen.

Mein eigener Atem stockt.

»Du hast die Gabe«, sagt er und nickt mir zu. Das war keine Frage. Er ist nicht einmal überrascht. Wenn überhaupt, ist er erfreut.

Meine Beine zucken unter mir, als hätte ich vergessen, wie man schwimmt.

»Und du bist?«, fragt Galen. Wofür ich dankbar bin, denn in diesem Moment will mein Mund keine Worte formen.

Dann merke ich, dass ich ihn ebenfalls spüren kann. Nicht so wie Galen oder Rayna oder Toraf. Es ist anders. Es ist eher ein sanftes Streicheln, eine Liebkosung, eine Phantomberührung. Vielleicht das, was ich für Blitze gehalten habe. Aber die Wahrheit ist, dass ich ihn gespürt habe, sobald wir ins Wasser getreten sind. Bevor überhaupt ein Blitz über den Himmel gezuckt ist.

Der Junge zeigt uns seine Hände und dass sie leer sind. »Ich bin Reed.« Ein Fisch schwimmt vor uns und versperrt uns die Sicht. »Ach, komm!«, sagt Reed. »Ich habe dir doch gesagt, dass du den Leuten nicht vor der Nase herumschwimmen sollst. Such dir jemand anderen, dem du auf die Nerven gehen kannst, oder du landest am Ende dieses Seils.« Er sieht mich wieder an. »Du brauchst nicht so höflich zu ihnen zu sein. Sie sind ein Haufen Quertreiber.«

Das Herz rutscht mir in die Hose, als die Fische auseinanderstieben. Aber es liegt wahrscheinlich daran, dass er sie erschreckt hat. Nicht daran, dass sie verstehen, was er sagt. *Oder?*

Alle Fische sind fort, bis auf einen langen, rosabäuchigen, der so vertrauensselig auf Reed zuschwimmt, wie ein Hund auf sein geliebtes Herrchen zulaufen würde. »Ich nenne ihn Vak, kurz für Vakuum, denn genau das erzeugt er um junge Fische herum. Er ist ein Serienkiller, der Kerl da.«

Galen findet das nicht komisch. »Was bist du?«

Ich habe das Gefühl, dass das eine berechtigte Frage ist, aber Reed ist anderer Ansicht. »Na, na, das ist aber kein gutes Benehmen, oder?«

»Du bist ein Halbblut«, stellt Galen fest. Er streckt den Arm hinter sich, eine demonstrativ schützende Gebärde. Ein Schauder durchläuft mich, aber ich unterdrücke ihn, bevor er an der Oberfläche ankommt. Ein Halbblut? *Unmöglich.*

Aber ... es ist so offensichtlich.
Blondes Haar.

Bleiche Haut.
Violette Augen.
Keine Flosse.
In einer Unterwasserhöhle ohne Taucherausrüstung. Verbündet mit Fischen.

Reed grinst hämisch, wodurch sich ein winziges Grübchen an seinem Mundwinkel zeigt. »Und du bist wirklich scharfsichtig.«

Absolutunmöglich. Noch ein Halbblut. Wie ich. *Wie? Wann? Was? Heilige …*

»Wie hast du uns gefunden?«, faucht Galen.

Ich verstehe immer noch nicht, wo hier die Gefahr liegt. Reed ist nicht bewaffnet. Und bisher hat er sich uns gegenüber nicht aggressiv verhalten. Tatsächlich scheint er sich sogar ziemlich über uns zu amüsieren.

»Euch gefunden? Das würde voraussetzen, dass ich euch gesucht habe, oder?« Er kommt uns noch ein wenig näher und Galen verkrampft sich noch mehr. »Die Ironie der Sache ist, dass ich mich von Fremden fernhalten wollte.«

Ich weiß, Galen möchte nicht, dass ich mit diesem Jungen rede. Es ist so eine unausgesprochene Sache, bei der Körpersprache – dass er mich immer noch hinter sich schiebt – mehr sagt als tausend Worte.

Aber Galen bekommt nicht immer, was er will. »Wo kommst du her?«, frage ich und schiebe mich um Galen herum. Ich finde, das ist doch schon mal ein guter Anfang. Er ergreift mein Handgelenk, also halte ich inne und warte ab, bis Galen sich damit abgefunden hat, dass ich aus meinem Versteck gekommen bin.

Reed schenkt mir ein Lächeln, das sagt: *Zu Diensten*. »Ich bin aus Neptun. Ich glaube, ich habe nicht mitbekommen, wie du heißt.«

»Das hat sie dir auch nicht gesagt«, bemerkt Galen und packt fester zu.

»Emma«, stelle ich mich vor. Ich wage es nicht, zu Galen hinüberzuschauen. »Ich heiße Emma. Gibt es noch andere wie dich?«

»Das ist eine seltsame Frage«, erwidert er. Sein hübsches Gesicht ist pure Neugier.

Ich schätze, er hat recht. Ich meine, wenn es uns zwei Halbblüter gibt, muss es noch mehr geben, nicht wahr? Aber warum? Wie? Ich schüttle den Kopf. In seiner Feststellung verbirgt sich eine Frage und egal wie ich antworte, es wäre immer eine halbe Lüge. Ich habe gewusst, dass hier in Tennessee irgendetwas ist. Großvater hat darauf bestanden, dass Galen und ich hierher reisen, weil es hier etwas Interessantes gibt, das ich sehen will. Jetzt verstehe ich, warum er mir nicht erzählt hat, was es ist, und warum er wollte, dass ich es selbst herausfinde.

Großvater wusste, dass ich es Galen erzählen würde. Und irgendwie wusste er, dass es Galen nicht gefallen würde.

»Wie weit weg ist Neptun? Kannst du uns dort hinbringen?«, platze ich heraus.

Reed nickt bereits, noch während Galen mein Handgelenk ergreift. »Emma«, knurrt er. »Wir kennen ihn nicht.«

Ich drehe mich zu ihm um. »Antonis hat uns hierhergeschickt, um es herauszufinden. Ich glaube, es ist ziemlich klar, warum.« Sofort fühle ich mich schuldig, weil ich ihn vor einem wildfremden Jungen zusammengestaucht habe.

»Warum sollte er uns nicht einfach davon erzählen und uns selbst entscheiden lassen?«

Und plötzlich sind die Schuldgefühle weg. Zuerst antworte ich nicht. Ärger breitet sich in meinen Eingeweiden aus. Galen meint damit nicht: »*Uns* die Entscheidung überlassen«. Er meint: »*Mir* die Entscheidung für uns beide überlassen«. Und damit bin ich nicht einverstanden.

Ich wende mich wieder an Reed. »Ich habe für mich entschieden, dass ich Neptun sehen möchte. Würdest du mich hinbringen?«

8

Galen konzentriert sich abwechselnd auf die Straße vor uns und auf den Fremden im Rückspiegel. Reed nimmt einen guten Teil des Rücksitzes ein; er stützt die Ellbogen auf die Mittelkonsole, die den Fahrer vom Beifahrer trennt. Wobei der Beifahrer eine allzu aufmerksame Emma ist.

»Es sind noch ungefähr zwanzig Meilen. Neptun wird bestimmt nicht angezeigt. Wir sind erst vor Kurzem ins GPS eingefügt worden. Ich meine, dieses Jahr«, sagt Reed zu Emma. Er scheint beinahe stolz auf diese wenig beeindruckende Leistung zu sein. Und für Emma gilt das Gleiche.

»Und gibt es in Neptun noch mehr Halbblüter?«, fragt sie. Sie versucht nicht einmal, ihre Aufregung zu verbergen.

Reed antwortet mit einem Grinsen.

Galen hat das Gefühl, er befinde sich in einem schlechten Traum, in einem, aus dem er nicht erwachen kann. Im Stillen verflucht er Antonis dafür, dass er sich hier eingemischt hat. *Was hat er sich dabei gedacht, uns in eine Stadt voller Halbblüter zu schicken, deren bloße Existenz das Gesetz verhöhnt? Ausgerechnet jetzt, wo wir versuchen, das Vertrauen unserer Königreiche zurückzugewinnen, nicht mehr und nicht weniger!*

Und was noch schlimmer ist: Emma scheint sich dabei pudelwohl zu fühlen.

»Es ist eine kleine Stadt«, räumt Reed ein. »Aber es gibt dort auch reinblütige Syrena. Und Menschen. Menschen, die unser Geheimnis hüten.«

Galen wirft ihm einen schnellen Blick zu. »Wie ist das möglich?« Und wie kommt es, dass die Fährtensucher dieses Versteck von Deserteuren nicht entdeckt haben? Insbesondere Toraf, der Syrena überall auf der Welt spüren kann. Oder beeinflusst das Süßwasser sein Suchvermögen so, wie es Galens Fähigkeit beeinträchtigt, etwas zu spüren?

Die einzige andere Gemeinschaft aus Halbblütern und Syrena, von der Galen je gehört hat, war Tartessos – das vor Tausenden von Jahren von General Triton zerstört wurde. Der Überlieferung zufolge wurden die Halbblutkinder des Generals Poseidon vernichtet, und alle vollblütigen Syrena kehrten in die Ozeane zurück, um nie wieder an Land zu gehen.

Wie konnte ohne das Wissen der Königreiche eine andere Gemeinschaft entstehen? Wer sind diese reinblütigen Syrena, die eine weitere Generation – oder mehr – von Halbblütern ins Leben gerufen haben?

Reed hält inne und mustert Galen im Rückspiegel. »Hört mal, ich weiß die Rückfahrt in die Stadt und alles zu schätzen. Aber ich habe alle eure Fragen beantwortet und bisher habt ihr selbst euch sehr bedeckt gehalten. Das erscheint mir nicht besonders fair.«

Emma nickt. »Was möchtest du denn wissen?«

Galen wirft ihr einen warnenden Blick zu, aber Emma tut so, als würde sie es nicht bemerken. Tatsächlich versucht sie um jeden Preis, ihn überhaupt nicht anzusehen.

»Na ja«, sagt Reed und beugt sich gerade weit genug vor, um in Galen den Wunsch zu wecken, sein Kinn mit einem Aufwärtshaken neu zu justieren. »Ich weiß, dass ihr aus dem Ozean kommt. Zumindest er. Du bist offensichtlich ein Nachfahre der im Ozean lebenden Syrena.«

Emma klappt der Unterkiefer herunter.

Reed zuckt die Achseln. »Oh, keine Sorge, ich bin kein Hellseher oder so. Ozeanbewohner senden andere Pulse aus als Süßwassersyrena. Soweit wir wissen, hat der Mangel an Salz im Wasser im Laufe der Zeit die Art verändert, wie wir einander spüren. Unsere Körper haben sich irgendwie ans Leben im Süßwasser angepasst.« Er mustert Emma genauer, wenn das überhaupt noch möglich ist. »Aber meine Frage ist: Warum seid ihr gekommen? Wie kann ich euch dazu bewegen zu bleiben?«

Galen versäumt es beinahe zu bremsen, als ein Wagen

vor ihnen das Tempo drosselt. »Wir bleiben nicht.« Emmas Stirnrunzeln entgeht ihm nicht.

»Es ist eine lange Geschichte«, beginnt Emma und schenkt Reed ein Lächeln. »Meine Mutter ist Syrena; mein Vater war menschlich. Ich bin an Land aufgewachsen. Mein Großvater hat einmal deine Stadt besucht, glaube ich. Er ist derjenige, der uns hierhergeschickt hat.«

Antonis muss Neptun besucht haben. Daher wusste Reed bereits, dass wir einander im Süßwasser auf andere Weise spüren. Was hatte Antonis diesen Fremden sonst noch zu sagen?

»Euch hierhergeschickt?«

»Na ja, ich schätze, es war tatsächlich eher eine Art Schnitzeljagd«, sagt Emma schnell. »Er hat uns eine allgemeine Richtung gewiesen, uns aber nicht erzählt, was uns in Neptun erwartet.«

»Warum das denn?« Reed sieht Galen direkt in die Augen.

Galen kommt zu dem Schluss, dass Reed mit der Gabe des Urteilsvermögens gesegnet ist. »Das fragen wir uns auch«, murmelt er.

Emma lacht. »Er wollte ganz offensichtlich, dass wir, ... oh, ähm, nein, Neptun ...«, stottert sie. »Ich meinte, er wollte, dass wir Neptun finden.«

Reed richtet seine Aufmerksamkeit wieder auf Emma. »Ich bin froh, dass er das wollte.«

Galen ist sich ziemlich sicher, dass Reed sich keine falschen Vorstellungen über seine Beziehung zu Emma macht. Und er ist sich genauso sicher, dass es Reed egal ist. Reed ist durch und durch verzaubert von Emma und Galen kann ihm keinen Vorwurf daraus machen.

Aber ich kann ihm die Zähne einschlagen ...

Reed fährt fort, Fragen zu stellen, und Emma fährt fort, darauf vage, aber aufrichtige Antworten zu geben: Ihre Mutter hat ihr Leben lang an Land gelebt. Ihr Vater war ein menschlicher Arzt, der wusste, dass ihre Mutter eine Syrena war. Sie hat Galen an der Küste von Florida kennengelernt. Die Königreiche wissen von ihrer Existenz und haben im Moment nichts dagegen.

Zu Galens Erleichterung steuert Emma keine Information über ihr königliches Erbe bei oder über die jüngsten Ereignisse, die zu ihrer Entdeckung geführt haben. Er weiß, dass sie eine Verbindung zu diesem Fremden verspürt, und obwohl es ihm nicht gefällt, kann er es doch zumindest verstehen. Reed ist ein Halbblut wie sie. Was etwas Neues ist und neugierig machen kann und für Emma ein gewisses Gefühl der Verbundenheit bedeutet. Insbesondere da sie sich einer Stadt voller Halbblüter nähern.

Aber Galen hat nicht die Absicht, diesem blonden Jungen zu vertrauen, der so viel Charme versprüht. Galen hat sich schon einmal von einem gutmütigen Lächeln täuschen lassen. Das wird nicht wieder vorkommen.

9

Es ist, als säße Galen überhaupt nicht mit uns im Wagen. Reed und ich unterhalten uns, während Galen über dem Lenkrad brütet. Auf Reeds Anweisung biegt er auf eine gewundene Schotterstraße ab, die uns immer weiter in den Wald hineinführt, näher und näher an die Kluft zwischen den beiden nahegelegenen Bergen heran.

Die Stadt Neptun.

Am Stadtrand steht ein Holzschild mit den Worten WILLKOMMEN IN NEPTUN in großen Buchstaben oben und darunter, in kleineren, eleganteren Buchstaben: STADT DER ERINNERUNGEN. Das Schild steht in einem Blumenbeet, das von weiß gestrichenen Steinen gesäumt ist. Galens Blick scheint im Vorbeifahren auf den unteren Worten zu verweilen. Ich will ihn danach fragen, aber ich bin klug genug, das nicht vor Reed zu tun.

Galens Schweigen tränkt die Luft zwischen uns, eine stille Missbilligung, weil ich Reed ohne großartig zu zögern akzeptiert habe. Mir kommt auch der Gedanke, dass Galen eifersüchtig sein könnte, was, gelinde gesagt, verrückt ist. Vor allem in Anbetracht dessen, dass wir erst vor ein paar Stunden herumgemacht haben. Also beschließe ich, im Zweifelsfall für den Angeklagten zu entscheiden und seinen Rückzug aus dem Gespräch als Vorsicht zu bewerten. Im Grunde hoffe ich irgendwie, dass es um Reed geht und nicht um die Existenz von Neptun oder meine Aufregung darüber. Denn ich bin *natürlich* aufgeregt. Was könnte es Faszinierenderes geben als eine Stadt voller Halbblütern? Bestimmt kann Galen verstehen, warum mich das so interessiert. Und wenn nicht, sollte er sich mehr Mühe geben.

Der SUV biegt auf eine Straße ein, offensichtlich die Hauptstraße von Neptun. Reihen kleiner, hübscher Geschäfte und Büros säumen beide Seiten der Straße. Für mich ist es das steingewordene Klischee einer Stadt im alten Westen, nur dass Autos vor den Geschäften stehen und keine Pferde an Holzpfosten angebunden sind. Eine bunte Mischung von Leuten promeniert auf den Gehwegen. Einige sind offensichtlich Syrena – olivfarbene Haut, schwarzes Haar, violette Augen, klassischer muskulöser Körperbau. Andere sind ebenso offensichtlich Halbblüter. Und dann gibt es jene, die Menschen sein könnten. Da sind blonde, blasse Asiaten. Es gibt blonde Afroamerikaner mit hellerem Teint. Alt und jung. Männlich und weiblich. Ein wandelndes Gemisch von Volksgruppen, Spezies, Altersklassen und Geschlechtern.

Ich nehme alles in mich auf und ignoriere meine wachsende Erregung sowie Galens sich vertiefendes Stirnrunzeln. »Also leben all diese Leute hier? Aber wo?«

»Sie leben in Häusern, genau wie gewöhnliche Leute. Wir leben hier wie Menschen. Weil die meisten von uns teilweise menschlich sind.« Reed wirft mir einen vielsagenden Blick zu, und ich gebe vor, es nicht zu bemerken.

»Also, was *tut* ihr hier?«

»Was meinst du?«

»Was ist der Zweck der Stadt? Ist das ...« Ich deute auf die Gebäude und die Leute um uns herum. »Ist das alles nur Show? Oder sind diese Läden wirklich geöffnet?«

Reed lacht. »Natürlich sind sie geöffnet. Wir brauchen eine Eisenwarenhandlung und ein Postamt und Lebensmittelgeschäfte genau wie jede andere Stadt. Wir haben auch Stromrechnungen, musst du wissen.«

Verblüffend. »Also, wie funktioniert das alles? Wie bezahlt ihr die Stromrechnungen?«

»Das wird so langsam zu einer Unterrichtsstunde in Gesellschaftswissenschaft.«

Ich verdrehe die Augen. »Du weißt, was ich meine.«

»Wir sind ziemlich unabhängig. Ich arbeite nach der Schule auf Teilzeitbasis im Lebensmittelgeschäft, aber ich nehme mir im Sommer frei, um angeln zu gehen. Einige der Menschen pendeln in benachbarte Städte, wo sie bei Banken oder Versicherungsgesellschaften oder was auch immer arbeiten. Ich schätze, ich weiß nicht, wie ich es sonst erklären soll. Wir sind einfach eine ganz normale Stadt.«

Reed weiß nicht, wie er es erklären soll, und ich weiß nicht, was ich sonst noch fragen soll. Ich habe wohl geglaubt, es sei wirklich alles nur Show und hier sei jeder für sich so wohlhabend wie Galen. Aber Reed hat recht, es ist einfach nur eine normal funktionierende Kleinstadt. So normal, wie eine Stadt voller Halbblüter eben sein kann.

Wir halten vor der einzigen Ampel weit und breit, vor einem dreistöckigen, cottageähnlichen Gebäude. Darin ist anscheinend eine Frühstückspension – zumindest verkündet ein großes Schild vor der Tür, dass keine Zimmer mehr frei sind. Ein Mann sitzt auf der vorderen Veranda auf einem weißen Schaukelstuhl. Bisher ist er der Einzige, der fehl am Platz wirkt, was vielleicht auch nur an dem weißen Laborkittel liegt, den er trägt und der voller Erde ist, die er in den Topf mit der Pflanze vor sich füllt. Er blickt auf, stutzt und beäugt den SUV wie ein näherkommendes Raubtier. Wieder mal bin ich dankbar um die getönten Scheiben.

Ich sehe Reed an. »Wer ist dieser Mann?« Nicht dass ich davon ausgehe, dass Reed jeden in der Stadt kennt, aber dieser Bursche lädt förmlich zu Spekulationen ein.

Er wirft dem Mann auf der Veranda einen Blick zu. In seinen Worten liegt eine gewisse Anspannung, als er antwortet: »Mr Kennedy. Er wohnt schon seit ungefähr einem Monat bei Sylvia.«

Ich nicke. »Warum ist er hier?« Was eine seltsame Frage sein mag, aber wirklich, alle anderen Menschen, die ich gesehen habe, scheinen hierherzugehören. Sie scheinen alle in die Geheimnisse von Neptun eingeweiht zu sein. Alle bis auf diesen Mann.

Reed zuckt die Achseln. »Wir versuchen, die Stadt für Touristen so uninteressant wie möglich zu machen – aus naheliegenden Gründen. Aber Mr Kennedy ist nicht wirklich ein Tourist. Er ist Botaniker, und er ist hier, um nach neuen Pflanzenspezies zu suchen. Eigentlich ist er nicht ganz dicht. Redet immer mit sich selbst und platzt in alles Mögliche hinein. Und er hat immer schwarze Fingernägel, weil er in der Erde wühlt.« Reed verzieht das Gesicht, als würde Kennedy nicht in der Erde herumbuddeln, sondern in einem Misthaufen.

Die Ampel wird grün, und wir passieren die Frühstückspension, aber ich muss mich nicht umdrehen, um zu wissen, dass Mr Kennedy uns immer noch hinterherstarrt. »Und was bringt ihn auf die Idee, dass er hier neue Pflanzenspezies finden wird?«

Ich kann Reeds Achselzucken praktisch hören. »Weiß ich nicht so genau. Er ist wirklich kein großer Redner. Und meistens rennt er den ganzen Tag im Wald herum und sucht nach seinem Ökoschatz.«

»Ihr könnt ihn nicht loswerden?«, fragt Galen, was mich verblüfft.

»Ihn loswerden? Du meinst, ihn töten?« Reed lacht leise. »Ich weiß nicht, wie ihr die Dinge im Ozean löst, aber hier laufen wir nicht herum und töten Leute. So etwas wird in diesen Teilen des Landes nicht gern gesehen.«

»So habe ich es nicht gemeint«, entgegnet Galen. »Warum vertreibt ihr ihn nicht? Ihr seid in der Überzahl.«

»Es ist nicht so einfach, wie es sich anhört. Damals, in den fünfziger Jahren, haben alle Anwohner hier beschlossen, sich zu einer echten Stadt zusammenzuschließen. Was bedeutete, dass Neptun unter die Rechtsprechung des Countys und des Staates fiel und so. Sicher, wir mussten schon vorher menschliche Gesetze einhalten, aber erst seit damals mussten wir genau darauf achten, wen wir vertrieben haben und wen wir bleiben ließen. Heutzutage kann jemand ›Diskriminierung‹ auf Grund der Schuhgröße rufen und dann sind wir mitten in einer gewaltigen Schlammschlacht.« Er dreht sich zu mir um und zwinkert mir zu. »Wir mussten uns was anderes ausdenken, wie wir Leute tyrannisieren.«

Galen schnaubt. Ich werfe Reed einen missbilligenden Blick zu. »Na, wie sieht's aus, *habt* ihr wen diskriminiert?«

Reed grinst. »Natürlich«, antwortet er, und ich schärfe die Zunge, um zu einer gesalzenen Antwort anzusetzen. Galen wirkt beinah erheitert. Das heißt, bis Reed mir eine Hand auf den Mund legt. »Bevor du ausholst und etwas sagst, was du nicht so meinst – das war nur Spaß. Natürlich achten wir sehr darauf, wem wir unsere Geheimnisse anvertrauen, aber es hat nichts mit Rasse oder Religion oder sonst was zu tun.«

»Finger weg!«, sagt Galen. »Wenn du sie behalten willst.«

Ich unterstütze diese Bemerkung dadurch, dass ich seinen Arm zu ihm zurück auf die Rückbank schiebe.

»Er ist ein bisschen empfindlich, was?«, bemerkt Reed, ohne Galen anzusehen. »Nicht dass ich ihm einen Vorwurf daraus machen würde.«

Wirklich? Er wird es darauf ankommen lassen? Galen beißt die Zähne zusammen. Seine Geduld ist fast erschöpft. »Ich glaube, wir sollten –«

Aber Reed unterbricht ihn unbeeindruckt. »Dort ist es. Da wohne ich.«

Sobald Galen auf die unbefestigte Zufahrt eingebogen ist und angehalten hat, springt Reed aus dem Wagen und hüpft die drei Stufen zu seiner Veranda hinauf, die Leine mit den Fischen über die Schulter geschlungen. Das Haus ist alt und baufällig, aber nicht ohne Reiz. Leuchtende Körbe mit pinken und weißen Stiefmütterchen säumen das Geländer der Veranda und lenken die Aufmerksamkeit von der abblätternden Farbe und dem rissigen Holz ab.

Galen und ich steigen aus, warten jedoch vor dem SUV. Schließlich hat man uns nicht eingeladen hereinzukommen. Reed ist im Haus verschwunden, aber wir können ihn herumstapfen und rufen hören: »Mooooom! Wir haben Besuch! Und ich habe Fisch fürs Abendessen gefangen.«

Galen wirft mir einen Blick zu, der deutlich sagt: »Sehen wir zu, dass wir hier wegkommen.«

Aber ich schüttele den Kopf. Ich weiß nicht genau, was Großvater wollte, warum es ihm wichtig war, dass ich hierherkomme und andere wie mich kennenlerne. Galen verschränkt die Arme vor der Brust. Ich gehe zu ihm hinüber und drückte ihm einen sanften Kuss auf die Lippen.

»Wofür war das?«, fragt er sichtlich erfreut.

»Dafür, dass du mitgemacht hast, obwohl ich weiß, dass du nicht wolltest.«

Er will gerade etwas erwidern, als Reed in der Tür erscheint und uns hereinwinkt. »Ich schätze, Mom ist nicht hier«, übertönt er die zuschlagende Fliegentür hinter uns. Er hat in jeder Hand einen Schokokeks und bietet mir einen an. »Die sind noch warm.«

Ich lehne ab, ein wenig betroffen darüber, dass er Galen keinen Keks angeboten hat. Nicht dass Galen ihn essen würde, aber es geht ums Prinzip. Reed kann offenbar meine Gedanken lesen.

»Wir haben immer einen kleinen Vorrat an Sushi«, sagt er zu Galen. »Ich weiß, dass die meisten Syrena das süße Zeug hassen. Mein Dad eingeschlossen.«

»Nein danke«, antwortet Galen. Ich glaube, Roboter klingen höflicher.

Reed führt uns kurz durchs Haus. Die drei Schlafzimmer oben gehören ihm, seinen Eltern und Toby, seinem kleinen Bruder. Sämtliche Wände sind mit selbstgemachten Kunstwerken geschmückt, wunderschön gearbeitete

Decken zieren jedes Bett, und von irgendwoher duftet es nach einem Holzfeuer, obwohl es mitten im Sommer ist. Der Boden knarrt in einer entzückenden Serenade.

Reed führt uns zurück in die Küche, wo er einen weiteren Keks von einem gut gefüllten Teller nimmt. Diesmal nehme ich sein Angebot an. Ich weiß, dass Galen findet, ich würde alle Vorsicht in den Wind schlagen, aber es ist eher so, dass ich sie in den Wind hochwerfe wie einen Drachen, um zu sehen, ob er fliegt.

Wir nehmen an dem orange-gelben, altmodischen Küchentisch Platz.

»Also«, sage ich mit einem Mundvoll Schokoladenherrlichkeit, »wie alt bist du?«

Reed grinst. »Zwanzig. Und du?«

Ich will ihm gerade antworten, ich sei achtzehn, aber inmitten dieses ganzen Chaos ist es mir gelungen, ein weiteres Jahr älter zu werden. Ich habe meinen Geburtstag kaum mitbekommen – und alle anderen anscheinend auch nicht. In diesem Jahr ist viel passiert. »Neunzehn.«

Er sieht Galen an. »Und du?«

»Einundzwanzig.«

Reed nickt – eher in sich selbst hinein als an uns gerichtet. Dann erfüllt der Klang eines Banjos die Luft und verschafft uns eine Atempause vor dem nächsten peinlichen Moment. Reed springt auf und schnappt sich das Handy von der Theke, aus dem gerade Countrymusik hervorbricht. Anscheinend ist es seine Mom. Er geht ins

Wohnzimmer, und alles, was wir hören, sind einige gedämpfte Worte und dann: »Bis bald.«

Das verursacht Galen Unbehagen. Nicht dass es heute irgendetwas gäbe, das Galen kein Unbehagen bereiten würde. Als Reed zurückkommt, eilt ihm sein lässiges Lächeln voraus. »Mom will, dass ihr die Nacht über bei uns bleibt. Galen und ich können auf den Sofas im Wohnzimmer schlafen und du kannst mein Zimmer haben.«

»Wir wollen uns nicht aufdrängen«, sagt Galen schnell. »Wenn wir hierbleiben«, er sieht mich an, als frage er mich, ob das unbedingt sein muss, statt einfach zuzustimmen, »dann können wir in der Frühstückspension absteigen. Wie hieß sie noch gleich? Bei Sylvia?«

»Auf dem Schild stand, dass es dort kein freies Zimmer gibt«, wende ich ein.

»Das steht da immer«, sagt Reed. »Mr Kennedy hat der armen Sylvia einen ordentlichen Schrecken eingejagt, also nimmt sie jetzt keine neuen Besucher von außerhalb der Stadt auf. Bei euch macht sie aber bestimmt eine Ausnahme, weil ihr zu uns gehört.«

Galen runzelt die Stirn. Es gefällt ihm nicht, als »zugehörig« angesehen zu werden. Ich habe Schuldgefühle, weil ich es toll finde. In der Tat bin ich sogar richtig begeistert. Aber im Moment bin ich erleichtert, ein eigenes Zimmer zu nehmen und ein Gespräch unter vier Augen über die Ereignisse des Tages führen zu können. Wenn wir hier in Reeds Haus blieben, würde sich das zu … öffentlich anfühlen. Was blöd ist, wenn man bedenkt, dass die Pension mitten in der Stadt steht. Jeder, der neugierig ist, könnte uns dort aufsuchen – einschließlich des unheimlichen Mr Kennedy.

Ich gebe zu, dass Mr Kennedy unter normalen Umständen nicht auf meinem Merkwürdigkeitsradar auftauchen würde. Es ist nur so, dass ich es zur Abwechslung mal richtig nett finde, dass Reed jemanden wie ihn als »anders« empfindet und nicht ich selbst mich wie eine Ausgestoßene fühlen muss. Egal wie egoistisch sich das jetzt anhört.

Reed bietet an, uns zu Sylvias Pension zu begleiten, aber Galen hebt die Hand. Es ist eine endgültige Geste. »Nein danke. Da finde ich hin.«

Unser neuer Freund zuckt nicht mal mit der Wimper. »Seid einfach um sechs wieder hier. Ich habe Mom gesagt, dass ihr zum Abendessen vorbeikommt. Stellt mich nicht als Lügner hin.«

Als es so aussieht, dass Galen vielleicht abermals protestieren will, fährt Reed fort: »Toby hat im Bach einige Forellen gefangen. Ich wüsste liebend gern, was du von Süßwasserfisch hältst, Galen.«

Galen fährt sich mit der Hand durchs Haar. »Na schön. Dann kommen wir um sechs.«

Ich gebe vor, nicht zu bemerken, dass Reed mich anlächelt wie eine Katze, die gleich den Kanarienvogel verspeisen wird.

10

Galen schleppt die Koffer in den ersten Stock von Sylvia's Starfish Bed and Breakfast. Er wartet, während Emma die Tür zu ihrem Zimmer öffnet, bevor er ihre Habe hereinholt. Weil er und Emma noch nicht verbunden sind, hat Sylvia darauf bestanden, sie in getrennten Zimmern unterzubringen. Schließlich seien sie alle »romantisch eingerichtet« mit nur mit einem großen Bett.

Anscheinend sucht sich die Stadt Neptun aus, welche der alten Gesetze sie zu befolgen beliebt.

Emma fällt auf das wunderschöne schmiedeeiserne Bett mit dem hellblauen Satinbettzeug und den Spitzenrüschen um den unteren Rand herum. Das Bett knarrt bei jeder ihrer Bewegungen und sie kichert. »So romantisch ist das gar nicht, wenn du weißt, was ich meine.«

Galen grinst und stellt die Koffer unter das Fenster. Dann setzt er sich neben Emma aufs Bett. Die Luft hier drin riecht abgestanden, als sei das Zimmer schon seit

Ewigkeiten nicht mehr benutzt worden. »Wie findest du es hier?«

Was er wirklich sagen will ist: »Was hältst du von Reed und davon, dass er offensichtlich total in dich verschossen ist?«, aber das würde nur einen Streit vom Zaun brechen, ganz zu schweigen davon, dass all die eifersüchtigen Gefühle, die er so tapfer unterdrückt hat, wieder hochkochen würden. Reeds Faszination für Emma hat Galens Fantasie auf vielen Ebenen geweckt.

Zuerst hat er sich vorgestellt, ganz plötzlich hart auf die Bremse zu treten, sodass Reed auf direktem Wege durch die Windschutzscheibe des SUV katapultiert worden und sein blutiger Leib zerschlagen auf der Schotterpiste vor ihnen gelandet wäre.

Dann war da die Fantasie, Reed mit der Faust sämtliche Zähne auszuschlagen und dadurch seine eigene Version eines unbeschwerten Lächelns herzustellen.

Ganz zu schweigen von dem Tagtraum, Reed so fest in den Magen zu boxen, dass er an den Überresten seiner Schokokekse erstickt.

»Ich finde, es ist noch zu früh, um etwas zu sagen«, stellt Emma fest und schreckt ihn aus seinen Gedanken auf.

»Wirklich? So hat das aber nicht ausgesehen.«

Sie verdreht die Augen, während er den Ellbogen auf die Matratze setzt und den Kopf so aufstützt, dass er knapp über ihrem schwebt. Ihre Nasen berühren sich beinah. *Bei Tritons Dreizack, ihre Haut ist makellos.* »Ich glaube, du vertraust mir nicht genügend. Und ich glaube, du vertraust Reed auch nicht genügend.«

»Das hatte ich befürchtet.« Er lehnt sich zurück und starrt zur Decke empor. »Emma, wir kennen diese Leute nicht. Und was wir über sie wissen, ist, dass sie nicht existieren sollten. Dass sie hier an Land leben und das Risiko unserer Entdeckung in Kauf nehmen.«

»Sicher kann man eigentlich nur sagen, dass sie das Risiko *ihrer* Entdeckung in Kauf nehmen, nicht unserer. Können wir uns nicht auf die Tatsache einigen, dass sie sich lange genug versteckt haben – sogar vor uns –, um zu beweisen, dass sie uns nichts Böses wollen?«

»Du bist ein Halbblut, Engelsfisch. Wenn sie entdeckt werden, wirst du auch entdeckt.«

»Wieso? Niemand wird in einer Menge mit dem Finger auf mich zeigen und anfangen zu schreien.«

»Das kannst du nicht wissen. Und ich will es nicht herausfinden.«

Emma seufzt. Er kann erkennen, dass sie sich über ihn ärgert, aber was erwartet sie? Dass er diese Fremden umarmt wie lang verschollene Vettern? So funktioniert das einfach nicht. Schon gar nicht unter den gegebenen Umständen.

»Du willst nicht hier sein.« Sie sagt es, als habe er sie irgendwie verraten.

»Ich will überall dort sein, wo du bist.«

»Das ist ein Allgemeinplatz.«

Er kneift sich in den Nasenrücken. »Nein. Ich will

nicht hier sein.« Er wälzt sich wieder herum und betrachtet ihr umwerfendes Gesicht. Während er die Hand über ihre Wange gleiten lässt, fährt er fort: »Um die Wahrheit zu sagen, mein erster Instinkt ist es davonzulaufen. So weit weg wie möglich.«

Ihr gefällt die Aufrichtigkeit in dieser Antwort nicht, aber er kann es nicht ändern. »Warum?«

»Weil sie das Gesetz brechen.«

»Aber du hast selbst gesagt, das Gesetz ist Aberglaube. Schon vergessen? Ich bin ein Sonderfall des Gesetzes. Könnten sie es nicht auch sein?« Stimmt, er ist hinsichtlich des Gesetzes hin- und hergerissen. Aber in diesem Moment hat sich das Gesetz anscheinend auf vernünftige Art und Weise neu erfunden.

»Na ja, sie reichen nicht gerade ein Gnadengesuch ein, oder? Außerdem spielt *meine* Ansicht über das Gesetz keine Rolle. Es zählt allein, was die *Königreiche* über das Gesetz denken – und sie haben immer noch ein Gesetz gegen die Existenz von Halbblütern.« Er zuckt zusammen, als ein Schimmer des Schmerzes auf ihrem Gesicht aufblitzt. »Von mehr als einem Halbblut« korrigiert er sich. »Momentan sollten wir uns darauf konzentrieren, den Frieden zwischen den Königreichen zu wahren und ihnen nicht einen weiteren königlichen Skandal zu liefern.« Jedes Mal, wenn er den Mund öffnet, kommt Groms Stimme heraus.

»Für mich ist das kein Skandal, Galen. Außerdem hat mein Großvater von diesem Ort gewusst. Er ist hier gewesen. Und offensichtlich hält auch er seine Existenz für keinen so großen Skandal.«

»Da bin ich mir ganz und gar nicht sicher«, entgegnet Galen trocken. »Andernfalls hätte er ihn nicht geheim gehalten.« Und Galens erster Instinkt ist es, sich darüber aufzuregen. *Was hat sich Antonis dabei gedacht?* »Warum sind wir überhaupt hier?«

»Er hat gesagt, er habe Mom gesucht.«

»An *Land*?«

Sie zuckt die Achseln. »Hat sich herausgestellt, dass Mom von allem Menschlichen fasziniert war. Ähnlich wie Rayna.«

Galen ist alles andere als begeistert von diesem Vergleich. Rayna sammelt nur menschliche Dinge. Sie würde sich niemals von der Lebensweise der Syrena abwenden und tatsächlich an Land bleiben. Trotzdem hat er nicht genügend Zutrauen, um das laut zu sagen. Rayna ist schließlich unberechenbar. Genau wie Nalia, Emmas Mutter.

Und genau wie Emma.

Galen ist es leid, dass alles so unberechenbar ist; wenn es nach ihm ginge, dürfte sich ruhig alles endlich einmal beruhigen. Aber die menschliche Welt ist dafür anscheinend allzu voll mit Komplikationen. Man muss sich ja nur ansehen, wohin es bei Nalia geführt hat! Sie hat unter Menschen gelebt und sich die ganze Zeit Groms Hingabe und Liebe entgehen lassen. Und Emma! Sie ist bereit, ihre Lebensspanne zu verkürzen, ihm gemeinsame Jahre zu rauben, nur damit sie Zeit an Land verbringen kann. Um die menschliche Schule zu besuchen. Um menschliche Dinge zu tun.

Ganz zu schweigen von Rachel! Sie hat an Land *gehört*. Aber selbst eine der unverwüstlichsten Personen auf der Welt hat sich am Ende als zu vergänglich erwiesen – zu menschlich.

Ich hatte die ganze Zeit über recht damit, vor Menschen auf der Hut zu sein. Und jetzt stecke ich zu tief drin.

Er ist erschrocken, als er bemerkt, dass Emma ihn beobachtet. Er fragt sich, was sie sieht. Kann sie erkennen, wie verbittert er ist? Wie verzweifelt er sich wünscht, ihr zu sagen, was er fühlt? Und wie groß seine Angst ist, dass sie ihn zurückweist?

Aber Emma hat offenbar eigene Sorgen. Ihr Ausdruck verändert sich, und sie wird ihn gleich um etwas anbetteln – und Galen weiß bereits, dass er ihrer Bitte kaum etwas entgegensetzen kann. Er fragt sich – und zweifelt daran –, ob er jemals immun gegen diesen Gesichtsausdruck werden wird.

»Ich weiß, dass du dich hier nicht wohlfühlst«, sagt sie leise. »Aber ich mich schon, Galen. Tatsächlich ... tatsächlich fühlt es sich an, als würde ich *hierhergehören*. In Neptun bin ich keine merkwürdige Außenseiterin. Der einzige merkwürdige Außenseiter hier ist Mr Kennedy – und er ist ein ganz normaler Mensch.«

Du gehörst zu mir, möchte er sagen, was ein wenig besitzergreifender klingt, als ihm lieb ist. Aber er kann nicht dagegen an. Sie verhält sich, als sei dieser Ort die Antwort auf ihre Träume. Und tief im Innern weiß er, dass es keinen Sinn hat zu streiten. Emma hat es sich in den Kopf gesetzt, diesen Ort zu kennenzulernen.

»Du bist keine Außenseiterin«, ist alles, was er sagen kann. Er hasst sich dafür, seine wahren Gefühle zu verbergen, aber er spürt, dass jetzt nicht der richtige Zeitpunkt ist, um zu streiten. Emma möchte für eine Weile bleiben, also werden sie es tun.

Aber was werde ich tun, wenn sie beschließt, dass sie auf Dauer hierhergehört?

Er legt ihr den Arm um die Taille und zieht sie enger an sich. Sie kuschelt sich in seine Armbeuge und entspannt sich. Aber wie nah sein Körper ihrem auch ist, es scheint etwas Neues zwischen ihnen zu stehen. Und Galen umfasst sie fester.

11

Reeds Familie ist genauso umgänglich wie er. Tatsächlich ist der Esstisch so etwas wie der Mittelpunkt und jeder steht abwechselnd einmal im Rampenlicht.

Sein Vater, Reder Conway, ist ein vollblütiger Syrena mit muskulösem Körperbau, der sich unter seinem Flanellhemd abzeichnet, und olivfarbener Haut, die in der angenehmen Beleuchtung des Esszimmers attraktiv glänzt. Er hat die gleichen eisblauen Augen wie meine Mutter – ein Beweis mehr, dass sich die Augenfarben der Syrena nach so viel Zeit an Land verändern. Ich frage mich, wie lange es dauern wird, bis Galens Augen verblassen. Und ob ich es werde ertragen können, wenn sie es tun.

Reeds Mutter, Laureen, ist so eindeutig menschlich, wie man es nur sein kann. Ihre blonden Locken hat sie in einem französischen Zopf gezähmt. Nur gelegentlich lugt eine rebellische Strähne hervor. Große, braune Augen, denen nichts zu entgehen scheint, und eine birnenförmige Figur, die man nur bekommt, wenn man die süßeren Dinge des Lebens zu genießen weiß.

Toby, Reeds neunjähriger Bruder, ist ein klassisches Halbblut – blondes Haar, blasse Haut – und eine klassische Nervensäge. Ein vorlauter kleiner Bruder, wie ich ihn mir immer gewünscht habe.

»Reed sagt, du hast einen Dreizack auf dem Bauch«, sagt Toby so verzückt zu Galen, dass der Korb mit den Brötchen beinah auf dem Boden landet, statt in meiner ausgestreckten Hand.

Das Klirren und Klappern des Bestecks verstummt. Mr Conway trinkt einen Schluck von seiner Buttermilch und lehnt sich dann auf seinem Stuhl zurück. Er versucht, lässig zu wirken. Was ihm nicht gelingt. »Stimmt das?«, fragt er.

Galen hat sich eine weitere Kartoffel genommen und schneidet ein Stück davon ab, von dem wir beide wissen, dass er es nicht essen wird. »Es ist eine Tätowierung«, antwortet er achselzuckend.

Plötzlich fühlt sich das Abendessen an wie ein Spiel. Galens königliches Geburtsmal hat Mr Conways Interesse geweckt, und Galens Hauptinteresse besteht darin, ihm möglichst wenig davon zu erzählen. Entzückend.

»Aaah, Mist«, sagt Toby niedergeschlagen. »Wir hatten gehofft, dass du ein waschechter königlicher Triton bist. So einen hat noch nie jemand gesehen.«

Galen schenkt ihm ein gutmütiges Lächeln von der anderen Seite des Tisches. Nur ich bemerke den leicht angespannten Zug um seinen Mund. »Tut mir leid, dich zu enttäuschen, kleiner Fisch.«

»Eine Tätowierung, was?«, sagt Reed. »Wir haben hier nicht viel Erfolg mit Tätowierungen gehabt. Irgendein Unsinn, dass unsere Haut zu wassergesättigt ist und die Tinte deshalb nicht haften bleibt.«

Galen zuckt die Achseln. »Muss mit dem Süßwasser zu tun haben.«

Was soll das, zum Kuckuck? Ich kann verstehen, warum Galen auf der Hut ist – schließlich sind diese Leute immer noch Fremde –, aber eine glatte Lüge? Vor allem, wenn sie bereits wissen, was der Dreizack bedeutet. Was soll's, wenn sie wissen, dass er zur Königsfamilie gehört? Im Gegenteil. Sein Status könnte dazu beitragen, den Austausch mit ihnen einzuleiten. Die Kluft zwischen Süßwasser- und Salzwassersyrena zu überbrücken.

Es sei denn, Galen hat kein Interesse daran, die Kluft zu überbrücken.

Ich schiebe diesen Gedanken beiseite und stopfe mir eine ganze Kartoffel in den Mund. Sie wird mich daran hindern, mit meiner Meinung herauszuplatzen, und ich werde mich darauf konzentrieren müssen, nicht zu ersticken, statt über die Gründe nachzudenken, warum Galen eine willkürliche Kluft nicht überbrücken will.

»Ich will dein Urteil nicht in Zweifel ziehen, Galen«, sagt Mr Conway. »Aber würden die Königshäuser eine menschliche Tätowierung nicht als ... hm, nicht nur als

Gesetzesbruch, das versteht sich ja von selbst, sondern sogar als Sakrileg gegen die Königlichen verstehen? Vor allem einen Dreizack wie deinen. Oder hat sich die Lage im Ozean so sehr verändert?« Er sieht mich vielsagend an, das Halbblutmädchen, das Galen zum Abendessen mitgebracht hat. Treffer, nicht wahr?

Aber ausnahmsweise fühle ich mich als Halbblutmädchen einmal nicht fehl am Platz. Mr Conway zwinkert mir tatsächlich zu, und ich kann nicht umhin, mit einem Lächeln zu antworten. Zumindest hoffe ich, dass es einem Lächeln ähnelt, immerhin habe ich den ganzen Mund voll heißer Kartoffel. Vielleicht lächelt er, weil ein *Halbblut* einen *königlichen Triton* zum Abendessen mitgebracht hat. Das ist hier in Neptun anscheinend eher ein bemerkenswerter Skandal.

Galen legt seine Gabel beiseite. Ich versuche, darüber hinwegzusehen, was mir diese scheinbar beiläufige Geste sagt. »Nichts für ungut, Mr Conway, aber Sie machen nicht den Eindruck, als würden Sie sich allzu sehr um die Gesetze des Ozeans scheren.«

Milch. Ich brauche Milch. Ich trinke einen größeren Schluck, als ich wollte. Anders kann ich mich nicht daran hindern, einfach aufzukeuchen/mich zu verschlucken/herauszuplatzen. In diesem Moment erwarte ich eigentlich, dass uns Mr Conway rauswirft. Und ich könnte es ihm nicht einmal verübeln.

»Bitte. Nenn mich Reder«, sagt Mr Conway und verströmt weiterhin Gastfreundlichkeit. »Und du hast natürlich recht. Die Gesetze der Meeresbewohner betreffen mich nicht. Ich bin nur neugierig. Was führt dich zu uns? Wir sind schon seit einiger Zeit nicht mehr von deinesgleichen aufgesucht worden.«

Ich frage mich, wie alt Reder ist – und ob mein Großvater der letzte »Besucher« war, von dem er spricht. Bestimmt gibt es nicht viele schmutzige kleine Gesetzesbrecher unter den Meeressyrena?

»Unsere Lebensweise unterscheidet sich sehr von Ihrer«, erklärt Galen. »Wir haben so etwas wie gesunde Furcht vor Menschen. Weswegen ich zum Botschafter bei den Menschen ernannt worden bin. Man hat mir die Aufgabe übertragen, sie zu beobachten und den königlichen Familien Bericht zu erstatten.«

Seit wann fürchtet Galen Menschen? Und versucht er, unseren Gastgeber zu beleidigen? »Galen hat einige wertvolle menschliche Kontakte geknüpft«, platze ich heraus. »Leute, die ihm helfen, die menschliche Welt zu beobachten. Aber er weiß, dass nicht alle Menschen schlecht sind.«

Unter dem Tisch ergreift Galen mein Knie. Wenn er mich damit zum Schweigen bringen will, wird nichts daraus. Er weiß schließlich wirklich, dass nicht alle Menschen schlecht sind. *Oder?*

Mr Conway verschränkt seine gewaltigen Arme vor der Brust. Sehr einschüchternd, diese Geste. Galen wirkt unbeeindruckt. »Und was wirst du über uns berichten, Galen?«

Galen lächelt. »Bis jetzt? Dass Mrs Conway ein Händchen dafür hat, Süßwasserforellen wirklich lecker schmecken zu lassen.«

Mr Conway will gerade etwas entgegnen, aber Toby, der von der Anspannung nichts mitbekommen hat, schlürft den Rest seiner Buttermilch und knallt den Becher lautstark auf den Tisch. »Galen, Reed sagt, du hast die größte Flosse, die er je gesehen hat.«

Galen grinst Reed an, dann nickt er ihm kaum merklich zu. »Danke. Das weiß ich zu schätzen.«

Reed antwortet mit einem Stirnrunzeln.

Ich merke, dass das eigentlich keine Feststellung, sondern eine Frage war, und Galen begreift wahrscheinlich auch, dass Toby eine Antwort erwartet, lässt sich aber zu keiner Erklärung herab, weshalb er so eine gewaltige Flosse hat. Natürlich.

Toby gibt es auf und wendet sich von Galen ab und mir zu. »Emma, Reed sagt, du hast auch die Gabe Poseidons.«

»Auch?«, frage ich und sehe Reed an. Also hat er wirklich mit den Fischen in der Höhle gesprochen. Nach Poseidon-Art.

Der ältere Bruder zeigt mir ein beiläufiges Grinsen, das nur einen Mundwinkel dazu bringt, sich zu verziehen. »Toby und ich haben beide die Gabe«, erklärt er.

Okay, das habe ich nicht kommen sehen. »Wirklich?«, kiekse ich. »Das bedeutet also … ihr seid beide Nachfahren Poseidons?« Denn anders können sie die Gabe nicht besitzen.

»Hier in Neptun gibt es viele Nachfahren Poseidons, Emma«, sagt Mr Conway und alle Anspannung ist aus seiner Stimme gewichen. Neptun ist zu meinem persönlichen Jackpot geworden. »Weißt du, vor langer Zeit ...«

»Oh! Nicht schon wieder diese Geschichte«, stöhnt Toby.

Mrs Conway lacht. »Toby, unterbrich deinen Vater nicht.«

Toby stützt den Ellbogen auf den Tisch und lässt das Kinn in die Hand sinken. »Aber Mom, es ist eine richtig langweilige Geschichte und Dad zieht sie immer ewig in die Länge.« Toby hat ein kleines Problem damit, das *R* auszusprechen und »richtig« klingt wie ein Mittelding aus »wichtig« und »lichtig«. Könnte sein, dass ich nie etwas Zauberhafteres gehört habe.

»Unser Erbe ist nicht langweilig«, korrigiert ihn Reed.

»Ich muss zustimmen«, sagt Galen. »Ich würde die Geschichte liebend gern hören.« Er sieht Mr Conway in die Augen.

Dieser lächelt schwach, dann steht er abrupt auf. »Vielleicht ein andermal. Offensichtlich muss ich meine Qualitäten als Geschichtenerzähler etwas aufbügeln.« Er nimmt seinen leeren Teller und legt sein Besteck darauf. Bevor er in die Küche geht, ruft er über die Schulter: »Aber wenn du nach Unterhaltung suchst, könntest du Reed fragen, warum er sich weigert, seine Gabe einzusetzen.«

»Oh, sehr nett, Dad«, sagt Reed und sinkt tiefer in seinen Stuhl.

Toby neben ihm schnaubt. »Er glaubt, er mogelt. Unglaublich, stimmt's?«

Richtig unglaublich ist, dass ich dieses Gespräch wirklich führe. Mit Halbblütern wie mir. Halbblütern, die über die Gabe Poseidons verfügen. *Wie ich.* »Mogeln?«, frage ich und versuche, mich ungezwungen zu geben.

Reed verdreht kapitulierend die Augen. »Es *ist* Mogeln. Dadurch habe ich einen Vorteil anderen Fischern gegenüber. Einen Vorteil, den ich nicht brauche. Außerdem ist Fischen nicht mal mein *Job*.«

Ich ziehe eine Augenbraue hoch. »Aber es ist nicht Mogeln, Fische auf deine tödliche Leine zu locken?«

»Dabei geht es um Nahrungsbeschaffung, und dafür ist die Gabe gedacht, nicht wahr? Ich rede von Wettbewerben. Ich kann genauso gut mit einer Angelrute umgehen wie alle anderen.«

Toby schüttelt den Kopf und sieht mich an. »Wunschdenken.«

Reed nimmt seinen kleinen Bruder in den Schwitzkasten. »Nimm das zurück!«

»Oh, geht das schon wieder los«, sagt Mrs Conway und stützt in gespielter Langeweile einen Ellbogen auf den Tisch.

Ein kleiner Ringkampf folgt, nach dem beide Brüder der Länge nach auf dem Boden landen, Toby immer noch im Schwitzkasten, dafür aber mit Reeds Ellbogen zwischen den Zähnen. Sogar Galen wirkt erheitert. Ich überlege, ob – und zweifele nicht daran, dass – er und Rayna in Tobys Alter genauso waren.

»Ich nehme das nicht zurück!«, knurrt Toby, aber sein unkontrolliertes Gekicher erstickt die Hälfte davon.

»Du weißt nicht mal, wer der bessere Fischer ist«, sagt Reed und lässt seinen Bruder los. Er sieht mich an und klopft sich imaginären Staub vom Hemd. »Er weigert sich, ohne Einsatz der Gabe zu fischen.«

»Warum auch?« Toby setzt sich wieder auf seinen Stuhl. »Ich habe jedes Angelturnier gewonnen, an dem ich je teilgenommen habe. Ich kann das beweisen, denn ich habe die Trophäen.«

Mrs Conway spuckt beinahe ihren Wein aus. »Du hast mir gesagt – du hast mir *versprochen* –, dass du deine Gabe nicht bei den Turnieren einsetzt, Toby Travis Conway. Du steckst in ernsthaften Schwierigkeiten, junger Mann.«

»Ah, Mist«, murmelt Toby. »Aussichten für die Zukunft? Stubenarrest.«

»Der geborene Hellseher. Ab in dein Zimmer! Und wir sagen nicht ›Mist‹.« Mrs Conway zieht die Brauen missbilligend zusammen, ganz die enttäuschte, ausgetrickste Mutter. Ein Ausdruck, den ich gut kenne.

»Sagen wir Dreck?«, fragt Toby

Mrs Conway überlegt. »Ich glaube, Dreck ist okay.«

»Hey! Als ich in seinem Alter war, hast du mir nicht erlaubt, Dreck zu sagen«, protestiert Reed.

»Dann sagst du eben nicht Dreck, Toby Travis.« Mrs Conway ist ein erfahrener Wendehals.

»Herzlichen Dank auch, Reed«, brummelt Toby, als er an seinem Bruder vorbeigeht.

»Hey, selber schuld«, erwidert Reed. »Und ich bringe dir nachher deinen Nachtisch rauf!«

»Das wirst du ganz bestimmt nicht«, mischt sich Mrs Conway ein und steht auf. Sie sammelt so viele Teller wie möglich. »Ihr Jungs werdet noch mein Tod sein. Vor unseren Gästen auf dem Boden zu ringen wie die Höhlenmenschen.« Als sie in der Küche verschwindet, murmelt sie noch etwas über Angeltrophäen.

»Anscheinend haben wir alle vertrieben«, bemerkt Galen. Und er ist offenbar glücklicher darüber, als streng genommen höflich wäre. »Wir sollten besser gehen.«

»Jetzt schon?«, fragt Reed, sieht jedoch nicht Galen dabei an. Reed schafft es immer wieder, dass ich mich wie die einzige Person im Raum fühle.

Ich sehe Galen von der Seite an. Sein Gesicht zeigt nicht die geringste Regung. Er verwandelt sich vor meinen Augen in Grom. Und das gefällt mir nicht.

Galen steht auf. »Wir haben eine weite Fahrt hinter uns«, erklärt er und dreht sich zu mir um. »Ich meine, wir sollten für heute Abend Schluss machen.«

Ich frage mich, was er sagen würde, wenn ich einwenden würde, dass ich noch nicht müde bin. Wenn ich sagen würde, dass er ruhig in die Pension zurückkehren kann und Reed mich später nach Hause bringt. Im Geiste streiche ich diesen Gedanken aus meinem Kopf. So etwas würde ich nie tun. Es wäre kindisch, und es würde ihn verletzen, wenn er wüsste, dass ich auch nur für einen Sekundenbruchteil daran gedacht habe.

Was ist bloß in mich gefahren?

Ich versuche ein geheucheltes Gähnen. Es entpuppt sich als genau das, was ich erwartet habe: dramatisch. »Ich bin ziemlich müde«, schiebe ich hinterher. Dann überkommt mich ein echtes Gähnen, ein wirklich unangenehmes, und Galen und Reed starren mich mit dem gleichen Gesichtsausdruck an.

Vielleicht ist es doch keine so schlechte Idee, für heute Abend Schluss zu machen. Schließlich habe ich eine Menge Informationen zu verdauen, damit ich morgen neue hinzufügen kann. Ich frage mich, wie viele verwirrende Fakten eine einzelne Person auf einen Rutsch verarbeiten kann. Ich muss bereits einen Rekord aufgestellt haben.

Reed begleitet uns zum Auto und sieht uns beim Wegfahren zu, die Hände in den Taschen. Auf seinem Gesicht zeigen sich alle möglichen Zweifel.

Auf der Fahrt zurück zur Pension ist die Luft im Wagen zum Schneiden dick. Genau wie sie unmittelbar vor einem Unwetter schwer wird und feucht und stickig. Galen begleitet mich auf mein Zimmer und ich bedeute ihm hereinzukommen. Er zögert. Das ist der Moment, in dem mir klar wird, dass er etwas zurückhält. Etwas Größeres als das, was beim Abendessen vorgefallen ist.

»Was ist los?«, frage ich.

Er kommt immer noch nicht herein. Doch ich werfe schon mal meine Handtasche aufs Bett. Er verhält sich wie eine wildfremde Person und das macht mich nervös. »Kommst du nun oder nicht?«

An den Türrahmen gelehnt seufzt er. »Ich will reinkommen. Das weißt du. Aber ... ich habe einfach das Gefühl, dass wir reden sollten, bevor wir weitermachen.«

»Weiter? Mit was?« Ich schäle meine Ballerinas von den Füßen. Der Teppich ist dick und fühlt sich luxuriös zwischen meinen Zehen an. Oder vielleicht ist der Teppich durchschnittlich, und ich versuche nur, mich von Galens besorgter Miene abzulenken.

Er schließt die Tür hinter sich, kommt aber nicht näher. »Weiter mit unseren Plänen, schätze ich.«

»Pläne?« *Pläne?* Wenn ein Junge Pläne sagt, redet er normalerweise von der nächsten Mahlzeit, einem Film oder einer Fernsehsendung. Wenn Galen Pläne sagt, redet er wirklich über *Pläne*.

Er fährt sich mit einer Hand durchs Haar. Kein gutes Zeichen. »Die Wahrheit ist, ich habe über unseren *Deal* nachgedacht. Dass wir gesagt haben, wir wollten bis zu unserer Verbindungszeremonie warten, bis wir ... und dass wir mit unserer Zeremonie bis nach dem College warten würde. Willst du ... willst du das immer noch?«

Ich lasse mein Haar nach vorne fallen, um damit herumspielen zu können. Während ich es um meine Finger drehe, antworte ich: »Ich bin mir nicht sicher, was genau du mich gerade fragst.« Sagt er, dass er nicht warten will? Allein bei dem Gedanken daran – noch dazu in der Intimität des »romantisch eingerichteten« Zimmers – beginnen meine Wangen zu glühen. Oder geht es um Reed? Fragt er mich, ob Reed etwas an unseren Plänen geändert hat, zusammen zu sein? Bestimmt nicht. Bestimmt zweifelt er nicht derart an seiner Fähigkeit, mich schwach werden zu lassen.

Galen verschränkt die Finger hinter dem Kopf, wahrscheinlich, um nicht nervös damit herumzuspielen. Ich habe ihn noch nie zuvor so beunruhigt gesehen. »Bei Tritons Dreizack, Emma, ich weiß nicht, wie viel länger ich mich noch zurückhalten kann – ich weiß es wirklich nicht. Nein, nein, es geht nicht einmal darum. Es kommt vollkommen falsch heraus.« Er stößt einen langsamen Atemzug aus. »Was ich frage, ist dies: Willst du nach allem, was passiert ist, wirklich weiter an Land bleiben?«

Donnerwetter. Was? »Nach allem, was passiert ist? Und an Land bleiben im Gegensatz zu …?«

»Du weißt schon. Herausfinden, dass deine Mutter die Poseidonprinzessin ist. Dass sie sich bei der ersten sich bietenden Gelegenheit mit Grom gepaart hat und dass sie jetzt den größten Teil ihrer Zeit im Wasser verbringen. Ich meine, wenn nicht …« Galen tritt von einem Fuß auf den anderen und lehnt sich gegen die antike Kommode.

»Wenn nicht was?« Mein Inneres brennt plötzlich vor Ärger. »*Bei der ersten sich bietenden Gelegenheit?*« Ich *schätze, das könnte die knappe, grobe Version dessen sein, was geschehen ist.*

»Schon gut. Ich habe dir gesagt, es kommt alles vollkommen falsch heraus.«

»Du hast sagen wollen: Wenn ich nicht wäre, würde Mom ausschließlich im Wasser leben, nicht wahr?« Er versucht nicht, es zu leugnen. Er kann es nicht leugnen. Es steht ihm ins Gesicht geschrieben. Zusammen mit einer angemessenen Menge Schuldgefühle. Aber das ist noch nicht der schlimmste Teil. Er meint nämlich nicht nur, dass sie dauerhaft dort leben würde. Er meint auch, dass sie dann glücklicher wäre. Dass sie dauerhaft dort leben *sollte*.

Sagt er, dass ich dem Glück meiner Mutter im Weg stehe? Sagt er, dass ich seinem Glück im Weg stehe? Oder interpretiere ich alles vollkommen falsch? Ich versuche, meine Gefühle im Zaum zu halten und sie so zu filtern, dass ein sinnvolles Gespräch herauskommt. »Du willst nicht warten, bis wir mit dem College fertig sind, bevor wir uns verbinden? Geht es darum?« Und wenn ja, wie stehe ich dazu?

Aber mein Gehirn weigert sich, die Fragen zu beantworten, die mein Herz stellt.

Er seufzt. »Ich wollte nicht, dass du dich aufregst. Wir können später darüber reden. Wir haben beide einen langen Tag gehabt.«

»Du weißt, dass du nicht aufs College gehen musst, Galen. Darüber haben wir doch schon gesprochen. Ich kann Seminare belegen und du kannst ... wir können uns eine Wohnung außerhalb des Campus nehmen, schon vergessen?«

Er verzieht das Gesicht. »Nein. Ja. Irgendwie schon.« Er stützt die Arme auf der Kommode ab und legt das Kinn darauf. »Hör mal, ich bitte auch gar nicht, dich jetzt zu entscheiden, und ich versuche nicht, dich unter Druck zu setzen.«

»Mich unter Druck zu setzen, was zu tun? Galen, bisher habe ich dich nicht bitten hören. Ich weiß nicht, wovon wir hier reden.« Und langsam bin ich deshalb ziemlich enttäuscht. Er muss es auch sein, denn er vergräbt das Gesicht in den Armen.

Schließlich sieht er mich wieder an, schaut mir in die Augen. »Ich will nicht aufs College gehen«, erklärt er. »Ich will einfach nur unsere Verbindungszeremonie durchführen und ins Meer zurückkehren. Mit dir. Jetzt. Am liebsten vor zehn Minuten. Je eher, desto besser.«

Das ist der Punkt, an dem ich mir sicher bin, dass ich den Mund nie mehr zu bekommen werde. Der Schock rast in präzisen, intensiven Wellen durch meine Adern. Ist das der Grund, weshalb er heute am Rand der Autobahn kein Problem damit hatte aufzuhören, bevor es allzu ernst wurde? Wollte er mich so dazu bringen, mein Versprechen zu brechen, bis zu unserer Verbindungszeremonie zu warten, damit er sein Versprechen brechen konnte, mit mir an Land zu bleiben? »Du willst unsere Pläne umwerfen?« Ich ersticke fast an den Worten.

Er reißt den Kopf hoch. »Nein. Ich ... biete nur eine Alternative zu der ganzen Collegesache an.«

»Du warst derjenige, der diese Reise machen wollte, Galen. Um weg vom Ozean zu kommen. Und jetzt willst du weg vom Land?«

»Ich musste nachdenken.«

»Und das ist das Ergebnis? Dass das College eine schlechte Idee ist und dass du lieber im Wasser leben möchtest – wo ich nicht atmen kann, wenn du dich erinnerst?«

»Dr. Milligan sagte, dass du mit der Zeit ...«

»Nein.«

»Du würdest länger leben. Du wärst nicht so zerbrechlich wie die Menschen.«

»Auf keinen Fall.«

»Du bist wütend.«

Die Untertreibung des Jahrtausends. »Meinst du?«

»Ich hätte das Thema noch nicht zur Sprache bringen sollen. Ich habe auf den richtigen Zeitpunkt gewartet, aber offensichtlich war er das nicht.«

»Es gibt keine richtige Zeit, um mich zu bitten, mit dir im Meer zu leben, Galen. Das kann ich nicht.«

»Kannst du nicht? Oder wirst du nicht?« Jetzt klingt er sauer.

Irgendwie fühle ich mich total überfallen von diesem Gespräch. Ich habe ihm gerade gesagt, dass ich im Wasser nicht atmen kann. Aber selbst wenn ich es könnte, würde ich es tun? Ich wünschte, mein Gehirn und mein

Herz könnten Waffenstillstand schließen. Ich brauche sie jetzt wirklich beide auf derselben Seite. »Das ist nicht fair.«

»Wirklich?«, fragt er ungläubig. »Aber es ist fair, dass ich alles aufgebe, was ich je gekannt habe?«

Tränen quellen mir aus den Augen, rollen über meine brennenden Wangen und landen auf meiner Brust. Wenn er es so ausdrückt, erscheint es tatsächlich nicht fair. Aber es ist das, worauf wir uns verständigt haben. Er sagte, er würde überall hingehen, solange ich bei ihm bin. »Du hast diese Entscheidung getroffen, Galen. Du hast gesagt, dass es dir nichts ausmachen würde.«

»Das war vorher.«

»Vor was? Vor Reed?« Ich bedaure es, sobald ich es ausgesprochen habe. Ich erkenne, dass ich einen wunden Punkt getroffen habe.

Er schnaubt. »Wenn ich seinen Namen in diesem Moment zum letzten Mal gehört habe, ist das noch nicht früh genug.« Er geht zum Vorhang und sieht demonstrativ aus dem Fenster.

»Wenn es hier nicht um Reed geht, worum geht es dann?«

Er dreht sich zu mir um. Dabei weicht ein Teil seines Zorn aus seinem Gesicht und der Schmerz, der ihn während der letzten Monate verfolgt hat, tritt an seine Stelle. »Neptun ist einfach eine zusätzliche Komplikation in diesem ganzen Durcheinander. Was ich meine, ist, ich habe lange darüber nachgedacht.« Er schüttelt den

Kopf. »Vergiss einfach, dass ich es erwähnt habe. Ich werde schon fertig damit.«

Ich stehe auf. »Wirklich? So wie jetzt?« Ich weiß nicht einmal genau, was »damit« sein soll. Dies ist wahrscheinlich das nervenaufreibendste Gespräch, das ich je mit Galen geführt habe. »Bist du dir sicher, dass es nicht um Re... um Neptun geht? Ich meine, alles läuft großartig, wir sind auf einer Reise, die *du* machen wolltest. Und jetzt sind wir auf eine Stadt voller Halbblüter gestoßen, die selbstbestimmt leben, statt ein undurchsichtiges Gesetz über sich bestimmen zu lassen – aber nichts davon hat etwas mit deiner plötzlichen Entscheidung zu tun, mich in einer Unterwasserburg gefangen zu halten?«

Er zuckt zusammen. »Mir war gar nicht klar, dass du dich wie eine Gefangene fühlst«, sagt er leise. Er überwindet die Entfernung zwischen uns und streicht mir mit den Fingern über die Wange. »Ich will so viel mehr als das für dich, Engelsfisch.«

Ich lege meine Hand auf seine. »Galen, mir ...« Ich will sagen, dass es mir leid tut, aber ich bringe es einfach nicht über die Lippen. Es tut mir leid. Aber ich bin nicht einmal sicher, was mir leid tut. Dass wir uns gestritten haben? Nein, denn Streit gehört manchmal dazu, und anscheinend mussten diese Dinge ausgesprochen werden. Tut es mir leid, dass ich nicht mit ihm im Ozean leben will? Nein. Denn ich habe ihm nie Hoffnungen gemacht, dass das für mich infrage käme. Er kannte meinen Standpunkt in Sachen Colleges und an Land leben von Anfang an.

Ich schätze, am meisten tut mir leid, dass wir uns uneinig sind – und es scheint keine Lösung dafür zu geben. Und es tut mir leid, dass ich etwas gesagt habe, das ich nicht so meine. Ich fühle mich absolut nicht wie seine Gefangene. Ich fühle mich eher wie sein Aufseher, als hielte ich ihn zurück. Offenbar ist das, was er will, etwas ganz anderes als das, was ich will.

Das Problem ist, dass ich *ihn* immer noch will.

»Ich muss zurück«, sagt er leise. »Ich hoffe, du verstehst das.«

»Zurück?«

»Ins Tritongebiet. Ich muss Grom von diesem Ort erzählen. Es ist meine Pflicht.«

»Meinst du wirklich, Grom weiß noch nichts davon?«

»Grom würde so etwas nicht vor den Königreichen verborgen halten. Selbst wenn Anto... – unter keinen Umständen. Ich kenne meinen Bruder. Ich muss es ihm sagen.« Er wappnet sich sichtlich für meine nächsten Worte.

Ich trete von ihm weg. »Das kannst du nicht machen, Galen. Das darfst du einfach nicht. Du weißt, was das Gesetz über Halbblüter sagt. Du würdest zulassen, dass das diesen Leuten widerfährt? Du würdest zulassen, dass sie Toby töten?«

Sein Ausdruck ist voller Qual. »Ich weiß nicht, wie wir an diesen Punkt gelangt sind, Emma. Ich weiß nicht, was ich getan habe, dass du so von mir denkst.«

»Ich werde dich nicht begleiten.«

Er nickt und schiebt sich an mir vorbei. »So viel hatte ich verstanden.« Er öffnet die Tür und dreht sich zu mir um. »Dann bleib hier, Emma. Wenn du das Gefühl hast, hierherzugehören, wenn es das ist, was du willst, dann bleib. Wer bin ich, dich daran zu hindern? Wir wissen beide, dass du tun wirst, was du willst.«

Und dann ist er fort.

12

Als er es nicht mehr aushalten kann, fährt Galen an den Straßenrand. Schaltet die Scheinwerfer aus. Schlägt die Tür hinter sich zu. Er geht in den Wald, gerade weit genug, um nicht von vorbeifahrenden Wagen gesehen zu werden. Und er lässt seinen Frust am nächsten Baum aus.

Wieder und wieder und wieder drischt er auf ihn ein. Die Borke weicht dem Holz und immer noch schlägt er zu. Nur kleine Bänder aus Mondlicht fallen durch die Bäume und entblößen sein Elend kaum, wofür er dankbar ist. »Ich bin ein solcher Idiot«, brüllt er den massigen Stamm an, den er sich gerade vornimmt.

Er dreht sich um und lässt sich an dem Baum zu Boden sinken, dann zieht er die Knie ans Kinn. *Sie fühlt sich wie meine Gefangene. Und warum sollte sie sich auch nicht so fühlen? Ich folge ihr auf Schritt und Tritt wie ein Robbenbaby. Ich lasse ihr kaum Raum zum Atmen. Aber ich will keinen einzigen wachen Moment mit ihr versäumen.*

Und was noch schlimmer schmerzt, ist, dass er die ganze Zeit geglaubt hat, sie empfinde genauso für ihn. Wie sie ihn küsst, wie sie sich an ihn drückt, als könne sie nicht nah genug an ihn herankommen. Wie sie unbewusst immer wieder eine Möglichkeit findet, ihn zu berühren, indem sie die Hand auf seinen Arm oder ihr Bein unter dem Esstisch über seines legt. Wie konnte er ihre Gefühle nur so falsch interpretieren?

Er wollte ihr erklären, wie er empfindet. *Klasse gemacht!* Wie konnte er das Gespräch nur damit beginnen, dass er nicht aufs College gehen will und dass er kaum die Finger von ihr lassen kann. Er stöhnt in seine Fäuste. *Toll, genau wie ein Stalker, du Idiot.*

Gerade als er ihr erklären wollte, warum sie im Meer leben sollte – dass sie dann mehr Zeit zusammen hätten –, eröffnet sie ihm, dass sie sich schon jetzt wie seine Gefangene fühlt. Was bedeutet, dass sie für ihren Geschmack ohnehin schon zu viel Zeit miteinander verbringen.

Jahrhunderte würden ihm nicht reichen. Er weiß das mit seinem ganzen Sein.

Aber sie empfindet nicht so. *Mach die Augen auf, du Narr! Sie hat dir gerade gesagt, dass Neptun der Ort ist, wo sie hingehört.* Und warum sollte sie nicht hierbleiben wollen? Die Bewohner sind wie sie. Sie braucht sich keine Sorgen zu machen, dass Leute Fragen wegen ihrer blassen Haut oder ihrem weißblonden Haar stellen oder wegen ihrer violetten Augen. Sie wissen, was sie ist, und werden sie akzeptieren.

Nein, sie werden sie mit offenen Armen willkommen heißen, sobald sie sie wirklich kennenlernen. Sie ist eine von ihnen.

Und das ist mehr, als Galen ihr jemals versprechen könnte. Selbst wenn sie zustimmte, im Meer zu leben, würde sie immer neugierige Blicke und den Tratsch hinter ihrem Rücken ertragen müssen. Und wenn er mit ihr an Land bliebe, würde sie ständig vorsichtig gegenüber anderen Leuten sein müssen und immer verbergen, was sie ist. Und für ihn gilt das Gleiche.

Die ganze Zeit über hat er geglaubt, es sei grausam von Antonis gewesen, seine Halbblut-Enkeltochter hierherzuschicken und ihr Hoffnungen zu machen, dass ihre Art für die Syrena nicht immer ein Gräuel sein würde. Der Poseidonkönig muss geahnt haben, dass in ihr der Wunsch erwachen würde, irgendwie Frieden zwischen Halbblütern und den beiden Meereskönigreichen zu schließen.

Aber das ist ganz und gar nicht das, was Antonis beabsichtigt hat. Der Friede zwischen ihnen ist ihm gleichgültig, sonst hätte er vor langer Zeit etwas in dieser Hinsicht unternommen, als er dieses verschlafene Nest entdeckte. Stattdessen hat er niemandem etwas davon erzählt. Nie. Bis er Emma kennenlernte, seine Halbblut-Enkelin. Dann hat er sie mit Freuden hierhergeschickt, weil ihm ihr Glück am Herzen liegt. Ungeachtet dessen, wer sie ist oder was oder wo. Er hat ihr eine andere Möglichkeit verschafft, eine Wahl ermöglicht. Und er hat ihr sein Geheimnis anvertraut. *Oder hat die Ausnahmegenehmigung der Archive dazu geführt, dass Antonis auf einmal gehandelt hat? Plant er am Ende wirklich, Frieden mit Neptun zu schließen?*

Er wusste auch, dass ich versuchen würde, sie von diesem Ort fernzuhalten. Deswegen hat er ihr nicht gesagt, wonach genau sie suchen soll. Sie hätte es mir verraten, und ich hätte mich geweigert, sie hierherzubringen.

Oh, und wie er sich geweigert hätte. Vehement. Tief im Innern weiß er das. In der Pension war sein Hauptvorwurf, dass Emma selbstsüchtig sei und ihn allein alle Opfer bringen ließe. Aber er weiß genau, dass er versucht hätte, sie daran zu hindern hierherzukommen. Daran, das Gesetz zu brechen. Die Archive zu verärgern. Die Nähe zu ihresgleichen zu suchen.

Alles hätte er getan, um sie mit ins Meer nehmen zu können. Und genau das hätte sie niemals gewollt.

Es ändert nichts an der Tatsache, dass er diesen Ort nicht vor Grom geheim halten kann. Geheimnisse haben schon viel zu großen Schaden angerichtet. Die Königreiche wären von Geheimnissen beinahe zerrissen worden. Er und Emma wären von ihnen beinahe zerrissen worden.

Es bringt ihn um, dass Emma glaubt, er sei in der Lage, einem unschuldigen Jungfisch wie Toby etwas anzutun. Dass er beabsichtige, Grom hierherzubringen, um sie zu vernichten. Dass sie glaubt, er würde dabei helfen, dieser Stadt Schaden zuzufügen. Sie sollte wissen, dass er –

mehr als irgendjemand sonst – besondere Sympathien für Halbblüter hegt. Und wirklich, das gilt auch für Grom, der ja schließlich eine Halbblut-Stieftochter hat.

Aber er muss nicht bis zurück ins Tritongebiet gehen, um es Grom zu erzählen. So etwas lässt sich mit einem simplen Anruf erledigen. Er muss – und er will – Emma nicht allein hier zurücklassen.

Er hat einen Versuchsballon steigen lassen, ob sie mit ihm kommen würde. Und er hat seine Antwort erhalten.

Trotzdem, er wird anrufen. Galen weiß, dass Nalia alle paar Tage an Land kommt, um nach Emma zu sehen. Es mag einige Tage dauern, bis er Kontakt zu Nalia und Grom aufnehmen kann, und das ist in Ordnung. Und vielleicht ist es das, was Emma braucht – ein paar Tage, um herauszufinden, was sein könnte. *Wie sie sich auch entscheidet, ich werde für sie da sein. Ich muss zurückgehen und sie um eine zweite Chance bitten. Eine Chance, das alles zu klären.*

Gerade als er zum SUV zurückkehren will, schicken Scheinwerfer von der Straße einen durchdringenden Strahl in den Wald und zwingen ihn, die Augen vor dem grellen Licht zu schließen. Als er sie wieder öffnet, geht ihm auf, dass der Lichtstrahl nicht verschwindet. Er kommt direkt auf ihn zu. Er steht da, und seine Instinkte sagen ihm, dass er wegrennen sollte. Der Truck bleibt knapp vor ihm stehen. Es kostet ihn alle Kraft, nicht beiseitezutreten. Zwei große Männer – oder besser gesagt Syrena in Menschengestalt – springen heraus und kommen um den Truck herum auf ihn zu.

»Wälder sind kein Ort für einen Jungen wie dich«, sagt der größere Mann. Er spuckt vor Galen auf den Boden. Sein Unterkiefer ragt hervor.

»Gibt es tatsächlich Gesetze, die verbieten, dass ich mich im Wald aufhalte?«, fragt Galen, die Hände in den Taschen.

Der kleinere Mann lacht. »Tyrden hatte recht. Er ist besessen von Gesetzen.«

»Weshalb du mit uns kommen wirst. Galen, nicht wahr? Also, du brauchst gar nicht versuchen abzuhauen, Junge. Du bist umzingelt. Wenn du wegrennst, bedeutet das nur noch mehr Schmerzen.«

Trotzdem rennt Galen los.

13

Sonnenstrahlen dringen durch die Fensterläden. Es wäre bestimmt ein atemberaubender Anblick, wenn meine Augen nicht zugeschwollen wären, weil ich die ganze Nacht geheult habe. Der Streit mit Galen ist ernst. Und nicht nur deshalb, weil es die erste richtige Auseinandersetzung war, die wir als Paar hatten. Jetzt haben wir den Zauber des Neuen offiziell ausradiert, die Euphorie in der Beziehung, bla, bla, bla.

Es ist nicht nur ein oberflächlicher Kratzer, der sich mit einer Entschuldigung und ein paar Rosen oder so aus der Welt schaffen ließe. Es ist eine gewaltige Delle in dem, was wir uns unter unserer Beziehung vorgestellt haben. Es *könnte* der Beweis sein, dass wir vielleicht doch nicht füreinander geschaffen sind. Irgendwie kommt es mir wie der Tod unserer gemeinsamen Träume vor. Und ich habe die ganze Nacht darum getrauert.

Ich will zu ihm gehen. An seine Tür klopfen und ihm

sagen, dass es mir leid tut, dass ich mich nicht wie eine Gefangene fühle, dass ich ihn liebe und dass ich alles in Ordnung bringen will. Aber ich kann nicht.

Denn Galen ist gestern Nacht nicht zurückgekommen. Sylvia hat es bestätigt. Sie hat früh am Morgen an seine Tür geklopft, und als er nicht geantwortet hat, ist sie hineingegangen. In seinem Zimmer hat sie dann festgestellt, dass er nicht in seinem Bett geschlafen hat. Der Raum schien gänzlich unberührt zu sein.

Ich wünschte, ich könnte das Gleiche von meinem Herzen sagen.

Er hat mich tatsächlich hier zurückgelassen. Er ist zu Grom gerannt und jetzt beantwortet er meine Anrufe nicht. Vielleicht hat er das Wasser längst erreicht und sein Handy ist an Land. Vielleicht aber auch nicht und er ignoriert mich.

Als das Zimmertelefon auf dem Nachttisch klingelt, zucke ich zusammen und ziehe die Decken fest an mein Kinn. Galen. Er ignoriert mich doch nicht. Ich reiße den Hörer hoch. »Wo bist du?«, platze ich heraus. Ich hoffe, er merkt nicht, dass ich geheult habe. Alles in allem klingt meine Stimme ziemlich rau.

»Ähm. Ich bin bei mir zu Hause«, erwidert Reed. Ich sacke unter die Decken zurück und nehme das Telefon mit.

»Oh. Hallo. Ich dachte, du wärst Galen.«

Stille. Dann: »Du hast Galen verlegt?«

Ich kann mir ein Lächeln nicht verkneifen. »So könnte man es ausdrücken.«

»Weißt du, wann er zurück ist?«

»Ich weiß nicht mal, *ob* er zurückkommen wird.«

»Echt? Habt ihr euch gestritten oder so?«

Ich seufze ins Telefon. »Ich will wirklich nicht darüber reden, ehrlich.« Weil ich dann bestimmt wieder anfange zu heulen. Außerdem kann ich die Erinnerung an unseren Streit nicht wieder aufwärmen, ohne zuzugeben, dass Galen fortgegangen ist, um die ganze Stadt zu verraten. Aber sollte ich es nicht sowieso lieber sagen? Sollte ich sie nicht warnen, dass sie vielleicht in Gefahr sind?

»Sicher, sicher. Keine Sorge«, sagt Reed schnell. »Hör mal, ich wollte euch beide durch die Stadt führen und euch ein paar Leuten vorstellen. Das Angebot steht noch. Du weißt schon, auch wenn Galen noch nicht zurück ist.«

Und da ist das Dilemma. Galen ist noch keine vierundzwanzig Stunden aus der Stadt, und ich beschließe, mit einem anderen Kerl loszuziehen und mit ihm zu flirten? Nein, nicht mit einem x-beliebigen anderen Kerl, sondern mit einem, auf den Galen vielleicht eifersüchtig ist oder vielleicht auch nicht.

Aber die Sache ist die ... *Galen hat mich im Stich gelassen.* Ich kann hierbleiben und mich den ganzen Tag in meinem Elend suhlen wie ein jämmerlicher Versager. Oder ich kann aufstehen, duschen und die Stadt erkunden, wie ich es vor Galens Weggang vorhatte. Nicht nur, dass es mir guttäte, es würde auch Galen guttun. Es würde nichts schaden, wenn er seine Meinung ändern, zurückkommen und herausfinden würde, dass *ich ihn* im Stich gelassen habe, dass ich ohne ihn auf Abenteuer gegangen bin. Na ja, nicht im Stich gelassen, einfach ... meine Unabhängigkeit gefunden, als ich in der Klemme war. Oder so.

Der Punkt ist, es schadet niemanden, wenn ich anfange, mich zu behaupten. Außer vielleicht Galens Stolz. Oder seinen Gefühlen. Aber er ist nicht derjenige, der die ganze Nacht geheult hat.

»Unbedingt«, sage ich zu Reed. »Gib mir ein bisschen Zeit, um zu duschen und mich anzuziehen, wir treffen uns in einer Stunde unten in der Halle.«

Es ist wahr. Man kann jemanden am Telefon lächeln hören. »Klasse. Dann bis in einer Stunde.«

Reed fährt in seinem plumpen blauen Truck vor, der fast schon als antik durchgeht. Rostflecken überziehen das ganze Ding, was mich an ein Gesicht mit schlimmer Akne erinnert und zugleich grübeln lässt, ob ich meine Tetanusimpfung aufgefrischt habe. Ein Scheinwerfer ist trüb. Der vordere Kotflügel hat eine Delle, wie eine Bowlingkugel sie machen würde, wenn man sie aus einer Kanone abfeuert. Das Armaturenbrett besteht aus hellblauem Vinyl und die Risse stammen entweder von der Sonne oder von jahrzehntelangem, ständigem Missbrauch.

Trotzdem bin ich noch nie mit größerer Begeisterung auf den Vordersitz eines Trucks gesprungen. Dieser Truck bedeutet Abwechslung, Abenteuer, befriedigte Neugier. Unabhängigkeit.

Dieser Truck ist mein neuer bester Freund.

»Ich weiß, es ist nicht ganz das, was du gewohnt bist«, entschuldigt sich Reed. »Aber entweder ist Galen der reichste Syrena, den ich kenne, oder er ist ein extrem geschickter Autodieb.«

Ich lache. Ich bin heute in Geberlaune. »Er verkauft Sachen, die er in den Ozeanen findet. Versunkene Schätze aus alten Schiffswracks und so was.«

Reeds Augen weiten sich. »Heilige Sch…okoladentorte! Das ist brillant.« Beinahe hätte ich ihm erzählt, dass Rachel auf die Idee gekommen ist, aber dann müsste ich erklären, wer sie ist – und was aus ihr geworden ist. Und das fühlt sich mehr nach einem Verrat an Galen an als sonst etwas.

Und das ist der Punkt, an dem mir etwas anderes einfällt, das Galen letzte Nacht gesagt hat. *Du wärst nicht so zerbrechlich wie die Menschen.*

»Oh nein«, stöhne ich und vergrabe das Gesicht in den Händen. Ich war so selbstsüchtig. Ich hätte es kommen sehen sollen. Ich hätte wissen müssen, dass seine veränderte Einstellung mit Rachel zu tun hat. Er will, dass ich im Ozean lebe, damit mir nichts zustößt, damit ich länger lebe. Damit er mich nicht verliert, so wie er Rachel verloren hat. Was bin ich für ein Idiot!

»Reed, bevor wir fahren, muss ich noch mal kurz telefonieren«, erkläre ich und öffne meinen Sicherheitsgurt.

»Alles in Ordnung? Dir sind doch nicht etwa Zweifel gekommen, oder?« Er legt seine Hand über meine auf dem Sitz zwischen uns.

Ich entziehe ihm meine Hand, öffne die Tür und gleite hinaus. »Alles in Ordnung. Und ich überleg's mir nicht noch mal anders. Du musst mich unbedingt in der Stadt herumführen. Ich will alles sehen. Ich bin in ungefähr zehn Minuten wieder da, okay?« Eigentlich würde ich es mir wegen meiner plötzlichen Eingebung tatsächlich gerne anders überlegen. Aber es wäre einfach zu unhöflich, ihm zu sagen, dass er sich verziehen soll. Schließlich wollte er uns *beide* heute durch die Stadt führen. Es ist nicht so, als hätte er mich allein herausgepickt.

Ich finde ein stilles Eckchen in der Eingangshalle der Frühstückspension. Da ich nicht in der Stimmung für elegante Salonstühle aus französischer Seide bin, ziehe ich einen Metallhocker aus der Frühstücksnische. Dann wähle ich Galens Nummer. Natürlich antwortet er nicht. Das habe ich auch nicht erwartet.

Als die digitale Dame mir rät, eine Nachricht zu hinterlassen, tue ich es. »Galen. Es tut mir so leid. Ich habe gerade begriffen, wie selbstsüchtig ich war. Ich habe nicht zugehört, habe nicht darauf geachtet, was du mir zu sagen versucht hast. Ich werde jetzt zuhören, versprochen. Bitte … bitte, ruf mich einfach zurück.« Ich presse die Augen zusammen und lasse nicht zu, dass mir die Tränen kommen. Meine Kehle fühlt sich wund an, als seien die Worte, die ich gerade gesprochen habe, Miniaturklingen, die winzige Risse hinterlassen haben. Aber es ist nicht so, als würde ich nicht jedes Wort ehrlich meinen. Das tue ich.

Es ist so, dass ich furchtbare Angst habe, dass er mich nicht zurückrufen wird. Dass es zu spät ist. Dass ich es vermasselt habe. Meine Füße sind schwer wie Ambosse, als ich zum Truck zurückgehe. Reed bemerkt es ganz genau.

»Willst du das heute wirklich durchziehen? Du hast wahrscheinlich gestern Nacht nicht geschlafen, oder? Vielleicht solltest du ...«

»Das ist nett von dir, Reed«, unterbreche ich ihn, während ich mich wieder anschnalle. »Aber ich muss mich ein wenig ablenken. Ich habe gehofft, dass du mir dabei helfen könntest.« Was nicht unwahr ist.

»Verstanden«, sagt Reed und die Sorge schmilzt fast aus seinem Gesicht. »Ich wollte zuerst zum Markt fahren. Dort holt sich hier jeder, der etwas auf sich hält, sein Roastbeef-Sandwich zum Mittagessen.«

Ich nicke. »Mittagessen. Roastbeef. Ich bin dabei.«

Reed hat recht! Alle Einwohner der Stadt kommen zum Mittagessen auf den Markt. Nicht zueinander passende Stühle stehen entlang der Straße, Leute säumen das Buffet am Gehsteig und Rauchwolken steigen wie Bänder über dem Buffet auf. Mein Magen, der alte Geier, gibt ein lautes Knurren von sich.

Reed lacht. »Du hast also das Frühstück ausgelassen, was?«

Ich nicke.

Er auch. »Na, dann habe ich ein Ass im Ärmel. Komm mit.«

Wir gehen zu der Schlange hinüber, und ich denke bloß noch, dass ich am Ende meinen eigenen Arm aufesse, wenn die Leute sich nicht langsam in Bewegung setzen. Dann krempelt Reed sprichwörtlich die Ärmel hoch. »Entschuldige bitte, Trudy?«, sagt er und klopft der Frau vor uns auf die Schulter. Trudy dreht sich um, dann mustert sie mich überrascht. Ich erinnere mich, dass Reed gesagt hat, dass sie hier nicht viele Besucher haben. »Das ist Emma«, fährt er fort und legt einen Arm um mich. Ich kann nicht sagen, ob es eine harmlose Geste ist oder nicht. »Sie ist eine Nachfahrin Poseidons und ist aus New Jersey gekommen, um uns zu besuchen. Hast du etwas dagegen, wenn wir in der Schlange nach vorn gehen, damit ich sie mit allen bekannt machen kann?« Trudy ergreift meine Hand und schüttelt sie. »Emma, ja? Was für eine Freude, dich kennenzulernen! Ich hatte ja keine Ahnung, dass wir Verwandte in New Jersey haben. Oh, du wirst sicher alle kennenlernen wollen. Nur zu, geht vor, Reed. Für mich ist das in Ordnung.« Das ist alles. Keine Fragen. Ich bin sofort voll und ganz akzeptiert.

Ich überlege, wo sie sonst Verwandte haben. Denn die Begegnung mit einem Halbblut aus Jersey scheint kein so großes Wunder zu sein, wie ich erwartet hätte.

Und so gelangen wir bis ganz nach vorn – Reed stellt mich anderen Halbblütern vor und die anderen Halbblüter begrüßen mich und sind nicht wirklich überrascht.

Eine Bedienung knallt Roastbeef, Erbsen und ein Stück weißen Kuchen auf mein Plastiktablett. Als wir an einem der schmiedeeisernen Tische Platz nehmen, ziehen sich ein paar Leute zusätzliche Stühle heran, und es ist schnell überfüllt. Aber mir ist das egal. Ich habe etwas zu essen und gute Gesellschaft – wenn auch überwältigend viel davon.

Diese Leute wissen, was ich bin, und es ist ein Grund für sie, mich zu akzeptieren. Es ist, als wäre ich von Geburt an Teil ihrer Geheimgesellschaft.

Und tief in meinem Innern glaube ich, dass das stimmt.

14

In dem Raum sind zwei Metallstühle, einschließlich dem, an den er gefesselt ist, eine Pritsche ohne Decke und ein Kartentisch mit einer kleinen Lampe, die schon bessere Tage gesehen hat. Kein Teppich. Keine Bilder. Keine Fenster – wofür Galen im Moment dankbar ist. Jegliches Tageslicht hätte seinen Kopf doppelt so heftig hämmern lassen.

Er weiß nur noch bruchstückhaft, wie er hierhergekommen ist. Er erinnert sich daran, weggerannt zu sein. Gestolpert zu sein. Etwas Hartes und Schweres hat ihn am Kopf getroffen. Übelkeit, Galle des Zorns, die in ihm hochstieg, während er auf der Ladefläche seines eigenen Autos transportiert wurde, nach … nach … hierher.

Ihm wird das Tuch in seinem Mund bewusst. Es schmeckt nach Erbrochenem. Es ist so fest um seinen Kopf und sein Gesicht gewickelt, dass ihm vor Schmerz die Augen aus den Höhlen treten. Seine Hände und Füße sind taub geworden, weil er zu lange in derselben Position gesessen hat. Als er das Bewusstsein verlor, muss sein Hals ganz verdreht gewesen sein. Er fühlt sich an, als würde er nie mehr gerade werden.

Galen reckt sich, dreht sich und bewegt Hände und Füße, so gut er kann, um die Anspannung ein wenig zu lösen, aber der Strick ist straff gezogen. Gerade als seine Muskeln sich entspannen, gerade als sein Hals sich an die Aufgabe gewöhnt, seinen Kopf aufrecht zu halten, wird die einzige weiße Tür im Raum geöffnet.

Der fetteste Syrena, den Galen je gesehen hat, schließt die Tür hinter sich. Na gut, nach menschlichen Maßstäben ist er nicht fett, er hat vielleicht eine kleine Wampe. Aber nach Syrena-Maßstäben ist dieser Typ monströs. Diese Ausnahmeerscheinung geht breitbeinig zu dem anderen Metallstuhl hinüber, stellt ihn vor Galen und wirft sich dann darauf. Er mustert Galen für eine lange Zeit mit dem unbestimmten Grinsen eines Haifischs, der sich gerade an einer Schule Fische gütlich getan hat.

»Also. Ich befinde mich in der Gesellschaft eines echten königlichen Tritons«, beginnt er. Dann spuckt er auf den Boden zwischen ihnen. Er hat den gleichen Unterbiss wie der andere Syrena. »Ich heiße Tyrden. Das vergisst du besser nicht.«

Galen würdigt seinen Auftritt mit keiner Reaktion, geschweige denn mit einer gedämpften Antwort durch das Tuch in seinem Mund.

»Du brauchst dich nicht dumm zu stellen, Junge«,

fährt Tyrden fort. »Alle wissen alles über dich. Aber nur, damit das klar ist ...« Er steht auf und hebt Galens Shirt an. Erneut leistet Galen keinen Widerstand. Welchen Sinn hätte es, es jetzt zu leugnen? Sie halten ihn für einen Königlichen. So sehr, dass sie sich die Mühe gemacht haben, ihn zu entführen. Wenn überhaupt, ist Tyrden einfach neugierig. In einer Stadt voller Poseidonnachfahren hat er wahrscheinlich nie einen königlichen Triton gesehen.

Tyrden richtet den Blick auf Galens Dreizack. »Ich habe noch nie einen echten gesehen«, sagt er, als lese er Galens Gedanken. Er lässt das T-Shirt fallen und geht zurück zu seinem Stuhl. Während er sich langsam darauf niederlässt, rückt er ständig auf der Sitzfläche hin und her, bis die Metallbeine quietschen und unter ihm nachzugeben drohen.

Galen fragt sich, ob Tyrden dieses Theater aufführt, um eine gewisse Erwartung aufzubauen. Grom verhält sich so, wenn er jemanden einschüchtern möchte. Er tut, als würde die andere Person gar nicht existieren. Im Allgemeinen funktioniert es.

Aber nicht bei Galen.

Als Tyrden ihn endlich ansieht, hat er ein Lächeln auf seinem Gesicht, das man nur als beunruhigend beschreiben kann. »Ich bin hier, um dir einige Fragen zu stellen, Junge. Und wenn du nicht kooperierst ... Nun, ich soll dafür sorgen, *dass du* kooperierst. Ich hoffe, wir verstehen uns.« Er beugt sich vor, und der Stuhl ächzt wieder unter der Bewegung. »Also. Wie hast du uns so weit landeinwärts gefunden? Was tust du hier?«

Galen schnaubt in das Tuch in seinem Mund.

Tyrden springt auf und bindet es los. Galen dehnt einige Male den Kiefer und hält sich eine Weile damit auf, die Gelenke zu lockern. Tyrden setzt sich wieder hin, diesmal mit sehr viel weniger Tamtam.

»Danke, dass Sie mir das abgenommen haben«, sagt Galen gelassen und sieht Tyrden in die Augen. Er ist ebenfalls bestens dazu imstande, beunruhigend zu wirken. Und unberechenbar. Grom war ein großartiger Lehrer.

Aber Tyrden lässt sich nicht so leicht aus dem Gleichgewicht bringen. »Gern geschehen. Wenn du um Hilfe schreist, schlage ich dir sämtliche Zähne einzeln aus und sammele sie in einem Glas in meiner Küche.« Galen reagiert nicht und sein Wärter verschränkt die Arme vor der Brust. »Glaubst du, ich hätte dir den Knebel zum Spaß aus dem Mund genommen? Beantworte meine Fragen!«

Galen legt den Kopf schräg. »Das habe ich allerdings geglaubt. Sie erwarten doch bestimmt nicht wirklich, dass ich Ihnen irgendetwas sagen werde.«

»Ja, tatsächlich?«

Als Galen nickt, erhebt sich Tyrden von seinem Stuhl und geht zum Tisch hinüber. Dann greift er darunter und holt das größte Messer hervor, das Galen je gesehen hat. Mühelos entfernt Tyrden das Klebeband, mit dem es an seinem Versteck befestigt war.

Die Klinge ist an einigen Stellen verrostet – oder ist das getrocknetes Blut? –, und der Griff ist ziemlich abgenutzt. Tyrden führt es sachkundig in der Hand und dreht es wie einen Spielzeugtaktstock. Er setzt sich wieder hin.

»Da werden Sie sich schon etwas Besseres einfallen lassen müssen«, bemerkt Galen und versucht zu schlucken, ohne dass es zu sehen ist. »Ich weiß ja nicht, wie das bei euch Landbewohnern so ist, aber wir Meeresbewohner haben für gewöhnlich eine extrem dicke Haut.«

Tyrden kichert. »Noch nicht beeindruckt, Junge? Gut, dann gib mir eine Chance, deine Meinung zu ändern.« Er lehnt sich auf dem Stuhl zurück und entspannt sich sichtbar. »Haben Hoheit jemals ein Nashorn gesehen?« Er reibt mit seinem Hemd über die Klinge, als wolle er sie säubern. Die fraglichen Flecken verschwinden nicht. »Verstehst du, an Land, an einem Ort namens Afrika, gibt es diese Nashörner. Menschen haben einen albernen Fachbegriff für solche Tiere: *Pachyderme*, was *dicke Haut* bedeutet. Ihre Haut ist tatsächlich so dick wie die eines vollblütigen Syrena. Tatsächlich sind einige Teile ihrer Haut sogar doppelt so dick wie unsere. Und daran testen wir unsere Waffen. Wir mussten sichergehen, dass wir gerüstet sind, falls ihr Tritons uns wieder Ärger machen solltet. Wir haben alle unsere Waffen so entworfen, dass sie Nashornhaut durchdringen können. Dieses Messer hier durchtrennt den dicksten Teil so eines Viehs mit einem einzigen Hieb, Junge. Beeindruckt?«

Leider ja. Und zwar nicht nur von dem Messer, sondern auch von der Zeit und Energie, die diese Landbewohner investiert haben, um sich auf einen Krieg vorzubereiten. Das wird Galen plötzlich klar. Dass sie bereits aufgerüstet haben – mit Waffen speziell für Syrena-Haut. Dass sie als Bleibe einen Ort gewählt haben, der so weit im Landesinneren liegt, dass die Gabe Tritons dort keinen Schaden anrichten kann. Dass sie Bündnisse mit den Menschen schmieden und so ihre Zahl und Fähigkeiten vervielfachen.

Ja, Galen ist wirklich beeindruckt. Aber es kommt trotzdem nicht infrage, Tyrden die Antworten zu geben, die er unbedingt haben will. Wenn nämlich sämtliche Einwohner so bewaffnet sind, bedeutet dies, dass Neptun eine Auseinandersetzung mit den Meeresbewohnern geradezu erwartet und sich nicht bloß auf einen theoretisch möglichen Angriff aus dem Meer vorbereitet.

Als Galen mit Schweigen antwortet, presst Tyrden die Lippen zu etwas zusammen, das kein richtiges Grinsen ist. »Wir sind wohl schwer zu begeistern, Hoheit? Mal sehen, was ich sonst noch tun kann, um dich zu überzeugen.«

Blitzschnell ist Tyrden auf den Füßen und steht über ihm. Er hält die Klinge dicht an Galens Wange, so nah, dass er das Zittern des Messers in der Hand seines Peinigers beinahe spüren kann. Wie aus dem Nichts hebt Tyrden den Arm, um Galen seine Handfläche zu zeigen. Dann führt er das Messer an die Handfläche. Langsam und vorsichtig zieht er die Klinge darüber und schneidet in seine eigene Haut. Der Schnitt ist so dünn, so präzise, dass es scheint, als habe seine Hand für einige Sekunden vergessen zu bluten. Aber dann blutet sie. Und wie.

Mit leerem Gesicht lässt Tyrden Galen zusehen, wie das Blut von seiner Hand hinabtropft, wie es sich einer Schlange gleich um sein Handgelenk windet und in seidenen Perlen zu Boden fällt. So seltsam es sein mag, es hat den Anschein, als würde er es genießen, wie sich das Blut zu seinen Füßen sammelt. Dann schneidet er ein Stück von Galens T-Shirt ab und verfehlt dabei nur knapp das Fleisch seines Bauchs. Hätte Galen nicht instinktiv den Bauch eingezogen, so hätte er ihn ausweiden können. Seine Reaktion entgeht Tyrden nicht.

»Verstehst du, Junge, Nashornhaut kann bis zu fünf Zentimeter dick werden.« Er deutet fünf Zentimeter mit zwei Fingern an. »Und diese Klinge hier? Diese Klinge geht durch wie durch Butter.«

Zufrieden mit sich selbst und Galens neu erregter Aufmerksamkeit wickelt der stämmige Syrena das T-Shirt fest um seine Wunde und setzt sich wieder hin. »Also, Hoheit«, sagt er und dreht die Klinge in seiner unverletzten Hand hin und her. »Dann reden wir jetzt, ja?«

15

Galen hat gestern nicht zurückgerufen. Ich habe zwei weitere Nachrichten hinterlassen, nachdem ich von meinem Nachmittag mit Reed zurückgekommen bin. Wenn ich ehrlich bin, habe ich erwartet, dass er inzwischen zurückgerufen hätte. Ich habe erwartet, dass wir darüber reden würden, wie dumm wir beide waren – ich insbesondere – und dass wir einander lächerliche Dinge sagen würden, wie zum Beispiel, dass wir uns nie wieder streiten werden.

Meine Verzweiflung wächst. Ich will nicht eins von diesen Mädchen werden, die nicht über eine Beziehung hinwegkommen, wenn sie offensichtlich vorbei ist. Trotzdem, diese Beziehung, für die wir so hart gekämpft haben, um sie aufzubauen ... Das alles kann nicht einfach vorüber sein. Tatsächlich habe ich immer geglaubt, dass es nichts gäbe, was jemals zwischen Galen und mich treten könnte. Ich habe nie geglaubt, dass es zwischen uns einen letzten Kuss geben könnte.

Es ist zwei Tage her. Ich gebe nicht auf. Ich sitze auf der Bettkante und wähle seine Handynummer. Diesmal klingelt es nicht, sondern ich werde gleich an die Mailbox weitergeleitet. Habe ich so viele Nachrichten hinterlassen? Oder versucht jemand anders, ihn zu erreichen?

»Galen, bitte. Bitte, hör dir an, was ich zu sagen habe.« Ich beiße mir auf die Unterlippe, denn sonst wird meine Stimme brechen. Schließlich füge ich hinzu: »Ich liebe dich. Wir können dieses Problem lösen.« Und ich lege auf. Was kann ich ihm sonst noch sagen? Ich bettele ihn inzwischen praktisch an.

Ich habe Angst, dass er wirklich genau wie Grom wird. Eine harte äußere Schale, die niemanden hereinlässt. Nur – Grom hat meine Mutter hereingelassen. Bestimmt wird sich Galen nicht gegen mich verbarrikadieren. Oder?

Als das Handy in meiner Hand klingelt, falle ich fast vom Bett. Ich beeile mich dranzugehen, lasse es aber noch einmal klingeln, als ich sehe, dass es Reed ist, der anruft. Reed. Nicht Galen. Schon wieder.

»Hallo?«, sage ich und versuche, gut gelaunt zu klingen.

»Hey, Miss Populär, bereit, fischen zu gehen?«

Jetzt bin ich aufrichtig begeistert. Reed hat mich gestern praktisch mit der ganzen Stadt bekannt gemacht. Ich bin gestern Abend noch einmal allein losgezogen, um mir einige Snacks zu holen, und alle Welt hat mich freundlich angesprochen: »Hallo Emma! Schön, dich wiederzusehen.« Und: »Kann ich dir beim Tragen helfen?« Diese Leute, diese Halbblüter, diese Menschen, diese Syrena. Sie haben mich in gerade mal zwei Tage zu einer der ihren gemacht. Es ist das genaue Gegenteil dessen, was ich gewohnt bin. Daheim musste ich um jedes verdammte Bröckchen Anerkennung kämpfen. Hier bin ich fast eine Berühmtheit.

Und es ist fantastisch.

Trotzdem ist das größtenteils Reed zu verdanken. Er ist derjenige, der nicht schüchtern ist, der sich nimmt, was er will. Das Problem ist, es wird immer offensichtlicher, dass er mich will. Kleine Berührungen hier, verweilende Blicke da. Gestern beim Mittagessen hat mich sogar jemand als seine feste Freundin bezeichnet und er hat ihn nicht korrigiert. Ich war es, die die Sache klarstellen musste. Denn bis Galen etwas anderes sagt, bin ich vergeben.

»Aber wir werden die Fische, die wir fangen, wieder freilassen, nicht?«, sage ich. »Du hast es versprochen.« Reed seufzt ins Telefon. »Ich hatte gehofft, dass du das vergessen würdest.«

»Ist nicht. Ich töte keine Fische.«

»Wie sonst soll ich dann beweisen, dass ich einen größeren Fisch gefangen habe als Toby?«

»Mach dich für eine umwerfende Erkenntnis bereit: Es gibt da diese Dinger namens Smartphones und die haben doch tatsächlich eine eingebaute Kamera …«

»Schlauberger.«

»Ich meine ja nur.«

»Ich fahre jetzt hinter der Pension vor. Schwing deinen Hintern runter, bevor ich mich entscheide, dich zurückzulassen.«

Ich lache. »Das wagst du nicht!«

Reed schnaubt. »Komm einfach runter, Miss Seelenverwandte.« Dann legt er auf. Dafür wird er zahlen.

Der klapprige Steg ist nicht einmal breit genug, dass man zu zweit nebeneinander stehen könnte. Reed springt in das kleine Fischerboot, und es schaukelt, als würde es von einem Taifun durchgeschüttelt. Dann streckt er mir die Hand hin, damit ich ihm folge. Ich habe ihm noch nicht erklärt, wie tollpatschig ich bin. Dass ich unter keinen Umständen in Boote springen sollte, vor allem nicht in so ein wackeliges Ding, das gefährlich nahe an einem Steg voller möglicher Splitter treibt.

»Ich bin kein kleiner Kobold wie du«, erkläre ich ihm und setze mich auf die Kante des Stegs.

Er kichert. »Du findest mich klein?« Er streckt beide Hände aus, sodass ich vom Dock rutschen kann, ohne in diesem winzigen Boot allzu viel Unheil anzurichten.

Halte ich Reed für klein? Auf gar keinen Fall. Er wirkt tatsächlich sehr athletisch, was zur Geltung kommt, wenn er sein Hemd auszieht. Er ist nicht ganz so groß wie Galen, aber dafür an den richtigen Stellen wohldefiniert. Weshalb ich den Blick abwende.

Es entgeht ihm nicht. »Dachte ich's mir doch«, sagt er. *Gott, er ist provozierend selbstbewusst.*

»Jetzt denk dran«, fährt er fort, als ich mich auf eins der Holzbretter hocke, die als Sitze dienen, »sobald wir unser Ziel erreicht haben, wird absolut kein Wort gesprochen. Wenn wir näher kommen, gebe ich dir ein Zeichen, dass wir still sein müssen.«

»Was für ein Zeichen?« Ich hebe die Hand, um die Augen gegen die Sonne abzuschirmen.

Er hält eine Faust hoch, eine Geste wie ein Soldat, der die Truppe hinter sich zum Stehenbleiben auffordert.

»Okay. Kapiert.«

Reed fährt im Zickzack die Windungen des Flusses hinauf, wobei er Baumstämmen und Büschen am Ufer ausweicht. Der Wind flüstert in den Bäumen, als verrate er Geheimnisse. Vögel stimmen mit einem hellen Lied ein und irgendwo in der Nähe untermalt ein Specht das alles mit seinem rhythmischen Hämmern. Dazu noch das stetige leise Summen des Bootes, das das Wasser vor uns teilt. Alles in allem vielleicht einer der entspanntesten Momente meines Lebens.

Bis ich bemerke, dass Reed mich angrinst.

»Was ist?«, frage ich.

Er zuckt betont unschuldig die Achseln. »Ich habe nur versucht, mir vorzustellen, wie du die Gabe im Meer nutzt. Und ich bin ein wenig neidisch darauf geworden.« Er lenkt uns sanft von einigen herunterhängenden Ästen weg, die ein Meisterwerk von einem Spinnennetz tragen. »Was ist der größte Fisch, mit dem du je gesprochen hast?«

Die Antwort springt mir sofort in den Sinn. »Ein Blauwal. Ich habe ihn Goliath genannt. Bist du nie im Meer gewesen?«

»Natürlich nicht.«

»Warum nicht?«

»Na ja, erstens verstößt es gegen unser Gesetz. Und zweitens, hast du nicht gehört, was Triton mit Tartessos gemacht hat? Nicht besonders nett.«

Nein, das war wirklich nicht *nett*. Ich kann mir nicht vorstellen, dass dasselbe mit Neptun passiert. »Verständlich.«

»Außerdem versuche ich, mich nicht von den allmächtigen Meeresbewohnern aufspießen zu lassen.« In seinen Worten liegt plötzlich eine ungewohnte Härte. Als würde man auf den Kern einer Kirsche beißen. »Du bist mit einem Blauwal befreundet?« Anscheinend kann Reed im Nu von selbstgefällig auf ungläubig umschalten. »Hattest du keine Angst?«

Panik trifft es besser. Aber ich kann erkennen, dass Reed in diesem Moment Ehrfurcht vor mir empfindet, daher beschließe ich, mich zurückzulehnen und den Augenblick zu genießen. »Zuerst schon. Das war, bevor ich wusste, dass ich die Gabe habe. Ich dachte, er würde mich fressen.«

»Blauwale fressen Krill. Wenn er dich gefressen hätte, wäre es ein Unfall gewesen.«

»Tröstlich. Echt.«

»Also, er hat dich nicht gefressen. Du bist eine schreckliche Geschichtenerzählerin, weißt du das?«

So viel zum Thema Ehrfurcht. »Mir ist klar geworden, dass er sanft war – und dass er auf meine Stimme reagierte, wenn ich etwas zu ihm sagte. Da wusste ich, dass er mir nichts tun würde.«

»Wie oft siehst du ihn?«

Ich merke, dass meine Schultern ein wenig heruntersacken, als das Bedauern von meinem Bauch zu meiner Kehle hinaufsteigt. »Er wurde tatsächlich vor einigen Monaten von irgendeinem idiotischen Fischer harpuniert. Danach habe ich ihn lange Zeit nicht mehr gesehen. Dann kam er vor einigen Wochen wie aus dem Nichts zu mir. Ich konnte die Narbe immer noch sehen und ich habe ihm eine Portion Extra-Zuwendung verabreicht. Es ist mir egal, was Wissenschaftler darüber sagen, dass Fische keine Gefühle haben. Goliath hat sich anders verhalten. Er war nicht mehr so verspielt wie vor diesem Zwischenfall. Es ist, als wäre er traumatisiert oder so.«

Reed nickt ernst. »Ähm. Wale sind Säugetiere. Sie haben eindeutig Gefühle. Aber Gefühlsduselei? Da bin ich mir ganz und gar nicht sicher.«

»Na ja, ich bin überzeugt davon, dass sie Gefühle haben.«

»Gut. Also. Wir müssen nicht angeln, wenn du nicht möchtest. Wir können umdrehen und zurückfahren.«

Ich wende den Kopf in seine Richtung. »Aber du hast gesagt, wir würden die Fische wieder freilassen. Hast du das nicht ernst gemeint?«

»Natürlich habe ich das ernst gemeint. Ich würde dich niemals anlügen, Emma. Dafür habe ich viel zu viel Angst vor dir.« Er kichert. »Aber wenn man angelt, verschlucken sie manchmal den Haken. Ich habe nie weiter darüber nachgedacht, aber ich glaube, einen Haken zu verschlucken, der dann wieder aus einem herausgerissen wird, ist eine ziemlich traumatische Angelegenheit, meinst du nicht auch?«

Natürlich. Weshalb ich nie die Absicht hatte, ihn auch nur einen einzigen Fisch fangen zu lassen. Aber ich möchte nach wie vor sein Gesicht sehen, wenn ich seine Pläne vereitele. »Versuchst du jetzt, einen Rückzieher zu machen? Angst, dass du Toby doch nicht besiegen kannst?«

Reed richtet sich ein wenig höher auf. »Ich habe meine Meinung geändert. Wir kehren jetzt nicht um. Nicht einmal, wenn du darum bittest.«

Ich werde langsam sehr gut darin, Männer zu ködern. Den Rest unserer Fahrt verbringen wir schweigend. Ich kann erkennen, dass wir unserem Ziel näher kommen, weil Reed bei jedem meiner Versuche, ein Gespräch anzufangen, nur eine knappe Antwort murmelt und über seine Schulter guckt. Männer bringen diese Sportfischerei auf eine ganz neue Ebene der Seltsamkeit.

Schließlich hebt Reed die Faust und schaltet den Motor aus. Das einlullende Lied der Frösche und die schnell fließende Strömung über einer Sandbank übertönen unser Schweigen. Wir kommen an der bisher breitesten Stelle des Flusses zum Stehen. Reed befestigt kurzerhand zwei Grillen an seiner Angelschnur. Ich kann nicht umhin, mich zu fragen, ob sich die Wissenschaftler auch in Bezug auf Insekten irren. Was ist, wenn sie tatsächlich Schmerz empfinden? Immerhin habe ich zugelassen, dass er zwei lebendige Grillen aufspießt.

»Das Leben ist zu kurz, um mit toten Ködern zu angeln,« sagt er beinah abergläubisch.

Also ist Reed im Moment in keiner tierlieben Laune. Er platzt fast vor Entschlossenheit, Konzentration und Testosteron. Er dreht mir den Rücken zu und stößt den hinteren Teil des Bootes mit einer einzigen glatten Bewegung ab.

Endlich ist meine Zeit gekommen.

Innerlich jubilierend ziehe ich mein Haar zurück und tauche das Gesicht ins Wasser. Ich öffne den Mund, um zu rufen, und zuerst kommen große Luftblasen heraus und kitzeln mein Gesicht, als sie an die Oberfläche steigen. Aber ich werde mich nicht beirren lassen. »Schwimmt weg!«, schreie ich. »Ihr seid alle in Gefahr! Schwimmt weg!« Ich sehe die hinteren Enden von Fischschwänzen, wie sie sich zerstreuen, genau wie ich es ihnen gesagt habe. Jungfische, eine Wassermokassinschlange, eine Schildkröte. Andere größere, gestreifte Fische, die ich nicht identifizieren kann, geben ein zischendes

Geräusch bei ihrem schnellen Abschied von sich. Als ich wieder hochkomme, zieht Reed mit einem Stirnrunzeln seine Angelleine ein.

»Ich wusste einfach, dass du das tun würdest«, brummt er.

»Ich hätte es tun sollen, bevor du diese beiden Grillen ermordet hast. Nicht wegsehen, du weißt schon?« Das Schmollen in seinem Gesicht grenzt beinahe an Bewunderung. Er sieht aus wie eine ältere Version von Toby. Und Toby könnte das Schmollen glatt erfunden haben.

»Machst du das jetzt jedes Mal? Bringt es etwas, zu einer anderen fischreichen Stelle zu fahren?«

»Ganz ehrlich? Ja. Aber wenn Zeitverschwendung dein Hobby ist, dann such ruhig eine neue Fischstelle.« Oder wie auch immer die genannt werden.

Ein schelmisches Lächeln breitet sich auf seinem Gesicht aus. *Oh nein.*

Mein erschrockener Aufschrei steigt gar nicht mehr in die Luft, sondern plumpst mit mir zusammen ins Wasser, als er mich wie ein Bulldozer vom Boot stößt. Das Wasser ist klar, klarer als überall im Ozean, wo ich je gewesen wäre. Selbst durch meine dicke Haut registriere ich den Temperaturabfall vom Tennessee-Sommertag zum Tennessee-Sommerbach.

Reed grinst so breit, dass die Grübchen beinah wie Löcher in seinem Gesicht aussehen. »Dir ist klar, dass du das verdient hast.«

»Ich habe nicht erwartet, dass du das tatenlos hinnehmen würdest.« Ich lache. Tatsächlich klingen meine Worte erfreuter, als man unter den gegebenen Umständen erwarten würde.

»Bei dir nehme ich es so, wie ich es kriegen kann.«

Pein-lich. Außerdem i-gitt. »Reed ...«

»Zu viel und zu früh?«

»Auf jeden Fall zu viel. Ich bin mit Galen zusammen. Wir werden uns verbinden.« Aber ich erkenne den Anflug von Zweifel in meiner Erklärung.

Er sieht sich demonstrativ um. »Wirklich? Ich kann Galen nirgends entdecken. Soweit ich erkennen kann, sind bloß wir beide hier.«

»Das war ein Schlag unter die Gürtellinie.« Ich wende mich von ihm ab und will zum Boot zurückschwimmen. Binnen Sekunden spüre ich, wie sein Puls sich beschleunigt, und ich ahne den genauen Moment voraus, in dem er nach meinem Handgelenk greifen will. Ich wirbele herum. »Rühr mich nicht an, Reed!«

Sein Gesicht ist voller Reue. Ehrlichem Schmerz. »Es tut mir so leid, Emma. Ich weiß, dass er zurückkommen wird. Verdammt, er ist wahrscheinlich in genau diesem Moment auf dem Weg. Wenn du willst, bringe ich dich zum Hotel, damit du dort auf ihn warten kannst.«

Ich mag diesen mitleidigen Tonfall nicht. *Damit du dort auf ihn warten kannst.* Meine Gefühle kämpfen kurz miteinander. Einerseits habe ich mein Smartphone in meinem Zimmer gelassen, da ich mir gesagt habe, dass ich das Schicksal nicht herausfordern sollte, indem ich es zum Angeln mitnehme. Andererseits habe ich es auch nicht mitgenommen, weil ich Zweifel hatte, dass Galen anrufen würde, und ich es leid bin, alle paar Sekunden nachzuschauen, ob er mir nicht doch zumindest eine SMS geschickt hat.

Mein Smartphone und Galens leeres Hotelzimmer sind Anker, die mich runterziehen. Das alles wird sich regeln, ich weiß es einfach. Aber für den Moment muss ich es gut sein lassen. Ja, die Sache mit Reed verwandelt sich in einen skandalösen Flirt. Aber sobald er begreift, dass ich nicht klein beigebe, wird er aufgeben.

Alles, was ich wirklich weiß, ist, dass ich mich nicht in meinem Zimmer einsperren und auf einen Anruf warten kann, der vielleicht tagelang nicht kommen wird. Ich muss mein Leben leben. Ich muss eine eigene Identität jenseits von Galen haben. Das ist nur fair.

»Warum nimmst du mich nicht mit zum Höhlentauchen?«, frage ich schließlich. »Wenn Galen doch zurückkommt und entdeckt, dass ich fort bin, wird er wissen, dass ich Neptun erkunde. Er weiß, dass ich aus diesem Grund noch einige weitere Tage bleiben wollte.«

Reed nickt. »Ganz bestimmt? Es tut mir so leid, Emma. Was ich gesagt habe, war fies.«

»Ganz bestimmt. Hör auf, so unterwürfig zu tun. Das steht dir nicht.«

Er grinst. »Nun denn. Die nächste Höhle ist ein gutes Stück entfernt. Das bedeutet Schwimmen, und zwar gegen die Strömung. Kriegst du das hin?«

Ich beäuge das Boot hinter ihm. »Ich will Höhlentauchen. Nicht schon völlig ausgelaugt dort ankommen.«

»Dann rein mit dir, Prinzessin«, lacht er. Er will einen Arm um mich legen, aber ich gleite davon. Er nimmt es gelassen hin. »Wir werden mit dem Boot fahren, bis wir schwimmen müssen.«

Und in diesem Moment trifft mich die Erkenntnis, dass der Versuch, vom Wasser aus in ein Boot zu gelangen, dem Versuch gleichkommt, Fische mit dem Mund zu fangen. Es ist schlichtweg unmöglich.

16

Galen will nicht zu seinem Peiniger aufsehen. Deshalb ist er gezwungen, auf sein inzwischen zerfetztes T-Shirt hinabzublicken, das ihm wie ein loses Netz am Körper hängt. Er hat immer noch kleine Schnitte an der Seite und auf dem Rücken, wo Tyrden den Stoff verfehlt und die Haut getroffen hat. Jedes Mal, wenn Galen sich in seinem Stuhl neu positioniert, brennen die kleinen Schnitte und erinnern ihn daran, dass sie nach wie vor da sind.

Tyrden hatte die Klinge in schnellen, hackenden Bewegungen geführt und Galen das T-Shirt Stück für Stück vom Körper geschnitten, wobei er ihn manchmal zwang, den Bauch einzuziehen oder sich zur Seite zu lehnen, um keine tiefen Schnittwunden davonzutragen. Bei jeder ausweichenden Antwort – also meistens –, schwang Tyrden das Messer, ohne darauf zu achten, ob er traf oder sein Ziel verfehlte. Galen war ausgewichen, so gut er konnte. Manchmal hat es funktioniert. Manchmal nicht. Die Verletzungen waren größtenteils Schürfwunden, aber einige Schnitte hier und da waren gerade tief genug, um Galen Schmerzen zuzufügen.

Er fragt sich, wofür Tyrden die Klinge benutzen wird, wenn keine Kleidung mehr da ist. Er hat herausgefunden, dass der ältere Syrena sich sehr gut auf die Kunst des Vorausgreifens versteht. *Es wäre hilfreich, wenn ich seine Motive durchschauen würde.* Dann könnte er zumindest passable – wenn auch unwahre – Antworten geben und neue Schnittwunden vermeiden, die ihm sein Schweigen definitiv einbringen würde.

Aber bisher hat Tyrden so willkürliche Fragen gestellt, dass Galen nicht enträtseln kann, was er vorhat, und das ist wahrscheinlich auch Sinn der Sache. Fragen wie: Wie viele Syrena sind den Königreichen gegenüber loyal? Haben sie irgendwelche neuen Traditionen begonnen? Wie weit können eure Fährtensucher spüren? Womit vertreiben sich die Ozeanbewohner die Zeit? Verwenden sie immer noch das Gift des Feuerfischs für ihre Speere? Wie viele kommen heutzutage an Land? Wie hoch ist der Anteil von männlichen im Vergleich zu weiblichen Syrena?

Galen weiß nur, dass Tyrden eine unersättliche Neugier hinsichtlich der Struktur der Königreiche hat – und dass er zumindest über eine Waffe verfügt, die mühelos Syrena-Haut durchschneidet. Keine gute Kombination.

Schritte schwerer Stiefel lassen seinen Magen brodeln. Es könnte schlimmer sein, sagt sich Galen. Er denkt an

Rachel und daran, was sie ihm über die Foltermethoden der Mafia erzählt hat. Im Vergleich dazu ist das hier keine Folter. Das ist ... Einschüchterung.

Plötzlich füllt der Geruch nach gekochtem Fisch die Luft und diesmal kann Galen nicht anders als aufzublicken. Tyrden nimmt vor ihm Platz und schlägt die Beine übereinander, sorgfältig darauf bedacht, nichts von der Mahlzeit auf dem Teller in seiner Hand zu verschütten. Galen ärgert sich, dass sein Magen so laut knurrt.

Tyrden lacht dreckig. »Es geht doch nichts über einen großen Haufen Fisch, um sich in Schwung zu halten, nicht wahr, Junge?« Er schiebt den Stuhl näher an Galen heran, sodass ihre Füße sich beinahe berühren. Dann wedelt er nur Zentimeter von seinem Gesicht entfernt mit dem Teller und sorgt dafür, dass der weiße Dampf direkt in Galens Nase steigt. Galens Magen brummt grimmig. *Verräter.*

Seine letzte Mahlzeit hatte er im Haus der Conways eingenommen – und selbst dieses Abendessen hat er kaum angerührt. Er schätzt, dass das vor zwei Tagen war – zwei Tage, die Emma in dem Glauben verbracht hat, er sei ins Meer zurückgekehrt, um Grom von Neptun zu berichten. Zwei Tage, seit er praktisch von der Bildfläche verschwunden ist, ohne dass es jemand bemerkt hat.

Ist Emma geblieben? Ist sie nach Hause gefahren? Sucht sie nach mir? Er hofft, dass sie nicht nach ihm gesucht hat und selbst über Tyrden gestolpert ist. *Und was, wenn sie es getan hat?* Er schiebt den Gedanken schnell beiseite. Wenn Tyrden Emma hätte, hätte er das bereits gegen ihn verwendet.

Der ältere Syrena lehnt sich auf seinem Sitz zurück. Er spießt einen großen Brocken Fisch auf, schiebt ihn sich in den Mund und stößt ein anerkennendes Stöhnen aus. Die Portion auf dem Teller würde leicht für zwei reichen. »Ich habe noch einige weitere Fragen an dich, Hoheit. Ich hoffe, du wirst sie diesmal beantworten, denn es wäre eine Schande, sich eine solche Mahlzeit entgehen zu lassen.«

Tyrden beim Essen zuzusehen, macht Galen leicht benommen. Noch mehr als die Drohungen und das Herumgefuchtel mit dem Messer von gestern. Aber es geht weniger darum, den quälenden Hunger zu stillen, als darum, wieder ein wenig zu Kräften zu kommen. Mit jedem Tag, den er ohne Nahrung oder Wasser bleibt, verliert er Energie und Kraft – beides Dinge, die notwendig sind, um zu fliehen. Und so bequem, wie Tyrden es sich hier gemacht hat, könnte sich die Sache noch lange, lange hinziehen.

Flucht ist meine einzige Chance – aber wie? Nach allem, was er weiß, könnte jemand an der Tür Wache stehen, obwohl nur Tyrden kommt und geht. Galen erinnert sich an die Männer, die ihn im Wald gefangen haben. Wo sind sie jetzt? Ganz zu schweigen von den dicken Stricken, die seine Gliedmaßen an den Metallstuhl fesseln. Sie sind so straff, dass sie drohen, seinen Blutkreislauf abzuschneiden.

»Was wollen Sie wissen?« Galen knirscht mit den Zähnen. *Denk an die Energie, die dir die Mahlzeit geben wird.*

»Emma hat Reed bereits offenbart, wie ihr in die gute, alte Stadt Neptun gekommen seid. Also hat Antonis euch hierhergeschickt. Warum sollte er das tun, was meinst du?«

»Reed?«

»Oh, ja. Sie verbringen ihre ganze Zeit zusammen. Tut es weh, nicht vermisst zu werden?«

Die Vorstellung, dass Emma genug Zeit mit Reed verbringt, um ihm ganz egal was zu erzählen, macht Galen fertig. Aber zumindest weiß er jetzt, dass sie nicht irgendwo gefangen gehalten wird. Trotzdem, Reed hat die Präsenz eines Trompetenfischs, der sich umherschlängelt und seinem ahnungslosen Opfer auf dem Riff nachschleicht. So langsam und beiläufig, dass es harmlos erscheint. Bis er zuschlägt.

Galen räuspert sich, um den bitteren Geschmack aus dem Mund zu bekommen, und konzentriert sich auf die Frage. *Warum sollte Antonis uns hierherschicken?* »Ich weiß es nicht. Warum fragen Sie nicht Reed? Er ist doch anscheinend sehr hilfsbereit.«

Tyrden genehmigt sich noch einen mächtigen Bissen und lässt sich Zeit, ihn auszukosten. »Reed ist ein hingebungsvoller Trottel, der die Position seines Daddys zum eigenen Vorteil ausnutzt. Ich habe keine Verwendung für Reed.«

Galen vermag nicht zu entscheiden, ob Tyrden absichtlich quer durch den Gemüsegarten fragt oder ob er von Natur aus launisch ist.

Wenn Tyrden keinen Umgang mit Reed hat, woher bekommt er dann seine Informationen? Im nächsten Moment hat Galen das vollständige Bild vor Augen. Er muss die Informationen von Reder selbst bekommen. Reder muss derjenige sein, der seine Gefangennahme angeordnet hat. Das alles ergibt Sinn, wenn man bedenkt, wie in sich gekehrt Reder beim Abendessen war, wie er Galen unter der Vortäuschung von Gastfreundschaft gemustert hat. Reed muss seinem Vater von seinen Unternehmungen mit Emma erzählt haben. Dann hat Reder die Information an Tyrden weitergegeben.

Was bedeutet, dass Tyrden in diesem Spiel nur ein Bauer sein könnte – Bauern sind viel fügsamer als Könige.

Tyrden scheint seine Gedanken zu lesen. »Ich werde dir ein Geheimnis verraten, Hoheit. Es betrifft Reeds Vater. Reder ist ganz und gar nicht derjenige, der zu sein er vorgibt. Er ist nicht der Retter dieser Stadt, wie er es dich glauben machen wollte. Zu weich, wenn du mich fragst.«

Zu weich? »Wann wird Reder uns besuchen?«

Tyrden legt den Kopf schräg. »Warum sollte Reder sich persönlich die Mühe machen hierherzukommen? Vielleicht will er Emma und Reed eine Chance geben, zarte Bande zu knüpfen, und will dich eine Weile aus dem Weg haben.« Was ihn offenbar amüsiert. »Es scheint gut zu funktionieren.«

»Reed ist nicht Emmas Typ.«

Tyrden schluckt einen weiteren Bissen, beugt sich vor und beäugt Galen. »Nein? Aber was ist, wenn es nicht um Typen geht? Was ist, wenn es darum geht, was Reed ihr bieten kann? Eine Sache habe ich über Frauen gelernt: Sie mögen Sicherheit.«

»Was meinen Sie damit?«

»Nehmen wir an, du kommst durch ein Wunder hier raus, und irgendwie lauft ihr beide in den Sonnenuntergang davon. Alles, was du ihr bieten kannst, ist ein Leben, in dem sie verstecken muss, was sie ist. Oder ... du ziehst es *nicht* in Erwägung, im Meer zu leben, hm? Lässt sie alle paar Stunden auftauchen, um Luft zu schnappen wie ein Wal?« Tyrden gluckst. »Reed – Neptun – kann ihr so viel mehr bieten. Sie hat ihm alles darüber erzählt, wie eure Archive widerstrebend dafür gestimmt haben, sie am Leben zu lassen. Wie großzügig von ihnen.«

Galen verschließt die Augen vor der Wahrheit. »Neptun versteckt sich immer noch. Ihr seid euch der Menschen nicht vollkommen sicher.«

Tyrden schaut sich demonstrativ um. »Welche Menschen? Oh, du meinst den Rest der Welt? Ich will dir etwas sagen, Hoheit. Dem Rest der Welt könnte dieses kleine Städtchen gar nicht gleichgültiger sein. Weißt du, womit ich meinen Lebensunterhalt verdiene?« Tyrden grinst höhnisch. »Am Stadtrand ist eine Konservenfabrik. Eine echte Bruchbude. Wir haben drei vollblütige Syrena, Nachfahren von Poseidon, die mithilfe ihrer Gabe die Fischkonserven aufstocken. Wir beliefern täglich die großen Städte. Wir können kaum mit der Nachfrage Schritt halten. Für sie sind wir einfach ein verschlafenes kleines Fischerdorf, das in den Bergen sein Dasein fristet. Wir sind unter ihrer Würde. Was kümmern wir sie?«

»Eines Tages wird sich das ändern.«

Tyrden macht eine wegwerfende Geste. »Typisch Triton. Immer skeptisch. Wir haben so lange unentdeckt überlebt, nicht wahr? Teufel, wir haben so lange überlebt, ohne dass auch nur die Königreiche von uns wissen!«

Das kann Galen nicht bestreiten.

Tyrden legt die Gabel auf den Teller und stellt ihn langsam auf den Boden neben seinem Stuhl. Er räuspert sich und tupft sich mit dem Hemdkragen den Mundwinkel ab. Als er Galen wieder ansieht, ist er vollkommen konzentriert. »Erzähl mir von Jagen.«

Das kommt unerwartet. Galens Gedanken überschlagen sich. Woher weiß er von Jagen? Wie hängt Neptun mit Jagens Versuch zusammen, die Königreiche an sich zu reißen? Galen beschließt, eine seiner Lieblingsstrategien anzuwenden, nämlich eine Frage mit einer Gegenfrage zu beantworten. »Was soll mit ihm sein?«

»Sind Jagen und seine Tochter Paca schon an der Macht?«

»Nein.« *Noch nicht.* Also wissen Tyrden und Reder nicht, dass Jagens Versuch, das Tritonreich zu beherrschen, gescheitert ist. Galen überlegt, dass es ein guter Handel ist – simple Antworten gegen vielsagende Fragen.

Und diese Antwort scheint Tyrden zu erzürnen. Er richtet sich auf seinem Stuhl auf. »Was ist passiert?«

Galen betrachtet die Mahlzeit auf dem Boden. »Bekomme ich nicht zuerst einen Bissen?« Der sehnsüchtige Klang seiner Stimme ist echt.

Daraufhin verzieht Tyrden die Lippen zu einem bedrohlichen Lächeln. »Ausgezeichnete Idee, mein Junge. Wir werden tauschen, du und ich. Ein Bissen für eine Antwort.« Er hebt den Teller auf und spießt ein Stück Fisch auf die Gabel – kleiner, als es Galen lieb ist –, dann bedeutet er ihm, den Mund zu öffnen.

Galen gehorcht, und Tyrden sticht ihm absichtlich die Gabel in die Zunge, bevor er sie zurückzieht. Aber Galen kümmert es nicht, denn der Fisch ist köstlich und warm, und sein Magen scheint in Erwartung des nächsten Bissens zu brodeln.

Tyrden wartet ungeduldig, während Galen sich die kleine Kostprobe schmecken lässt. »Was ist passiert?«

»Meinen Sie, ich könnte etwas Wasser bekommen?«

Tyrdens Augen werden schmal. »Oh, ich werde dir jede Menge Wasser geben. Nachdem du mir gesagt hast, was ich wissen will.«

Galen denkt daran zu verhandeln, aber die Art, wie Tyrden mit der Gabel auf den Rand des Tellers klopft, sagt ihm, dass dieser schon bald mit seiner Geduld am Ende ist. »Jagen wurde entmachtet, als wir entdeckt haben, dass Paca eine Betrügerin ist. Dass sie nicht wirklich die Gabe Poseidons besitzt.«

»Und wie wurde das entdeckt?« Tyrden hält eine weitere Gabel voll Fisch hoch. Statt weiter mit der Gabel zu klopfen, fließt die Energie in sein Bein hinab, das in einem schnellen Rhythmus wippt.

»Emma. Sie hat dem Rat ihre eigene Gabe, die wahre Gabe, vorgeführt und so bewiesen, dass Pacas da nicht mithalten kann.« Galen erinnert sich an den Stolz, den er empfunden hatte, als Emma Paca an ihren Platz verwies und ihr sagte, sie solle ihren Vater vor zwei Haien retten, denen Emma befohlen hatte, ihn zu töten – oder zumindest ließ sie das Paca glauben. Paca ist an Ort und Stelle zusammengebrochen. Wenn Emma nicht zum Tribunal gekommen wäre, hätte sich alles anders entwickelt, da ist sich Galen sicher. Die Königshäuser wären nicht mehr an der Macht, und Jagen würde unter Vorspiegelung falscher Tatsachen das Tritonreich regieren.

Aber wie hängt das mit Tyrden zusammen? Mit Reder? Welches Interesse haben sie an Jagens Herrschaft? Waren sie diejenigen, die Paca ausgebildet haben, sich über Handzeichen mit den Delphinen zu verständigen? Er nimmt den nächsten Bissen Fisch von Tyrden entgegen und beobachtet seinen Wärter genau. Etwas in seinem Gesichtsausdruck hat sich verändert.

»Das ist sehr unangenehm«, sagt Tyrden.

»Unangenehm für wen?«

»Halt dein Maul.« Tyrden macht eine Pause. »Wo sind Jagen und Paca jetzt?«

Kein Wunder, dass sie so sehr nach Informationen über

die Königreiche gieren. Jetzt, da Jagen und Paca für ihre Taten eingekerkert sind, hatte Neptun wahrscheinlich keine Verbindung mehr zu den Königreichen – bis Galen und Emma aufgetaucht sind.

»Wo sind Jagen und Paca jetzt?«, blafft Tyrden.

»Sie sind in den Eishöhlen. Wo sie hingehören.«

Tyrden steht mit dem Teller da und schiebt mehr Fisch auf die Gabel. Er hält sie Galen hin. Aber kurz bevor er den Mund darum schließen kann, reißt Tyrden die Gabel weg, und der Fisch fällt zu Boden. Dann sammelt Tyrden seine ganze Kraft und Enttäuschung und wirft den Teller mit dem Essen an die Wand. Er zerschellt und verstreut das, was von Galens Mahlzeit übrig ist, auf dem Boden.

»Wünsche wohl zu speisen, Hoheit«, knurrt Tyrden. »Jetzt zum Dessert.« Er weicht zurück und Galen schließt die Augen, bereitet sich auf den Schlag vor. Es steckt mehr Zorn dahinter, als er ursprünglich erwartet hat.

Tyrdens Faust trifft Galens Wange und reißt ihm den Kopf nach hinten. Der Hagel an Hieben endet nicht damit. Die Schläge kommen von beiden Seiten, aus verschiedenen Winkeln, landen auf seiner Nase, seinem Kieferknochen, seinem Mund. Wieder und wieder und wieder.

Galen schmeckt Blut, spürt, wie es ihm durch die Kehle rinnt. Wie es sich in seinem Ohr sammelt.

Dann wird alles schwarz.

17

Es dauert eine Minute, sich an die Dunkelheit zu gewöhnen, obwohl wir nach und nach in die Höhle abgestiegen sind. Reed schwimmt voraus, als könne er bestens sehen oder als sei er schon eine Million Mal hier gewesen. Wahrscheinlich beides.

Vielleicht passen sich meine Augen im Süßwasser nicht so gut an. Vielleicht hilft ihnen das Salzwasser des Meeres auf irgendeine Weise, was mir aber komisch vorkommt. Normalerweise ist Salzwasser ätzend für die Augen. Es sei denn, man ist zum Teil Fisch oder Fischsäugetier oder so was. So oder so, Reed brennt darauf anzufangen. »Sind alle Ozeanbewohner so langsam?«

Er ergreift mein Handgelenk und zieht mich hinter sich her. Sein Puls legt sich leicht um mich herum wie das Flüstern einer nicht straffgezogenen Angelrute. Ein Gemisch von Gefühlen. »Kannst du mich spüren?«, sage ich, beinahe zu mir selbst.

»Natürlich. Spürst du mich nicht?«

»Doch, aber es fühlt sich anders an als bei Galen.«

»Oje.« Reed verdreht die Augen. »Du glaubst nicht an den Sog, oder?«

Dabei handelt es sich um eine Legende. Normalerweise fühlen sich männliche Syrena plötzlich zu mehreren paarungswürdigen Frauen hingezogen, wenn sie achtzehn Jahre alt werden; Frauen mit denen sie sich gut ergänzen würden. Dann »sichtet« der Syrena sie, die Unterwasserversion von »ausgehen«. Aber wenn der Sog eintritt, fühlt sich der Mann nur zu einer einzigen Frau hingezogen und die ist angeblich in jeder Hinsicht die perfekte Partnerin für ihn. Die Erklärung ist, dass der Sog die stärksten Nachkommen hervorbringt, dass er ein natürliches Phänomen unter den Syrena ist und das Überleben ihrer Art sichert.

Galen hat nie an den Sog geglaubt – bis er mich kennenlernte. Jetzt ist er hin- und hergerissen, weil ich die Einzige bin, zu der er sich jemals hingezogen gefühlt hat. Unsere Verbindung würde tatsächlich den ganzen Hype um den Sog stützen, und da ich die Gabe Poseidons besitze und Galen die Gabe Tritons, könnten unsere Nachfahren vielleicht sogar beide haben.

Trotzdem halte ich das Gesetz und diese Syrena-Sitte für Aberglauben. Wenn unser Kind beide Gaben besäße, würde ich es lieber der Genetik zuschreiben als einem launischen, magischen Mythos, der dafür sorgt, dass die großen Generäle der Syrena immer recht haben.

»Nein«, erkläre ich. »Ich glaube nicht wirklich an den Sog. Ich glaube an Liebe. Und an Genetik.« Ich wollte nicht, dass es so klingt wie »Also verpiss dich«, aber seinem Gesichtsausdruck nach zu urteilen, fasst Reed es wohl so auf.

»Ich habe dir gesagt, dass ich's kapiert habe, Emma. Es droht keine Gefahr, dass ich dich Galen stehle. Toller Typ, der er ist«, murmelt er. Er schwimmt dicht an mich heran, so dicht, dass ich glaube, er wird wortbrüchig. Sein Mund ist nur Zentimeter von meinem entfernt, als er hinzufügt: »Nicht dass ich dich nicht stehlen wollte. Oh, und wie ich will. Und ich täte es, wenn ich der Ansicht wäre, dass du es mir erlauben würdest.«

Ich will zurückweichen, aber er hält mein Handgelenk fest. Ich könnte es ihm entreißen, wenn ich wollte, aber seine Augen sagen mir, dass er aufrichtig ist; sie sind nicht mehr unheimlich oder besitzergreifend. »Ich würde dich binnen eines Herzschlags stehlen, Emma McIntosh«, fährt er fort, und da sind keine Spielchen und kein Sarkasmus in seiner Stimme. »Aber ich müsste dich zuerst küssen und das will ich nicht.«

Aus irgendeinem Grund kränkt mich das. Er bemerkt es und lächelt.

»Reg dich nicht auf. Vielleicht sollte ich nicht ›Ich *will* dich nicht küssen‹, sondern ›Ich *werde* dich nicht küssen‹ sagen. Es sei denn, du willst es. Denn ich weiß, wenn ich es tue, wird es für mich kein Zurück mehr geben. Ich werde nie wieder derselbe sein.« Er beugt sich verboten nah heran und hält meine Handgelenke noch fester umfangen, und ich schwöre, dass mich sowohl sein Herzschlag als auch sein Syrena-Puls wie ein Erdbeben erschüttern. »Also, Emma: Wenn du mich küsst – und ich glaube, das wirst du tun –, dann sei dir sicher, wen du wählst.«

Ich entwinde ihm mein Handgelenk und stoße ein unbeschwertes Lachen aus. Obwohl Unbeschwertheit das Gegenteil dessen ist, was ich empfinde. Reed wirkt so umgänglich und locker, aber jetzt reicht er mir praktisch sein schlagendes Herz, damit ich damit mache, was ich will. Ich meine, was für eine verrückte Ansprache ist das? Wir kennen einander erst seit ein paar Tagen, und er denkt wirklich, dass ich das als Wahlmöglichkeit in Betracht ziehe? Glaubt er, wir würden miteinander gehen oder so, dass er mehr ist als mein (hingebungsvoller) Reiseführer?

Jetzt fühle ich mich schuldig. Denn mehr Zeit mit Reed zu verbringen, fühlt sich an, als würde ich ihm falsche Hoffnungen machen. Es ist klar, dass seine Absichten nicht streng platonisch sind, aber ich habe von Anfang an offen gezeigt, dass ich Galen liebe. Unsere Beziehung ist offensichtlich nicht perfekt, aber ist das nicht der Teil, an dem man halt »arbeiten« muss? Ich hatte immer das Gefühl, dass die Dynamik zwischen uns so ist wie eine Schneekugel-Spieluhr. Mal zu fest aufgezogen, geschüttelt und gerüttelt, aber nie zerbrochen, sondern immer intakt und wirklich etwas, das man von innen betrachten muss.

Es würde helfen, wenn Galen mir ein Zeichen gäbe,

dass er mich immer noch liebt. Dass unsere Schneekugel nicht leckt. Oder schlimmer noch, zersprungen ist.

Und da ist immer noch mein Verlangen, Neptun kennenzulernen. Reed ist mein Fremdenführer – mehr nicht. Ich habe bereits gewählt, wen ich will. Ein Kuss von Reed würde niemals etwas daran ändern. Ich werde ihn weiter zurückzuweisen und irgendwann wird er (hoffentlich, verdammt noch mal) das ganze Spiel von wegen »Ich will dich lieben« ad acta legen.

Ich begreife, dass ich ihm nicht geantwortet habe. Ich frage mich, was er in meinem Gesicht sieht, das ihn so fasziniert. »Kapiert«, sage ich beiläufig, und er zuckt zusammen. Aber dieses Gespräch muss aus so vielen Gründen enden, und die einzige Möglichkeit, dafür zu sorgen, ist es, ein neues zu beginnen. »Erzähl mir, wie Neptun entstanden ist.«

Er blinzelt, einmal, zweimal. Dann erscheint ein träges Lächeln, frei von Qual oder Eifersucht. »Das würde ich ja gern tun, aber Vater ist der Beste, wenn es darum geht, diese Geschichte zu erzählen. Sein Gedächtnis ist das reinste Archiv, weißt du. Also versuche nicht einmal, mit ihm zu diskutieren, wenn es um unterschiedliche Erinnerungen geht. Du wirst immer verlieren.«

»Ihr habt Archive hier?«

Er nickt. »Und Fährtensucher. Wir haben alles, was ihr habt. Bis auf das Meer.«

Allmählich verstehe ich Reeds Besessenheit vom Meer. Es ist nicht der Ozean selbst, obwohl die Ozeane unendlich faszinierend sind. Reeds Problem ist, dass er die Wahl haben möchte. Er will etwas, das er nicht haben kann, und das führt dazu, dass er es umso mehr will. Und kann ich das nicht nachempfinden?

Ich beschließe, Reed entgegenzukommen. »Aber deinem Vater hat es neulich abends anscheinend widerstrebt, uns davon zu erzählen. Mir wäre nicht wohl dabei, ihn zu fragen. Du brauchst es nicht zu tun, wenn du nicht willst.«

»Ich glaube, dein kostbarer Galen hat sich beim Essen vielleicht etwas *ungeschickt* angestellt. Ich werde mit meinem Dad reden. Er wird ein Treffen einberufen.«

»Was für ein Treffen?«

Reed nickt. »Du weißt, dass Menschen Versammlungen im Rathaus abhalten, an denen alle teilnehmen und über die Geschicke der Stadt reden dürfen? Nun, ein Treffen ist genau das Gleiche, nur dass wir heimlich zusammenkommen, weil das, worüber wir reden müssen, nichts mit Straßenlaternen oder Bordsteinen zu tun hat.«

»Wir?«

»Manchmal die ganze Stadt. Manchmal nur ein paar von uns. Das hängt tatsächlich vom Anlass ab. Aber dieses Treffen wird groß, das kann ich garantieren.«

»Oh, na gut. Ich will deinem Dad dieses Tamtam wirklich nicht zumuten. Könntest du es nicht einfach für mich zusammenfassen?«

Reed grinst. »Oh ja. Das könnte ich bestimmt. Aber

dann könntest du zu dem Schluss kommen, dass du alles von mir erfahren hast, was du wissen musst. Und ich werde dich nie mehr wiedersehen.«

»Reed, ich ...«

Er hebt eine Hand, als wolle er ein Kind beruhigen, und erschreckt einige junge Fische um uns herum. »Außerdem erzählt er die Geschichte wirklich liebend gern. Und alle hören ihm liebend gern zu. Es wird großartig – du wirst schon sehen. Dafür lohnt es sich, mich nicht in die Wüste zu schicken. Und dann kannst du noch mehr Einwohner von Neptun kennenlernen. Du wirst eine lange Liste von Leuten haben, denen du E-Mails schicken musst, wenn du fortgehst.«

Als ich nicht überzeugt wirke, verschränkt er die Arme vor der Brust. »Wenn du versprichst zu kommen, werde ich dir ein Geheimnis verraten, das dich selbst betrifft. Eins, das du mit ziemlicher Sicherheit noch nicht enträtselt hast.«

Mist, Mist, Mist. »Was denn?«, platze ich heraus. Und besiegle damit die Abmachung. Na schön, was habe ich erwartet? Ich bin mir sicher, dass Großvater mich hierhergeschickt hat, damit ich mehr über Halbblüter erfahre. Wenn ich nicht zustimmte, dann wäre dieser informative – und sehr seltsame – Ausflug verschwendet.

»Das wollte ich hören.« Er zieht mich auf eine Seite der Höhle, wo das Licht den Schatten weicht.

Reed hebt die Hand und dreht sie zeremoniell hin und her wie ein Zauberer, der im Begriff steht, etwas aus dem

Nichts hervorzuzaubern. »Du siehst, dass das meine echten Hände sind, oder? Möchtest du sie berühren?«

»Ich baue darauf, dass du keine Extrahände eingepackt hast, vielen Dank.«

Ich weiß nicht genau, ob er sich dessen bewusst ist oder nicht, aber Reed streckt die Brust leicht vor. Mir fällt das nur deshalb auf, weil es mich dazu zwingt, ein Stück zurückzutreiben. Ein derartiges Selbstbewusstsein ist gefährlich, vor allem nach dem Gespräch, das wir gerade geführt haben. »Ich werde ganz am Anfang beginnen«, erklärt er. »Weil ich mir nicht sicher bin, wie viel du schon weißt.«

Ich nicke. Selbst wenn ich es bereits weiß, könnte ein kleiner Auffrischungskurs nicht schaden. Natürlich habe ich keine Ahnung, worum es geht, also schürt es meine Neugier.

»Okay«, sagt er und brüstet sich fast damit, »also, Syrena können mit ihrer Umgebung verschmelzen, wenn sie das Gefühl haben, dass es nötig ist, und es funktioniert von innen nach außen. Sagen wir, sie müssen sich *tarnen*, weil sie Angst haben oder so. Ihre Haut reagiert auf das, was ihr Gehirn ihnen sagt, daher kommt die Stimulation zur Veränderung von innen. In unseren Körpern haben wir immer noch die gleichen Pigmente wie ein vollblütiger Syrena, aber unsere reagieren auf *äußere* Stimulation. Sieh her!«

Er streckt den Arm aus und hält ihn vor die Höhlenwand neben uns, dann beginnt er, hektisch mit der anderen Hand zu reiben, eine verfluchte halbe Ewigkeit lang.

An Land würde er sich durch die Reibungshitze eine Verbrennung zuziehen. Minute für Minute schleppt sich dahin. Ich begreife, dass das der Grund ist, warum ich diese Sache nie allein herausgefunden habe. Ich hätte nach den ersten fünfundvierzig Sekunden aufgehört.

Endlich geschieht etwas. Die Mitte seines Unterarms scheint zu verschwinden. Man kann nur noch seine Hand sehen, es folgt die Höhlenwand und dann irgendwann ein Ellbogen. Nach einigen weiteren Sekunden wird die Mitte seines Arms vollkommen unsichtbar. Reed hat sich vor meinen Augen getarnt. Mit dem Blick zeichne ich nach, wo sein Unterarm zwischen seiner Hand und seinem Ellbogen sein sollte. Nur ein vager Umriss ist zu sehen, als betrachte man ein verborgenes 3D-Puzzle. »Cool, oder?«, sagt er und reibt immer noch wie verrückt. »Du musst einige Schichten menschlicher Haut durchscheuern, bevor du auf die anpassungsfähigen Hautzellen triffst. Deshalb dauert es so lange.«

»Heilige Scheiße!« Halbblüter können sich tarnen. Zumindest wenn es uns nichts ausmacht, ein paar Fetzen Haut abzurubbeln.

Als Reed aufhört zu reiben, materialisiert sich seine Tarnung rasch zu einem heftig geröteten Unterarm.

Er zuckt die Achseln. »Leider macht es ziemlich viel Mühe und ist daher als Schutz ungeeignet, aber es ist trotzdem ziemlich beeindruckend. Bist du bereit, es selbst auszuprobieren?« Er ergreift meine Hand und drückt sie an die Wand, eine intimere Position.

Ich weiche zurück. »Ich kann mich sehr gut selbst reiben.« Dann werde ich rot beim Gedanken, wie das klingt. Ich will Reeds Mund zuhalten, um das wissende Lächeln zu verscheuchen, das über sein Gesicht gleitet. Damit ich keine weitere Gelegenheit für Peinlichkeiten erhalte, beginne ich an meinem eigenen Arm herumzurubbeln. Heftig. Es ist anstrengend. Der Wasserwiderstand behindert meine Bemühungen ein wenig, also muss ich härter und schneller arbeiten. Plötzlich wünsche ich mir Reeds muskulösen Bizeps. *Nein, Galens. Ich wünsche mir Galens Arme und nicht nur, um mich sinnlos zu reiben. Ich wünschte, er würde sie jetzt um mich legen.*

Ich brauche viel länger, um das gleiche Ergebnis zu erzielen. Aber ich erziele es. Als mein Arm anfängt zu verblassen, kann ich ihn immer noch spüren, aber meine Augen erkennen keinen Arm mehr, sondern Höhlenwand. Es ähnelt irgendwie dem Gefühl, wenn einem der Fuß einschläft und man ihn mit der Hand berühren kann, aber es fühlt sich nicht so an, als wäre er am Körper befestigt. Die Hand registriert nicht, was sie berührt, und der Fuß registriert nicht, dass er berührt wird.

Der Großteil meines Arms ist jetzt verschwunden, und ausnahmsweise einmal ist es nicht meine bleiche Haut, die optimal mit dem Weiß des Sandes verschmilzt. »Wow«, sage ich, mehr zu mir selbst als zu ihm. »Das ist verrückt.« Es fühlt sich nicht anders an, außer dass vielleicht ein Gefühl von Wärme meinen Arm hinaufkriecht. Sonst hätte ich nie gewusst, dass ich mich getarnt habe.

Und wenn ich es nicht spüre, kann ich es ganz bestimmt nicht durch Gefühle auslösen wie ein Oktopus, wenn er Angst hat oder nervös wird. Was vielleicht eine gute Sache wäre. Wenn ich unsichtbar werden würde, statt zu erröten, würde ich nie einen Spiegel brauchen.

»Also habe ich dir etwas Neues beigebracht.« Reed strahlt. Und in diesem Moment ist alles an ihm kindliches Staunen, entzückend und harmlos. Bis er sich wieder fängt. »Wenn du deinen ganzen Körper verschwinden lassen willst, wirst du bestimmt meine Hilfe brauchen. Und nur, damit du es weißt – ich stehe zur Verfügung.«

Diesmal versetze ich ihm einen Stoß. Einen heftigen. »Klingt so, als bräuchtest du *meine* Hilfe bei einer Gehirnerschütterung.«

Und das ist jetzt nicht mal ein Witz.

18

Galen erwacht mit einem Stöhnen. Tyrden hat keinen Teil seines Gesichts verschont. Seine Lippen sind blutverkrustet. In seiner Nase pocht unablässig sein Puls. Sein linkes Ohr klingelt, und wenn er ausatmet, begleitet ein gedämpftes Rasseln seinen Atem.

Aber jetzt fühlt es sich an, als würden winzige Finger über seine Kopfhaut krabbeln, um sein Haar zu erkunden. Seine Beine pochen vor Verlangen, sich auszustrecken. Seine Füße kribbeln, dass es fast schon schmerzt.

Er spürt einen Tropfen auf seine Stirn fallen. Langsam späht er nach oben, wobei er das Zittern seines Halses unter dem Gewicht des Kopfs mit aller Willenskraft zu unterdrücken sucht. Kleine Rinnsale von etwas, das sich wie Wasser anfühlt, rollen über sein Gesicht und seinen Hals. Über ihm ist eine blaue Plane gespannt, die schwer in der Mitte durchhängt, und durch ein kleines Loch fällt alle paar Sekunden ein Tropfen auf ihn herab.

In diesem Moment wird ihm klar, dass das, was von seinem Shirt übrig ist, klitschnass ist. Der Saum seiner Jeans ist dunkel und feucht. Aber das ist ihm gleichgültig. Er hat Wasser. Viele kleine kostbare Tropfen.

Er öffnet den Mund, lehnt sich weiter zurück und wartet auf den nächsten Tropfen. Er trifft auf seine Wange und brennt dort in einem offenen Schnitt. *Wieder.*

Er wiederholt den Vorgang dreimal, viermal, fünfmal. Endlich trifft ein Tropfen auf seine Zunge und breitet sich aus wie eine einzelne Träne auf Seidenpapier. Salz.

Es ist Salzwasser. Es durchnässt sein Shirt, sein Haar, seinen ganzen Körper von oben bis unten.

Ein frustriertes Knurren steigt in Galens Kehle auf und hallt von den Wänden wider. *Ich muss hier raus.*

Dann öffnet Tyrden die Tür und kommt mit einem Eimer in der Hand und einem diabolischen Grinsen herein. Ohne ein Wort oder eine Warnung kippt er den Inhalt über Galen aus und durchnässt alles, was das Wasser von der Plane noch nicht erreicht hat. Es spritzt so heftig, dass etwas von dem neuen Salzwasser seinen Weg in Galens Mund findet, in seine Nase, in sämtliche Schnittwunden und Kratzer. Er spuckt vehement aus.

Tyrden dreckiges Lachen ertönt. »Ich dachte, du hättest Durst?«

Galen traut sich nicht zu sprechen. Seine Kehle ist zu trocken, um Worte hervorzubringen. Alles, was er sagt, würde wie ein Keuchen klingen. *Er braucht nicht zu glauben, dass er mich gebrochen hat.*

Tyrden zieht sich den anderen Stuhl heran und stellt ihn vor Galen, wie es bei Verhören üblich ist. Galen richtet sich auf Tyrdens nächste Attacke ein, obwohl er sich nicht vorstellen kann, dass etwas noch Schlimmeres kommen könnte.

Tyrden lächelt ihn mit schmalen Lippen an, zwischen denen er einen Zahnstocher hin- und herschiebt. »Du siehst mitgenommen aus, Hoheit.« Er nimmt den Zahnstocher heraus und rollt ihn zwischen den Fingern. Galen beäugt ihn argwöhnisch. Tyrden blickt zu der Plane über Galen empor und lacht spöttisch. »Sie ist schon halb leer.«

Galen stöhnt zur Antwort. Für alles andere ist er zu schwach. In seinen Beinen setzt ein Zittern ein. Es ist das Verlangen, sie zu entfalten, zu strecken.

»Was ist das?«, fragt Tyrden entzückt. »Oh, du hast einen Frosch im Hals? Ich will dir helfen.« Er zieht eine silberne Flasche aus seiner Hemdtasche und schüttelt sie. Es gluckst. »Interesse an einem Schluck Süßwasser?«

Galen nickt, woraufhin sein Kopf nur umso heftiger pocht. Er ist nicht in der Stimmung für Spielchen.

Tyrden erhebt sich und schraubt die Flasche auf. Galen vertraut ihm nicht, er hat seine Zweifel, dass wirklich Süßwasser darin ist, aber welche Wahl hat er? Es sind drei Tage vergangen, ohne dass er einen Tropfen Wasser getrunken hätte. Es ist ein Risiko, das er eingehen muss. Außerdem, wenn Tyrden ihn töten wollte, würde er jetzt nicht hier sitzen. *Nicht wahr?*

Der ältere Syrena hält ihm die Flasche an die Lippen,

und Galen nimmt einen Schluck. Es ist tatsächlich Süßwasser. Er beugt sich vor, um noch etwas zu bekommen, aber Tyrden zieht die Flasche zurück. »Oh, tut mir leid. Das muss ich für weitere Fragen aufsparen.« Er setzt sich wieder auf seinen Stuhl und steckt die Flasche weg. Galens Schultern sacken herab.

»Also, ich habe nachgedacht«, beginnt Tyrden. »Jagen und Paca sind offensichtlich gescheitert. Aber wie viele Anhänger haben sie zusammengetrommelt? Viele? Wenige? Denk daran, ein Schluck für eine Antwort.«

Galen fügt sich schnell; dies ist eine einfache Frage. »Ich weiß es nicht«, schnarrt er. Die Worte fühlen sich staubtrocken an und er hustet.

»Schätze, mir zuliebe.«

Kopfschüttelnd hustet Galen wieder. Diesmal schmeckt er Blut im Mund statt des kostbaren Wassers. »Ich weiß es nicht. Vielleicht ein Drittel. Vielleicht mehr.« Es waren mehr, das weiß er. Die Zahl von Jagens Getreuen wuchs mit jedem Tag, an dem Paca die Gabe Poseidons zur Schau stellte. Es gab genug von ihnen, um die Archive zu überzeugen, die Königsfamilien vor das Tribunal zu stellen.

Tyrden lässt Galen einen großen Schluck aus der Flasche trinken. »Siehst du, wie gut das klappt? Ehrlichkeit macht sich richtig bezahlt.«

Wieder fällt ein Wassertropfen auf Galens Kopf und macht ihn halb wahnsinnig, während seine Beine vor Verlangen schmerzen, sich umeinander zu winden, eins zu werden. Es ist drei Tage her, seit ihn seine Flosse durch die Süßwasserhöhlen getragen hat, in denen sie Reed gefunden haben. Noch länger ist es her, seit er damit durch sein eigenes Salzwasserreich geglitten ist.

»Jagen hat offensichtlich in kurzer Zeit eine ordentliche Anzahl von Anhängern überzeugt«, fährt Tyrden fort. »Jemand, der tüchtiger wäre, könnte doppelt so viele auf seine Seite bringen. Klingt so, als seien die Meeresbewohner bereit für eine Veränderung. Vielleicht sind die Königsfamilien aus der Mode gekommen, was?« Er kratzt sich nachdenklich das Kinn. »Hast du gewusst, dass wir hier keine Königshäuser haben? Sicher, jene mit der Gabe Poseidons sind offensichtlich Nachfahren des Generals selbst. Aber das ist für uns kein entscheidender Faktor. Hier wählen wir unsere Anführer selbst.« Er schneidet eine Grimasse, als schmeckten die Worte scharf in seinem Mund. »Manchmal funktioniert Demokratie. Aber in letzter Zeit nicht.« Mit einem leeren Gesichtsausdruck mustert er die Flasche in seiner Hand.

Galen spürt, wie ihm erneut Flüssigkeit die Kehle hinabrinnt. Für den Fall, dass es Überreste von Süßwasser sind, schluckt er. Der metallische Geschmack deutet auf weiteres Blut hin. Er fragt sich, ob seine Nase gebrochen ist. »Mehr Fragen«, sagt er. Er braucht mehr Wasser. Obwohl es ihm nicht gefällt, dass Tyrden plötzlich so viele Informationen mit ihn teilt. *Würde er so viel offenbaren, wenn er mich gehen lassen wollte?*

Tyrden lacht. »Du enttäuschst mich, Hoheit. Für eine Weile dachte ich, du würdest bis zum bitteren Ende durchhalten.« Er beugt sich vor. Galen lässt das Gefäß mit Wasser in seinen Händen keinen Moment aus den Augen. »Grom ist der Tritonkönig und dein Bruder, richtig?«

Galen nickt. Tyrden gibt ihm bereitwillig Wasser. Er weiß nicht so recht, warum er für offensichtliche Antworten belohnt wird. Wenn Tyrden über Jagen Bescheid weiß, gilt Gleiches für Grom.

»Also würde es ihm nicht gefallen, wenn er wüsste, dass du so tief in Schwierigkeiten steckst. Bestimmt würde er kommen und seinen königlichen Bruder holen, wenn er wüsste, dass du irgendwo gefangen gehalten wirst. Er wäre wütend auf die Person, die dir das angetan hat.«

Das ist keine Frage – und eine Frage wäre auch unnötig –, aber dennoch mustert Tyrden Galen erwartungsvoll. Es ist nicht schwierig, seinem Gedankengang zu folgen. »Nein«, sagt Galen tonlos. »Er wäre begeistert.« Sie wissen beide, dass Grom sofort herbeigeeilt käme, wenn er wüsste, dass Galen in solcher Gefahr ist. Er würde Tyrden direkt in die Hände spielen.

Tyrden scheint Sarkasmus zu schätzen; er gibt Galen erneut zu trinken und kippt die Flasche so, dass er mehrere Schlucke nehmen kann. »Das ist ein Gnadentrunk, Hoheit. Von jetzt an werden dir unehrliche Antworten Strafen eintragen und keine Belohnung. Du kannst dich glücklich schätzen, dass ich dich im Moment noch lebend brauche.«

Galen spürt das Wasser in seinen Magen sickern. Er stellt sich vor, wie sein Blutkreislauf es aufnimmt und ihn hydriert. Er richtet sich ein wenig auf. »Grom ...«, sagt Galen, dann räuspert er sich. »Grom wird die Königreiche nicht aufs Spiel setzen. Nicht einmal für mich.«

Tyrden steckt den Zahnstocher wieder in den Mund und verdreht die Augen. »Natürlich nicht. Und ich habe um ehrliche Antworten gebeten, nicht um deine Meinung.« Er greift in seine Gesäßtasche und zieht Galens Smartphone hervor. »Hat Grom eins von diesen Dingern?«

Bis jetzt war die Vorstellung, dass Grom herkommen könnte, reine Theorie. Ein Smartphone ändert alles. »Ich werde ihn nicht anrufen.« Galen hasst sich dafür, dass er zusammenzuckt, als Tyrden aufspringt. Er ruft sich ins Gedächtnis, dass der Syrena unberechenbar ist.

»Nein?«, blafft Tyrden. Er hält die Flasche vor Galens Gesicht und macht sich daran, den Inhalt langsam auf Galens Schoß zu kippen, sodass er die Chance hat, es sich anders zu überlegen.

Aber das wird er nicht tun. Das kann er nicht tun. Er schließt die Augen, weil er einfach nicht mitansehen kann, wie seine letzte Überlebenschance in seiner Jeans versickert.

Tyrden packt eine Handvoll von Galens nassem Haar und schiebt sein Gesicht direkt vor Galens. »Du wirst ihn anrufen, ich schwöre es.« Er reißt fester an. »Dein Leben hängt davon ab. Denk darüber nach, Junge.« Dann stößt er Galen mit so viel Nachdruck weg, dass der Stuhl fast umkippt.

Tyrden wirft die Flasche auf den Boden, auf die Scherben des Tellers, und geht zur Tür. Als er sie erreicht, hält er inne und grinst Galen wissend an. Er schaut zu der Plane unter der Decke empor. »Hast du schon Lust, dich zu strecken, Hoheit?«

Galen kann ein Stirnrunzeln nicht unterdrücken.

Tyrdens Grinsen wird breiter. »Ich wollte schon immer die Flosse eines königlichen Tritons sehen.« Dann schlägt er die Tür hinter sich zu.

Galen spürt, wie eine neue Welle des Zorns ihn einem Tsunami gleich durchwogt. Das Ausbilden einer Flosse würde seine Jeans zerfetzen und ihn vollkommen entblößen – zweifellos Tyrdens Vorstellung von absoluter Demütigung. Es wäre eine Sache, wenn Tyrden ihm gleich von vornherein alle Kleider genommen hätte, um ihn zu beschämen oder an einer Flucht zu hindern. Eine ganz andere wäre es, wenn Galen selbst sein Verlangen, eine Flosse auszubilden, wegen des tröpfelnden Salzwassers nicht mehr beherrschen könnte und versehentlich seine eigene Kleidung zerstören und dabei vielleicht sogar seine Flosse verletzen würde. Die Fesseln sind neu, dick und stark; ob sie reißen würden, ist schwer zu sagen, und was würde dann mit ihm passieren?

Ein weiterer Tropfen fällt auf seine Nasenspitze und Galen lässt ihn über seine Lippen rinnen und leckt ihn trotzig auf.

Tyrden will die Flosse eines königlichen Tritons sehen? Ich werde ihm eine zeigen.

19

Mom ruft mich an, als ich gerade das Zimmer verlassen und mich in der Halle mit Reed treffen will.

»Hey Schatz, du hast angerufen? Ist alles okay?«

Meine Lippe zittert beinahe, als ich die Sorge in ihrer Stimme höre. Ich setze mich aufs Bett und mache es mir bequem. So bequem, wie man es sich vor einem »Du wirst nie glauben, was passiert ist«-Gespräch eben machen kann. Reed wird einfach warten müssen. »Hat Galen dir erzählt, dass wir uns gestritten haben?«

»Galen? Was meinst du? Galen ist bei dir. Nicht wahr?«

»Er ist doch weg.« Ich rede gleich weiter. Das ist nicht der schwierige Teil des Gesprächs. Der kommt noch. »Seit einigen Tagen. Er hat gesagt, er würde zurückkehren, um mit Grom zu sprechen.« Okay, also ist es vielleicht doch ein bisschen schwierig. »Warte mal, du hast ihn nicht gesehen?«

Also hat er es noch nicht bis zu Grom geschafft? Warum braucht er so lange? Hoffnung schlägt einen Purzelbaum in mir. Vielleicht kommt er zurück. Er muss zurückkommen. Er hat alle meine Nachrichten erhalten und wir werden alles wieder ins Lot bringen. Ich weiß nicht, warum ich so erleichtert bin, aber ich bin es. Vielleicht wird er es sogar rechtzeitig zum Treffen schaffen, ich werde Sylvia bitten, ihm den Weg zu weisen. Ich nehme das Hotelschreibpapier heraus und mache mich daran, ihr eine Notiz hinzukritzeln.

Plötzlich bereue ich es, Mom angerufen und sie in meine Beziehungsprobleme verwickelt zu haben. Ich bin jetzt erwachsen, nicht wahr? Sollte ich die Sache nicht allein klären?

»Er hat dich *verlassen?* Du bist allein?« Die Entrüstung in ihrer Stimme ist unverkennbar. Ich höre Grom im Hintergrund etwas murmeln und dann tönt bloß noch Rauschen aus dem Hörer. Mom muss den Apparat mit der Hand abgedeckt haben. Dann sagt sie: »Grom sagt, dass er Galen nicht gesehen hat. Warum sollte er dich ganz allein lassen? Worüber habt ihr euch gestritten?«

Ich beiße mir auf die Unterlippe. Wenn Galen Grom nichts von Neptun gesagt hat, dann sollte ich es vielleicht auch nicht tun. Schließlich könnte der Tritonkönig diese Sache nicht guten Gewissens vor den Königreichen verborgen halten. Es ist seine königliche Pflicht, sich den Anführern von Neptun entgegenzustellen. Das verstehe ich jetzt.

Außerdem ist Galen der Schnellste seiner Art. Wenn er nur halbwegs zielstrebig losgeschwommen ist, hätte er Grom schon längst erreichen müssen. Vielleicht lässt er sich einfach ein wenig Zeit, um den Kopf freizubekommen. Wenn jemand das verstehen kann, dann bin ich es.

Aber in der Zwischenzeit will ich nicht, dass dieser hübschen kleinen Stadt nur wegen eines jahrhundertealten Vorurteils etwas zustößt, das sehr wenig mit seinen gegenwärtigen Bewohnern zu tun hat. Und es ist eher Galens Aufgabe, Grom davon zu berichten, als meine. Wenn er also noch nicht zu Hause ist und davon erzählt hat, habe ich keinen Grund, das jetzt zu tun.

»Es ist keine große Sache. Einfach blöder Kram. Er ist wahrscheinlich ohnehin schon auf dem Rückweg.« Ich gebe mir Mühe, lässig zu klingen. Aber Mom ist bei Geheimnissen wie ein Bluthund.

»Galen streitet nicht wegen blödem Kram, Süße. Er würde dir die Welt zu Füßen legen, wenn er könnte. Jetzt erzähl mir, was bei euch los ist.«

Okay, inzwischen bereue ich es wirklich, Mom angerufen zu haben. Ich will ihr sagen – und zwar so taktvoll wie möglich –, dass es sie nichts angeht. Die Sache ist, *ich* habe *sie* angerufen. Ich habe das Gespräch eröffnet, und jetzt finde ich keinen Weg, es wieder zu beenden. Selbst wenn ich Mom von Neptun erzählen wollte, nur um mit jemandem darüber zu sprechen, könnte ich sie nicht damit belasten – sie würde sich verpflichtet fühlen, es Grom zu sagen. Bei meinen nächsten Worten habe ich Gewissensbisse. »Galen ist in letzter Zeit einfach anders gewesen, weißt du. Seit Rachel. Er hat diese Stimmungsumschwünge.« Ich presse die Augen zusammen. *Oh Gott, ich habe Galen gerade auf die schlimmstmögliche Art und Weise verraten.* Es ist eine Sache, mit Reed herumzuhängen, während ich darauf warte, wieder etwas von Galen zu hören; eine ganz andere Sache ist es, seine Trauer auszunutzen, um meinen eigenen Hintern zu retten.

Ich will das Smartphone hinwerfen und heulen.

Moms Schweigen ist unmöglich zu deuten. Dann sagt sie: »Eines sage ich dir. Rachels Tod war schwer für uns alle. Aber Galen hat so sehr für diese Reise gekämpft, Emma. Erzählst du mir auch ganz bestimmt alles?«

Nein. »Jepp.«

Ein weiteres langes Schweigen entsteht und es gelingt mir beinahe, mir einzureden, dass es eine natürliche Verzögerung wie in jedem Telefongespräch sein könnte. Die Pause, die entsteht, wenn ihre Worte ihren Mund verlassen und erst zu meinen Ohren wandern müssen. Aber ich weiß es besser. Wenn Mom schweigt, geht ihr alles Mögliche durch den Kopf.

»Na ja, da wartet jemand auf mich«, sage ich schnell. »Ich muss Schluss machen.«

»Wer wartet, Emma? Wo bist du?«

»Wir haben in dieser kleinen Stadt in Tennessee Station gemacht – ich erinnere mich nicht an den Namen –, aber wie dem auch sei, seit Galen fort ist, habe ich hier einige

Freunde gefunden. Ich versuche einfach, aus einem verpatzten Urlaub das Beste zu machen, weißt du?«

»Welche Stadt? Hast du den Verstand verloren?«, schreit Mom halb. »Du kennst diese Leute nicht, und Galen ist nicht da, um dich zu beschützen. Ich komme dich holen. Ruf an der Rezeption an und lass dir die Adresse geben. Ich und mein GPS werden bald da sein. Galen kann für sich regeln, was er will und muss.«

»Wow, wenn das mal keine Überreaktion ist?«

Eine weitere Pause. »Emma, ich mache mir Sorgen um dich. Auch wenn du erwachsen bist, bist du immer noch mein Kind.«

Iieh. Wir hatten dieses Gespräch schon früher geführt. »Hör mal, ich hab's kapiert. Du machst dir Sorgen. Aber ich tue einfach das, weswegen wir hergekommen sind. Sich auf eigene Faust aufmachen. Es geht mir gut. Das hörst du doch, oder? Du kannst hören, dass es mir gut geht?«

Mom seufzt. Sie kämpft gegen ihren Instinkt und ich weiß es. Was mich umbringt, ist, dass ihr Instinkt für gewöhnlich recht behält. »Sag mir wenigstens, wo du bist.«

»Versprichst du, dass du das nicht fragst, während du schon den Wagen anlässt!«

»Ich verspreche es.«

»Ich bin in einer kleinen Stadt namens Neptun.« Ich halte den Atem an und warte auf eine mütterliche Explosion. Sie kommt nicht. Anscheinend hat Großvater wirklich niemandem außer mir von diesem Ort erzählt. Ein wenig zuversichtlicher sage ich: »Und sie gefällt mir richtig gut. Also mach dir keine Sorgen.«

Eine weitere lange, obligatorische Pause vonseiten meiner Mutter, aber immer noch kein Durchdrehen. »Okay, Emma. Sei einfach vorsichtig, während du dich amüsierst. Bleib wachsam.« Ich erwarte, dass sie mir sagt, ich soll keine Süßigkeiten von Fremden annehmen und immer Bitte und Danke sagen und einen großen Bogen um weiße Vans auf Parkplätzen machen.

»Mach ich. Ich muss auflegen, okay?«

»Okay. Hab dich lieb.«

»Ich dich auch.«

Sie lässt mich zuerst auflegen. Sie lässt mich immer zuerst auflegen.

Ich werfe das Smartphone aufs Bett und gehe zur Tür.

Reed ist wahrscheinlich der Hysterie nahe; mir ist aufgefallen, dass es immer auf Teufel komm raus sofort passieren muss, wenn er etwas machen möchte. Jeder hat sein Geheimnis. Ich frage mich, ob Reeds Geheimnis darin besteht, dass er unter einer Zwangsneurose leidet.

Ich nehme die Treppe, um Zeit zu sparen, und erreiche die Halle, als Reed gerade auf den Aufzugknopf drückt, um nach oben zu fahren. »Erwartest du hier jemanden?«, rufe ich ihm zu.

Er lächelt, noch bevor er mich sieht. »Ja, aber erzähl es meiner Freundin Emma nicht. Sie beginnt, Gefühle für mich zu entwickeln, und ich will es mir nicht mit ihr verscherzen.«

Na schönchen. »Läufst du allen Mädels nach?«

»Sollte ich?«

»Nein. Aber es wäre aber schön, wenn du etwas weniger unheimlich wärst.«

Er zuckt dramatisch zusammen, als ich ihn auf den Arm boxe. »Autsch. In beiderlei Hinsicht.«

Ich will gerade etwas lächerlich Cleveres zu ihm sagen, als sich eine dritte Partei einmischt. »Oh, hallo Reed.«

Wir drehen uns beide um und sehen Mr Kennedy auf uns zukommen. Die Arme voller verschiedener Pflanzen, der weiße Laborkittel befleckt mit zehn Arten Schmutz und die doppelte Menge in seine abgenutzten Tennisschuhe eingetreten, die nicht zueinander und erst recht nicht zum übrigen Outfit passen. Nicht dass ein Paar Schuhe das Desaster hätte retten können oder so.

Ich hatte den Mann tatsächlich ganz vergessen. Obwohl er hier bei Sylvia wohnt, habe ich ihn seit dem Tag unserer Ankunft in Neptun nicht mehr gesehen. An diesem Tag sah er einigermaßen normal aus.

Heute sieht er … heruntergekommen aus. Ein genaues Hinsehen offenbart, dass sein Haar so schmutzig ist, dass man die tatsächliche Farbe kaum erkennen kann. Wahrscheinlich braun, aber hellbraun? Dunkelbraun? Mausbraun? Wer weiß. Dicke Brillengläser vergrößern die Tatsache, dass er auch braune Augen hat und mit dem linken schielt.

Reed schenkt ihm ein unbefangenes Lächeln. Eins, das eigentlich falsch ist, wie ich gelernt habe, ein artiges Lächeln, das seine Augen nicht ganz erreicht. Reed ist besonders gut darin, Mätzchen um der Manieren Willen zu treiben. »Hey, Mr Kennedy. Brauchen Sie Hilfe?«

Mr Kennedys Augen leuchten auf. »Nein, aber danke, Reed. Ich muss diese kleinen Juwelen wegschließen.« Er senkt die Stimme und beugt sich vor, sodass seine Körperausdünstungen in besonders dicken Schwaden zu uns herüberwehen. Riecht nach einem ganzen Tag voller Feldforschung. »Ich habe etwas gefunden, das ich für eine Kreuzung zwischen *Asclepias viridis* und *Asclepias syriaca* halte.«

»Puh«, erwidert Reed. »Das klingt aufregend, Mr Kennedy.« Meine Mutter ist sehr gut darin, Lügen zu wittern, selbst die kleinen Notlügen. Ich frage mich, ob sie in diesem Moment Reed auf die Schliche kommen würde.

Mr Kennedy nickt und verlagert sein Gewicht von einem Fuß auf den anderen. »Oh, es ist aufregend. Wenn ich recht behalte, ist es eine neue Spezies. Eine, die viel mehr Wildtiere hier in den Bergen ernähren könnte, als wir ursprünglich gedacht haben. Oh ja, Reed, es ist alles sehr aufregend.«

»Herzlichen Glückwunsch, Mr Kennedy. Ich wusste, dass Sie finden würden, wonach Sie hier suchen. Oh, und kennen Sie schon meine Freundin Emma? Sie ist aus New Jersey zu Besuch.«

Da seine Arme zu voll sind, um mir höflich und gefahrlos die Hände zu schütteln, nickt Mr Kennedy mir mit einem breiten Lächeln zu. »Es ist mir ein Vergnügen,

Sie kennenzulernen, Emma.« Dann beäugt er mein Kleid und Reeds mehr als nur modische Khakis und wird sichtlich unruhig. »Oh, ihr wollt ausgehen? Ich wollte nicht stören. Ihr seht beide sehr hübsch aus. Ich erinnere mich, selbst einmal ausgegangen zu sein.«

Ich öffne den Mund, aber Reed ergreift meine Hand. »Ja, Sir, wir fahren ein paar Städte weiter ins Kino. Sie haben nicht gestört.« Er zerrt mich zur Tür. »Aber wenn wir jetzt nicht gehen, werden wir nicht nur den Vorfilm verpassen. Guten Abend, Mr Kennedy.«

»Amüsiert euch schön, ihr Turteltäubchen!«, ruft Mr Kennedy über seine Schulter. Sylvia eilt an uns vorbei, als wir die gläsernen Eingangstüren erreichen. Hinter uns hören wir, wie sie für Mr Kennedy auf den Rufknopf drückt, begleitet von seinem hektischen Dank.

Als wir im Truck sind, klopft Reed auf den Sitz in der Mitte. »Du kannst dich hierher setzen, weil wir Toby abholen müssen.«

Ich ziehe eine Augenbraue hoch, was heißen soll: »Hättest du wohl gern, was?«. Laut sage ich: »Dann kann Toby in der Mitte sitzen.«

Reed zwinkert mir zu. »Einen Versuch war's wert.«

»Was verstehst du nicht an …«

»Also, wie dem auch sei …«, fährt er fort, als hätte ich nichts gesagt. »Ich muss dir noch ein anderes Geheimnis anvertrauen. Da du nicht wusstest, wie man sich an seine Umgebung anpasst, hast du das bestimmt auch noch nicht herausgefunden.«

Warum muss er so geheimnisvoll tun? Wenn ich jemals die einfache Weitergabe von Infos zu schätzen gewusst habe, dann jetzt. Aber *neiiiin*. Reed ist fest entschlossen, mich auf die Folter zu spannen, bis …?

Ich entschließe mich, sein Spielchen nicht länger mitzuspielen. Ich spähe aus dem Fenster und tue so, als würde ich mich an Nektar laben, an der einnehmenden Stadt Neptun, die an uns vorbeizieht.

Er wartet einige Sekunden ab, dann dreht und windet er sich. »Ich weiß, was du tust.«

»Hm?«, sage ich, ohne ihn anzusehen.

»Du brennst darauf, es zu erfahren. Ich merke es.«

Doch als ich keine Antwort gebe, zeigt er erste Anzeichen von Schwäche. Zunächst klopft er mit den Fingern zur Melodie des Songs, der undeutlich durch die Lautsprecher tönt, aufs Lenkrad. Das Problem ist, dass er den Song offenbar nicht wirklich kennt. Oder er hat so viel Rhythmusgefühl wie ein Wattwurm.

Dann sieht er in den Rückspiegel. Oft. Er justiert ihn, als suche er etwas in seinen Zähnen. Dann rückt er ihn noch einmal zurecht, um etwas schrecklich wichtig Aussehendes hinter uns zu betrachten. Danach winkt er demonstrativ jeder einzelnen Person zu, an der wir vorbeikommen.

Langsam komme ich zu der Überzeugung, dass er mit mir spielt. Denn ich stehe kurz davor zu platzen.

Glücklicherweise biegen wir in die Einfahrt eines Hauses ein, in dem ich noch nicht gewesen bin. Reed drückt unzeremoniell auf die Hupe und einige Sekunden später sitzt Toby zwischen uns.

»Ich dachte, du hättest Stubenarrest?«, frage ich Toby. Er runzelt die Stirn. »Habe ich auch. Ich muss zur Nachhilfe zu Mrs Buford, weil ich in diesem Jahr fast in Mathe durchgefallen wäre. Was doof ist, weil ich ja nur *fast* durchgefallen wäre. Ich bin nicht *tatsächlich* durchgefallen.«

»Besser, du redest über etwas anderes, wenn wir Mom und Dad treffen«, meint Reed nicht unfreundlich. »Du bist in letzter Zeit ein ziemlicher Schlaumeier.«

Toby verdreht die Augen. »Sagt der König der schlagfertigen Erwiderungen.«

Das ist der Moment, in dem mir klar wird, dass Toby mich an Rayna erinnert. Und dass ich sie vermisse. Ich. Vermisse. Rayna. Selbst ihr Tabasco-Soßen-Temperament. Wahn. Sinn.

Ich steche Toby einen Finger in die Rippen. »Dein Bruder sagt, er kennt ein Geheimnis. Gestern hat er mir gezeigt, wie man sich tarnt. Heute sagt er, er weiß, wie man was anderes tut.«

Toby sieht seinen Bruder an, aber ich kann erkennen, dass er sich bereits dazu entschieden hat, es mir zu verraten. Schließlich gibt er Reed die Schuld an seinem Hausarrest. »Er redet darüber, dass er mal eine Flosse geformt hat.«

Okay. Jetzt bin ich also diejenige, die zappelig wird. Vor mir gehen meine Knie auf und nieder. »Eine Flosse?

Wie meinst du das?« Aber ich weiß, was er meint. Und es ist unmöglich. Aber andererseits hatte ich vor vierundzwanzig Stunden auch Tarnung für unmöglich gehalten. Für Halbblüter.

»Oh Toby, du kleines Arschgesicht. Das hat mich gerade einen Kuss gekostet«, jammert Reed.

Allmählich werde ich richtig gut darin, die Braue zu heben und damit zu sagen: »Hättest du wohl gern!«

»Ja, ja. Als ob Emma dich küssen würde. Du hast Galen kennengelernt, stimmt's?« Toby schüttelt in gespieltem Mitgefühl für seinen Bruder den Kopf. Dann strahlt er mich an. Anscheinend hat der Tritonprinz Eindruck gemacht. »Wo ist Galen überhaupt?«

Mein Magen dreht sich in einem Kaleidoskop der Emotionen. Reed zufolge lerne ich heute Abend beim Treffen den Rest der Stadt kennen. Die Leute werden fragen, wo Galen ist. Sie wissen, dass wir zusammengekommen sind. Und ich würde mir liebend gern etwas ausdenken, das ich sagen kann, damit es nicht so aussieht, als wäre ich das Mädchen, das den Laufpass bekommen hat.

Aber andererseits, warum sollte ich Galen als Helden darstellen? Schließlich *hat* er mich sitzen lassen. Vielleicht ist er auf dem Weg zurück, oder vielleicht hat er beschlossen, seine Reise allein zu machen. Ich weiß nur, dass er nicht angerufen hat. Er hat mir nicht gesagt, dass es ihm leidtut, dass er mich liebt, dass er zurückkommt.

Nach all dieser ganzen Eifersucht auf Reed lässt er mich plötzlich mit ihm allein? Nett.

Oder ... oder ... ist vielleicht etwas faul an der ganzen Sache? Daran hatte ich wirklich nicht gedacht. Ich habe Galen immer für superfähig und unabhängig gehalten. Aber ... er hat schließlich das Tritonhoheitsgebiet noch nicht erreicht, wie ich von Mom und Grom weiß. Ist er absichtlich vom Kurs abgewichen oder ist ihm etwas zugestoßen? Bei der Erkenntnis, dass Galen einen Unfall gehabt haben könnte und jetzt vielleicht verletzt oder in noch schlimmerem Zustand auf einer selten genutzten Straße liegt, fühlt sich das Kaleidoskop in meinem Magen eher wie ein Topf geschmolzener Buntstifte an.

»Glaubst du, es geht ihm gut?«, platze ich heraus.

Reed sieht mich überrascht an. »Wem? Galen?«

Ich nicke. »Weil er mich noch nie so sitzen lassen hat. Nie. Ich weiß, dass er sauer war, als er fortgegangen ist, aber ... es sieht ihm gar nicht ähnlich, sich bei niemandem zu melden.« Gut, dann weiß Toby jetzt also auch, dass er mich verlassen hat. Und ich bin mir gar nicht mehr so sicher, ob er das getan hat.

Reed richtet sich höher in seinem Sitz auf und fummelt gedankenverloren an seinem Sicherheitsgurt herum. »Bei niemandem? Bei wem könnte er sich denn noch gemeldet haben?«

»Na ja, ich habe heute Morgen mit meiner Mom gesprochen, und sie hat gesagt, dass er sich nicht bei seinem Bruder gemeldet hat.«

»Deine Mom ist Antonis' Tochter? Und sein Bruder ist ... der Tritonkönig, richtig?« Ich kapiere, was ihm durch den Kopf geht. Er erkennt den Dominoeffekt, der eintreten würde, wenn ich meiner Mom von den Bürgern Neptuns erzählte.

»Ja«, antworte ich ungeduldig. »Aber ich habe ihr nichts von Neptun erzählt. Jedenfalls nichts Wichtiges.« Reed und ich haben bereits früher über Mom und Grom gesprochen. Ich habe schon bald beschlossen, keine Geheimnisse zu haben. Ich war davon ausgegangen, dass Großvater es angesichts meines kurzen Aufenthalts hier kaum für sinnvoll gehalten hätte, wenn ich nicht offen gewesen wäre. Aber auch wenn ich Verständnis für Reeds triftige Sorgen habe, könnte Galen *verschwunden* sein.

»Was hält deine Mom davon, dass er dich hier allein zurückgelassen hat?«

Toby schaut mit großen Augen zu mir auf. »Galen *hat* dich verlassen? Kein Witz? Hattet ihr Streit?«

Aber hallo, neue Demütigung. Ich nicke. »Wir hatten Streit, aber der ist beigelegt, Toby.« Ich wünschte, ich könnte sagen, dass so etwas ständig passiert, denn das wäre zumindest ein Zeichen von Normalität oder Folgerichtigkeit. Aber es kommt nicht ständig vor. Galen hat so etwas noch nie getan.

Und ich war tatsächlich so naiv, dass ich nicht auf die Idee gekommen bin, dass er verletzt sein könnte. Ich habe mir nicht mal Sorgen gemacht.

»Wir sollten nach ihm suchen«, erkläre ich Reed entschieden. »Er könnte mit einer Panne am Straßenrand stehen. Oder ... oder ... oder ...« Ich kann es nicht aussprechen. Nicht laut, nicht, wenn der bloße Gedanke daran in mir den Wunsch weckt, mich zu einem Ball zusammenzurollen.

Diesmal sieht Reed *mich* mit hochgezogenen Brauen an. »Zunächst mal haben Autos wie seines nicht einfach so Pannen, Emma. Selbst wenn, haben solche Autos eine Pannenhilfe oder ähnlich schickes Zeugs. Außerdem strandet ein Syrena nicht so schnell. Nicht wenn Wasser in der Nähe ist.«

Stimmt alles. Trotzdem wogen Wellen der Furcht durch meine Adern. Bei der Sache hatte ich doch schon von Anfang an ein komisches Gefühl, nicht? Kam mir nicht irgendetwas ... merkwürdig vor? Und bin ich nicht darüber hinweggegangen wie das sture Monster, das ich bin? »Wir sollten ihn suchen«, wiederhole ich.

»Du meinst sofort?«, fragt Reed ungläubig.

»Ich habe gehört, dass ›sofort‹ immer die beste Zeit ist, um nach einem Vermissten zu suchen.«

»Nach einem Vermissten? Emma ...«

Ich seufze. »Ich weiß, es könnte sein, dass er absichtlich verschwunden ist und nicht gefunden werden will. Ich hab's kapiert, Reed. Aber nur für den Fall des Falles müssen wir ihn finden. Oder ihn zumindest irgendwie ans Telefon bekommen.«

Reed stößt langsam die Luft aus. »Okay. Wir können Folgendes tun: Neptuns Sheriff wird heute Abend auf dem Treffen sein. Gleich wenn wir ankommen, werde ich dich mit ihm bekannt machen, und wir werden ihm von

Galen erzählen. In unserer Stadt nehmen wir es ernst, wenn einer von uns vermisst wird, glaub mir. Er wird wahrscheinlich auf der Stelle einen Suchtrupp zusammenstellen.«

»Ich will mit ihnen gehen«, erkläre ich. Wenn Galen wirklich verschwunden ist, dann ist er seit über vierundzwanzig Stunden weg. Noch während ich daran denke, steigt in mir das Bild eines Fensters auf, das sich schließt, sodass die Gelegenheit für uns, ihn zu finden, immer weiter schwindet.

»Ich weiß«, antwortet Reed. »Aber obwohl wir hier scheinbar in Hinterposemuckel leben, sind der Sheriff und seine Jungs zu richtigen Gesetzeshütern ausgebildet. Sie sind echte Cops, ob du es glaubst oder nicht. Sie wissen, wo sie mit der Suche anfangen müssen. Und sie würden niemals eine Zivilistin mitnehmen. Du musst darauf vertrauen, dass sie Galen finden – wenn er gefunden werden will natürlich. Es ist dunkel draußen. Wenn die Jungs ihn heute Nacht nicht finden, werden wir morgen früh einen stadtweiten Suchtrupp bilden. Wir werden das Gebiet abdecken, wo der Sheriff nicht war, das verspreche ich dir. Aber wenn du heute Abend mit zum Treffen kommst, wird das deiner Sache helfen. Wenn sie dich kennen, werden sie noch motivierter sein zu helfen.«

Mein Gehirn rebelliert gegen so viel Vernunft. Ich weiß, dass er recht hat, aber ich weiß auch, dass Galen sofort nach mir suchen würde, wenn er der das Gefühl hätte, etwas wäre faul. Er würde nicht an irgendeinem

Treffen teilnehmen, und er würde nicht bis zum Morgen warten, um mit der Suche zu beginnen. Ganz gleich, wie viele Leute seine Anwesenheit dort erwarten.

Aber ich werde das Gefühl nicht los, keine andere Wahl zu haben.

Toby schüttelt den Kopf. »Du musst zum Treffen gehen, Emma. Sheriff Grigsby wird Galen finden. Bitte, geh nicht weg! Ich will nicht, dass du auch noch verschwindest.« Aus den Augen des Jungen strahlt blankes Gefühl.

Reed runzelt die Stirn. »Toby, Kumpel. Emma wird nicht verschwinden. Nicht wahr, Emma?«

Ich nicke, aber Toby sieht nicht mich an. »Alexa ist verschwunden und nicht zurückgekommen.« Seine Stimme klingt gepresst. Er versucht zu verhindern, dass aus ihm herausbricht, was auch immer sich da verbirgt.

Reed biegt in eine rote Lehmstraße ein und die untergehende Sonne am Ende des Wegs blendet uns einen Moment lang. »Alexa war eine Figur im Fernsehen, kleiner Fisch. Sie ist nicht echt.«

»Sie haben ewig nach ihr gesucht, Emma.« Toby heult beinahe. »Sie haben nie ihren Wagen oder sonst was gefunden. Sie ist einfach verschwunden.«

Reed späht über Tobys Kopf hinweg zu mir herüber und sein Blick sagt deutlich: »Können wir später darüber reden?«

Ich nicke. Auf keinen Fall will ich Toby aufregen. Ich lege einen Arm um ihn. »Ich bin mir sicher, ihr geht's gut.« Denn was sollte ich sonst sagen?

»Das behaupten alle, aber sie wissen es nicht mit Sicherheit.« Toby lehnt sich an mich und lässt sich von mir trösten. Ich unterdrücke ein Grinsen, weil er so anbetungswürdig ist, und versuche, mich daran zu erinnern, wie es ist, so unschuldig zu sein.

Reed knufft seinen Bruder leicht in den Arm. »Hör mal, du hast die Sache mit meiner Flosse aus dem Sack gelassen, kleines Monster. Willst du Emma die Geschichte erzählen oder soll ich es tun?«

20

Galen bearbeitet die Stricke, die ihn an den Stuhl fesseln. Er windet sich und zappelt, kann die gekonnt geknüpften Knoten jedoch kaum bewegen.

Ich muss sie einfach weiter lockern, sie irgendwie mürbe machen.

Trotzdem, die Knoten wollen nicht mal haarbreit nachgeben.

Das Salzwasser in der Plane über ihm ist schon längst verbraucht, aber der Effekt auf Galens Körper ist geblieben. Sein Verlangen, eine Flosse auszubilden, brennt in ihm wie Feuer auf Ölschlamm.

Aber Timing ist alles; es kommt gleich nach dem Lockern der Seile, denn wenn er sich während der Verwandlung verletzt, könnte ihn das seine einzige Chance auf eine Flucht kosten. Je lockerer sie sind, desto leichter ist es loszukommen.

Draußen knirschen schwere Schritte im Sand und Galen lässt sofort Arme und Beine sinken. Sekunden später fliegt die Tür auf und Tyrden schlendert herein. Er hat eine Wasserflasche und eine Laterne dabei. Die Laterne stellt er vor Galen auf den Boden, dann geht er um Galens Stuhl herum. Sein Schatten tanzt abwechselnd auf jeder Wand.

»Guten Abend, Hoheit.«

Galen funkelt ihn an, was mit geschwollenen Augen ziemlich schmerzhaft ist.

»Ich habe dir mehr Wasser mitgebracht.« Tyrden kichert vor sich hin und schüttelt die Flasche. Er dreht noch ein paar Runden durch den Raum, umkreist Galen und zieht den Geruch von Schweiß und Fisch nach sich. Schließlich setzt er sich auf seinen gewohnten Platz ihm gegenüber. »Ich glaube, wir haben das alles vielleicht von vornherein falsch angepackt. Daher habe ich beschlossen, dass ich mir dich nicht zum Feind machen will, Galen.« Er schraubt die Flasche auf und reicht sie seinem hilflosen Gegenüber. »Oh.« Er lächelt. »Du bist ja ganz verschnürt.« Er beugt sich nah genug heran, dass Galen einen Schluck nehmen kann.

Aber Galen zögert. Tyrdens neu entwickelte Gastfreundschaft zeigt alle Anzeichen eines weiteren Tricks. Er bedauert, dass er die Stricke inzwischen nicht hat lockern können.

Was den alten Syrena belustigt. »Was? Du vertraust mir nicht? Na ja, daraus kann ich dir wohl kaum einen Vorwurf machen. Hier, nimm einen winzigen Schluck. Es ist Süßwasser, ich schwöre es.«

Galen beschließt, dass ein Schluck wohl kaum etwas an seinen Plänen ändern kann. Im schlimmsten Fall ist es Salzwasser – ein weiteres Psychospielchen, außerdem ein weiterer Schritt zur Dehydration. Im besten Fall ist es tatsächlich Süßwasser und dann benötigt Galen es sehr dringend. Er beugt sich vor und kostet. *Süß.*

Daraufhin steht Tyrden abrupt auf und zu Galens Erstaunen bindet er eins seiner Handgelenke los und reicht ihm die Flasche. Eine kleine Hoffnung wirbelt in seinem Magen umher.

Tyrden weicht langsam zurück, nimmt wieder Platz und zieht das große Messer aus der Innenseite seines Stiefels. »Keine Tricks, sonst filetiere ich dich. Lass die Hände da, wo ich sie sehen kann!«

Galen nickt und kippt das Wasser in der Flasche in ganzen drei Zügen herunter. Jetzt ist nicht der passende Zeitpunkt, begreift er. Mit einer freien Hand kann er nicht viel bewirken. Aber er kann vielleicht die Gelegenheit nutzen, um Tyrdens Vertrauen zu gewinnen. Daran hätte er schon viel früher denken sollen. *Er sagt, er will mich nicht zum Feind haben, nicht wahr? Also nehmen wir ihn beim Wort.*

Galen dreht die leere Flasche in der Hand hin und her. »Danke«, sagt er leise und ohne den Blick zu seinem Wärter zu heben. Dann würde Tyrden nämlich sehen, wie unaufrichtig sein Dank ist.

»Gern geschehen.« Er spuckt auf den Boden zwischen ihnen. »Sind wir schon Freunde?«

»Nein.« Galen gähnt scheinbar lässig. Dann überkommt ihn ein echtes Gähnen, das so groß ist, dass es an den Winkeln seines aufgesprungenen Munds zieht.

»Wie hast du geschlafen?«

»Auf einem Stuhl.«

Tyrden lächelt. »Nun ja, du hast Glück. Ich bin hergekommen, um dir eine Gutenachtgeschichte zu erzählen.«

Plötzlich ist Galen erschöpft. Er hält das für normal. Immerhin hat er tagelang nichts zu essen und so gut wie gar kein Wasser bekommen. Hinzu kam die Anstrengung, die er in eine Flucht investiert hat. Außerdem ist Tyrden ganz generell als Person sehr ermüdend.

»Weißt du, was ein Treffen ist?«, fährt Tyrden fort.

»Na ja ...« Ein weiteres Gähnen entringt sich ihm. Der Raum scheint kleiner zu werden. *Oder schließe ich die Augen?*

Tyrden wirkt erfreut. »Nur zu, mach es dir bequem. Heute Abend, mein Freund, werde ich dir die Geschichte von Tartessos erzählen.«

»Ich kenne die Geschichte von Tartessos bereits.«

»Was du kennst, ist das, was man dir erzählt hat.«

Eine plötzliche Wärme breitet sich verstohlen in Galens Körper aus und durchdringt ihn vom Scheitel bis zur Sohle. Seine Muskeln beginnen, sich gegen seinen Willen zu entspannen. Das Verlangen, eine Flosse zu bilden, ist nicht mehr so drängend. Sein freier Arm fällt herab und Galen sackt in seinem Stuhl zusammen. *Oh nein.* »Das war kein Wasser.«

Tyrden lacht spöttisch. »Natürlich war es das. Mit einem kleinen Extra.«

»Warum?«

»Du solltest einfach ein wenig echte Ruhe finden. Ich kann dich nicht deinem Bruder präsentieren, wenn du so aussiehst, oder?« Tyrdens Gesicht wird hart. »Und ungeachtet dessen sind deine Handgelenke schrecklich aufgescheuert. Du hättest mir sagen sollen, dass du dich langweilst. Ich hätte durchaus ein paar Ideen gehabt, wie du dich beschäftigen kannst.« Der Stuhl knarrt unter Tyrdens Gewicht, als er sich zurücklehnt. »Aber jetzt gibt's erst mal eine Geschichte.«

Alles verschwimmt ihm vor den Augen. Galen blinzelt, um den Blick zu klären. Wächst den Wänden ein Fell? Erlischt die Laterne?

»So ist es richtig. Mach es dir bequem, Junge. Du wirst das hören wollen.« Tyrden beugt sich langsam vor, und das Licht der Laterne wirft einen unheimlichen Schein auf sein Gesicht. »Denn alles, was du über die Zerstörung von Tartessos zu wissen glaubtest, ist falsch.«

21

»Zieh dich aus«, sagt Reed wohlgelaunt.

Ich verdrehe die Augen und schäle mich aus meinem Kleid. »Ich hätte dich nicht in die Schublade zu den Perversen gesteckt.«

Er beäugt gierig meinen Badeanzug. »Ekelhaft. Ich hasse dieses Wort.«

»Was? Schublade?«

Er schnaubt und streift seine Khakis ab, dann verstaut er unsere Kleidung sicher im Truck. Toby tänzelt von einem Fuß auf den anderen und das helle Rot seiner Badehose wirkt im Mondlicht hässlich braun. »Beeil dich, Reed. Wir kommen noch zu spät!«

Reed ergreift meine Hand und zieht mich zum Wasser. Ich höre, kann aber nicht tatsächlich sehen, wie Toby vor uns hineinspringt. Wellenringe entfernen sich im aufgewühlten Wasser von dort, wo er untergetaucht ist, aber nach einigen Momenten ist klar, dass Toby nicht die Absicht hat, wieder an die Oberfläche zu kommen. »Er war schon mal hier?« Blöde Frage. Der Junge zappelt schon herum, seit wir in die Lehmstraße eingebogen sind.

»Er ist praktisch in diesem Bach groß worden«, erklärt Reed. »Er kennt sich wahrscheinlich in diesen Höhlen besser aus als ich.«

»Vielleicht sollte ich *seine* Hand halten«, entgegne ich und entziehe mich seinem Griff. »Du weißt genau, dass das der kürzeste Weg zu dem Treffen ist?« Das Verlangen, mit dem Sheriff über Galen zu reden, ist beinahe überwältigend. Ich spiele mit den Dekokordeln an der Hüfte meines Badeanzugs herum.

»Ich weiß es genau«, bekräftigt er. »Keine Sorge. Sobald wir dort sind, werden wir Hilfe holen, Emma. Ich verspreche es.«

Wir sind ungefähr knietief im Wasser, als Reed sich rückwärts hineinfallen lässt, aber nicht bevor er mir zugewinkt hat, es ihm gleichzutun. Ich lasse mich ins Wasser gleiten, hüte mich jedoch, allzu schnell vorzupreschen. Ich bin nicht hier aufgewachsen und ich kann nicht durch die Oberfläche ins Wasser hineinsehen wie ein vollblütiger Syrena. Auf keinen Fall darf ich voreilig sein und mir die Nase an einem Stein oder einem Holzscheit anstoßen. Sonst werde ich Galen noch – denn ich werde ihn auf jeden Fall wiedersehen – mit zwei blauen Augen begrüßen.

Wegen meiner bleichen Haut würden zwei blaue Augen ungeahnte Gipfel der Grässlichkeit darstellen.

Anscheinend hat Toby uns inzwischen uns selbst überlassen. Ich bleibe dicht hinter Reed, aber meine Augen passen sich in diesem lausigen Süßwasser nicht gut an, und ich muss nachgeben und wieder nach seiner Hand greifen. Er führt mich durch eine Abfolge von etwas, das ich nicht wirklich Höhlen nennen kann – eher Rutschbahnen in einem Freizeitpark, nur dass sie gezackt und mit Wasser gefüllt sind und wir hindurchschwimmen, statt zu rutschen. Manchmal wird es eng, und ich bin gezwungen, mich an Reed zu pressen, damit wir durchpassen. Andernfalls würde ich das Risiko eingehen, mir den Kopf an tiefhängenden Stalaktiten zu stoßen.

Wenn wir so eng aneinander gedrückt sind, fällt mir auf, dass Reed offenbar den Atem anhält. Dann flippe ich innerlich ein wenig aus, weil ich meinen ebenfalls anhalte. Ich gebe mir Mühe, den Gedanken beiseitezuschieben und nicht das »Was-hat-das-alles-zu-bedeuten?«-Spiel zu spielen.

Denn es bedeutet nichts anderes, als dass Reed dem anderen Geschlecht angehört, wir spärlich bekleidet sind und mir das doch ziemlich bewusst ist. Um Himmels Willen, meine Haut berührt seine, und, ja, mir ist aufgefallen, dass er attraktiv ist, bla, bla, bla. Aber mehr bedeutet es nicht.

Also, warum schäme ich mich dann dafür, dass ich mir seiner einfach bewusst bin?

»Emma«, sagt Reed und schreckt mich aus meiner Selbstkasteiung auf. »Es wird jetzt breiter. Du kannst, ähm ... du kannst allein weiterschwimmen. Wenn du willst.«

Ich räuspere mich, obwohl es gar nicht nötig ist. »Oh. Ja. Danke. Tut mir leid.«

Meine Augen sind gerade gut genug angepasst, um ein kleines, zufriedenes Grinsen in seinem Gesicht erkennen zu können. Vielleicht bilde ich es mir auch nur ein. So oder so, er weiß, dass er mich verunsichert hat, und ich weiß, dass er es weiß. »Es ist jetzt nicht mehr allzu weit«, erklärt er. »Und das ist der letzte Engpass. Wenn du dich wirklich konzentrierst, kannst du noch andere weiter unten spüren. Sie sind so etwas wie die Wächter der Höhle.«

Aber alles, worauf ich mich wirklich konzentrieren kann, ist die Tatsache, dass wir in einigen Minuten aus dem Wasser und nicht mehr so eng beieinander sein werden. Dann werden wir uns auch nicht mehr berühren, und hoffentlich ist die Lichtquelle in dieser Höhle nicht hell genug, um die Röte zu zeigen, die mir mit Sicherheit in die verflixten Wangen gekrochen ist.

Da fällt mir etwas ein, auf das ich mich konzentrieren kann. »Toby sagte, du hast eine Flosse ausgebildet. Stimmt das?«

Reed sieht mich an, schwimmt aber weiter. »Ich werde den Jungen windelweich prügeln, wenn ich ihn das nächste Mal sehe.«

»Es stimmt also.«

Er seufzt und hält inne. Ich kann sein Gesicht sehen, wenn auch nicht in allen Einzelheiten, aber jetzt bin ich mir ziemlich sicher, dass ich eben den Hauch eines Grinsens aufgefangen habe. Und ich bin wieder ganz beschämt. »Aber die Sache ist die, ich habe es nicht mit Absicht getan«, erklärt er. »Also kann ich dir nicht zeigen, wie man es macht oder so. Es ist einfach irgendwie ... passiert.«

»Erzähl's mir!«

»Ich war ungefähr dreizehn. Doc Schroeder sagt, es hätte mit verfrühter hormoneller Entwicklung zu tun gehabt. Er ist ein richtiger Arzt, weißt du. Er ist mit einer Syrena verbunden, Jessa, und sie haben einen Sohn, Fin. Wie *Flosse*, verstehst du.« Er schüttelt den Kopf. »Kannst du glauben, dass sie ihren Sohn *Flosse* genannt haben?«

Ich fasse Reed an den Schultern und rüttele ihn ordentlich. »Hallo? Bist du da drin? *Erzähl mir, wie es passiert ist.*« Daran, wie er nach vorn sieht, kann ich erkennen, dass wir nicht mehr weit entfernt vom Ort des Treffens sind. Und ich kann erkennen, dass er diese Geschichte nicht jedem Dahergelaufenen erzählen würde.

»Okay. Tut mir leid.« Dann weicht Reed tatsächlich vor mir zurück, und ich muss fast lachen, aber ich habe Angst, dass er sich in diesem Fall wieder ablenken lässt. »Also gut. Eines Tages fühle ich mich nicht gut und gehe nicht zur Schule, sondern bleibe zu Hause. Ich bin nicht krank, nicht richtig, aber ich bin definitiv nicht fit genug für die Schule. Was eine große Sache ist, da ich den Unterricht nie versäume –«

»Ach du meine Güte!«

»Okay, okay, tut mir leid. Also, wenn ich mich nicht gut fühle, gehe ich gern fischen. Es ist ruhig und entspannend und ... wie dem auch sei, ich stehe wegen irgendwas im Boot auf, und ich bemerke, dass meine Beine wehtun. Ich meine, sie tun *weh*, als hätte ich die Grippe oder so. Ich will mich strecken, denn es fühlt sich so an, als sollte ich genau das tun – mich strecken.« Er beugt sich übertrieben vor, um seine Beine zu strecken. »Dann fällt mir ein, dass Dad gesagt hat, es würde sich so anfühlen, wenn er zu lange nicht im Wasser war. Also springe ich in den Bach. Sofort beginnen meine Beine, sich zu verbiegen und zu beugen, und es fühlt sich heiß an, als würden meine Knochen verschmelzen, aber es tut nicht weh. Jedenfalls nicht sehr. Tatsächlich fühlt es sich gut an, auf eine schmerzhafte Art.« Reed sieht mich ungläubig an, als würde es wieder geschehen. Ich kann ihm am Gesicht ablesen, dass dieses Erlebnis die verängstigte, unvernünftige Emma entfesselt hätte. »Dann wird meine Haut wirklich dünn und dehnbar und sie bedeckt meine Beine – die sich übrigens zweimal um sich selbst gewickelt haben. Aber ich habe keine Flosse ausgebildet. Jedenfalls keine normale. Sie sieht nicht schön aus. Über die ganze Länge hinweg erinnert sie eher an ein gerupftes Huhn. Nicht glatt und prächtig wie bei Dad. Da waren noch Höcker von meinen Knien. Ich sah aus wie ein Freak.«

»Bist du sicher, dass es so schlimm war?«

Er nickt aufgeregt. »Absolut. Es war grotesk, Emma. Ich habe nie wieder versucht, es zu tun.«

»Hast du seither jemals das Bedürfnis gehabt, dich so zu strecken?«

»Bei einer weiteren Gelegenheit, einige Monate später. Aber danach nie wieder.«

Ich schlinge die Arme um mich. »Also ... deine Haut dehnt sich einfach so?«

Reed verzieht das Gesicht. »Doc Schroeder zufolge sind die Hautzellen eines vollblütigen Syrena dick und elastisch. Das ist teilweise der Grund, weswegen so schnell nichts ihre Haut durchdringen kann. Sie ist so flexibel, dass sie irgendwie alles abstößt. Halbblüter erben die Hälfte der Dicke, die Hälfte der Biegsamkeit oder so ähnlich. Das ist der Grund, warum die Haut sich so dünn über meine Beine spannte und ich aussah wie ein magersüchtiger Hühnerhai. Ich meine es ernst, Emma. Ich habe mich völlig nackt gefühlt. Und als wäre ich todkrank.«

Ich kann mir ein Lachen nicht verkneifen. Er wirkt einfach so traumatisiert, als er davon erzählt, wie ihm eine knochige, eklige Flosse gewachsen ist.

Ich bin mir ziemlich sicher, dass Dr. Milligan an dieser Entwicklung interessiert wäre. Vielleicht könnten er und Doc Schroeder sich auf ein Kaffeekränzchen treffen, oder was Ärzte halt tun, wenn sie sich zusammensetzen. Ich bin mir sicher, dass sie liebend gern ihre Erfahrungen austauschen würden. Aber ... ich bin mir nicht sicher, ob Neptun schon bereit wäre, Dr. Milligan zu akzeptieren. Sie haben ihren Fremdenfilter ganz eng eingestellt.

Ich kann erkennen, dass Reed ein wenig Trost oder

eine Ablenkung oder sonst etwas braucht, damit er wieder auf den Boden kommt. »Hast du allen Ernstes einen Kuss als Gegenleistung für eine Geschichte über eine kränkliche Hühnerflosse erwartet?« Das bringt es. Leider. Dumm, dumm, dumm.

Ohne Vorwarnung beugt er sich dicht zu mir herüber, ungeheuer dicht, sodass kaum Wasser zwischen unseren Mündern hindurchfließen kann. Und meine Schuldgefühle, dass ich mir seiner »bewusst« bin, kennen keine Grenzen.

Er zeichnet mit dem Daumen den Umriss meiner Wange nach. Instinktiv will ich zurückweichen, aber ich habe das Gefühl, dass er einfach näher heranrücken würde. »Kriege ich einen? Denn wenn du mich erwählt hast, Emma, sag es mir. Jetzt.«

Ich schließe abrupt den Mund.

Er zieht sich zurück, nimmt sanft mein Handgelenk und schiebt mich weiter auf das Treffen zu. Was gut ist, denn Toby ist zu uns zurückgekommen.

»Warum braucht ihr zwei so lange? Alle warten.« Der Anflug eines Akzents hat sich bei Toby zu einem dicken Hinterland-Slang ausgewachsen. »Ich habe dem Sheriff übrigens schon von Galen erzählt, Emma. Sie stellen gerade im Augenblick ein Such-Dingsda zusammen.«

Als ob er den Sheriff herbeigeredet hätte, erscheint ein Trupp aus Syrena und Halbblütern – und einem Menschen mit Taucherausrüstung – hinter der nächsten Biegung des Tunnels. Der Syrena an der Spitze schwimmt direkt zu Reed hinüber. »Dein Vater wartet auf dich, mein Junge.« Dann dreht er sich zu mir um und seine Züge werden weicher. »Du musst Emma sein. Eine Schande, dass wir uns noch nicht kennengelernt haben.« Er streckt mir die Hand hin und ich ergreife sie. »Mein Name ist Waden Grigsby. Ich bin der Sheriff von Neptun und dieser Haufen hinter mir sind meine Deputys. Bis auf den Burschen im Taucheranzug. Der hat sich verirrt.«

Mir klappt der Unterkiefer herunter und Waden kichert. »War nur ein Scherz. Das ist Darrel. Er gehört zu uns.« Dann wird sein Gesicht wieder ganz ernst. »Toby hat uns erzählt, dass du dich um deinen Freund sorgst – Grady, nicht wahr? –, weil er verschwunden ist. Irgendeine Idee, wo er hingegangen sein könnte?«

»Sein Name ist Galen«, sage ich gereizter, als berechtigt ist. Er lässt schließlich eine nette Gesellschaft im Stich, um mir zu helfen. »Und er *ist* verschwunden. Er würde mich nicht einfach so hier allein zurücklassen.« Richtig? *Richtig?*

»Habt ihr gestritten?«

Ich kneife die Lippen zusammen, während ich versuche, ein ausgewachsenes Stirnrunzeln zu unterdrücken. »Warum fragen mich das alle immer wieder?«

Sheriff Grigsby nickt entschuldigend. »Die Sache ist die, wenn er nach einem Streit verschwunden ist, dann will er vielleicht verschwunden bleiben. Nicht dass ich ihn kennen würde oder so«, fügt er schnell hinzu. »Es ist einfach nur so, dass Leute manchmal ihren Freiraum brauchen, zum einen kühlen Kopf zu bekommen, gewissermaßen. Wenn er losgegangen wäre, um Milch zu besorgen, und nie zurückgekehrt wäre, wäre das noch mal eine ganz andere Sache. Du verstehst, warum ich diese Frage stellen muss, nicht wahr?«

Oh ja. Ich verstehe es tatsächlich, aber Galen ist zu verantwortungsbewusst – und aufmerksam –, um so etwas zu tun. Und das einem Wildfremden klarzumachen, ist so, als versuche man, eine Krabbe mit der Achselhöhle zu packen. Unmöglich.

Als ich keine Antwort habe, fährt der Sheriff besänftigend fort: »Also mach dir keine Sorgen, Emma. Geh zum Treffen, amüsiere dich, und ich wette, bis zum Morgengrauen werden wir deinen Freund gefunden haben. Doch in der Zwischenzeit solltest du wissen, dass du nicht so ›allein‹ bist, wie du denkst. Du gehörst hierher.« Dann stellt er mir alle möglichen Fragen über Galens Wagen, aus welcher Richtung wir gekommen sind, ob ich glaube, dass er auf demselben Weg nach Hause fahren würde. Und damit quetschen sich Waden und sein »Haufen«, inklusive Taucher Darrel, einer nach dem anderen an uns vorbei. Ich beobachte sie, bis sie außer Sicht sind, bis ich sie nicht mehr spüren kann. Ich habe nicht das geringste Zutrauen in sie.

Vielleicht weil ich mich irre. Vielleicht hat Galen mich doch zurückgelassen. Vielleicht habe ich ihn falsch eingeschätzt, wie es mir so viele Male zuvor passiert ist. Schließlich hat er gerade jetzt den ganzen verdammten

Planeten im Kopf: Unser Streit, seine Trauer um Rachel, der Ärger, der droht, weil eine gewisse illegale Stadt namens Neptun aufgetaucht ist. Irgendwie wäre es da kein Wunder, wenn er ein wenig Zeit bräuchte, um Abstand zu gewinnen und mit sich ins Reine zu kommen.

Und was wird er tun, wenn sie ihn finden? Sauer auf mich sein, weil ich sie losgeschickt habe? Wird er wieder fortgehen? Vielleicht hätte ich alles auf sich beruhen lassen sollen.

»Sie werden ihn schon finden«, sagt Reed leise. Und ganz plötzlich ist es das, wovor ich mich fürchte.

22

Der Raum ist ein verschwommener Strudel. Gelegentlich erhascht Galen Blicke auf Tyrdens Rücken in der offenen Tür, auf die Männer, mit denen er redet. Ist Reder dabei? Er kann es einfach nicht sagen.

Er hört nur schwere Schritte, bis sich die Fremden dem Bett nähern. Ihre Worte ergeben keinen Sinn. Manchmal äußern sie ein zusammenhängendes Wort. Zum Beispiel »Suche« oder »Treffen« oder »vermisst.« Dann ist da »außer Sicht«. Das Wort »halsstarrig« – das kommt aus Tyrdens Mund.

Emmas Gesicht blitzt in Galens Gedanken auf, aber er kann es nicht festhalten, es bleibt nicht haften. *Von wem reden sie? Wird Emma vermisst?* Etwas stimmt nicht, aber es wird einfach nicht fassbar. *Ich muss Emma finden. Ich muss sie vor diesen Fremden beschützen.*

Dann verschwinden die Fremden. Plötzlich ist er im Wasser.

Er kann fliehen. Aber jedes Mal, wenn er versucht, tiefer und tiefer zu schwimmen, in Sicherheit, packt etwas seine Flosse und zieht ihn zurück an die Oberfläche, etwas, das stärker ist als er. Als er sich umschaut, hört er auf zu kämpfen.

Rachel. Er hat sie zu weit hineingezogen, sie kann nicht atmen, sie kann nicht atmen, warum atmet sie nicht? Da ist keine Schiene mehr an ihrem Fuß. »Schwimm!«, sagt er verzweifelt zu ihr. »Schwimm!«

Jetzt ist sie an einen Zementblock gefesselt und sinkt, sinkt, sinkt. Er greift nach dem Messer, von dem er weiß, dass es in ihrem Stiefel steckt. Er muss lediglich die Stricke durchschneiden und sie ist frei. Wie beim letzten Mal.

Aber da ist kein Stiefel. Nur Füße. Nackte Füße mit lackierten Nägeln. Bläschen steigen in einem verzweifelten Schrei aus ihrem Mund auf. Die Stricke haben sich irgendwie zu Ketten verwoben, Handschellen und Ketten. Der Zementblock ist immer noch da. Er ist da und er zieht sie hinunter, hinunter, hinunter in eine Kiste. Nein, ein Gebäude. Er zieht sie in ein Gebäude und es gibt nichts, was Galen tun kann. Das Dach verschluckt sie, und sie schreit auf. Galen hat sie, kann sie aber nicht hochheben. Sie ist zu schwer. Die Blöcke sind zu schwer.

»Helft mir!«, schreit er in die Runde. »Rayna! Toraf! Emma!«

Rachel stirbt.

Rachel stirbt.

Rachel stirbt.

»Lass mich los, Galen«, flüstert sie, aber er kann nicht loslassen.

»Galen, lass mich los«, wiederholt sie. Ihr Gesicht ist so friedlich. Verziert mit ihrem gewohnten Lächeln.
Rachel, bitte, bitte, stirb nicht!
Rachel, nein.
Rachel ist tot.
Wieder.

23

Wir suchen uns den Weg zu einer Leiter, die an dem Felsen befestigt ist. Während ich darauf warte, dass ich an die Reihe komme, betrachte ich unsere Umgebung. Zu beiden Seiten sind riesige, rote Vorhänge, nicht die samtigen, die man im Theater sieht, sondern eine Art dicke Plane, die sich über die Wände spannt, oben und unten an der Höhle festgemacht. Ich weiß nicht, ob sie dahinter etwas verstecken oder ob sie hier unter Wasser den halbherzigen Versuch einer Dekoration unternehmen.

Schließlich kommen wir an die Reihe, und ich sehe zu, wie Reeds Badehose an der Oberfläche verschwindet. Das Licht starker Scheinwerfer dringt durch das Wasser und tanzt ziellos umher, was mich an die großen Scheinwerfer in Hollywood erinnert. Ich frage mich, was für eine Produktion mir bevorsteht, während ich Reed die Leiter hinauffolge und einige Male auf Algen ausrutsche, die sich auf den Sprossen angesammelt haben.

Als ich oben ankomme, und bevor ich mich orientieren kann, schallt Jubel durch die Höhle. Was genau sie bejubeln, weiß ich nicht so recht, da ich bereits die Hälfte oder mehr von ihnen kennengelernt habe. Vielleicht ist es so etwas wie ein Initiationsritus, wenn jemand Neues zum Treffen gebracht wird – abwarten, bis sich die Fremde die Leiter heraufgequält hat, und ihr dann einen Mordsschrecken einjagen, wenn sie an die Oberfläche kommt. Einen Toast auf die Fremde! Wenn es eine Neptuntradition ist, hätte Reed mir wirklich davon erzählen sollen. Ich hätte mir zumindest das Haar geflochten. Oder so. Ganz zu schweigen davon, dass es mich an einen Albtraum erinnert, den ich manchmal habe – da werde ich auch bejubelt und trage nur einen Badeanzug. In diesem Albtraum stehe ich halb nackt mitten auf dem Schulflur. Ich trage gern Kleider, wenn ich im Mittelpunkt der Aufmerksamkeit stehe.

Diese innere Kammer ist so groß wie ein Ballsaal. Lächelnde Gesichter machen uns Platz, während wir durch die Menge schreiten. Es gefällt mir nicht, dass Reed meine Hand hält, es gefällt mir nicht, wie es aussieht, aber ich beschließe, mich in diesem Moment nicht dagegen zu wehren. Nicht, nachdem ich gerade bejubelt worden bin.

Dutzende und Aberdutzende starke Scheinwerfer sind an den Wänden angebracht und senden Lichtsäulen in die Spalten der unebenen Decke. Kalkformationen fließen die Wände hinab wie riesige Vorhänge, nur wesentlich schöner als die schlichten, roten Planen unten. Ein grob ausgehauener Pfad führt in die Mitte des gewaltigen Ballsaals. In diesem neuen »Raum« sind kunstvoll geschnitzte Holzbänke in einem Muster verteilt, das mich an die Sitzreihen in einer Kathedrale erinnert. Wie sie einen Kreis um die Mitte der Höhle formen, lässt mich auch an das Amphitheater in dem Sommerlager denken, das Chloe und ich einst besucht haben.

Was meine Aufmerksamkeit am stärksten auf sich zieht, sind die Gemälde an den Wänden zwischen den Kaskaden aus Kalkstein. Galen sagte, dass es auch in der Höhle der Erinnerungen Gemälde, Wandbilder und Skulpturen aus der Vergangenheit gebe. Ich frage mich, ob das hier Neptuns Version der Höhle der Erinnerungen ist. Die Abbildungen erzählen anscheinend eine Geschichte, vielleicht die, die ich gleich hören werde.

Links ist das Gemälde eines riesigen Syrena, der einen irre großen Dreizack in der Hand schwingt. Angesichts der kolossalen Wellen vor ihm und dem Mal in Form eines Dreizacks auf seinem Bauch wette ich darauf, dass es General Triton ist, der Vernichtung über Tartessos bringt.

Rechts ist etwas, das dem ähnelt, was in sämtlichen Geschichtsbüchern als das erste Erntedankfest auftaucht. Leute – das heißt, eine Mischung aus Menschen, Syrena und Halbblütern –, gewandet in Pilgerväterkleider, teilen an einem langen Tisch im Freien eine Mahlzeit. Kinder laufen herum und jagen einen glücklich aussehenden Hund. Der Hintergrund des Gemäldes zeigt Holzhäuser, fertig und im Bau, und dahinter den mächtigen Wald. Das ist wahrscheinlich die Gründung Neptuns.

Die mittlere Wand illustriert eine Stadt aus alter Zeit. Steinbauten, Fenster ohne Glas, gepflasterte Pfade. Die Leute – wiederum eine bunte Mischung – füllen den kleinen Platz in der Mitte, und Kinder spielen in einem Springbrunnen, auf dem die Statue eines Syrena steht. Offensichtlich handelt es sich dabei um einen Marktplatz; man kann sehen, dass die Leute Dinge wie Ketten und Armbänder gegen Brotlaibe und Tauben in kleinen Tragekäfigen tauschen. Es ist eine friedliche Szene – alle Gesichter zeigen ein zufriedenes Lächeln.

Ich werde in die Gegenwart zurückgeholt, als Reed mir eine Hand auf die Schulter legt. Ich lächle roboterhaft, nur für den Fall, dass ich verpasst habe, wie mir jemand vorgestellt wurde oder so, aber es ist niemand Neues in der Nähe. Es muss kühl hier drin sein; der Atem aller Anwesenden kondensiert vor ihren Gesichtern, während sie uns begrüßen. Reed führt mich in die Mitte des Bankkreises. Ich bemerke, dass alle schnell ihre Plätze einnehmen.

Ich will nicht in der Mitte sein. Es erinnert mich an das letzte Mal, als ich in der Mitte einer Menge stand – das Tribunal, vor das alle königlichen Syrena gestellt wurden. Keine glückliche Zeit.

Reder tritt zu uns. »Reed, weshalb hast du so lange gebraucht? Wir haben gewartet. Wie ist es möglich, dass Toby euch beiden so weit voraus war?« Er lächelt mich an. Ich hatte vergessen, wie freundlich er ist. »Toby hat mir von Galen erzählt«, sagt er. »Wir werden alles tun, was wir können, um zu helfen. Wenn er gefunden werden will, werden wir ihn finden.«

Warum sagen das alle immer wieder?

»Danke«, stoße ich mit erstickter Stimme hervor und entwinde Reed meine Hand. Reder tut so, als bemerke er die Heftigkeit der Geste nicht. »Reed meinte, wir könnten morgen einen privaten Suchtrupp aufstellen. Um dem Sheriff zu helfen.«

Reders Blick flackert zu seinem Sohn hinüber, dann schürzt er die Lippen. »Natürlich. Ich werde nach der Erzählung heute Abend eine Ankündigung machen.«

»Erzählung?«, frage ich.

Reder wirft den Kopf in den Nacken und lacht, als hätte ich einen Witz erzählt. Es erregt die Aufmerksamkeit mehrerer Leute, die bereits um uns herum sitzen. Na ja, noch mehr Leute, die uns vielleicht schon beachtet haben oder auch nicht. »Ich vergesse immer wieder, dass du nicht von hier bist, Emma«, sagt er. »Dass dir das alles neu ist. Aber natürlich ist es das. Das ist der Grund, warum wir das Treffen überhaupt abhalten. Und vielleicht wirst du dich nach dem heutigen Abend nicht mehr so neu fühlen.« Er deutet mit dem Kopf auf eine der vorderen Bankreihen hinter sich. »Ich habe dir den besten Platz reserviert.«

Reed sagt nichts, sondern zieht mich diesmal einfach am Handgelenk – das wahrscheinlich leichter festzuhalten ist – zu der Bank, die man für uns freigehalten hat. »Wie habt ihr das alles gebaut?«, flüstere ich, als wir uns setzen. Meine Aufmerksamkeit wird erneut auf die bemalte Höhlenwand direkt vor uns gelenkt, wo Triton die Wellen ans Ufer sendet. Das kleine Symbol auf seinem Bauch springt mir ins Auge. Und natürlich erinnert es mich an Galen. »Deswegen hast du gewusst, dass Galen ein königlicher Triton ist, oder?«

Reed zuckt die Achseln. »Jeder kennt das Mal. Unsere Archive bewahren ihre Erinnerungen genauso gut wie eure. Sie würden das Mal eines königlichen Tritons nicht vergessen. Tatsächlich hat das ein Archiv gemalt. Archive haben alles hier drin gemalt, da wir keinen Zugang zur Höhle der Erinnerungen haben. Alles hier hat eine besondere Bedeutung.«

Selbst die Miniaturausgabe der Höhle der Erinnerungen ist zu groß für mich, zu groß um alles gleichzeitig aufzunehmen. Ich hoffe, Reed und ich können zurückkommen und diesen Ort erkunden. Man würde einen vollen Tag brauchen, um sich allein die Gemälde anzusehen.

Er grinst. »Beeindruckt? Du wirst noch mehr beeindruckt sein, wenn du erfährst, dass wir das alles auf die altmodische Art gemacht haben.«

Ich schüttle den Kopf. Er verdreht die Augen. Ich erwäge es, ihn tüchtig zu kneifen. »Diese Bänke, auf denen wir sitzen?«, sagt er. »Sie sind über hundert Jahre alt. Siehst du den Mann da drüben? Er hat geholfen, das alles hier zu bauen. Und die Dame dort? Die, die mit Dad redet? Sie ist diejenige, welche die Höhle gefunden hat. Da war sie noch ein Jungfisch. Lucia heißt sie. Sie hat sich hier verirrt, und als man sie fand, entdeckte man das alles.« Er deutet mit einer ausholenden Gebärde auf die Decke der Höhle. Ich gestatte mir, beeindruckt zu sein. Lucia muss verdammt alt sein: Auf dem Schädel der vollblütigen Syrena prangt ein Schopf weißer Haare, sie hat jede Menge Falten und ihr bescheidenes Schwimmshirt umhüllt knochige Formen ... Sie muss älter sein als der durchschnittliche alte Syrena – was mehr als dreihundert Jahre bedeuten muss.

Oder vielleicht auch nicht. Mom und Galen haben beide bestätigt, dass Syrena an Land schneller altern, aber ich weiß nicht genau, wie sehr die Schwerkraft den Prozess beschleunigt. Es sieht nicht so aus, als hätte es die Schwerkraft allzu gut mit Lucia gemeint ...

Moment. *Syrena altern schneller an Land.* Bedeutet das, dass *ich* länger leben würde, wenn ich im Ozean bliebe? Hat Galen davon gesprochen?

Er will, dass ich im Ozean lebe, damit uns mehr gemeinsame Zeit bleibt? Wahrscheinlich hätte ich das tatsächlich besser mit ihm besprechen sollen, statt ihn mit meinen scharfen Worten zu verletzen. Oder verbinde ich hier Punkte, die gar nicht vorhanden sind? Lese ich zwischen Zeilen, die nicht geschrieben wurden?

Ich weiß nur, dass mein Magen es ernsthaft in Erwägung zieht, sich zu entleeren, und in Ermangelung einer besseren Stelle scheint mir Reeds Schoß die sinnvollste Zielscheibe zu sein. Wenn ich vor mich ziele, könnte ich Reder treffen. Außerdem habe ich nie erlebt, dass sich

Reed fehl am Platz fühlt. Ich wette, ein Schoß voller Erbrochenem würde es bringen. Es würde Spaß machen.

Jepp, mein Magen hat sich gerade umgedreht. Ich kotze in drei ... zwei ... eins ...

»Danke, dass ihr alle heute Abend gekommen seid«, dröhnt Reders Stimme.

Nicht einmal mein Magen ist bereit, auf Reders Gastfreundlichkeit herumzutrampeln. Er beruhigt sich urplötzlich, als würde er mich dafür tadeln, dass ich ihm überhaupt erlaubt habe, sich so aufzuführen. Trotzdem, eine kleine Ecke schmerzt, und ich glaube nicht, dass dieser Schmerz vergehen wird, bis ich Galen wiedersehe.

Bis ich bestätigt bekomme, ob ich ein herzloses Miststück bin oder ernsthaft zu viel über jede Kleinigkeit nachdenke, die Galen gesagt hat. So oder so, es wird für mich ätzend werden. So oder so, ich verliere.

Bin ich herzlos, habe ich Galen gewiss verloren. Denke ich zu viel nach, und kann alles, was er gesagt hat, für bare Münze nehmen ... habe ich Galen verloren.

Also, wenn ich ihn verloren habe, warum schicke ich dann Leute aus, um ihn zu suchen?

Einige Fragen lassen sich nicht beantworten, einige sollten nicht beantwortet werden, und einige waren von Anfang an überhaupt keine Fragen. Ich kann nicht entscheiden, in welche Kategorie das jetzt fällt.

Und ich habe Reders Einführung in die Erzählung total verpasst, genau wie die Tatsache, dass alle Scheinwerfer gedimmt und auf ihn gerichtet wurden, und dass das Publikum aufreizend still geworden ist, während die Stimmen in meinem Kopf einander anschreien.

»Also kam Poseidon an Land und schloss Frieden mit der Menschheit«, sagt Reder gerade. »Aber nicht nur Frieden. Er knüpfte Freundschaften. Gründete eine erfolgreiche Stadt, in der Menschen und Syrena sich austauschen und in Harmonie miteinander leben konnten. Wo sie enge Bande formten.«

Reder kichert. »Und selbst Poseidon wusste die Kurven der Frauen an Land zu schätzen, nicht wahr, Freunde?« Diese Worte entlockten der Menge ein wissendes Lachen. »Also nahm er sich selbst eine menschliche Gefährtin und zeugte viele Kinder mit ihr, Halbblüter, Söhne und Töchter, die ihren Vater anhimmelten. Andere Syrena waren es zufrieden, Gleiches zu tun, und auch sie zeugten Söhne und Töchter mit Menschen.«

Dann richtete er seine Aufmerksamkeit direkt auf mich, und ich bin so dankbar, dass die Scheinwerfer seinem Blick nicht folgen. Wenn man neben dem Sohn des Sprechers sitzt und der Sprecher davon redet, einen Gefährten zu nehmen ... *Das ist der Moment, in dem man sich über-bewusst wird, dass man vielleicht einen falschen Eindruck erweckt hat – du blöde, verdammte Idiotin!*

Oder man ist einfach nur ein Psycho. Umwerfend.

»Sie machten fast ein Jahrhundert lang weiter und lebten in Wohlstand. Poseidon benutzte seine Gabe, um seine Stadt zu ernähren; die Worte ›Ich habe Hunger‹ waren nie zu hören. Was von den Nahrungsmitteln übrig blieb, die sie aus den Meeren ernteten, wurde in den umliegenden Städten getauscht. Tatsächlich wurde der Hafen von Tartessos zum Mittelpunkt florierenden Handels. Er zog Kaufleute aus der ganzen Welt an, die erpicht darauf waren, Zinn, Bronze und Gold zu tauschen. Selbst menschliche Könige schickten Geschenke, damit unser großer General Poseidon zufrieden war.

Doch dann wurde General Triton neidisch auf den Wohlstand seines Bruders. In einem Wutanfall vergiftete er den Geist unserer Syrena-Brüder gegen die Menschen und er teilte die Königreiche in zwei Hoheitsgebiete. Jene, die seine Lügen über die Menschen glaubten, zogen ins Gebiet Tritons; jene, die das Gute im Menschen sahen, das Potenzial, Bündnisse zu schmieden, zogen ins Gebiet Poseidons. Aber nach der Großen Spaltung war Triton immer noch nicht zufrieden.« Daraufhin schüttelt Reder den Kopf. Ein missbilligendes Stöhnen durchläuft das Publikum. Ich betrachte Reed an meiner Seite, aber er bemerkt es nicht. Er sitzt ausdruckslos da, ganz vertieft in die Geschichte, obwohl er sie zweifellos viele Male gehört hat. Bis jetzt ist die Wiedergabe dessen, was Galen mir erzählt hat, fair, natürlich davon abgesehen, dass bei der Erzählung ein negativeres Licht auf Triton geworfen wird, statt auf Poseidon. Und ich höre jetzt zum ersten Mal von einer Großen Spaltung. Ich sehe jedoch darüber hinweg und versuche, objektiv über das zu urteilen, was wirklich vor all jenen Jahren passiert ist.

»Aus Angst, dass sein Bruder zu viel Macht gewinnen

würde, indem er solch starke Bündnisse mit den Menschen schloss«, fährt Reder fort, »hat sich der durch nichts zu besänftigende General daran gemacht, Tartessos zu vernichten. Er schickte Boten an die menschlichen Herrscher in den Gegenden rund um die Städte und erzählte von grauenvollen Dingen wie der Versklavung von Menschen und ihrer unnatürlichen Züchtung. Er ließ sogar die Nachricht verbreiten, dass Poseidon die Gemahlin eines anderen menschlichen Herrschers zu der seinen gemacht habe und dass ihre eigenen Königinnen nicht sicher vor ihm seien, wenn er mehr Macht gewinnen würde.« Eine Welle der Erregung tobt hinter mir. Einige Leute rufen Dinge wie: »Triton ist ein Lügner!«, und »Er ist nicht unser General!«

Nach einigen Sekunden hebt Reder die Hände. Die Teilnehmer des Treffens senden ein »Pscht!« durch die Höhle. In Galens Version hat Poseidon tatsächlich eine menschliche Ehefrau zu der seinen gemacht, obwohl ich mir jetzt nicht sicher bin, wie er das bewerkstelligt haben könnte. Ich finde es schwierig, den beiden Geschichten die tatsächliche Wahrheit zu entnehmen.

Als die Menge hinreichend zum Schweigen gebracht ist, beginnt Reder von Neuem. »Nachdem Poseidon von den Armeen erfahren hatte, die zu Lande gegen ihn marschierten, bat er Neptun, seinen guten Freund und ein respektiertes Archiv, um Beistand. Neptun traf sich mit den anderen Archiven, um zu beraten. Und Triton unternahm einen letzten Versuch, alles zu zerstören, wofür

Poseidon gearbeitet hatte. Er sagte dem Rat der Archive, dass er seine Gabe einsetzen werde, um seinen Bruder zu retten, wenn Poseidon zugab, einen Fehler begangen zu haben, indem er Bande mit den Menschen geschmiedet hatte, und dass man ihnen nicht trauen könne. Er beharrte darauf, dass Poseidon seine Stadt verließ und alles, was er dort erschaffen hatte, um fortan als Syrena zu leben. Als Gegenleistung für seine Hilfe gegen die Menschen verlangte Triton ebenfalls, dass alle Syrena künftig im Ozean blieben. Da er keine anderen Alternativen anzubieten hatte – sie konnten die Menschen schließlich rein zahlenmäßig nicht überwinden –, stimmte der Rat der Archive zu. Neptun war natürlich am Boden zerstört, als er Poseidon die Neuigkeit überbrachte. Angesichts der Entscheidung des Rates war der König gelinde gesagt erzürnt, aber er hatte schreckliche Angst um seine Gefährtin und seine Halbblutkinder, die nicht mit ihm in den Ozean zurückkehren konnten. Das war der Moment, da Neptun, das Große Archiv, zu unserem Gründungsvater wurde. Er erklärte General Poseidon, dass er heimlich an Land bleiben werde, um niemals mehr in das Reich der Syrena zurückzukehren, und dass er sich um Poseidons Familie kümmern werde – und um jeden, der wünschte, das Leben als Meeresbewohner aufzugeben. Viele taten es, wie wir sehr wohl wissen. Von jenen, die sich dafür entschieden, an Land zu bleiben, glaubte man, sie seien durch die Schwerter der Menschen gestorben. Und so begann das Geheimnis.

Neptun hielt sein aufopferungsvolles Versprechen, Freunde, und half allen, die wünschten, an Land zu bleiben, bei der Flucht, bevor die menschlichen Armeen eintrafen und unter den gewaltigen Wogen Tritons den Tod fanden. Er brachte die Flüchtlinge weiter landeinwärts und verbot es ihnen, je wieder einen Fuß ins Meer zu setzen, weil sie von den Fährtensuchern gespürt werden würden. Nach einer Weile begriffen sie, dass sie die Flüsse und andere Süßwasserquellen benutzen konnten, ohne wahrgenommen zu werden, und so taten sie es. Unsere tapferen Vorfahren passten sich nicht nur an eine neue Lebensart an Land an, sie hießen sie willkommen, Freunde. Sie wurden wie die Menschen, um unentdeckt zu bleiben. Zuerst waren sie ein verlorenes, wanderndes Volk, aber Neptun führte sie zu ihrer eigenen Stadt, einem eigenen Land. Sie lebten dort in einem fruchtbaren Tal, unbehelligt für Jahrhunderte, bis die Großen Kriege begannen – die Menschen nennen sie die Spanische Reconquista. Im Kreuzfeuer menschlicher Streitigkeiten sahen sich unsere Brüder und Schwestern gezwungen, einen anderen Ort zu finden, um sich weiterhin verborgen zu halten. War Neptun auch schon lange tot, so wussten sie, dass es sein Wunsch gewesen wäre, dass sie anderswo Sicherheit suchten. Als sie von Kolumbus' Expeditionen in ein neues Land hörten, traf ein großer Teil von ihnen Vorbereitungen, um mit ihm zu segeln. Bei ihrer Ankunft taten sie das Gleiche wie die menschlichen Pioniere und bahnten sich ihren Weg landeinwärts, bis sie schließlich in dieses kleine Tal kamen, das sich in den Schutz der Berge schmiegte und umringt war von Süßwasserquellen und Höhlen. Da wussten sie, dass sie ihre Heimat gefunden hatten.«

Mir wird ein Schniefen hinter mir bewusst, und ich kann verstehen, warum. Reder ist ein wirklich großartiger Geschichtenerzähler, der jede Silbe mit Gefühl und Bedeutung füllt – und wer mag kein Happy End? Einen großen Exodus und eine Heimkehr. Wäre da nicht der Schmerz um Galen in meinem Bauch, würde ich auf all diesen guten Gefühlen schweben wie der Rest der Versammlung.

Ich frage mich, was Galen von dieser Wiedergabe denken würde. Er würde sie wahrscheinlich nicht gutheißen, aber wer ist er, dass er entscheiden könnte, welche Geschichte die Wahrheit ist? Aus seiner Perspektive war Tritons Motiv nicht Neid: Er trachtete danach, das Reich der Syrena zu beschützen, indem er die Kommunikation mit Menschen einschränkte. Er stimmte nicht mit Poseidons nachsichtiger Meinung über den Austausch mit ihnen überein und glaubte, dass die Menschen sich eines Tages gegen seinen Bruder wenden würden. Außerdem hat Poseidon in Galens Version Triton um Hilfe gegen die menschlichen Armeen gebeten; Reders Porträt lässt das sehr unwahrscheinlich erscheinen.

Trotzdem, beide Geschichten klingen plausibel. Aber diese hat mehr Details zu bieten. Mehr Erklärungen. Und angesichts der jüngsten Ereignisse in den Unterwasserreichen bin ich tatsächlich geneigt zu glauben, dass es auch zuvor schon Zwietracht gegeben hat. Aber was Reder als Nächstes sagt, ist schlicht und einfach unglaublich.

»Unsere Gemeinschaft ist ein großes Geheimnis, Freunde, gehütet von Generation zu Generation, von Poseidonkönig zu Poseidonkönig. Heute Abend haben wir den Beweis, mit unserer lieben Besucherin Emma, die von König Antonis selbst geschickt wurde. Und mit ihrer Hilfe werden wir die Gebiete wieder einen. Sie ist ein Zeichen, Freunde, ein Halbblut, das unter unseren Brüdern, die das Meer bewohnen, akzeptiert wird. Ein lebendiges Symbol, dass uns große Veränderungen bevorstehen.«

Ohmeingott.

Reder nimmt den Platz mir gegenüber an seinem Küchentisch ein und lässt sich so vorsichtig auf den Stuhl nieder, als könne er zerbrechen. Es erinnert mich an die Art, wie sich in Filmen Psychiater einem geisteskranken Patienten mit langsamen, bedächtigen Bewegungen nähern, um ihn oder sie nicht zu erschrecken. Sie setzen eine monotone Stimme ein und neutrale Worte wie »okay« und »schön« und »bequem«.

Dies könnte der Grund sein, warum Reder Reed und Toby losgeschickt hat, um Eis zu holen – um alle aus diesem Gespräch herauszuhalten, bis auf ihn und mich. Die beiden Variablen, die am meisten zählen. Obwohl es seine

Küche ist, soll es so scheinen, als wäre es neutrales Territorium und als sollte ich mich hier behaglich fühlen.

Vielleicht neige ich aber auch einfach nur dazu, Dinge zu zerdenken.

Ich umfasse einen Becher heiße Schokolade mit beiden Händen – ebenfalls eine typische Szene in den Filmen, wenn man versucht, eine traumatisierte Person zu beruhigen –, und ich sehe zu, wie die Marshmallows auf der Oberfläche zu winzigen Schleimpfützen schmelzen. In diesem Moment begreife ich, dass die Aufmerksamkeit, die ich meinem Becher schenke, und der Mangel an Blickkontakt zu Reder im Allgemeinen als Schwäche verstanden werden können.

Und jetzt ist nicht der Zeitpunkt, um Schwäche zu zeigen. »Ich bin kein Symbol für Neptun.« Da. Gespräch begonnen.

Reder scheint erleichtert zu sein, dass ich mich dafür entschieden habe, direkt zur Sache zu kommen. »Du könntest es sein«, sagt er und verschwendet keine Mühe auf Takt. »Wenn du es willst.«

»Ich bin hier, weil mein Großvater mich hergeschickt hat. Es ist keine erfüllte Prophezeiung oder etwas in der Art.«

Reder lächelt. »Prophezeiung? Natürlich nicht. Aber warum hat Antonis dich hergeschickt, was meinst du?«

Die Wahrheit ist, ich weiß es immer noch nicht. Bestimmt sollte ich sehen, dass es noch andere Halbblüter gibt, dass ich nicht die Ausgestoßene bin, für die ich mich halte. Aber ich habe keinen Schimmer, was ich mit der Information anfangen soll.

Als ich nicht sofort antworte, lehnt Reder sich auf seinem Stuhl zurück. »Ich habe deinen Großvater kennengelernt, als er uns vor vielen Jahren besucht hat. Ihm ging es natürlich im Wesentlichen darum, deine Mutter zu finden. Er glaubte, sie könnte von Neptun gehört haben, könnte es vielleicht aufgesucht haben.«

»Mein Großvater hat gesagt, er wäre auf der Suche nach ihr über Neptun gestolpert.« Er hat nie behauptet, es die ganze Zeit über gewusst zu haben. Aber so will es die Erzählung. Dass alle Poseidonkönige, Generation um Generation, alles über die Existenz von Halbblütern gewusst haben. Plötzlich fühle ich mich verraten. Er hätte es mir einfach von Anfang an sagen können. Andererseits hat er sich wahrscheinlich Sorgen gemacht, dass ich die Information mit Galen teilen würde – und ich hätte es wahrscheinlich getan.

»Dein Großvater war immer ein Anhänger des Friedens zwischen den Meeresbewohnern und den Bürgern Neptuns. Aber genau wie wir wusste er nicht, wie er die Sache angehen sollte. Bis jetzt. Bis zu dir. Ich glaube, das ist der Grund, warum er dich hergeschickt hat.«

»Drücken Sie sich genauer aus.«

»Du hast bereits gesagt, der Rat der Archive habe deine Existenz akzeptiert. Dass sie es sogar gebilligt haben, dass du dich mit Galen verbindest, einem Tritonprinzen – begreifst du, was das bedeutet?«

Vielleicht betrachte ich die Welt mit einer kleineren Linse als Reder. »Ich verstehe, warum Sie es für bedeutungsvoll halten. Aber ich war die Ausnahme.«

Reder nickt. »Ja, das warst du. Denk an all die Lektionen, die die Geschichte uns lehren kann, Emma. Ausnahmen haben immer die Tür zu größerer Veränderung geöffnet. Dein Großvater weiß das.«

»Ich glaube, Sie überschätzen meinen Einfluss in den Königreichen.« Um Längen. Als sie die Ausnahme für mich gemacht haben, das einzelne Halbblut, geschah es, damit ich *weiterleben* durfte. Es bedeutete nicht, dass ich das Wahlrecht bekommen hätte oder so. »Außerdem, warum sollten Sie – warum sollte *Neptun* – den Wunsch haben, sich überhaupt mit ihnen zu vereinen?«

Reders Augen leuchten auf. »Denk daran, was Neptun den Ozeanbewohnern bieten kann. Wir könnten ihre Augen und Ohren an Land sein.«

»Das ist Galens Job. Er ist der Botschafter bei den Menschen.«

»Galen ist eine einzelne Person. Versteh mich nicht falsch, ich bin mir sicher, dass Galen in dieser Hinsicht herausragende Arbeit leistet. Er ist den Königreichen gegenüber anscheinend sehr loyal. Aber überleg nur, wie viel effektiver eine ganze Stadt von Botschaftern sein könnte. Außerdem haben viele von uns die Gabe Poseidons. Wir könnten die Versorgung für alle Syrena in den kommenden Jahrhunderten sicherstellen.«

Ich will gerade die Tatsache in Feld führen, dass ich die

Königreiche niemals hungern lassen würde – ich verfüge schließlich ebenfalls über die Gabe –, aber ich weiß, dass er wieder das »je mehr, desto besser«-Argument vorbringen wird. Und ich kann mich nicht dazu aufraffen, dagegen zu argumentieren. Es wäre sinnlos. »Aber was hat *Neptun* zu gewinnen?«

Reder denkt nach und legt dabei den Kopf schief. »Wann ist dein Vater gestorben, Emma?«

Das kommt unerwartet und ich pruste beinahe in meine heiße Schokolade. »Vor drei Jahren. Was hat das mit Neptun zu tun?«

»War dein Vater reich?«

Ich zucke die Achseln. Er war Arzt, daher waren wir auf keinen Fall arm. Aber wir hatten auch kein Zimmermädchen und keinen Butler. »Nein.«

»Sagen wir, er wäre es gewesen. Sagen wir, er wäre ausnehmend wohlhabend gewesen. Und sagen wir, er hätte dir den größten Teil seines Reichtums hinterlassen. Wie würdest du dich fühlen?«

Ich kapiere immer noch nicht, worauf das hinauslaufen soll. »Dankbar?« Das ist hoffentlich das, was er hören will.

»Natürlich wärst du dankbar. Aber – wenn deine Anwälte eine Klausel im Testament deines Vaters gefunden hätten, eine Formalität, die dich von Rechts wegen daran hinderte, dein Erbe zu genießen? Was, wenn andere Leute, die in dem Testament genannt werden, genießen könnten, was sie geerbt haben, aber du nicht? Wegen einer einzigen kleinen juristischen Klausel würde man dich von dem fernhalten, was dir zugedacht war. Wie würdest du dich dann fühlen?«

Ahhhha! Reder betrachtet den Ozean als das Vermächtnis aller Syrena. Nur dass es diese eine Klausel gibt, von der er gesprochen hat, dieses eine winzige Gesetz, das Halbblütern ihr Geburtsrecht verwehrt. Und in seinen Augen habe ich diese Klausel außer Kraft gesetzt. »Ich weiß immer noch nicht, wie ich helfen kann.« Dieses eine kleine Gesetz ist schließlich Jahrhunderte alt und tief verwurzelt im Denken der Königreiche.

»Ich bitte dich nicht, die Last der Welt zu schultern, Emma. Ich bitte dich lediglich um den Versuch, die Kommunikation zwischen Neptun und dem Unterwasserreich anzustoßen. Beginnend mit deinem Großvater.«

Tief im Innern weiß ich, wie meine Antwort ausfällt. Denn tief im Innern will ich es ebenfalls.

24

»Lass mich gehen, Galen«, sind die Worte, zu denen er aufwacht. Zuerst klingen sie nach Rachels Stimme. Dann wird nach und nach Emmas Stimme daraus. *Warum sollte Emma mir sagen, dass ich sie gehen lassen soll?*

Sein Geist wird mit Bildern ihres letzten gemeinsamen Gesprächs überflutet, ihres hitzigen Streits. *Gewiss gibt sie uns nicht auf?*

Sein Gehirn braucht mehrere Momente, bis er begriffen hat, dass alles nur ein Traum war, dann noch ein paar mehr, bis er die Augen öffnen und sich auf die Realität konzentrieren kann. Als seine Augen offen sind, ist er verblüfft, Tyrden vor sich sitzen zu sehen. Mit grimmiger Miene. In der Hand dreht er unablässig sein Messer. *Was jetzt?* »Es wird Zeit, dass du anrufst. Das hast du Reder zu verdanken.« Er zieht Galens Smartphone hervor und durchsucht die Anrufliste.

Denk nach. Galens Bewusstsein kämpft darum, sich zu

orientieren, darum zu begreifen, was vielleicht geschehen ist, während er geschlafen hat. *Was habe ich Reder zu verdanken?* Unausweichlich fragt er sich, ob es Emma gut geht. Aber sein Gehirn hält bei der Möglichkeit inne, dass es ihr vielleicht nicht gut gehen könnte.

Er wackelt mit den Handgelenken und testet die Stricke an seinen Knöcheln. Irgendwie fühlen sie sich noch straffer an als zuvor. Dann fällt ihm ein, dass Tyrden seine Bemühungen bemerkt hat, die Knoten zu lockern. *War das bevor oder nachdem er mich unter Drogen gesetzt hat?* Galen kann sich nicht erinnern.

Er weiß nur, dass er weg muss. Es geht um Leben oder Tod. Wenn Tyrden Groms Nummer wählt, muss Galen ihn vor der Gefahr warnen. Er kann nicht zulassen, dass sein Bruder in die Falle läuft, die Neptun darstellt. Er windet sich auf seinem Sitz und kümmert sich nicht darum, ob Tyrden es bemerkt oder nicht. Die Stricke halten ihn fest und machen das, was jetzt kommt, nicht leichter.

Es sind keine idealen Umstände für eine Flucht, auf keinen Fall. Die Stricke sind unnachgiebig, egal wie fest er sich auch dagegen stemmt. Tyrden ist bewaffnet und feindselig und wird von Sekunde zu Sekunde wütender, während Galen darum kämpft, sich zu befreien. Aber es ist seine letzte Chance. Seine einzige Chance. Er spürt es in jeder Faser seines Körpers. In Tyrdens Augen steht ein scharfer Ausdruck der Unvernunft, der Labilität.

Das wird wehtun.

Tyrden hält das Smartphone hoch. Groms Name und

Nummer leuchten vor ihm auf. Eine Berührung des Bildschirms ist alles, was zwischen Galen und Grom steht.

»Höre mir genau zu, Galen.« Tyrdens Stimme ist ruhig. Beherrscht. »Bevor wir Big Brother anrufen, sollten wir einstudieren, was du sagen wirst.«

Galen leckt sich die Lippen, dann blickt er demonstrativ auf die Klinge in Tyrdens Hand. Er braucht das Überraschungselement. *Tyrden muss glauben, dass ich aus lauter Angst kooperiere.*

Und ich muss näher an ihn herankommen.

Für einen kurzen Moment blitzt Erleichterung auf Tyrdens Gesicht auf. »Gut.« Er drückt sich das Smartphone an die Brust und klopft mit dem Zeigefinger gegen die Rückseite. Seine Augen werden für einige Sekunden leer. »Du wirst deinen Bruder vor einem Angriff warnen.«

Galen blinzelt. »Was?«

Tyrden nickt hastig. »Ja, ja. Das wirst du sagen. Dass man dich und Emma in Neptun als Geiseln hält.«

»Emma? Wo ist Emma?« Seine Eingeweide schlagen einen Purzelbaum. Die ganze Zeit über ist er davon ausgegangen, dass sie in Sicherheit ist. Schließlich hat Tyrden ihm pausenlos Unmengen von Fotos von ihr und Reed gezeigt. Aber irgendetwas ist eindeutig anders geworden. Etwas, das Reder getan hat.

»Halt den Mund, Junge!« Tyrden springt vom Stuhl auf, sodass er gegen die Wand hinter ihm knallt. »Ich rede.« Er kratzt sich im Nacken. »Du wirst Grom sagen, dass ihr Geiseln seid. Dass Reder dich festhält. Ja, sag Grom, dass er jede Menge Verstärkung mitbringen muss, wenn er kommt. Dass die beste Strategie ein Angriff auf Neptun ist. Dass er Reder zuerst erledigen soll.«

Was? Jetzt ist Galen hin- und hergerissen. Das ist genau das, was er seinem Bruder sagen würde, gesetzt den Fall, ihm bliebe die Zeit, die Einzelteile zusammenzusetzen – mit Ausnahme der Beseitigung Reders, bevor er seine Seite der Geschichte gehört hätte. *Jetzt will Tyrden, dass ich Grom vor Gefahr warne?* Da stimmt etwas nicht.

Galen versucht, diese neue Information schnell zu verarbeiten. Während seiner zermürbenden Zeit in Tyrdens Gefangenschaft hat er gelernt, dass der alte Syrena keinen Funken Nachsicht im Leib hat. Mehr noch, er hat die ganze Zeit offenbar einen Rachefeldzug gegen Reder geführt. *Hält Reder mich wirklich hier fest? Oder ist es Tyrden?*

Was immer Reder angeblich getan hat, es hat Tyrdens Pläne vereitelt – die Galen auch noch nicht ganz durchschaut hat. »Warum wollen Sie Grom helfen?«, platzt Galen heraus.

Tyrden hält in seinem Auf und Ab inne und wirft ihm einen ernsten Blick zu. »Wir sind jetzt Freunde, schon vergessen, Hoheit? Wir stehen auf derselben Seite, du und ich.«

Galen nickt langsam. Tyrden hat wirklich den Verstand verloren – oder was davon noch übrig war. Irgendwie muss er Tyrdens Vertrauen gewinnen. Irgendwie muss er die physische Distanz zwischen sich und seinem Peiniger überwinden. *Noch nicht*, sagt er sich. *Hab Geduld.* »Aber ich bin immer noch gefesselt. Das ist nicht sehr freundschaftlich, wenn Sie mich fragen.«

Tyrden schüttelt langsam den Kopf. »Du hältst dich ja für so clever«, knurrt er.

»Weil ich losgebunden werden will?«

Tyrden denkt darüber nach. Die Tatsache, dass er das tut, macht Galen auf die Möglichkeit aufmerksam, dass Tyrden nicht so gut aufpasst, wie er sollte. »Ich werde dich losbinden, sobald du deinen Bruder angerufen hast.«

»Was ist, wenn er nicht kommt?« Galen gibt sich Mühe, besorgt zu klingen. So etwas hatte Rachel immer als Zeitschinden bezeichnet.

»Es ist deine Aufgabe, ihn zu überzeugen.«

Galen schüttelt den Kopf. »Aber was ist, wenn Emma und ich ihm nicht wichtig genug sind, um das Risiko einzugehen, an Land zu kommen? Oder wenn er Frieden will?« Er verdreht angesichts dieses unwahrscheinlichen Szenarios die Augen. Grom wird kommen, und er wird eine Armee mitbringen, genau wie Tyrden es will.

Tyrdens Gesicht läuft rot an. Da sind dunkle Ringe unter seinen Augen, die Galen zuvor nicht aufgefallen sind. Er zieht die Mundwinkel nach unten. Es erweckt den Anschein, als wäre sein Wärter wegen irgendetwas bekümmert. »Wenn ihr beide, du und das Mädchen, Grom nicht wichtig genug seid, dann seid ihr auch mir nicht wichtig genug. Ich hoffe, wir verstehen einander.«

Er hat mir *gesagt, nicht* Reder. Widerstrebend nickt Galen. »Eine meiner Hände muss frei sein. Es wird natürlicher klingen, wenn ich das Handy selbst halte.« Er schaut vielsagend auf Tyrdens eigene Hände, die jetzt unkontrolliert zittern. »Brauchen Sie Hilfe beim Wählen?«, bietet sich Galen an.

»Warum willst du mir jetzt helfen, Tritonprinz? Welches Spiel spielst du?«

Galen stellt weiter einen ernsten Gesichtsausdruck zur Schau. »Emma ist mein Leben, Tyrden. Ich kann nicht zulassen, dass Sie ihr etwas antun. Wenn der Anruf bei Grom die einzige Möglichkeit ist, das zu verhindern, dann soll es so sein.« Die Aufrichtigkeit in Galens Stimme ist bittersüß und echt. Emma ist sein Leben. Aber er wird Grom nicht anrufen.

Zufrieden stolziert Tyrden auf ihn zu, und mit einem kräftigen Ruck am Strick fällt Galens linke Hand frei herab. Tyrden hält ihm mit ausgestreckter Hand das Smartphone hin. *Jetzt ist der Augenblick gekommen.* Galen kämpft gegen das Zögern, kämpft gegen den Selbsterhaltungstrieb, der ihm zuschreit, es nicht zu tun. *Alles steht auf dem Spiel*, sagt er sich. *Dadurch könnte deine Flosse brechen*, schreit sein Unterbewusstsein zurück.

Er tut es trotzdem.

Seine Verwandlung in Syrena-Gestalt reißt Tyrden von den Füßen.

25

Ich schaue zu, wie Reed das Eigelb auf seinem Teller aufspießt und es dann mit seiner Gabel in die Maisgrütze schiebt. Die ganze Zeit über hält er seine Kaffeetasse hoch, ständig bereit, daran zu nippen. Ein wahrer Frühstückskünstler.

»Wir haben keine Zeit zum Essen.« Ich schiebe das Rührei auf meinem Teller hin und her.

Der Sheriff und seine Leute haben gestern Nacht nichts erreicht. Was bedeutet, dass der heutige Tag – und jeder Tag, bis ich ihn finde – der Suche nach Galen gewidmet sein wird. Keine Zeit fürs Vergnügen mehr in Neptun.

Vor allem jetzt, da Reder mich für die Auserwählte hält oder so. Doch ich erwähne das Reed gegenüber nicht. Es ist nicht so, dass ich nicht helfen will, oder dass ich nicht will, dass Neptun und die Unterwasserkönigreiche friedlich nebeneinander existieren und zusammenarbeiten können. Es ist nur so, dass ich keinerlei Lobby in den Gebieten habe. Das Vertrauen, das ich in mich selbst und Reders Sache hatte, ist seit gestern Nacht eindeutig schwächer geworden, seitdem wir bei einem beruhigenden Becher heißer Schokolade über alles gesprochen haben. Ich meine, in puncto Nützlichkeit bin ich so effektiv wie ein Plastikmesser, wenn man ein Steak schneiden will. Warum sollte ich überhaupt meine Mithilfe in diesem ganzen Durcheinander versprechen? Ich weiß nicht einmal, wo ich anfangen soll.

Vielleicht brauche ich einfach mehr Zeit, um darüber nachzudenken. Um zu erwägen, was ich meiner Mutter sagen könnte, wenn ich sie anrufe und ihr erzähle, was ich wirklich getan habe. Und dass ich Galen dabei *verlegt* habe.

Galen.

Galen wird wissen, was zu tun ist. Er mag immer noch sauer auf mich sein, aber hier geht es um die Königreiche. Er wird seinen Groll überwinden und die Sache mit Grom regeln. Den Schaden wiedergutmachen, den ich unter Druck angerichtet habe. Oh, der Schaden. Während alle Augen auf mir ruhten, hatte ich zugestimmt, Neptun zu helfen, friedliche Bedingungen mit den Unterwasserkönigreichen auszuhandeln, indem ich beim Treffen geschwiegen habe. Andererseits habe ich im privaten Gespräch mit Reder tatsächlich zugestimmt zu helfen. Ich habe es wirklich in Worte gefasst. Ich habe es versprochen.

Aber Reder hat mir keinen Ausweg gelassen. Was hätte ich tun sollen? Ihm vor versammelter Mannschaft ins Gesicht lachen? Ähm, nein. Außerdem ist er so unfassbar *vernünftig*.

»Wir sind gut beraten zu frühstücken«, sagt Reed und schaufelt sich sein gewöhnungsbedürftiges Gemisch in den Mund, ohne meine innere Notlage zur Kenntnis zu nehmen. »Zum einen brauchen wir unsere Energie, wenn wir den ganzen Tag durch den Wald marschieren. Und zum anderen ist es immer noch dunkel draußen. Wir haben noch eine halbe Stunde, bevor es im Wald hell genug ist, um etwas zu sehen.«

Alles gute Argumente. Trotzdem drehe ich hier noch durch. Ich will Galen jetzt mehr denn je zurückhaben. Ich will Reed gerade erklären, dass er sich beeilen soll, als Mr Kennedy sich in der Sitznische hinter Reed umdreht. »Ich konnte nicht umhin zu hören, dass ihr heute in den Wald wollt, Reed«, bemerkt er und tupft sich mit einer Serviette den Mundwinkel ab.

Reed dreht sich auf seinem Sitz halb um. Einige Grade weniger, und es wäre grob unhöflich gewesen. »Das ist richtig, Mr Kennedy.« Was Reed nicht sagt, ist: *Na und?* Aber es steht ihm ins Gesicht geschrieben. Ich wackele mit meiner Gabel herum. Ich sehe, dass Reeds Geduld ein Verfallsdatum hat. Wahrscheinlich könnte er sich über die Tatsache ärgern, dass wir Galen heute tatsächlich finden könnten und dass dies vielleicht die letzten Momente sind, die er mit mir allein verbringen kann.

»Nun ja«, entgegnet Mr Kennedy, offensichtlich verstimmt über Reeds kleine, aber deutliche Geste. »Ich fühle mich verpflichtet, euch mitzuteilen, dass ich einen riesigen Bären – einen Schwarzbären, nehme ich an – gesehen habe, aber wie ihr wisst, sind Tiere nicht mein Fachgebiet. Ich habe mich am Nordufer des Flusses gewaschen und er hat am Südufer unmittelbar vor dem Biberdamm an den Felsen herumgekratzt. Und den Sternen sei gedankt dafür! Ich mag nicht nach viel aussehen, aber zu meiner Zeit war ich im Leichtathletikteam der Uni. Damals hätte ich vielleicht eine faire Chance gehabt, aber jetzt ...« Er schaudert. Als Reed unbeeindruckt wirkt, fährt Mr Kennedy fort, und ich beuge mich vor und tue so, als wäre ich echt interessiert, um Reeds Mangel an Begeisterung wettzumachen: »Natürlich bist du hier geboren und aufgewachsen. Ich nehme an, du würdest es wissen, wenn Schwarzbären eine Gefahr darstellten, aber ich hielt es für das Beste, es euch zu sagen, statt euch ahnungslos gehen zu lassen, ohne dass ihr es wisst.«

Reed grinst. »Uns ahnungslos losziehen zu lassen, ohne dass wir wissen, dass es in den Wäldern von Tennessee Schwarzbären gibt?« Ich versetze Reed unter dem Tisch einen Tritt. Er ignoriert mich.

Mr Kennedy schürzt die Lippen. »Genau. Nun ja. Natürlich gibt es Schwarzbären. Es ist nur ... nun, dieser erschien mir ziemlich groß.« Der verlegene Wissenschaftler dreht sich heftig auf seinem Stuhl herum und fährt mit dem fort, was er gerade um unseretwillen vernachlässigt hatte. Eine halbe Sekunde später steht er auf, seine Rechnung in der Hand. Ich warte, bis er vorn bei der Kassiererin bezahlt hat, bevor sich mein Zorn über Reed ergießt.

»Er hat doch bloß versucht zu helfen«, zische ich ihm zu. Er bestreicht gerade ein Brötchen mit weißer Pfeffersoße. »Und wenn der Bär so groß ist, würde es nicht schaden, das Gebiet zu meiden, in dem er ihn gesehen hat.«

Er zuckt die Achseln. »Es gibt hier überall Bären«, erklärt er mit leiser Stimme. »Ich habe das Gefühl, dass Mr Kennedy nicht weiß, was ›groß‹ bedeutet. Aber wenn du dich dann besser fühlst, werden wir uns von der Südseite fernhalten. Es wird eben unser Suchgebiet einschränken.«

Was auch nicht das ist, was ich will.

»Ich sage ja nur, dass die Suche kompliziert genug werden wird, auch ohne dass wir Schwarzbären ...«

»Emma, beruhige dich. Es ist in Ordnung. Wir gehen nicht nach Süden.« Er schluckt den Rest seines Kaffees runter. »Bist du so nervös wegen dem, was du gestern Abend mit Dad besprochen hast?«

»Meinst du?«

Reed lächelt. »Hör mal, er hat dich nicht gebeten, die Sonne am Aufgehen zu hindern. Er hat einfach gehofft, dass du, weil du von den Meeresbewohnern akzeptiert worden bist, vielleicht die Tür dafür öffnen könntest, dass wir alle akzeptiert werden. Eines Tages. Nicht morgen oder nächsten Dienstag oder so.«

Mir klappt der Unterkiefer herunter. »Du hast gewusst, dass er das gestern Abend besprechen wollte. Dass ich allen helfen sollte. Wie lange hast du es gewusst?«

Reed verzieht mit geziemenden Schuldgefühlen das Gesicht. »Seit dem Abend, an dem ihr, du und Galen, mit uns gegessen habt. Meine Eltern waren so aufgeregt, nachdem ihr gegangen wart.«

»Das könnte daran gelegen haben, dass sie froh waren, Galen wieder los zu sein.«

»Das auch«, gibt Reed zu. »Er ist übrigens ein schrecklicher Lügner. Sie wussten von Anfang an, dass er ein königlicher Triton ist. Und wenn ein königlicher Triton mit einem Halbblut *an Land* herumhängt, musste sich etwas verändert haben. Emma, *du* hast sie irgendwie verändert.«

Ich schüttle den Kopf. »Das ist zu viel der Ehre. Die Archive ... sie haben mich gebraucht, das ist alles. Es ging ausschließlich um das Timing und die Umstände, schätze ich.« Wirklich, sie haben Galens und Raynas Gabe gebraucht, um einige von Menschen gefangene Syrena zu befreien – und dass sie mich akzeptieren, war ein Teil des Deals, den sie nicht ausschlagen konnten. Oh, die Archive haben *mich* auf keinen Fall *gebraucht.*

Aber das werde ich Reed nicht auf die Nase binden. Zunächst einmal habe ich das Gefühl, etwas überfahren worden zu sein, weil er mir nichts von dieser Emma-ist-unsere-Retterin-Sache gesagt hat. Seine Augen sehen aus wie große Ballons, die prall gefüllt sind mit Hoffnung. Und weiß ich nicht genau, wie es sich anfühlt, sich an etwas so Launisches wie Hoffnung zu klammern?

Reed zerknüllt seine Serviette in der Faust und wirft

sie anschließend auf den leeren Teller vor sich. »Dann erklär mir, warum dein Großvater dich hergeschickt hat.«

Warum überrascht mich diese Frage immer wieder? Ich sollte wirklich eine Pauschalantwort darauf finden. »Damit ich einen Platz finden konnte, wo ich mich zugehörig fühle«, stoße ich hervor. »Damit ich weiß, dass ich nicht allein bin.«

Reed sieht sich demonstrativ um. »Vielleicht hat er dich hierhergeschickt, um mich zu finden. Willst du das damit sagen?«

»Ja. Nein. Nicht direkt.« Ich lasse den Orangensaft in meinem Glas kreisen, bis er wie ein Miniwhirlpool aussieht. »Nicht dich als Person. Aber ich glaube, er wollte mir eine Alternative aufzeigen.«

»Alternative? Zu Galen? Meinst du?«

Okay, das klingt wirklich schlimm. Aber noch schlimmer ist, dass Galen nach unserer Ankunft in Neptun das Gleiche gedacht haben könnte. Das könnte ein Grund sein, warum er sofort auf der Hut war. »Ich meine eine andere Lebensweise. Statt eine Ausgestoßene in der Welt der Syrena zu sein und ein Freak in der Welt der Menschen.«

Reed ist nicht überzeugt. »Das glaube ich nicht. Oh, versteh mich nicht falsch. Das war bestimmt mit ein Grund für ihn, dich herzuschicken. Aber Antonis hat meinen Dad vor all den Jahren kennengelernt, als er auf der Suche nach deiner Mutter herkam. Dad hat dir das erzählt, nicht wahr? Sie waren Freunde. Tatsächlich sind sie miteinander in Verbindung geblieben. Alle paar Jahre oder so. Wenn ich raten müsste, würde ich sagen, das hier ist ein kleiner Teil ihres größeren Plans, alle unserer Art zu einen, nicht nur diejenigen, die Flossen ausbilden. Hast du dich übrigens mit deiner Mom in Verbindung gesetzt seit eurem Gespräch vor einigen Tagen?«

Ich zucke die Achseln. Ich hatte angerufen, aber sie ist nicht ans Telefon gegangen, was wahrscheinlich bedeutet, dass sie immer noch auf Tritongebiet ist. Hoffentlich wird sie sich bald melden. Andererseits hoffe ich, dass sie es nicht tut. Denn Reder wird von mir erwarten, dass ich mit ihr über all das rede. Soviel hat er klargestellt. Und ich weiß noch nicht, wie ich es ihr beibringen soll.

Außerdem werde ich Großvater umbringen.

»Du solltest sie hierher einladen. Und deinen Großvater auch. Ich weiß, dass Dad ihn liebend gern wiedersehen würde.«

Jetzt bin ich diejenige, die vor Hoffnung überquillt. »Es ist einfach so, dass Moms Partner Grom damit niemals einverstanden wäre.« Selbst Galen hat das gesagt, bevor er fortgegangen ist.

»Wer sagt, dass er eingeladen ist? Er ist nur der Tritonkönig, stimmt's?« Reed grinst. Dann wird sein Gesicht ganz ernst und weich. »Immer ein Schritt nach dem anderen, okay? Nichts überstürzen.«

Ein Schritt nach dem anderen. Warum nicht? Das war unser Plan, um mich in die Syrena-Gesellschaft hineinzuschleusen, wenn ich erst einmal Galens Gefährtin bin.

Falls ich Galens Gefährtin werde ... »Wir sollten jetzt gehen. Die Sonne ist aufgegangen.«

»Denk einfach darüber nach, Emma. Es ist nicht so, als müsstest du in zehn Minuten ein Tribunal einberufen. Fang einfach an, dir Möglichkeiten zu überlegen, wie wir mit den Meeresbewohnern in Kontakt treten können. Wie wir ihnen zeigen können, dass wir keine Dämonen oder so etwas sind.«

Ich rümpfe die Nase. »Warum solltest du ihnen etwas beweisen müssen? Was ist an dem auszusetzen, was du hier hast? Ihr kommt doch großartig ohne sie zurecht.« Das hört sich wütender an als beabsichtigt, was ich sofort bereue, aber es ist die Wahrheit. Aus meiner Sicht hat Neptun das Beste aus beiden Welten. Warum etwas reparieren, das nicht defekt ist? Für mich klingt das alles, als würde man den Wert Neptuns herabsetzen und das fühlt sich an, als würde man auf etwas Kostbares und Unbezahlbares einschlagen.

Andererseits weiß ich, wie es ist, etwas zu wollen, das man nicht haben kann. Und ich muss es aus Neptuns Perspektive betrachten: Die Ozeane sind etwas, das sie als ihr rechtmäßiges Erbe betrachten. Es geht nicht darum, was die Ozeane haben und was Neptun nicht hat. Es geht darum, dass Neptun einen Anteil dessen bekommt, was rechtmäßig ihnen gehört.

Die Kellnerin legt unsere Rechnung vor Reed auf den Tisch. Ich mache Anstalten, danach zu greifen, aber seine Hand liegt in Sekundenschnelle über meiner. »Ich bin nie im Meer gewesen, Emma«, erklärt er, ohne die Hand wegzunehmen. »Ich will wissen, wie sich Salzwasser anfühlt. Ich will all die Farben der Fische außerhalb eines Aquariums sehen. Ich will der beste Freund eines Wals namens Goliath werden. Wo immer du hingehst, ich will in der Lage sein, dort ebenfalls hinzugehen.«

»Reed ...«

»Hör mal, ich sage das nicht wegen dir. Ich wollte das Meer schon immer sehen. Ich wollte sehen, was es zu bieten hat. Aber jetzt, da ich es weiß ...« Er drückt meine Hand. »Ich will es so sehr, dass ich es schmecken kann, sehen kann, was mir entgeht.« Sein Blick bohrt sich in meine Augen und ich kann nicht wegschauen.

»Aber ich komme nicht aus dem Meer«, entgegne ich leise. Zu leise.

»Aber das wird sich ändern. Wenn du dich mit Galen verbindest. Er wird eine Möglichkeit finden, dich mitzunehmen.«

Die Worte schwingen in mir. Ich darf Reed nicht sagen, dass Galen genau das bereits vorgeschlagen hat. Er würde es gegen mich verwenden, zu seinen Gunsten, zu Neptuns Gunsten. *Und ist das so falsch? Sollte ich keine Wahlmöglichkeiten haben?* Offensichtlich hat Großvater so gedacht. Was, wenn ich mich unter Wert verkaufe, weil ich mich so früh festlege?

Dann denke ich an Galen, daran, wie seine Lippen sich auf meinen anfühlen, daran, wie sein Lächeln meinen Magen in einen Aufruhr bringt, der wesentlich handfester ist als das unschuldige Flattern von Schmetterlingen. Daran, wie sein Körper sich wie ein fehlender Teil von mir um mich schmiegt, und daran, wie sein Lachen durch mich hindurchfliegt wie ein berauschendes Getränk.

Nein, ich verkaufe mich bei Galen nicht unter Wert.

Aber als ich Galen mein Ja gegeben habe, habe ich Nein zu allen anderen Möglichkeiten gesagt. Bevor ich auch nur wusste, worin diese Möglichkeiten bestanden. Ich wäre eine Närrin, jetzt nicht zuzugeben, dass vor mir eine andere Möglichkeit liegt. Nicht nur ein gutaussehender Junge, der ganz zufällig den Raum zwischen uns mit diesen großen, violetten Augen und diesem intensiven Blick einnimmt.

Diese Möglichkeit bringt mit sich, von anderen akzeptiert zu werden – von anderen meiner Art –, und ein Leben an Land *und* im Wasser zu führen. Soweit ich erkennen kann, hat diese Möglichkeit keinen Haken. Wie zum Beispiel, jedes Mal einen unsichtbaren scharlachroten Buchstaben zu tragen, wenn ich mit Galen die Unterwasserkönigreiche besuche.

Aber ich würde Galen verlieren.

Reed seufzt. Für seinen Geschmack treffe ich lebensverändernde Entscheidungen nicht schnell genug. Er zieht einen Zwanziger heraus und lässt ihn neben der Rechnung auf dem Tisch liegen. »Lass uns gehen, meine Schöne. Wir müssen ein ziemlich großes Gebiet absuchen.«

Und so gehen wir.

26

Die Wucht mit der sich seine Flosse ausbildet, schleudert Galen zurück. Unter sich hört er Metall über den Boden kratzen, ein Krachen, das sein Handgelenk verdreht, bis er aufschreit. Ein scharfes Knacken ertönt und ein schneidender Schmerz fährt ihm in die Fingern.

Tyrden liegt immer noch der Länge nach auf dem Boden. Als er Galen sieht, stößt er ein Geheul der Entrüstung aus. In seinen Augen steht eine gewisse Ungläubigkeit, während er den Anblick vor sich erfasst.

Galen hat keine Zeit für Verlegenheit wegen seiner großen Flosse. Mit einem Auge beobachtet er Tyrden, der auf dem Bauch zappelt und nach seinem Messer greift. Das andere braucht er, um seine rechte Hand hektisch loszubinden. Genau wie zuvor gibt der Knoten nicht nach; er hat keine Ahnung, wie Tyrden den Knoten an seiner linken Hand so schnell aufbekommen hat. Er versucht, den Rest des Stuhls zu verbiegen, und ignoriert den Schmerz in seiner Flosse, wo sich die Seile von seinen Füßen eingeschnürt haben, als seine Flosse Gestalt annahm. Er wird bestenfalls von hier weghumpeln. Mit diesem Gedanken im Kopf schlägt er auf den Metallrahmen des Stuhls ein und will ihn zwingen zu zerbrechen. Mit ein wenig Glück könnte er sogar ein Stück des Stuhls abtrennen, das scharf genug ist, um den Strick durchzuschneiden.

Tyrden rappelt sich mit einem Ächzen vom Boden hoch. Er nähert sich vorsichtig, das Messer gezückt. Galen wartet, bis er in Reichweite ist, dann wischt er mit seiner Flosse über den Boden. Diesmal ist der Syrena darauf vorbereitet, springt hoch und landet auf den Füßen. Überaus wütend rennt er los.

Galen lässt von seinen Bemühungen mit dem Stuhl ab und wirft sich nach vorn, lässt abermals seine Flosse durch die Luft sausen und hebt sie fast bis zur Decke. Jetzt kann Tyrden nicht mehr beiseitespringen. Der mächtige Schlag wirft ihn mit einem lauten Krach gegen die Wand. Er fällt mit einem dumpfen Aufprall auf den Boden und sein Messer landet mehrere Meter entfernt. Galen nutzt Tyrdens Orientierungslosigkeit und robbt auf den Ellbogen darauf zu, wobei er den verbogenen Metallstuhl mit sich zieht.

Nimm das Messer, nimm das Messer, nimm das Messer.

Diesmal erholt sich Tyrden nicht so schnell, aber der Anblick Galens, der sich der Klinge nähert, scheint ihn zur Vernunft zu bringen. Er schüttelt den Kopf, als würde er versuchen, Staub loszuwerden. *Fast da.* Er greift nach dem Messer, aber da schickt Tyrden es mit einem Tritt durch den Raum. Galen ist gezwungen, sich wegzuwälzen, als Tyrden seinen Stiefel hart auf den Boden krachen lässt und dabei Galens Kopf nur knapp verfehlt. Galen greift nach dem Metallstuhl und verwendet ihn als Schild, während Tyrden zu einem weiteren Tritt ausholt. Das Krachen hallt von den Wänden wider; Tyrden wird rückwärts gerissen, sodass Galen eine kurze Pause vor einem weiteren Angriff bekommt.

Er richtet seine Aufmerksamkeit wieder auf das Messer, beschirmt seinen Rücken mit dem Metallstuhl und robbt wie zuvor durch den Raum. Galen ringt mit sich, ob er wieder menschliche Gestalt annehmen soll oder nicht, aber weil seine Flosse durch den Strick verletzt wurde, weiß er nicht genau, wozu seine menschlichen Beine noch imstande wären. Eine Beschädigung der Flosse bedeutet nicht zwangsläufig eine Beschädigung der Beine – oder zumindest nicht beider Beine. Trotzdem, in diesem Moment braucht er die Macht und die Bewegungsfreiheit, die ihm die Gabe Tritons verleiht.

Gerade als Galen das Messer wieder erreicht, tritt Tyrden ihm den Stuhl vom Rücken, sodass sein rechter Arm sich schmerzhaft verrenkt. Trotzdem schließt sich Galens linke Hand um den Griff des Messers, und er hält die Klinge vor sich, als der verrückte Syrena ihn gerade anspringen will.

Tyrden hält sofort inne. Galen nutzt sein Zögern aus, reißt den Stuhl zu sich zurück und macht mit dem Messer kurzen Prozess mit dem Seil. Während Tyrden von der Klinge in seiner Hand abgelenkt ist, wischt Galen mit der Flosse über den Boden. Sie schlägt schmerzhaft gegen Tyrdens harte Stiefel, hebt den älteren Syrena von den Füßen und wirft ihn auf den Rücken. Sein Kopf kracht mit einem übelkeitserregenden Knall auf den Boden.

Galen stöhnt voller Qual. Seine Flosse ist eindeutig verdreht oder verrenkt oder beides. Mehrere Momente lang wartet er angespannt darauf, dass sein Peiniger sich erhebt. Voller Grauen beobachtet er das stetige Heben und Senken von Tyrdens Brust, und zwar länger, als er sollte. Er muss einfach vorsichtig sein. Das könnte ein weiteres Psychospielchen sein.

Galen trifft spontan die Entscheidung, wieder menschliche Gestalt anzunehmen. Ein Auge auf Tyrden gerichtet, überprüft er, ob er sein Gleichgewicht halten kann. Sein linker Knöchel pocht vor Schmerz, kann aber trotzdem sein Gewicht tragen. Alles andere funktioniert.

Galen hebt auf, was von seiner Jeans übrig geblieben ist, nimmt das längste Stück, wickelt es sich um die Taille und versucht so zumindest, sich zu bedecken. Auf den Fußballen tappst er leise zu Tyrden hinüber.

Galen hockt sich vorsichtig hin, auf der Hut vor plötzlichen Bewegungen. Er richtet die Spitze der Klinge auf Tyrdens Brust, wo sein Herz am heftigsten schlägt. Der Syrena unternimmt nichts. Galen weicht zurück und schlägt dem bewusstlosen Syrena ins Gesicht.

Tyrden wacht nicht auf.

27

Ich empfinde es irgendwie als respektlos, wie wir uns unseren Weg durch den Wald bahnen. Es kommt mir vor, als wolle Reed jede Pflanze und jedes Tier um uns herum aufstören. Was wohl in Ordnung ist, wenn wir jemanden suchen, der unsere Hilfe braucht. Und nicht in Ordnung, wenn wir Bären aus dem Weg gehen wollen.

»Wir wollen uns nicht anschleichen«, sagt er, als lese er meine Gedanken. »Nicht an einen Bären und nicht an jemanden, der nicht gefunden werden will.« So hatte ich das nicht betrachtet.

Inzwischen bin ich außer Atem und ein wenig verärgert über unser Tempo, obwohl ich weiß, dass das unvernünftig ist, denn auf diese Weise können wir so viel Boden wie möglich abdecken. »Er will gefunden werden«, platze ich heraus.

Ohne Vorwarnung bleibt Reed stehen und dreht sich zu mir um. »Das kaufe ich dir nicht ab. Nicht, wenn er in diesem Wald ist, Emma. Wenn er hier ist, wenn er die ganze Zeit über so nah war, dann will er nicht gefunden werden.« Er tritt einen Schritt näher an mich heran. »Und wenn er nicht gefunden werden will, wie geht es dann weiter?« Er zieht mich an sich. »Aber *ich* bin hier, Emma. Hier bin *ich* und verstecke mich nicht vor dir, laufe nicht weg, raste nicht aus.«

In diesem Moment begreife ich, dass Reed nicht einfach aus Jux und Tollerei herumstampft, und zwar nicht einmal, weil er keine schlafende Raubkatze oder so überraschen will. Er trampelt durch den Wald wie eine menschliche Machete, weil er sauer ist. Nicht richtig sauer, nicht angesichts dieser Qual in seinen Augen.

Er ist frustriert. Und er lässt es an der Natur aus.

Aber jetzt sieht es so aus, als würde er alles wieder direkt auf die Ursache richten. Auf mich. »Ich hätte dich niemals verlassen, Emma. Nur ein Idiot würde so etwas tun. Außerdem ist Galen selbstsüchtig. Er glaubt, er ist zu gut für unser gutes altes Neptun. Und das bedeutet, dass er glaubt, er ist zu gut für dich.«

»Das ist es nicht, was er …«

»Und woher sollen wir wissen, was er wirklich glaubt? Denn er ist nicht da, Emma. Ich bin da. Ich bin die ganze Zeit über da gewesen.« Er senkt den Kopf, seine Lippen sind meinen unverschämt nahe.

Reed riecht gut. Seine gewohnten Düfte vermischen sich mit dem Geruch des erdigen Waldes und der Süße von Akelei, durch die er hindurchgestürmt sein muss. »Ich war im Unrecht, Emma. Mich zu küssen muss keine Entscheidung für dich bedeuten. Es ist nicht der krönende Abschluss. Es ist keine Wahl, zumindest muss es das nicht sein. Gib mir die Erlaubnis, Emma. Gib mir eine Chance.«

Ich spanne die Hände um seine Arme und schlucke. Einmal. Zweimal. Ich kann nicht blinzeln. Ich kann ihn nur anstarren.

»Gib mir die Erlaubnis«, flüstert er. »Für mich ist es sowieso schon zu spät.«

Habe ich gerade genickt? Bestimmt nicht. Nicht genug für ein eindeutiges Ja. Aber ich muss es wohl getan haben, denn er beugt sich vor und streift meine Lippen mit seinen. Es sind weiche Lippen, sanfter, als ich mir vorgestellt habe.

Und plötzlich schießt mir ein ganzes Universum von Gedanken durch den Kopf. Ich bedenke, wovon dies der Anfang und wovon es das Ende sein könnte. Ich bedenke, wer ich bin, wo ich herkomme und wie es mich hierherverschlagen hat. Ich erinnere mich an Chloe und meinen Dad, wie ich Galen am Strand über den Weg gelaufen bin, wie ich Rayna durch hurrikanfestes Glas geworfen habe, wie ich Toraf dazu gebracht habe, aus einem Hubschrauber zu springen und einen Schwarm Fische zu einem Unterwassertribunal zu bringen. Ich erinnere mich an Kribbeln und Küsse und Erröten und Insiderwitze und Augenzwinkern und wissende Blicke.

Und nichts davon, rein gar nichts, hat etwas mit diesem Kuss zu tun.

Also beende ich ihn.

Reed merkt es anscheinend. Dass ich nicht nur diesen Kuss beende. Ich beende jede Chance, die wir vielleicht zusammen gehabt hätten. Ich habe meine Entscheidung getroffen. Hierbei geht es nicht um Wasser oder Land, Neptun oder New Jersey oder den Atlantik. Es geht um die Wahl zwischen Reed und Galen.

Und ich habe Galen gewählt.

Er nickt und weicht langsam zurück. »Also gut.« Er schnappt nach Luft. »Okay.«

»Es tut mir leid.«

Er fährt sich mit der Hand durchs Haar, hebt die andere hoch, hindert mich dadurch am Weiterreden. »Nein, es ist in Ordnung. Entschuldigungen sind nicht nötig. Das ist es, was ich wissen wollte, nicht wahr? Das war der ganze Sinn und Zweck dieser Übung. Und jetzt weiß ich es.«

Danach senkt sich ein fortwährendes Schweigen über uns herab, als müsste sich der Kosmos von unserem richtungsweisenden Kuss beruhigen. Nach einer Weile verwandelt sich die friedliche Stille in greifbare Peinlichkeit. Ich will das gerade laut aussprechen, aber da raschelt es in einem Busch hinter Reed.

Mr Kennedy tritt heraus. »Ach du meine Güte, ihr beide habt mir einen furchtbaren Schrecken eingejagt.« Fast wäre es Reed tatsächlich gelungen, die Augen nicht zu verdrehen. Fast. »Hallo Mr Kennedy.«

Der ältere Mann lächelt. Er muss gerade erst aufgebrochen sein, denn sein Laborkittel ist immer noch makellos, gebügelt und fleckenfrei. Die weiße Sonnencreme auf seiner Nase ist noch nicht eingezogen. »Reed, Emma. Wie reizend, euch beide heute Morgen wiederzusehen.« Seinem Tonfall nach zu urteilen, ist es nicht reizend, uns zu sehen. Tatsächlich habe ich Mr Kennedy noch nie so ... selbstgefällig erlebt. Auch nicht so höhnisch. »Ich bin so glücklich, dass ihr beschlossen habt, euch nicht auf die Südseite des Flusses zu begeben, denn dort treibt sich immerhin eine Schwarzbärenmutter mit ihren beiden Jungen herum.« Er streckt die Hand aus und lässt den Daumen in der Luft verweilen. Irgendetwas stimmt da nicht. »Natürlich hatte ich schon Sorgen, unser ungestümer junger Held hier könnte vielleicht gegen meinen Rat handeln, auf der Nordseite des Flusses zu bleiben. Aber Emma, du hast ihn dazu überredet, auf mich zu hören, nicht wahr? Du bist ein gutes Mädchen, nicht wahr, Emma?«

Und dann richtet Mr Kennedy eine Waffe auf uns.

28

Die Dinge könnten schlimmer stehen.

Die Sonne geht auf und verschafft Galen so etwas wie Orientierung, während er sich seinen Weg durch den Wald bahnt. Er hat keine Ahnung, wo er ist – oder ob er die richtige Richtung gewählt hat –, aber logisch wäre es, eine Wasserquelle zu suchen. Im Wasser könnte er andere Pulse um sich herum spüren und sie nach Neptun zurückzuverfolgen.

Zurück nach Neptun, wo er hofft, Emma zu finden. Er verlangsamt seinen Schritt gerade lange genug, um Groms Namen auf seinem Smartphone aufzurufen. Es ist schwierig, sich auf mehrere Aufgaben gleichzeitig zu konzentrieren, wenn man beide Hände voll hat. In der einen Hand hält er Tyrdens großes Messer, in der anderen sein Smartphone. Während er mit dem Daumen und nur mit halber Konzentration wählt, beschleunigt er den Schritt wieder, um so viel Distanz zwischen sich und Tyrden zu bringen wie möglich. Schwer zu sagen, wie lange der bewusstlos sein wird.

Galen hat sich die Mühe gemacht, Tyrdens Hände und Füße mit den Überresten des Stricks zu fesseln, aber er ist kein Experte darin, feste Knoten zu binden, und Tyrden ist unleugbar stark – ganz zu schweigen davon, dass er zu schwer ist, um ihn durch den Wald zu tragen. Andernfalls hätte er ihn gar nicht zurückgelassen.

Er lässt das Handy lange klingeln, aber Grom meldet sich nicht. Galen legt auf und versucht es noch einmal. Und noch einmal. Schließlich hinterlässt er eine Nachricht auf der Mailbox: »Grom. Ruf mich zurück. Geh nicht nach Neptun. Aber ... aber ... ruf mich zurück!«

Nach einigen weiteren Minuten bleibt er stehen, lehnt sich an einen Baum und versucht, den größten Teil seines Gewichts auf den rechten Knöchel zu verlagern. Er bearbeitet den linken mit kreisförmigen Bewegungen, um den Schmerz herauszumassieren. Bei Tritons Dreizack, er kann sich glücklich schätzen, dass nichts gebrochen ist, dass er die Rangelei ohne schwerere Verletzungen überstanden hat. Stöhnend richtet er die große Zehe zum Boden, um den schmerzenden Wadenmuskel zu strecken – ein weiterer hervorragender Grund, eine Wasserquelle zu suchen. Es hatte gutgetan, eine Flosse zu bilden, trotz der Stricke. Daraufhin stellt er sich auf den anderen Fuß und wiederholt die Dehnübungen.

In diesem Moment hört er Rufe hinter sich.

Rufe. Und Hunde.

Rachel hat ihm einmal erzählt, dass Menschen Hunde einsetzen, um andere Menschen aufzuspüren, wenn diese verschwunden sind – oder gesucht werden. Um ihn zu finden, brauchen diese Hunde nur einen Gegenstand aus seinem SUV oder seinem Hotelzimmer, und dann können sie seine Witterung aufnehmen. Galen stößt sich von dem Baum ab und rennt los, wobei er bei jedem Schritt das Gesicht verzieht. *Hat Tyrden bereits einen Suchtrupp ausgeschickt?*

Er fliegt an Bäumen und Büschen vorbei, zerkratzt sich die Stirn an tiefhängenden Ästen und reißt sich die kaputte Lippe wieder auf. Seine geschwollenen Augen haben Probleme, sich anzupassen, und nach einer Weile schließt sich eines von ihnen endgültig. *Perfekt.*

Trotzdem läuft er weiter, so schnell er kann, und die Sonne hilft und schadet ihm zugleich, weil er in den Wäldern besser zu sehen ist. Ein weißes Glitzern in der Ferne lässt ihn wie angewurzelt stehen bleiben. Es ist eindeutig das Haar eines Halbbluts.

Galen hockt sich hin und zerdrückt Äste und Blätter unter seinen schweren, unbeholfenen Füßen. Fische sind nicht dazu gemacht, an Land herumzuschleichen, befindet er. *Aber es könnten mehr hinter mir sein als vor mir. Wenn ich mich nur an diesem einen vorbeistehlen ...*

Er entscheidet sich, über den Waldboden zu kriechen und sich hinter alles zu ducken, das ihn beschirmen könnte, während er sich dafür verflucht, dass er dabei so viel Lärm macht. Als er mehrere Flossenlängen von dem Halbblut entfernt ist, hört er ein neues Geräusch.

Das Tosen von schnell fließendem Wasser. Er sprintet los – oder zumindest kommt es einem Sprint so nah wie möglich – und nähert sich dem rettenden Geräusch. In seiner Hast lässt er das Messer fallen, das er Tyrden abgenommen hat. *Ich kann nicht zurückgehen, um es zu holen. Ich werde es nicht brauchen, wenn ich nur das Wasser erreichen kann.*

Hinter ihm hört er das Halbblut rufen: »Galen? Bist du das? Bleib stehen!«

Nicht in einer Million Jahre.

Er bleibt erst stehen, als er das felsige Ufer des Flusses erreicht. Hastig entfernt er die Überreste seiner Jeans und bindet sie sich an sein Handgelenk, um sie später wieder als Bedeckung zu benutzen. Seine Muskeln schreien ihm zu, dass er sich verwandeln soll, dass er eine Flosse ausbilden soll. Aber er hat Angst vor dem, was er dann sehen könnte. Vorhin im Schuppen war er in Kampfstimmung. Jetzt würde sich seine Flosse vielleicht nicht so gut anfühlen.

Trotzdem, es sind weitere Stimmen hinter ihm, und sie werden von Sekunde zu Sekunde lauter und rufen ihn beim Namen. Er watet ins Wasser. Wenn sie ihn jetzt noch nicht entdeckt haben, werden sie es bald tun. Gerade als er hineintauchen will, klingelt sein Smartphone hinter ihm am Ufer, wo er es liegen lassen musste, um zu entkommen. Das Wasser hätte es ohnehin zerstört.

Aber er hat keine Zeit, um umzukehren.

Als Galen untertaucht, hört er einen Schuss.

29

Reed ist nicht hinter mir.

Reed ist nicht hinter mir.

Ich bin zu verängstigt zum Schreien, was Mr Kennedy sowieso nur darauf aufmerksam machen würde, wo ich mich befinde. Also renne ich weiter. Ich weiß nicht, wohin. Ich weiß nicht, was mit Reed passiert ist. Ich bete und bettele und bete, dass er nicht erschossen worden ist. Aber ich bin nicht mutig genug, um zurückzukehren.

Plötzlich kitzeln Stimmen mein Ohr. Stimmen, Gebell und Rufe. Jäger vielleicht? Es besteht eine Chance, dass sie zu Mr Kennedy gehören könnten, aber bisher habe ich nicht erlebt, dass Mr Kennedy mit irgendjemandem warm geworden wäre. Ich muss davon ausgehen, dass er allein arbeitet – an was auch immer. Und könnte es nicht eine andere Truppe sein, die nach Galen sucht?

»Helft mir!«, kreische ich und ändere leicht die Richtung. »Helft mir – ich bin hier drüben.« Stimmen, Rufe, Gebell. Das Tosen des Flusses. Wenn mein Herz noch schneller schlägt, wird meine Brust explodieren. In diesem Moment wäre das die reinste Gnade. »Helft mir!«

Mein Knie geben fast unter mir nach, als ich den Sheriff von Neptun barfuß am Uferrand stehen sehe. »Sheriff Grigsby!«

Er dreht sich erschrocken zu mir um. Aber er ist noch überraschter, als ich mich in seine Arme werfe und mich mit letzter Kraft an ihn klammere. »Sheriff Grigsby. Mr Kennedy. Reeeeeed«, weine ich in seine Brust.

»Emma, was machst du hier? Weißt du, wie gefährlich es allein hier im Wald ist?« Der Sheriff würde wirklich streng und gefühllos klingen, wäre da nicht die Tatsache, dass er unter seiner schützenden Uniform zittert.

Ich schüttle den Kopf. »Nicht ... allein ... Mr Kennedy ...« Ich war noch nie in meinem ganzen Leben so atemlos, nicht einmal unter Wasser. »Hat ... Reed ... mitgenommen ... *Erhateinewaffe.*«

Sheriff Grigsby versteift sich in meinen Armen. Allmählich glaube ich, dass ich diese Wirkung auf alle Männer habe. »Hast du gesagt ... Du sagst, dass Mr Kennedy ... was sagst du, Emma? Nimm dir eine Sekunde Zeit zum Atmen. So ist es richtig. Beruhig dich. Ein ... aus ... gut.« Die Atemübung hilft tatsächlich. Mein Herzschlag verlangsamt sich, steht aber immer noch kurz vor dem Überschnappen. »Ich war mit Reed im Wald und Mr Kennedy hat uns gefunden. Er hat Reed gepackt und mit einer Waffe bedroht. Ich bin weggerannt und er hat auf mich geschossen.«

Grigsby nickt heftig. »Wir haben Schüsse gehört. Sag mir, wo ihr wart. Wo habt ihr Kennedy gesehen?«

»Ich weiß nicht, ob Reed ... Reed könnte ...«

Und wenn er es ist, ist alles meine Schuld. Ich bin diejenige, die darauf bestanden hat hierherzukommen, die kein Nein als Antwort akzeptieren wollte. Mr Kennedy hat recht: Ich habe ihm direkt in die Hände gespielt. Aber welche Hände? Wie hätte ich wissen sollen, dass es überhaupt Hände gab, in die ich spielen konnte?

Grigsby packt mein Handgelenk und zerrt mich vom Fluss weg. Er hält kurz inne, um seine Schuhe anzuziehen, dann trampeln wir wieder durch den Wald. Zumindest bin ich diesmal mit jemandem zusammen, der bewaffnet ist.

»Wir haben Galen gesehen«, berichtet er abrupt. »Er ist vor uns davongelaufen. Ist in den Fluss gesprungen.«

Ich bohre die Fersen in die Erde. »Sie haben Galen gesehen? Geht es ihm gut? Wo ist er jetzt?« Was? Gerade als ich glaube, dass ich zu Atem komme ...

Der Sheriff schüttelt den Kopf und zieht mich ruckartig vorwärts. »Ich habe es dir gesagt, er ist in den Fluss gesprungen. Wir können ihn nicht mehr spüren. Er ... er ist ein sehr schneller Schwimmer, nicht wahr?«

Ich nicke. »Sehr.«

»Sobald wir wieder in der Stadt sind, werde ich einige Fährtensucher zum Fluss schicken. Falls wir welche entbehren können.«

Ich schließe die Augen vor lauter Frust. Welche erübrigen. Natürlich. Jetzt, da Reed entführt worden ist, wird man sämtliche Ressourcen Neptuns darauf konzentrieren, ihn zu finden, statt Galen, der offensichtlich nicht behelligt werden will. Ich weiß, dass es so sein sollte. Reed ist in Gefahr, und Galen – nun, Galen ist offensichtlich gesund genug, um wegzulaufen und sich zu verstecken.

Der Gedanke, dass wir einander im Wald so nahe sind, verursacht mir Schwindelgefühle. Hat er mich gesehen? Läuft er vor mir davon? Ich ramme mir diesen Gedanken praktisch aus dem Kopf. Trotzdem, warum sollte er vor dem Suchtrupp davonlaufen?

Was übersehe ich hier?

30

Na klasse.

Es ist lange her, seit Galen sich in einem Netz verfangen hat. Aber das macht es nicht weniger peinlich.

Zumindest, überlegt er, *ist es wahrscheinlich kein Netz aus Neptun.* Zunächst einmal ist es von Menschen hergestellt worden, wahrscheinlich maschinell. Da sind winzige Fehler in den Knoten und dem Gewebe, Fehler, die aufgrund der Industriequalität des Fadens entstanden sind, nicht weil jemand handwerklich gepfuscht hat. Er hat diese Netze schon früher gesehen, und Galen kann sich nicht vorstellen, dass irgendein Bürger Neptuns einen Fabrikersatz der feinen Kunst vorziehen würde, qualitativ hochwertige Netze zu knüpfen, die sie zweifellos von Generation zu Generation weitergegeben haben.

Außerdem brauchen die Bewohner Neptuns keine Fischernetze. Da sie doch so üppig mit der Gabe Poseidons gesegnet sind.

Nein, es ist ein menschliches Fischernetz, in dem Galen sich so richtig verfangen hat. Er hat sich auf alles konzentriert, was hinter ihm geschehen ist – und darauf, wie er seine empfindliche Flosse bewegen musste, um sie nicht noch schlimmer zu verletzen –, statt auf alles, was vor ihm lag. Er weiß nicht genau, was die Falle ausgelöst hat oder was die Fischer wirklich darin fangen wollen. Er hat nichts in diesen Gewässern gesehen, das ein so großes Netz rechtfertigen würde. Aber jetzt muss er darauf warten, dass der Fischer zurückkommt und seine Beute holt.

Und Galen hat vor, dieser Beute ganz ähnlich zu sehen, wenn der ahnungslose Fischer endlich kommt, um ihn vom nördlichen Flussufer einzuholen. Das ist jedenfalls die Richtung, aus der die Leine kommt. Aber wie lange er darauf warten muss, den armen Mann zu erschrecken, ist die wahre Frage. Wenn Galen recht hat und er nicht allzu lange in Tyrdens Gewalt war, dann müsste das Wochenende nahen, obwohl er sich nicht ganz sicher ist, welcher Tag es ist. *Jeder gute Fischer muss sein Netz am Wochenende überprüfen, nicht wahr?*

Unterdessen sollte er sich zumindest die Zeit damit vertreiben, das Netz zu zerreißen – womit, das weiß er nicht so genau. Es hat sich bereits herausgestellt, dass seine Zähne der Industrieware nicht gewachsen sind, und er hadert immer noch mit sich selbst, weil er Tyrdens Messer im Wald fallen gelassen hat. Wenn er jedes Quadrat dehnt, wird das Netz nur umso enger – was es auch sollte. Die Idee dahinter ist, den Raum immer kleiner zu machen, und offensichtlich leistet es in dieser Hinsicht brav seinen Dienst.

Die gute Neuigkeit ist, dass er weit außerhalb der Reichweite irgendwelcher Suchtrupps von Tyrden ist. Selbst jetzt spürt er niemanden. Natürlich hat er sich dessen vergewissert, sobald er ins Wasser gesprungen ist. Obwohl verletzt und aufgescheuert, ist seine Flosse immer noch schneller als die der meisten Syrena.

Von dieser Stelle im Fluss schmeckt er mehr Salz im Wasser als stromaufwärts, was hoffentlich bedeutet, dass er dem Ozean sehr viel näher gekommen ist. In einem Netz gefangen zu werden, ist ein Rückschlag – und demütigend –, aber es ist um Längen besser, als wieder von Tyrden oder seinen Männern gefangen genommen zu werden.

Galen macht sich auf eine Wartezeit gefasst und versucht, seinen Körper dazu zu bringen, etwas von der Anspannung der letzten Stunden loszulassen. Er muss sich darauf konzentrieren, nach Neptun zurückzugelangen. Es besteht eine gute Chance, dass die Königlichen bereits auf dem Weg sind. Eine ominöse Anweisung wie: »Komm nicht nach Neptun!« ist perfekt, um Grom dazu zu bewegen, genau das zu tun. Er hätte es besser wissen sollen, als zusammenhanglose Nachrichten wie diese ohne weitere Erklärung zu hinterlassen.

Sie müssen jetzt schrecklich verwirrt sein. Genau wie Galen.

Offensichtlich will Tyrden, dass Neptun angegriffen

wird, aber warum? Und wenn Tyrden einen Angriff will, was will dann Reder? Galen bezweifelt, dass Reder etwas mit seiner Entführung zu tun hat.

Er schüttelt den Kopf. *Wenn Reder wirklich Geiseln wollte, wie Tyrden gesagt hat, hätte er mich und Emma an dem Abend ergreifen können, an dem wir zum Essen in sein Haus gekommen sind.*

»Emma«, sagt er laut und wechselt das Thema in seinem Kopf. Der Klang ihres Namens sendet einen erfrischenden Schauer durch seinen Körper. Er denkt daran, wie sie sich jetzt fühlen muss. Verwirrt. Verlassen. Zornig. Wahrscheinlich tut es ihr leid, diese Reise mit ihm unternommen zu haben. *Ich werde es wiedergutmachen, ich schwöre es.*

Während Galen versucht, sich nicht auf den neuen, tiefen Schmerz zu konzentrieren, der in seiner Brust tobt, massiert er die Spitze seiner Flosse, wo die Stricke den größten Schaden angerichtet haben. Die Kanten sind leicht verbogen, und es wird einige Zeit brauchen, bis sie völlig verheilen und ihre ursprüngliche Form annehmen. Was ihn daran erinnert, wie sich eine Delfinflosse verformt, wenn das Tier zu lange in Gefangenschaft war. Die Stelle, wo seine Flosse in seinen Schwanz übergeht, ist empfindlich; er achtet genau darauf, sie nicht zu verdrehen. Tatsächlich wird er lange Zeit vorsichtig sein müssen. Er hofft, dass Nalia helfen kann, damit sie schneller verheilt. Wenn nicht, wird er einen Ausflug zu Dr. Milligan machen, nachdem sie das alles überstanden haben.

Falls wir das alles überstehen.

Ganz plötzlich geht ein Ruck durch das Netz, und Galen wird langsam zum Ufer gezogen. Angesichts des länger währenden Vorgangs vermutet er, dass am anderen Ende der Leine nur eine einzige Person ist, was der günstigste Fall wäre. Das Netz schleift durch mehrere starke Strömungen über den Grund, und Galen fühlt sich versucht mitzuhelfen, indem er schwimmt und dafür sorgt, dass das Netz nirgends hängen bleibt. Aber er schont seine Kräfte und seine Flosse.

Außerdem wäre ein reibungsloser Transport zum Ufer ja auch unwahrscheinlich, wenn ein toter Körper im Netz wäre, und genau diese Rolle spielt er schließlich im Moment. Er nimmt wieder menschliche Gestalt an, damit seine Vorstellung noch echter wirkt. Minuten verstreichen, und das Netz wird immer näher ans Ufer herangezogen. Galen schmiegt sich in den unteren Teil des Netzes und erschlafft, als er an die Oberfläche gezogen wird.

Mehrere zermürbende Sekunden vergehen, während Galen zulässt, dass sein unglücklicher Fischer den Leichnam betrachtet, den er gefangen hat. Er muss warten, bis sein ahnungsloses Opfer das Netz tatsächlich löst, bevor er seinen nächsten Schritt einleiten kann – was bedeutet, dass der arme Kerl nah genug sein wird, um ihn zu berühren.

Aber das Netz lockert sich nicht. Und dann ist da ein scharfer Schmerz in Galens Schenkel, so scharf, dass er zu einem Aufschrei gezwungen ist. Er reißt die Augen auf und sieht zu seinem Bein. Ein langer Metallstab ragt daraus hervor mit einer roten Feder am Ende.

Galen reißt den Kopf zu dem Fischer herum, der mit einem Betäubungsgewehr über ihm steht. Und dort ist Mr Kennedy. Sein Gesicht ist ausdruckslos, berechnend, nur mit dem Anflug eines befriedigten Lächelns überzogen.

Galens Sicht verengt sich plötzlich zu einem wirbelnden Tunnel, dann verschwindet sie völlig.

31

Zum zweiten Mal in meinem Leben finde ich mich auf der Rückbank eines Streifenwagens wieder. »Wohin bringen Sie mich?«

Grigsby betrachtet mich nur flüchtig im Rückspiegel. Ich wünschte, ich könnte vorne sitzen; hier hinten, ganz in mich zusammengesunken, komme ich mir vor wie eine Verbrecherin. »Wir fahren zu Reders Haus. Du musst ihm sagen, was mit Reed passiert ist.«

Was für eine hinterwäldlerische Stadt ist das? Sollte der Sheriff mich nicht aufs Revier bringen, eine Zeugenaussage aufnehmen, Reeds Eltern anrufen und all das? Oder habe ich zu viele Reality-Shows geguckt? Aber andererseits ist Reder der offensichtliche Anführer und Grigsby eben nur der Sheriff. Der Wagen biegt in die Einfahrt von Reeds Haus ein. Grigsby öffnet mir die Tür, nur um mich wieder am Oberarm zu packen und mich praktisch die Verandastufen hinauf zur Vordertür zu eskortieren.

»Ähm. Aua«, sage ich zu ihm.

Er lässt sofort los. »Tut mir leid. Macht der Gewohnheit.« *Wie viele Verhaftungen genau braucht es, um eine Gewohnheit daraus zu machen, jemanden am Arm zu packen?* Neptun erweckt nicht den Eindruck einer Stadt, die einen mit allen Wassern gewaschenen Sheriff benötigen würde.

Reeds Mom öffnet, nachdem wir geklingelt haben. »Emma, wie schön, dich zu sehen! Oh. Sheriff Grigsby. Gibt ... gibt es ein Problem? Wo ist Reed? Also, was hat er angestellt?« Ich kann erkennen, dass sie herauszubekommen versucht, ob Reed wirklich das Problem ist oder ob ich es bin.

Grigsbys Gesicht ist grimmig. »Ist Reder zu Hause? Wir müssen mit ihm sprechen.«

Sie nimmt das Geschirrtuch, das sie in ihre Schürze gesteckt hat, und wischt sich ihre bereits trockenen Hände daran ab, während sie über die Schulter nach Reder ruft. »Du hast Besuch, Schatz.« Die Anspannung in ihrer Stimme ist selbst für ein ahnungsloses Huhn wie mich deutlich zu erkennen.

Reders schwere Schritte ertönen auf der Treppe, und als er die unterste Stufe erreicht, wirft er einen Blick auf mich und führt uns in das angrenzende Wohnzimmer. Das Merkwürdige ist, dass Grigsby mich tatsächlich noch fester hält, sobald wir auf der Couch sitzen. *Was denkt er, was hier passieren wird? Ich werde Reder erzählen, dass sein Sohn entführt worden ist oder Schlimmeres, und dann werde ich mich auf seine Halsschlagader stürzen?*

Aber ich weiß, dass es die Nerven sein müssen. Schließlich ist Reed in seiner Schicht verschwunden, *während er ganz in der Nähe im Wald war.* Das muss irgendwie demütigend sein für einen Sheriff.

Grigsby räuspert sich, als Reders schwerer Blick auf ihn fällt. Reders Gesichtsausdruck nach zu schließen, hat er bereits über den Flurfunk gehört, was passiert ist. »Wir waren im Wald und haben nach dem Jungen gesucht«, beginnt der Sheriff. Damit meint er, wie ich vermute, Galen, genau wie wir es getan haben. »Die Hunde haben seine Witterung aufgenommen, und wir hatten ihn, bis wir zum Fluss kamen. Er ist immer weiter vor uns weggelaufen.«

Reder dreht sich überrascht zu mir um. »Warum sollte Galen vor unseren Suchtrupps weglaufen?«

»Ich … ich weiß es nicht.«

»Er könnte vor Kennedy davongelaufen sein«, wirft Grigsby ein. »Vielleicht hat Kennedy ihn als Erster erreicht.«

Ohmeingott. Der Gedanke ist mir noch gar nicht gekommen, erscheint jetzt aber sinnvoll. Wenn Kennedy die unangenehme Angewohnheit hat, Leute zu entführen, und Galen verschwunden ist, kaum dass wir die Stadt erreicht haben …

»Sprich weiter«, fordert Reder den Sheriff auf.

Grigsby schluckt und deutet mit dem Kopf auf mich. »Emma sagt, sie sei mit Reed im Wald gewesen und habe nach dem Jungen gesucht. Sie sagt, Kennedy habe eine Waffe auf sie gerichtet und Reed mitgenommen.«

»Er hat Reed mitgenommen und auf mich geschossen«, platze ich heraus. »Wir verschwenden hier unsere Zeit. Wir müssen sie finden.«

Reder steht auf. Panik gleitet über seine Züge. Ich frage mich für eine einzelne Sekunde, ob meine Hysterie ansteckend ist. Es ist das erste Mal, dass ich Reder völlig aufgelöst erlebe. »Alles in Ordnung, Emma?«, fragt er.

Ich nicke und schlinge die Arme um mich, als ob das Gegenteil der Fall wäre. Er legt mir sanft eine Hand auf die Schulter. Der Schock ist von seinem Gesicht verschwunden, ersetzt durch einen Ausdruck, den ich gut kenne. Es ist das Gesicht, das Mom macht, wenn sie sich wie eine Krankenschwester verhält – das Gesicht von jemandem in einer Notfallsituation. Ruhig, gefasst, mutig. »Hat Kennedy etwas gesagt, bevor er Reed mitgenommen hat?«

Ich nicke, dann berichte ich ihm Wort für Wort, was sich abgespielt hat. Ich werde dieses Gespräch für den Rest meines Lebens nicht vergessen. Als ich fertig bin, sieht Reder Grigsby an. »Bring Emma in den Keller des Rathauses. Lass sie von zwei Männern bewachen. Es klingt, als sei Reed Kennedys Ziel gewesen, aber er könnte auch hinter Emma her sein. Er könnte auch Galen festgehalten haben. Offensichtlich versteckt er seine Opfer nirgendwo in der Stadt, sonst hätten wir sie entdeckt.«

Grigsby nickt. »Er geht angeblich jeden Tag in den Wald, um nach seinen Pflanzen zu suchen. Das wäre der erste Ort, an dem ich nachsehen würde.«

»Nimm jeden mit, den du finden kannst, und geh dorthin zurück. Schwärmt aus, aber niemand geht allein. Sorg dafür, dass jeder, der mit einer Waffe umgehen kann, auch eine hat.« Reder richtet seinen Blick auf mich. Er klingt jetzt ganz geschäftsmäßig. »Emma, geh mit Grigsby. Bei ihm bist du sicher. Außerdem ist es wohl an der Zeit, dass du deine Mutter anrufst, meinst du nicht auch?«

32

Galen kommt zu sich. Sein Puls ist schwer und droht, seine Schläfen zu sprengen. Er kann die Augen gar nicht vorsichtig genug öffnen. Zuerst das eine, dann das andere. Das Tageslicht sticht wie ein Messer, und es fühlt sich an, als klebten tausend Sandkörner an seinen Augäpfeln.

Jeder Schlag seines Herzens scheint den Raum um ihn herum zu erschüttern. Als sei das nicht genug, pocht die neue Wunde in seinem Bein schmerzhaft, weil er es gerade bewegt hat. Er stöhnt.

»Hey Mann«, erklingt eine Stimme vor ihm. Galen blinzelt ins Sonnenlicht, das durch das Fenster auf der gegenüberliegenden Seite des Raums fällt. Reed sitzt darunter.

»Hey Galen«, sagt Reed. »Alles in Ordnung?« Reed ist in der gleichen Position wie Galen. Er sitzt auf dem Boden, die Hände über dem Kopf gefesselt, die Beine vor sich ausgestreckt.

Galen nickt. »Und bei dir?« Die Worte hinterlassen einen scharfen Beigeschmack in seinem Mund.

»Mir geht es gut. Na ja, so gut, wie es mir gehen kann, du weißt schon.« Reed schluckt. »Also, ähm, wo bist du gewesen? Wir haben überall nach dir gesucht. Alle haben gesucht. Und was ist mit deinem Gesicht passiert?«

Alles, will Galen sagen. »Ich war in den letzten Tagen Tyrdens Gast.« Galen wartet auf eine verräterische Reaktion von Reed. Verspätete Reue, vorgetäuschter Schock. Irgendein Anzeichen dafür, dass er oder sein Vater hinter seiner Einkerkerung stecken könnten.

Aber Reeds Augen werden sofort rund wie Seerosenblätter. »Das ist Tyrdens Werk? Was hast du angestellt, dass er so sauer auf dich ist?«

Galen ist jedoch abgelenkt – die Müdigkeit hat ihren eisernen Griff noch nicht endgültig um ihn gelockert. Reed sollte bei Emma sein, kein Gefangener in Ketten in einem schäbigen alten Haus im Wald. *Wo ist Emma?*, ist alles, was er wissen will, allerdings weigert sich sein Mund in diesem Moment, die Worte zu formen. Denn was wäre, wenn ihr etwas zugestoßen ist?

Galens Blick sucht die Umgebung ab. Ein hölzernes Gebäude, das aus Baumstämmen besteht – was den feuchten, modrigen Geruch erklärt, den er wahrgenommen hat, bevor er die Augen öffnen konnte. Ein einsamer Holzschemel steht in einer Ecke und ein Tisch mit Stühlen befindet sich links von Galen. Ein Paar schlammiger Gummistiefel steht an der einzigen Tür in der Hütte

Wache. Und nichts davon spielt eine Rolle. Denn er ist jetzt bereit zu fragen. Die einzige Frage, die eine Rolle spielt, ist die, die Galen schließlich herauszwingt: »Wo ist Emma?«

»Keine Ahnung. Sie ist weggelaufen, aber ... ich weiß nicht, ob sie ... Aber soweit ich das beurteilen kann, ist sie entkommen, denn er hätte sie andernfalls auch hierhergebracht ... Doch ich schwöre, er ist ein schrecklich schlechter Schütze. Ich mache mir keine Sorgen.« Seine Stimme spricht allerdings Bände.

Bei dem Gedanken an Kennedy, der auf Emma geschossen hat, fühlt sich Galens Magen an wie ein in sich geschlossener Wasserfall, der tobt und brodelt. »Warum tut er das? Wo ist er jetzt?« Auch der Gedanke: *Was kann sonst noch passieren?*, geht ihm durch den Kopf.

»Ich weiß es nicht. Er ist jedoch nicht der Einzige. Ich meine, ich habe niemanden sonst hier gesehen, aber er redet ständig über Funk mit jemandem.«

»Funk?«

»Er hat ein Satellitenfunkgerät, daher gehe ich davon aus, dass wir weit außerhalb der Stadt sein müssen, wenn sein Handy kein Signal hat. Er muss das schon seit einer halben Ewigkeit geplant haben.« In Reeds Stimme schwingt widerwillige Bewunderung mit. »Ich habe ihn einfach für einen durchgeknallten Wissenschaftler gehalten«, brummt er. »Haben wir alle.«

»Was muss er geplant haben? Du hast gesagt, er würde sich für Pflanzen interessieren.«

»Ich habe wiederholt, was er gesagt hat. Was offensichtlich eine Lüge war, meinst du nicht auch? Er hat zu der Person am anderen Ende des Funkgeräts ›Meerjungfrau‹ gesagt. Wir sind angeschissen.«

Nett. Ein Botaniker, der zum Meerjungfrauenfanatiker geworden ist? In Galens Augen wäre das noch die günstigste Variante. Aber Mr Kennedy hat etwas Wissendes an sich. Eine intime Kenntnis. Wie er zum Beispiel die Falle im Fluss aufgestellt hat. Galen hatte sich gefragt, welchen Fisch er mit einem derart seltsamen Netz fangen wollte. Das Netz war riesig; die Beute offenbar auch.

Galen hat das ungute Gefühl, dass das Netz genau das gefangen hat, was es fangen sollte.

»Wir müssen von hier verschwinden«, erklärt Galen und zieht prüfend an den Ketten über seinem Kopf. »Wir müssen Emma finden, bevor er es tut.«

Reed schüttelt den Kopf. »Die Ketten sind festgedübelt, Mann. Ich habe hier gesessen und mit eigenen Augen zugesehen, wie er die Löcher gebohrt hat. Das Holz ist nicht so morsch, dass es nachgeben würde.«

Galen schlägt mit dem Kopf gegen die Wand. »Wir können nicht hierbleiben. Ich kann nicht hierbleiben.«

»Zum Glück kann ich mich einfach mit Sonnencreme einschmieren und relaxen …«, zischt Reed. »Wahnsinnig nett von dir.«

»Du verstehst nicht«, beginnt Galen. Dann legt er den Kopf schief. »Oder vielleicht verstehst du doch. Vielleicht weißt du alles. Du bist schließlich Reders Sohn.«

»Oh Mann! Reden wir einfach so lange wie möglich um den heißen Brei herum. Ja, ich weiß es, okay? Ich weiß, dass Emma ihm dabei helfen sollte, Neptun mit den Unterwasserkönigreichen zu vereinen. Und ich erwarte nicht, dass ein königlicher Triton wie du das versteht. Und nur um das klarzustellen: Emma weiß, dass ich es weiß. Alle wissen es. Also darfst du das ruhig in die Waagschale werfen, wenn du versuchst, meinen Namen in den Dreck zu ziehen.«

Galen mustert Reeds Gesicht auf einen winzigen Funken von Lüge. Er findet keinen. Er beschließt, weiter in ihn zu dringen. Wenn Reder Neptun mit den Unterwasserkönigreichen vereinen möchte, was will dann Tyrden? »Du willst mir weismachen, du hättest nicht gewusst, dass dein Vater mich gefangen gehalten hat?«

»Du hast gesagt, Tyrden hat dir das angetan.«

»Er hat auf den Befehl deines Vaters gehandelt.«

Darüber muss Reed lachen. »Mein Vater würde Tyrden nie anordnen, irgendetwas zu tun. Dieser Typ ist so verrückt wie ein Waschbär bei Tageslicht.«

Was du nicht sagst. »Was meinst du damit?«

»Hat Tyrden dir zufällig erzählt, dass er mal der Anführer von Neptun war? Dass die Bürger ihn zugunsten meines Dads abgewählt haben?«

Nein, aber er hat mir erzählt, dass die Demokratie in letzter Zeit nicht funktioniert habe. Und dass Reder kein so guter Anführer sei, wie alle glauben. Das Bild formt sich von allein in Galens Kopf. »Warum haben sie ihn abgewählt?«

Reed zuckt die Achseln. »Das war vor meiner Geburt. Dad sagt nur, dass er eher ein Diktator war als ein gewählter Anführer. Ich habe gehört, dass manche Leute ihn grausam nennen.«

Das kann man wohl so sagen. »Warum hat dein Vater ihn nicht gezwungen wegzugehen?«

»Du kannst niemanden zwingen wegzugehen, nur weil er eine Persönlichkeitsstörung hat. Wir müssen uns hier an Land an menschliche Gesetze halten, schon vergessen?«

Gewiss, eine Schande. »Tyrden wollte, dass ich meinen Bruder anrufe. Er wollte, dass ich Grom dazu bringe, Neptun anzugreifen. Ich sollte ihm sagen, dass Reder mich und Emma als Geiseln hält.«

Reed leckt sich die Lippen. »Hast du es getan?«

»Natürlich nicht.« Galen verdreht die Augen. »Er will deinen Vater tot sehen.«

»Wir müssen hier weg, Galen. Wir müssen meinen Dad warnen.«

»Ich habe meinem Bruder eine Nachricht hinterlassen. Ich habe ihm gesagt, dass er nicht nach Neptun kommen soll.«

»Oh, na ja, schön. Dann sollten wir einfach hierbleiben. Hast du etwas dagegen, mir die Kekse zu reichen?«

Galen grinst. Endlich haben sie etwas miteinander gemeinsam – das brennende Verlangen, nach Neptun zurückzukehren.

Ein Problem, das sie beide sprachlos macht. Beide

mustern den Raum wie bei einem Wettbewerb, wer zuerst den besten Fluchtplan entwickeln kann. In Wahrheit steht Galen mit leeren Händen da. Mr Kennedy ist sehr gründlich bei der Auswahl starker Ketten und Bolzen für seine Gefangenen gewesen. So gründlich, dass ihnen keine Chance bleibt zu entkommen.

Seine Anwesenheit in Neptun.

Die Falle im Fluss.

Der offensichtlich im Voraus geplante Ort, um seine Opfer einzusperren.

Keine Pflanze oder Blume in Sicht.

Wenn Mr Kennedy Botaniker ist, ist Galen Triton höchstpersönlich.

Und nicht einmal das würde ihm bei der Flucht helfen.

»Ich habe eine Idee«, erklärt Reed, und seine Züge werden von etwas erhellt, in dem Galen naive Hoffnung erkennt. »Ist es wahr, dass du die Gabe Tritons besitzt?«

Galen sieht ihn verblüfft an.

»Komm, jetzt gib's schon zu.« Reed verdreht die Augen. »Emma hat mich zur Verschwiegenheit verpflichtet. Und außerdem müssen wir unsere Fähigkeiten vereinen, um hier rauszukommen, meinst du nicht auch?«

Eifersucht sickert durch Galens Adern und brennt in ihm wie das Gift eines roten Drachenkopfs. Jede Sekunde, in der Galen nicht bei Emma sein konnte, jeden Zentimeter, der sie voneinander getrennt hat, hat Reed mit seiner Anwesenheit ausgefüllt. Mit seinen Fragen. Mit seinem koketten Lächeln.

Galen schiebt den Gedanken beiseite. »Oh? Warum benutzt du dann nicht deine Gabe, um ein paar Fische herzuholen, die uns losbinden?«

Reed schlägt mit dem Kopf gegen das Holz hinter sich. »Was willst du eigentlich? Willst du nicht hier weg?«

Galen zieht die Knie an die Brust, als könnten sie sein Herz in irgendeiner Weise gegen das schützen, was er gleich sagen wird. »Tyrden hat mir Fotos von dir gezeigt. Mit Emma«, stößt er mit erstickter Stimme hervor. Die Worte fühlen sich in seiner Kehle wie winzige, scharfe Fischgräten an. Jetzt ist nicht die Zeit, Reed zur Rede zu stellen, und das weiß er. *Aber was ist, wenn ich keine weitere Chance mehr bekomme?*

Reed versteift sich. »Was? Wie?«

»Es sah nicht so aus, als hättet ihr großen Wert auf Privatsphäre gelegt.« Ehrlich gesagt, hätte sich Galen nur schwer davon überzeugen lassen, dass Reed nicht tatsächlich für die Kamera posiert hat. »Du behauptest, du hast es nicht gewusst?«

»Natürlich habe ich es nicht gewusst!«

»Er konnte so nah an euch heran, ohne dass ihr ihn bemerkt habt?«

Reed schüttelt den Kopf und wirkt genauso verwirrt, wie Galen sich fühlt. »Ich habe Tyrden nie bemerkt. Er hat anscheinend jemand anderen für sich arbeiten lassen. Jemanden, der nah genug an mich und Emma herankommen konnte, ohne dass irgendwelche Alarmglocken schrillten.«

Galen nimmt das mit einem schwachen Nicken zur Kenntnis. *Oder du bist ein Idiot.* »Ja, da waren zuerst andere. Er war nicht derjenige, der mich tatsächlich gefangen hat. Da waren Männer mit Trucks. Vollblütige Syrena. Als ich erwacht bin, war ich bei Tyrden.«

»Wie haben sie ausgesehen?«

Wie haben sie ausgesehen? »Ich habe es dir gesagt. Sie waren vollblütige Syrena. Einer hatte eine große Nase, soweit ich das erkennen konnte.«

Reed verdreht die Augen. »Klasse. Das ist superhilfreich. Danke.«

Wenn Galen Gebrauch von seinen Händen machen könnte, würde er sich jetzt die Schläfen massieren. Oder Reed ein blaues Auge schlagen. »Es war dunkel und sie haben mich k. o. geschlagen. Ich habe ihre Gesichter nie richtig gesehen.«

Stille senkt sich zwischen sie, eine Stille, die mit Ärger und Hilflosigkeit gefüllt ist. Minuten kommen und gehen, ohne dass sich ein nützlicher Fluchtweg präsentieren würde. Gerade als Galen denkt, sie seien endgültig mit dem Gespräch fertig, verunreinigt Reed die Luft mit einer Frage. »Also, wenn du Bilder von uns gesehen hast ... bedeutet das, du weißt, dass ich sie geküsst habe?«

33

Das Sofa im Keller des Rathauses ist genauso, wie ein Kellersofa sein sollte. Gemütlich. Pastellfarben mit Blümchendruck. An manchen Stellen flauschig. Ein wahres Relikt aus den neunziger Jahren. Und es ist das einzige Möbelstück im ganzen Raum, abgesehen von ein paar Bücherregalen und Aktenschränken an den Wänden.

Also ist dieses Sofa der Platz, wo ich sitzen werde, wenn ich Mom anrufe. Wenn ich ihr erzähle, wo ich gewesen bin, was ich getan habe und mit wem. Ich werde wie ein Geier auf diesem Kissen hocken, die Schultern zusammengezogen, den Kopf vornübergebeugt, während ich darauf warte, dass die Hölle über mich hereinbricht.

Sanft werfe ich das Smartphone zwischen den Händen hin und her. Das universelle Symbol des Zauderns.

Es ist Zeit. Während ich wähle, hoffe und bete ich, dass sie sich nicht melden wird. Sie hat gestern keinen meiner Anrufe entgegengenommen und auch nicht zurückgerufen. Und wenn jemand eine Mutter hat, die sich verdächtig macht, wenn sie sich nicht meldet, dann wäre ich das.

Diesmal meldet sie sich. Atemlos. »Emma, ich wollte dich gerade anrufen.«

»Ich habe dich gestern mehrmals angerufen«, erwidere ich und genieße es, die Oberhand zu haben, solange es anhält. Ich bin mir sicher, dass ich das leise Dröhnen eines Wagens im Hintergrund höre, und kann nicht erkennen, ob ich auf Lautsprecher bin.

»Ach ja? Mein Handy ist versehentlich ins Aquarium gefallen, also musste ich mir ein neues besorgen.«

»Ins Aquarium?« Unser Aquarium ist in unsere Wohnzimmerwand eingebaut. Man muss buchstäblich unter der Wand hindurchgreifen, um die Fische zu füttern oder den Filter zu wechseln. Ein Handy versehentlich hineinfallen zu lassen, ist eine Meisterleistung, die nicht einmal ich ohne Weiteres zustande gebracht hätte.

»Ja, Schatz. Dein Großvater hat mir erzählt, wo er dich hingeschickt hat, und als ich ihm das Handy an den Kopf werfen wollte, habe ich ihn verfehlt und das Aquarium getroffen, an dem es zerschellt ist.«

Na klasse! »Tatsächlich habe ich nur angerufen, um dir das alles zu erzählen.« Ich frage mich, wie viel Großvater wirklich ausgeplaudert hat.

»Nicht nötig.« Ihre Stimme ist geschmeidig und süß wie Honig. Ich stecke gewaltig in der Tinte. »Ich bin auf dem Weg, dich abzuholen.«

Daraufhin fühlt sich mein Magen an wie ein Hornissennest. »Ich brauche nicht gerettet zu werden.« Das läuft nicht so, wie ich es geplant habe.

»Anscheinend meint Galen, dass du sehr wohl gerettet werden musst.«

»Du hast mit Galen gesprochen?«

»Er hat Grom angerufen und eine Nachricht hinterlassen, dass er nicht nach Neptun kommen soll. Irgendeine Ahnung, warum?«

»Wann war das? Von wo aus hat er angerufen? Geht es ihm gut?« Warum bekommen alle außer mir Lebenszeichen von Galen?

»Er hat heute Morgen von seinem Handy aus angerufen. Grom hat ihn zurückgerufen, aber er hat sich nicht gemeldet und der Anruf ging auf die Mailbox. Ich habe die Telefongesellschaft angerufen, damit sie den Standort lokalisieren.« Sie schweigt für einen Moment, dann fügt sie hinzu: »Er klang panisch, Emma. Wir glauben, dass er in Schwierigkeiten steckt.«

Das glaube ich auch. Heute Morgen hat man ihn gesehen, wie er durch den Wald rannte, in Richtung Fluss. Jetzt finde ich heraus, dass er Grom angerufen und ihn gewarnt hat, sich von Neptun fernzuhalten. »Es muss wegen Kennedy sein«, platze ich heraus.

»Kennedy?«

Also berichte ich alles, was mit Reed im Wald passiert ist. Mom schweigt lange. »Wo bist du jetzt?«

»Man hat mich zu meinem Schutz im Keller des Rathauses untergebracht. An der Tür stehen zwei Wachen.«

»Klingt stark danach, als würden sie dich gefangen halten.«

»Ich muss nur einen der Wachtposten fragen, und sie werden mir alles holen, was ich brauche. Ich bin keine Gefangene.«

»Emma, was genau geht da vor? Was hast du die ganze Zeit über in Neptun gemacht? Ich bekomme widersprüchliche Informationen. Galen will, dass wir uns fernhalten, aber du willst, dass wir kommen?«

Jetzt ist der Augenblick der Wahrheit gekommen. »Ich meine, ich will, dass ihr nach Neptun kommt, aber nur zu Besuch. Nicht um mich abzuholen oder so.« Oder mich am Ohr zu packen und mich daran vor der ganzen Stadt zum Wagen zu schleifen. Nalia Poseidonprinzessin McIntosh meint immer, dass so etwas okay ist. *Tief durchatmen.* »Ich weiß nicht, warum Galen nicht will, dass ihr kommt. Wir hatten einen Streit, und er hat gesagt, er würde Grom von Neptun erzählen – das ist alles, was er gesagt hat, bevor er gegangen ist. Ich will, dass ihr kommt, weil ... weil ich hier Freunde gefunden habe. Und sie wollen Frieden. Mit den Meereskönigreichen. Mit den Königsfamilien. Sie wollen in der Lage sein, im Meer zu schwimmen. Sie sind wie ich.« Jepp, ich bin dabei, alles zu vermasseln. Ich fühle mich wie ein Telegraph, der Bruchstücke und unvollständige Sätze mit der Eloquenz eines Spechts abfeuert. Ich bin froh, dass Reder nicht hier ist, um zu sehen, wie effektiv ich als Diplomatin bin.

Mom nimmt sich einen Moment, um die Worte, die

ich ausgekotzt habe, zu sortieren. »Dein Großvater hat einen Fehler gemacht, als er dich allein dorthin geschickt hat.«

»Habe ich nicht!«, höre ich im Hintergrund.

»Du hast *Großvater* mitgenommen?«

»Ich habe alle mitgenommen«, sagt Mom verteidigend. »Nur für den Fall des Falles.«

Ich stelle mir Rayna und Toraf, Grom und Großvater vor, die sich alle in Moms winzigen Wagen gezwängt haben. Ich frage mich, auf wessen Schoß Toraf während der Heimfahrt sitzen wird, denn es wird nicht meiner sein. »Wo seid ihr überhaupt?«

»Wir haben gerade den Flughafen verlassen. Wir sind nur noch eine Stunde entfernt.«

Den Flughafen? Wie hat sie alle so kurzfristig in ein Flugzeug bekommen? Sie haben offenbar Pläne geschmiedet, sobald Großvater gestern die Bombe hat platzen lassen.

Also, allmählich erinnert mich Mom an Rachel.

»Hör zu, Schatz, bist du allein?«

»Ja. Warum?«

»Es ist wichtig, dass du ihnen nicht sagst, dass wir kommen.«

»Sie wissen, dass ich dich gerade anrufe. Sie erwarten dich.«

Mom schnaubt ins Telefon. »Ist dir nie der Gedanke gekommen, dass du in Gefahr sein könntest, Emma? Dass diese Leute dich anlügen könnten?«

»Welchen Teil von ›*Großvater hat mich hierhergeschickt*‹ verstehst du nicht?«

»Er ist über zweihundert Jahre alt. Und sein Gehirn ist genauso alt. Benutz deinen eigenen Verstand!«

Wenn das Smartphone Eingeweide hätte, hätte ich sie inzwischen herausgepresst. Ich lockere meinen Griff und versuche, beherrscht zu sprechen. »Und wenn ich in Gefahr bin? Was werdet ihr dann tun? Das ist eine ganze Stadt. Ihr seid in der Minderzahl.«

Mom lacht leise ins Telefon. Ich erkenne es sofort. Es ist ihr Was-wollen-wir-wetten?-Lachen. »Wir werden einfach Geiseln austauschen müssen.«

»Geiseln austauschen?« Brülle ich so laut, wie das im Flüsterton möglich ist. »Ihr habt eine Geisel genommen?«

»Noch nicht. Aber da das eine ganze Stadt ist, wie du gesagt hast, sollte es nicht allzu schwer sein, eine Geisel zu finden.«

»Ohmeingott, das werdet ihr nicht tun.« Was für eine großartige Diplomatin ich bin! Meine Familie hält mich jetzt für eine Gefangene und plant einen Geiselaustausch!

»Sei nicht so dramatisch. Wir bleiben am Stadtrand. Wir holen dich da raus, sobald wir können.«

»Ich will nicht rausgeholt werden«, stoße ich zwischen zusammengebissenen Zähnen hervor.

»Darüber reden wir später, bis dahin bleiben wir in Verbindung. Und denk daran, sag niemandem etwas.« Und dann legt sie auf.

34

Wie viele Küsse hat es gegeben? Habe ich Emma ganz verloren? Habe ich alles, was ich jemals wollte, mit einer einzigen Meinungsverschiedenheit weggeworfen?

Die Fragen wetteifern um den ersten Platz in Galens Kopf.

Wie konnte sie das tun? Aber er weiß, dass es nicht fair von ihm ist. Schließlich ist er im Bösen gegangen und nicht zurückgekommen. Wer weiß, was sie gedacht hat? Wer weiß, was sie ohne ihn durchgemacht hat? Und wenn Reed da war, um sie zu trösten, dann war es nur natürlich, dass sie ihm näherkommt.

Und ist das so schrecklich? Reed ist genau wie sie. Er ist ein Halbblut. Er hat die Gabe Poseidons. Er führt ein normales, »menschliches« Leben. Alles, was Emma will, verpackt in ein blasses, muskulöses Päckchen.

Wenn ich sie wirklich liebe, sollte ich dann nicht wollen, dass sie glücklich ist?

Er knirscht mit den Zähnen. *Ja, ich will, dass sie glücklich ist – ich will, dass sie mit mir glücklich ist.* Und kein käsiger Haufen Knochen wird dem im Wege stehen.

»Galen, du musst mit mir reden. Wie kommen wir hier raus, erinnerst du dich?«, reißt ihn der käsige Haufen Knochen aus seinen Gedanken.

Galen löst langsam seine Aufmerksamkeit von den Ketten über sich und mustert Reed mit einem kalten Blick. »Wenn wir hier rauskommen, werde ich dir jeden einzelnen Zahn ausschlagen und dann nachzählen, um sicherzugehen, dass ich sie alle erwischt habe.«

»Ich verstehe, dass du sauer bist.«

»Sauer?« *Mordlustig* wäre treffender. Der Gedanke an Reeds Lippen auf Emmas schickt Lava durch Galens Adern. Es erinnert ihn an dieses eine Mal, als Toraf Emma geküsst hat, um ihn eifersüchtig zu machen. Nur ist das jetzt viel schlimmer. Das war, bevor Emma und er zusammen waren, bevor er sie zum ersten Mal geschmeckt hat. Jetzt soll sie seine Gefährtin werden.

Reed wusste es und hatte trotzdem keinen Respekt vor dieser sehr wichtigen Grenze.

Und jetzt werde ich keinen Respekt vor seinem Gesicht zeigen.

»Du weißt, worüber ich mir Sorgen machen würde, wenn ich du wäre?«, bemerkt Reed freundlich.

Galen beschließt, dass Reed seine Zunge nicht zu schätzen scheint. »Halt den Mund!«

»Es ist einfach so, dass du die wichtigste Frage hier

nicht stellst. Es ist etwas, das ich würde wissen wollen. Wenn ich du wäre.«

Ein Knurren bricht aus den Tiefen von Galens Eingeweiden hervor. Seine Neugier ist erregt und Reed weiß es. So morbide es klingt, er will die Einzelheiten hören, will genau wissen, was passiert ist. Wie ist es passiert? Wo waren sie? Wie hat Emma reagiert?

Andererseits will er nichts von alldem wissen. Die Bilder in seinem Kopf werden ohnehin nie vergehen. Die Vorstellung, dass sie sich geküsst haben, ist wie eine Art Fäulnis. Eine Fäulnis, die sich immer in seinem Herzen verstecken wird, wie eine schleichende Krankheit. »Das hast du bereits gesagt.«

Reed tritt in sinnloser Frustration um sich. »Galen, hör auf, dich wie ein Idiot zu benehmen. Oh ja, ich rede mit dir. Was ich dir zu sagen versuche, ist, dass sie meinen Kuss nicht erwidert hat.«

»Natürlich nicht.« Er erklärt es mit dem ganzen Gehabe eines waschechten Tritonprinzen, aber tief in seinem Innern wallt Erleichterung in ihm auf.

Emma hat Reed zurückgewiesen. *Selbst nach unserem Streit und all den Dingen, die ich gesagt habe.* Die Erkenntnis hat eine beruhigende Wirkung, kühlt die Lava, die durch seine Adern fließt und verlangsamt den Puls in seinen Schläfen, der droht, seine dicke Haut zum Platzen zu bringen.

Selbst sein Kiefer erinnert sich daran, dass er die Zähne voneinander lösen kann.

»Na ja, so brauchst du es nun auch wieder nicht auszudrücken.«

»Ich vertraue Emma.«

»Ja, das habe ich kapiert. Aber ich meine, wenn du es dir recht überlegst, wäre ich doch ein guter Fang.«

»Jetzt bleib mal ernst.«

Reed lehnt den Kopf an die Wand. »Weißt du, dass sie sich tatsächlich bei mir entschuldigt hat, weil sie dich gewählt hat?«

»Mir wäre es lieber gewesen, wenn sie dir die Nase gebrochen hätte.« Trotzdem muss Galen sich die Bedeutung dieser Worte eingestehen. Sie hat Reed nicht einfach nur zurückgewiesen – sie hat Galen gewählt, hat es laut ausgesprochen. Selbst nachdem er für drei Tage verschwunden war, ohne anzurufen.

Selbst als sie eine Alternative hatte – und eine gute obendrein. Reed *ist* ein guter Fang, das weiß er. Er hat ein menschliches Leben zu bieten. Sie könnte in Neptun bleiben und alles haben, wofür es steht – Freundschaft, Zugehörigkeitsgefühl, Sicherheit. In Galens Augen wären solche Bedingungen perfekt.

Aber sie hat mich gewählt. Ich werde alles wiedergutmachen. Alles.

Galen richtet sich auf. »Als du vor einigen Minuten herumgefaselt hast – hast du da gesagt, du hättest eine Idee, wie du uns hier rausbekommen kannst?«

35

Ein Klopfen an der Tür reißt mich aus dem Schlaf.

Eine der Wachen – ich glaube, er heißt Tyrden – streckt den Kopf herein. »Alles okay hier drin?«, fragt er. Tyrden ist der freundlichere von beiden. Dem anderen wurde diese Pflicht zugewiesen, und er war offenbar enttäuscht darüber, auf ein Mädchen aufpassen zu müssen, während er doch draußen nach Reeds Entführer hätte suchen können. Aber Tyrden hat sich freiwillig angeboten, ein Auge auf mich zu haben. Nett von ihm.

Ich richte mich auf dem Sofa auf und bedeute ihm herzukommen. »Ich bin wohl eingeschlafen.«

»Oh, ich wollte dich nicht wecken.« Er faltet die Hände vor sich, als habe er nicht die Absicht, den Raum zu verlassen. Offensichtlich nimmt er diese ganze Babysitterei ernst.

Aber ich bin nicht wirklich in Stimmung für Gesellschaft. Nicht beim Gedanken an Galen dort draußen in der Wildnis, allein und vielleicht in Gefahr – außerdem besteht die sehr reale Möglichkeit, dass meine Mom versuchen wird, in Neptun den Rambo zu geben. Trotzdem, ich kann schlecht unhöflich zu Tyrden sein – er ist vielleicht als einzige Person in dieser Stadt übrig geblieben, die sich ernsthaft um mein Wohlergehen sorgt.

Ich schenke ihm ein gepresstes Lächeln. Im Licht bemerke ich, dass er ein blaues Auge hat. Auch seine Lippe ist geschwollen. Er beobachtet, wie ich ihn beobachte. »Achte nicht auf meine kleinen Schrammen und Kratzer«, kichert er. »Ich bin bloß eine Treppe runtergefallen.«

Ich nicke wissend. Ich habe ständig solche Kriegsverletzungen. Das passiert nun mal, wenn man tollpatschig ist. »Hat man Reed schon gefunden?«

»Noch nicht.«

Ich strecke die Arme über den Kopf. Dann greife ich nach dem Smartphone in meiner Gesäßtasche und sehe nach, wie spät es ist. Mom müsste ungefähr jetzt gleich außerhalb der Stadt eine Strategie für den Dritten Weltkrieg entwerfen.

»Erwartest du einen Anruf?«, fragt Tyrden.

»Nein, ich wollte nur wissen, wie spät es ist.«

Er nickt geistesabwesend, geht zu sämtlichen Kellerfenstern und verschließt sie mit so etwas wie vorsichtiger Bedächtigkeit. Nachdem er jedes einzelne gesichert hat, zieht er auch die Rollos herunter. »Es ist bald dunkel draußen. Muss nicht sein, dass Kennedy herumschnüffelt und dich hier findet.«

Ich hätte nicht gedacht, dass die Fenster irgendeine Bedrohung darstellten, aber vermutlich könnte sich Kennedy durch eines davon hindurchschlängeln, wenn er superehrgeizig wäre – und mit ausreichend Schmiere und Zappelei versteht sich. Und wenn sein Ziel darin besteht, mich zu töten, hätte er natürlich eine Waffe dabei. Gut, dass Tyrden so sorgfältig ist. Ich bedanke mich bei ihm.

Er nickt freundlich, dann lässt er sich neben mir auf dem Sofa nieder und kommt mir ein wenig zu nahe. Peinlich.

»Ich dachte, ich könnte dir eine Geschichte erzählen«, beginnt er. »Um dich abzulenken.«

»Ähm. Okay.« Denn was soll ich sonst sagen?

»Mal sehen. Wo soll ich anfangen? Oh, ja.« Er beugt sich vor zu mir. »Wusstest du, dass ich diese Stadt früher einmal geführt habe?«

»Nein«, antworte ich und versuche, interessiert zu klingen. Das gleiche höfliche Interesse, das man zeigt, wenn jemand anfängt, einem zu erzählen, dass er für seinen Hamster einen Pullover gestrickt hat.

Er nickt. »Nun, so ist es. Das war, bevor Reder beschlossen hat, dass er es besser kann. Obwohl ich glaube, dass der Beweis dafür noch aussteht, meinst du nicht auch?«

Damit hat er mich jetzt ernsthaft in Verlegenheit gebracht. »Ähm. Ich bin nicht wirklich lange genug hier gewesen, um das auf die eine oder andere Weise beurteilen zu können, wissen Sie?« Ich sollte eine Trophäe für meine Ausweichkünste bekommen.

Tyrden schürzt die Lippen. »Das ist ein gutes Argument. Und wie unhöflich von mir. Ich hatte vergessen, dich zu fragen, wie dir dein Aufenthalt hier in Neptun gefällt? Von den gegenwärtigen Umständen natürlich einmal abgesehen.«

»Ich mag Neptun. Alle hier sind so freundlich.« Ich würde es ja gern näher ausführen und sagen: »Ich passe genau hierher«, oder: »Es ist schön, hier keine Ausgestoßene zu sein«, aber ich halte mich bei Tyrden an kurze Antworten. Ich meine, vielleicht ist er der Typ, der den Mund nicht mehr zubekommt, wenn er einmal angefangen hat zu reden. Außerdem hat er bereits angekündigt, mir eine Geschichte zu erzählen. Also wäre es mir lieber, er macht weiter, damit es bald vorbei ist.

»Es heißt, dein Großvater hatte dich hergeschickt. Plant er in absehbarer Zeit einen Besuch?« Jepp. In ungefähr einer Stunde. »Er hat nie von einem Besuch gesprochen. Ich glaube, er wollte einfach, dass ich mir diesen Ort selber ansehe.«

Tyrden nickt wissend. »Er hat wahrscheinlich daheim alle Hände voll zu tun, hm? Mit diesem Aufstand, den Jagen verursacht hat.«

Mein Magen fühlt sich an, als hätte ich einen Amboss verschluckt. »Was? Sie wissen davon?«

Das Lächeln, mit dem Tyrden mich bedenkt, verursacht mir so ziemlich am ganzen Körper ein Frösteln.

»Natürlich weiß ich das, Emma. Die ganze Sache war meine Idee.«

Plötzlich höre ich etwas gegen die Kellertür poltern. Mir schwirrt immer noch der Kopf von unserem Gespräch. Ich ziehe die Knie an die Brust, und Tyrden steht auf, um nachzusehen. Er zieht eine Waffe, von deren Existenz ich nichts gewusst habe, aus der Gesäßtasche seiner Jeans, richtet sie auf die Tür und geht langsam und entschlossen darauf zu. Furcht und Hoffnung durchströmen mich. Furcht, dass Kennedy mich gefunden hat. Hoffnung, dass es jemand anders war, der hier ist, um mich vor Tyrden zu retten.

Mehrere unnatürlich lange Sekunden verstreichen und noch immer klopft niemand an die Tür.

»Frank, bist du das?«, ruft Tyrden, dann drückt er das Ohr an die Tür. Ich glaube, der andere Wachposten heißt Frank. Als Tyrden keine Antwort bekommt, schließt er die Tür auf, ganz vorsichtig, um kein Geräusch zu machen. Mit einer schnellen Bewegung zieht er die Tür auf und bringt die Waffe erneut in Anschlag, bereit zu schießen.

Der andere Wachtposten sackt vor Tyrdens Füßen in sich zusammen. Meine Kehle schließt sich um einen Schrei.

»Ah, Frank«, sagt Tyrden, zieht ihn an seinem schlaffen Arm in den Raum und zerrt ihn über den Teppich wie einen Rollkoffer. »Wie schön, dass du dich zu uns gesellen möchtest. Ich wollte Emma gerade eine Geschichte erzählen.« Er lässt Frank an der Kellerwand fallen und tastet ihn dann ab, wobei eine kleine Handfeuerwaffe zum Vorschein kommt. Tyrden steckt sie hinten in den Hosenbund und lächelt mich an. Seine Augen sind wild.

»Ist ... ist er tot?«, frage ich und schlinge die Arme fest um meinen Leib, aber das Zittern will nicht aufhören.

Tyrden zuckt die Achseln. »Nicht von dem, was ich mit ihm gemacht habe. Aber der Sturz diese steile Treppe hinunter?« Er schüttelt den Kopf und schnalzt mit der Zunge. »Jede Menge gebrochener Knochen, wenn du mich fragst.« Dann tritt er Frank in den Bauch. Fest. »Aber zumindest ist er bewusstlos, da spürt er nichts.«

Plötzlich wird der Raum kleiner. Die geschlossenen Fenster, die heruntergezogenen Rollos, der bewusstlose Wachtposten, der wie ein Müllsack vor der Wand liegt. Das alles schnürt sich um mich zusammen und erstickt meine Hoffnung.

Ein abgeklärter Ausdruck tritt in Tyrdens Augen, als er seine Waffe auf mich richtet. Ich bin in Gefahr. »Ich will dir erzählen, wie ich Jagen kennengelernt habe.«

36

Offensichtlich macht sich Mr Kennedy keine Sorgen, dass seine Gefangenen fliehen könnten; Stunden sind seit Galens Erwachen vergangen und er hat sich immer noch nicht blicken lassen. Trotzdem halten Galen und Reed sich bereit und warten darauf, ihre Falle zuschnappen zu lassen, und vor lauter erwartungsvoller Anspannung werden sie ganz steif.

»Wenn die Archive Emma als ein Halbblut akzeptiert haben, warum akzeptieren sie dann nicht auch Neptun?«, fragt Reed gedehnt und reibt sich mit dem Handrücken die Wange. Er und Galen haben lange genug dagesessen, um einige Themen oberflächlich anzuschneiden. Und bei Reed läuft es immer wieder auf das Thema Halbblüter hinaus. »Ich meine, was ist jetzt die große Sache dabei?«

»Warum interessiert es dich so sehr, was die Meeresbewohner denken? Du bist hier, nicht wahr? Du existierst, nicht wahr? Mir scheint, dass es überhaupt nie wirklich eine Rolle gespielt hat, was sie über Neptun denken. Welchen Sinn hat es, sich den Kopf darüber zu zerbrechen?«

Reeds Kiefer verhärtet sich. »Vielleicht spielt es sehr wohl eine Rolle. Vielleicht würden einige von uns gerne die Freiheit haben, ebenfalls die Meere zu erkunden. Du weißt schon, ohne einen Speer in die Shorts zu bekommen und was weiß ich nicht noch alles.«

Galen muss grinsen. »Ich habe nicht gesagt, dass sie Neptun nicht akzeptieren würden.« *Ich habe aber auch nicht gesagt, dass sie es tun würden.*

»Aber du meinst nicht, dass die Archive sich darauf einlassen.«

»Es ist eine große Entscheidung.«

»Wenn du mich fragst, haben die Archive zu viel Macht.«

»Solche Aussagen werden dir mit deinem Anliegen nicht weiterhelfen, du Idiot.«

»Was, wirst du mich verpetzen?«

Galen verdreht die Augen. »Natürlich nicht. Ich helfe dir. Schon vergessen? Du wirst mit einem gebrochenen Kiefer nicht in der Lage sein, den Mund zu bewegen.«

»Darüber wirst du nie hinwegkommen, oder? Es war nur ein Probekuss. Ich werd's nie wieder tun. Ich bin nämlich kein Stalker. Aber da war diese eine Sekunde, als ich dachte, dass sie vielleicht —«

»Ich schwöre bei Tritons Dreizack, wenn du nicht aufhörst, darüber zu reden —«

»Hatte Triton wirklich einen Dreizack?«

»Halt den Rand.«

Reed verzieht das Gesicht. »Tut mir leid.« Aber nach einigen weiteren Minuten öffnet er wieder den Mund. »Darf ich dir eine Frage stellen? Warum trägst du eine Windel?«

»Meine Jeans ist ... weil ich meine ... Halt einfach den Mund.«

Aber Reed hat keinen Filter. »Weißt du, mein Dad ist ein großer Verhandlungskünstler. Er braucht nur eine Chance, mit den Archiven zu reden. Meinst du, Grom würde ... Hast du das gehört? Da kommt jemand.«

Sowohl Galen als auch Reed zeigen sich demonstrativ entspannt, obwohl jeder Muskel in Galens Körper zu randalieren droht. Sie müssen Mr Kennedy überlisten. Und bisher hat sich in dieser Hinsicht noch kein Lichtstreif am Horizont gezeigt.

Schwere Stiefel poltern auf den Holzstufen draußen, gefolgt von einem Quietschen von Metall auf Metall. Ein Riegel vielleicht? Mr Kennedy kommt hereinstolziert. Er strotzt vor Selbstbewusstsein und ist höher aufgerichtet als zuvor. Sein Haar ist perfekt frisiert, seine Brille verschwunden. »Hallo Jungs«, sagt er mit einer tieferen Stimme, als Galen sie in Erinnerung hat.

Da ist etwas Vertrautes an Kennedy, wenn er keine Brille trägt.

Mit einem lauten Klirren lässt Mr Kennedy ein großes Metallschloss auf den Tisch fallen. Er hatte sie von außen eingesperrt. Gut zu wissen – falls dieser Plan nicht funktioniert.

Was er wahrscheinlich nicht tun wird, denkt Galen bei sich.

Aber seine Aufgabe ist es, selbstbewusst und halsstarrig zu sein. Reed dagegen soll verängstigt, nervös und fügsam erscheinen. Mr Kennedy lächelt Galen an, dann Reed. »Ihr zwei habt hoffentlich einen Fluchtplan ausgetüftelt? Oh –«, fügt Kennedy hinzu und schlägt sich aufs Knie, als er sich an den Tisch setzt. »Ich hoffe doch, es ist ein interessanter. Es wird mindestens einen Tag dauern, bevor meine Verstärkung eintrifft. Hoppla? Habe ich euch gerade ein Bröckchen Information gegeben, das ihr verarbeiten und durchdenken könnt, wenn ihr eigentlich schlafen oder Fluchtpläne entwerfen solltet?« Dann wirft er den Kopf in den Nacken und lacht. »Ich habe mich selbst nie als den bösen Buben gesehen. Böse Buben sind immer viel cooler als ich. Ich bin nur ein einsamer, unbeholfener Botaniker, richtig?«

Galen glaubt, dass Mr Kennedy vielleicht den Verstand verloren hat. Und er hat es satt, mit Irren umzugehen.

»Aber zumindest werde ich ein reicher Botaniker sein«, fährt Kennedy fort. »Oh, Galen, schau doch mal deine Fäuste an! Du wirst dich einfach entspannen müssen. Ich kann dir auch etwas geben, das dir dabei hilft, hmmm?« Er zieht einen Pfeil aus der Tasche seines Laborkittels. »Erinnerst du dich an deinen kleinen Freund hier? Wahrscheinlich der beste Schlaf deines Lebens, eh?«

Das Geräusch rasselnder Ketten lenkt Kennedys Aufmerksamkeit von Galen ab. »Und Reed, du zitterst tatsächlich? Ich habe versucht, dich vor den Gefahren des Waldes zu warnen, nicht wahr? Aber du wolltest ja nichts davon wissen. So galant warst du, immer bereit, gefährlichen Raubtieren zu trotzen, nur um die kleine Emma zu beeindrucken. Dieser Schuss ist nach hinten losgegangen, meinst du nicht? Zuerst wollte ich nicht, dass es dich trifft, Reed. Weil du mir gegenüber sonst immer so hilfsbereit warst. Aber in dem Café hat sich etwas an dir verändert. Du bist dreist geworden. Grob. Und du hast idiotischerweise preisgegeben, wo ihr beide an diesem Nachmittag sein würdet. Allein. Ich kann es mir wirklich nicht leisten, mir solche Gelegenheiten entgehen zu lassen, die mir auf dem Silbertablett serviert werden. Das verstehst du natürlich, nicht wahr?«

Reeds Lippen zittern. Er macht seine Sache gut, den vor Angst wie Gelähmten zu spielen. »W-w-was werden Sie uns antun? Mein Dad wird nach uns suchen.«

Kennedy presst die Lippen aufeinander. »Ja, dafür wird Emma sorgen. Oh, falls du dir diese Frage gestellt hast – dein kleines Schätzchen ist davongekommen. Ich muss zugeben, ich bin ein schrecklich schlechter Schütze.«

Galen springt von der Wand auf und wird von den schweren Ketten zurückgerissen. Diesen Wutausbruch hätte er nicht spielen können, selbst wenn er es gewollt hätte. Echte, ungefilterte Wut steigt in seiner Brust auf. »Wenn Sie ihr etwas angetan haben ...«

»Oh, na, na«, unterbricht ihn Mr Kennedy, »bist du nicht der Joker in diesem Spiel, Galen? Du gehst fort, du kommst zurück, du gehst wieder fort ... Wo bist du überhaupt gewesen? Aber keine Sorge. Der gute alte Reed hat Emma für dich im Auge behalten. Er war überaus aufmerksam, wenn ich das so sagen darf.«

»Aber anscheinend nicht so aufmerksam wie Sie«, knurrt Galen. »Sie sind kein Botaniker, nicht wahr?« Er zieht mit der ganzen Aggression eines gefangenen Hais an seinen Ketten.

Mr Kennedy versucht, einen besseren Blick auf Galen zu bekommt. »Du bist klüger, als du aussiehst, oder?« Er kichert. »Also doch nicht nur Muskeln ohne Gehirn?« Mr Kennedy stößt einen dramatischen Seufzer aus. »Na ja, da hast du mich wohl ertappt, Galen: Ich bin tatsächlich *kein* Botaniker. Und darf ich jetzt einfach mal sagen, wie langweilig es ist, den Botaniker zu spielen? Aber die Einwohner von Neptun hätten mich vertrieben, wenn sie gewusst hätten, dass ich Meeresbiologe bin.«

Galens Eingeweide verknoten sich wie eine dieser Brezeln, die Rachel so gern mochte. Ein Meeresbiologe. Genau wie Dr. Milligan – der einzige andere Mensch, abgesehen von Rachel, dem Galen jemals vertraut hat. Er hat sich dem Ziel verschrieben zu helfen, die Lebensart der Syrena zu bewahren, und in seiner Position hat er beste Voraussetzungen dafür – als Meeresbiologe hält er Galen über die Fortschritte der Menschen bei der Erkundung des Ozeans auf dem Laufenden. Im Gegenzug erlaubt Galen ihm, Tests an ihm durchzuführen, um seine Spezies zu studieren.

Dr. Milligan würde niemals auf die Idee kommen, herumzulaufen und Syrena zu entführen.

»Oh Galen, warte nur, bis deine Erinnerung zurückkehrt, dann wirst du wirklich beeindruckt sein«, fährt Kennedy fort.

Meine Erinnerung? Hat der Betäubungspfeil etwas mit meinem Gedächtnis angestellt?

Aber Reed ist unbesorgt und wendet das Gespräch schnell wieder dem Plan zu. »Was haben Sie mit uns vor?«, wimmert er, ein wenig überzeugender, als es Galen lieb ist. *Bricht er zusammen? Verliert er die Beherrschung?*

Galen versucht, Blickkontakt mit Reed herzustellen, aber dieser weigert sich, ihn anzusehen, und richtet die verängstigten Augen weiter auf Mr Kennedy. Galen ist richtig beeindruckt von den schauspielerischen Fähigkeiten des Halbbluts. Falls sie echt sind.

»Oh, nun, ruhig, kleiner Reed. Ich werde nur einige Tests durchführen. Und mit einigen, fürchte ich, meine ich eine Menge«, erklärt Kennedy. »Leider werden ein paar davon schmerzhaft sein. Aber natürlich werde ich dafür sorgen, dass du es so bequem wie möglich hast, und dir die gleiche Gastfreundschaft erweisen wie du mir, Reed.« Er schiebt die Hände in die Taschen und wippt auf den Fersen, während er feixend auf Reed herabschaut. Galen hat diesen Gesichtsausdruck schon früher gesehen.

Rayna zeigt ihn, unmittelbar bevor sie etwas Schlimmes mit Toraf anstellt.

Daraufhin verdüstert sich Reeds Gesicht ganz kurz, sodass Galen sich fragt, ob er es sich bloß eingebildet hat, aber dann fängt er sich und gibt den verängstigten Gefährten, den er spielen soll. »Ich wollte nicht unhöflich zu Ihnen sein, Mr Kennedy, ich schwöre es«, sagt Reed. Er lehnt sich an die Wand. »Ich war einfach frustriert, das ist alles.«

Mr Kennedy tut es mit einem Winken seiner Hand ab, dann dreht er sich auf dem Absatz um und betrachtet Galen. »Du hast Glück, Galen. Da du so skandalös durch Abwesenheit geglänzt hast, und Reed so überaus ... leutselig war, freut es mich, dir mitzuteilen, dass Reed der Erste bei meinen Tests sein wird. Sobald wir euch hier herausgeschafft haben.«

Hier heraus? Er bringt sie weg? Galen versucht zu entscheiden, ob das etwas ändert, und er hofft, dass Reed das Gleiche denkt. Galen weiß, dass Kennedy nicht so dumm ist, sie wegzubringen, ohne sie vorher zu betäuben. Oder ohne Hilfe. Vielleicht wartet er noch auf die Person, mit der er über Satellitenfunk gesprochen hat.

Nein, sie müssen sich an den Plan halten. Weshalb Galen sich freut, dass Reed offenbar zustimmt.

»Nein!«, schreit Reed. »Nein! Sie wollen nicht, dass ich als Erster gehe.«

Mr Kennedy dreht sich zu ihm um. »Und warum nicht, Reed? Denn wenn ich die Ausrüstung hätte, würde ich dir in ebendiesem Moment alle möglichen schmerzhaften Proben entnehmen.«

Reed schüttelt den Kopf. »Ich bin nicht so interessant, das schwöre ich. Tatsächlich bin ich ziemlich gewöhnlich. Ich kann mich nur tarnen, aber ...«

»Tarnen? Was meinst du mit tarnen?«

Reed klappt den Mund zu. »Nichts.«

Kennedy nickt und geht gelassen zum Tisch, nimmt das Schloss und prüft vorsichtig das Gewicht in der Hand. Dann schließt er ohne ein Wort oder eine Warnung die Faust darum und schreitet ausdruckslos auf Reed zu. Das Halbblut macht sich klein an der Wand, und Galen weiß, dass es echte, gesunde Angst ist, aber wie klein er sich auch macht, es wird nichts helfen. Kennedys Faust trifft Reeds Kinn, sodass er zur Seite kippt. Die Ketten fangen ihn gewaltsam auf und zwingen ihn, sich wieder aufzurichten, weil er sich sonst den Arm auskugeln würde. »Falls es dir nicht klar ist«, fährt Kennedy fort. »Das war kein Test.« Reeds Lippe ist geschwollen und rot im Mundwinkel, wo ein kleiner Riss sich aufgetan hat. »Da wir jetzt die Latte sehr hoch gehängt haben«, fährt Kennedy fort, »werde ich noch einmal fragen. Was meinst du mit tarnen?«

»Bitte, tun Sie mir nichts«, fleht Reed. »Aber ich darf unsere Gabe nicht offenbaren ...«

Und wieder ist Galen beeindruckt.

Kennedy nicht. Er umfasst das Schloss mit einem Finger und schlägt es Reed auf die Nase. Diesmal spritzt das Blut unter der Wucht des Schlags durch den Raum, und als Reed die Augen öffnet, stehen echte Tränen darin. Galen weiß, dass die Nase und das Gesicht bei Menschen empfindliche Stellen sind. Er fragt sich, wie viel von dem Schmerz zu einem Halbblut durchdringt. Nicht viel, hofft er. Wenn Emma an Reeds Stelle wäre, hätte Galen inzwischen vielleicht seine Ketten gesprengt.

Kennedy steht über Reed, während er wieder zu sich kommt. Mit großer Mühe rutscht Reed an der Wand hoch, die er zu Hilfe nimmt, um den Rücken gerade zu halten. Galen bezweifelt, dass das Zittern seiner Hände vorgetäuscht ist.

Der Biologe wirft das Schloss leicht von einer Hand in die andere, sodass es in Reeds Gesichtsfeld bleibt. »Eigentlich sollte mir so etwas nicht so gut gefallen. Vermutlich macht mich das zu einem schlechten Menschen. Vielleicht sind es all die Jahre, die ich das Gespött meiner Zunft war, hm? Die abschätzigen Blicke meiner Kollegen. Die Einladungen zu Partys und Preisverleihungen, die nicht mehr kamen. Sämtliche Anträge auf Forschungsgelder abgelehnt. Niemand will mit einem verrückten Meerjungfrauenjäger ein Risiko eingehen, nicht?« Er stößt Reeds Knöchel mit der Stiefelspitze an. »Aber *du* wirst dich mir nicht verweigern, nicht wahr, Reed?«

Reed stöhnt. »Bitte, hören Sie auf. Ich werde es Ihnen zeigen. Wirklich. Nur hören Sie bitte auf.«

Trotzdem hebt Kennedy das Schloss und zielt von Neuem.

»Genug!«, blafft Galen. »Er hat genug.«

Kennedy fährt zu ihm herum und mustert sein Gesicht voller Bosheit. »Du würdest ihn verschonen, Galen? Diesen jämmerlichen Freundinnendieb? Ich dachte eigentlich, dass du der Erste wärst, der ihn leiden sehen will. Vielleicht kennst du das wahre Ausmaß ihrer Beziehung nicht, hmm? Wie entgegenkommend Emma gewesen ist?«

Galen schluckt den nackten Zorn hinunter, der sich wie heißer, flüssiger Stahl in seinen Adern ausbreitet und jeden Zweifel hinwegfegt, der hinsichtlich des Kusses noch in ihm verblieben ist. Reed hat Emma geküsst. Sie hat ihn nicht geküsst. Und wenn Galen hier herauskommt, wird Kennedy für das, was er gesagt hat, bezahlen.

Kennedy erkennt, dass er einen Nerv getroffen hat, eine ganze Armee von Nerven in der Tat, und sein Mund lächelt auf eine Weise, die besagt, dass dort, wo das herkommt, noch mehr wartet. Galen zittert beinah vor Verachtung, aber er kämpft dagegen an. Wenn er sich provozieren lässt, ist das keine gute Strategie für dieses Spiel. Oder vielleicht doch. *Zorn hat die Tendenz, nützlich zu sein ...*

Mit zusammengebissenen Zähnen sagt er: »Reed ist nur ein Halbblut. Er kann solche Schläge nicht verkraften. Ich kann es. Lassen Sie Ihre Wut an mir aus.«

Reed wirft ihm einen fragenden Blick zu. Galen zieht kaum merklich die Schultern hoch. Es ist keine übermäßig tolle Idee, Kennedy von der Existenz von Halbblütern zu erzählen, das weiß Galen. Aber ihm Informationsbruchstücke zu geben und ihm etwas vorzumachen, schon.

»Ein Halbblut«, wiederholt Kennedy, und in seinen Augen funkelt Interesse. »Also schön, Galen. Erzähl mir etwas von Halbblütern!«

Galen lehnt den Kopf an die Wand und stöhnt, als sei er von sich selbst enttäuscht. Kennedy fällt darauf herein. »Oh ja«, kichert er, »du hast dich verplappert, Galen. Jetzt kannst du es mir auch gleich ganz erzählen.«

Galen zögert nicht mit der Antwort. »Da studieren Sie angeblich Neptun und seine Bewohner und haben noch nicht einmal das herausgefunden? Ein schöner Meeresbiologe sind Sie.«

Reed schlägt sich vor Enttäuschung fast den Schädel an der Wand ein. Das war nicht der Plan und Galen weiß es. Irgendwie muss er alles wieder auf Kurs bringen. Was bedeutet, den Mund zu halten. *Ich bin der Stille. Ich bin der Stille. Ich bin der Stille.*

Kennedy presst die Faust gegen sein Kinn und dreht den Hals hin und her, dass es knackt. Galen hat das schon im Fernsehen gesehen. Ein Schauspieler hat es getan, um jemanden einzuschüchtern. Für Galen zeigen knackende Gelenke nur, wie zerbrechlich Menschen sind.

»Ich werde es Ihnen sagen, wenn Sie ihm nicht wehtun«, platzt Galen heraus, als Kennedy langsam zwei Schritte auf ihn zukommt.

Kennedy bläht die Nasenflügel. »Um die Wahrheit zu

sagen, Galen, ich dachte daran, deine Schmerztoleranz zu testen. Du hast ein paar Verletzungen, die ich leicht wieder öffnen könnte, meinst du nicht auch?«

Galen entspannt sich an der Wand und verströmt so viel Dreistigkeit, wie er nur kann – ein Trick, den er von Toraf gelernt hat. »Unbedingt. Wann immer Sie wollen.« Er kann unzählige Schläge von einem Menschen einstecken und sich ohne große Mühe erholen. Schließlich hat er Schlimmeres durchgemacht – Tyrdens harte Syrena-Fäuste richten viel mehr Unheil an als die eines Menschen –, und selbst Reed scheint ziemlich widerstandsfähig gegen den Zorn eines Schlösser schwingenden Wissenschaftlers zu sein.

Die beiden geweiteten Kreise, die einmal Kennedys Augen waren, werden schmal, als er auf Galen hinabschaut. »Wenn es keine Zeitverschwendung wäre, würde ich mich versucht fühlen, deinen Bluff auffliegen zu lassen. Wie die Dinge liegen, hast du fünf Sekunden Zeit, um es zu erklären.«

Galen nickt. »Halbblüter sind zur Hälfte Menschen und zur Hälfte Syrena. Das Ergebnis, wenn sich die beiden Arten vermischen. Als solche werden ihre Knochen und ihre Haut von ihren menschlichen Genen geschwächt. Nicht wie bei einem vollblütigen Syrena. Ich könnte einen Schlag nach dem anderen von Ihnen verkraften.« Galen lacht um der Wirkung Willen. »Ich fürchte, Sie würden vor mir schlappmachen.«

Nicht ganz wahr, vor allem, wenn man seine frischen

Schrammen bedenkt, aber die leicht frisierten Tatsachen scheinen Kennedys Zorn zumindest etwas zu besänftigen. »Eine Kreuzung? Wirklich?« Jetzt wirkt der Mann wie ein eifriges, aufmerksames Kind. Er dreht sich zu Reed um. »Das erklärt also den schroffen Gegensatz in der Hautfarbe. Ihr seid nicht zwei verschiedene Spezies, sondern eine Mischung aus beiden. Faszinierend.«

Reed lässt seine Lippen beben. »Er sollte Ihnen das nicht verraten.« Er wirft Galen einen abwehrenden Blick zu.

Galen verdreht die Augen. »Zeig ihm, wie du dich tarnst, bevor er dich bewusstlos schlägt. Meine Geduld hat auch ihre Grenzen, Halbblut.«

Kennedy stößt etwas aus, das sich nur als Gackern beschreiben lässt. »Ihr zwei seid köstlich zerstritten, hm? Aber egal, Reed, lass sehen, was es mit dieser Tarnung auf sich hat.«

Reeds Schultern sacken herab. »Ich werde ein Glas Wasser brauchen.«

37

Niemand kann es sich wirklich bequem machen, wenn eine Waffe auf ihn gerichtet wird.

Doch Tyrden sitzt da und redet, als befänden wir uns in seinem Wohnzimmer und als sei ich sein Gast. Als hätten wir Kekse und Milch vor uns, statt eines bewusstlosen, verletzten Mannes, dem Blut aus der Nase tropft.

Und er ist ein so glänzender Geschichtenerzähler, dass ich Angst habe, er würde sich zu sehr hineinsteigern und versehentlich abdriften.

»Also, als Antonis einen weiteren Boten zu Reder geschickt hat, habe ich beschlossen, es auszunutzen. Kannst du erraten, wer der Bote war?« Seinem erwartungsvollen Gesichtsausdruck nach zu urteilen, rechnet er mit einer Antwort.

»Jagen?«

Tyrden schlägt sich aufs Knie. »Stimmt genau!« Er schüttelt den Kopf. »Jagen und ich haben uns auf Anhieb verstanden, sobald wir uns kennengelernt haben. Er verstand, dass Neptun – und die Königreiche natürlich – zu so viel mehr fähig waren. Es ist bewundernswert, wie einige Leute sich einfach damit begnügen zu existieren, nicht wahr?«

Was mich betrifft, würde ich liebend gern weiterexistieren. Und bisher erreiche ich mein Ziel, indem ich Fragen stelle. »Also, Sie und Jagen wollten ... die Königreiche verbessern?«

»Und Neptun«, antwortet er.

»Wie?«

»Natürlich, indem wir die Führung verbessern.«

Mit anderen Worten, indem Sie sie übernehmen und alles so steuern, wie Sie es für richtig halten.

»Verstehst du, Jagen hat gesehen, wie schlecht dein Großvater regiert hat. Der einzige Grund, warum er Boten an Land schickte, war der, dass er ständig nach deiner Mutter suchte. Anderenfalls, glaube ich, hätte er auch seine Beziehung zu Neptun abgebrochen. Alter Narr.«

Mein Großvater war tatsächlich nach dem Verschwinden meiner Mom zum Einsiedler geworden. Ich sage nicht, dass es richtig oder falsch war; ich sage nur, dass es verständlich war. Trauer verändert Leute auf seltsame Weise.

»Wir kamen nicht nah genug an Antonis heran, um den Befehl zu geben, ihn zu überraschen, aber wir konnten nah an Grom herankommen. Wie der Zufall es wollte, brauchte er eine Partnerin und Jagen hatte zufällig eine Tochter im passenden Alter.«

»Paca.«

»Paca«, bestätigt Tyrden wohlgelaunt.

»Also sind Sie derjenige, der ihr beigebracht hat, wie man Delfine trainiert? Als sie an Land verschwunden ist, ist sie nach Neptun gekommen?«

»Oh nein, natürlich nicht. Sehe ich so aus, als wüsste ich, wie man Delfine trainiert?« Er schnaubt. »Ich habe ihr beigebracht, wie man sich menschlich benimmt, menschlich kleidet, menschliche Dinge tut. Dann habe ich sie nach Florida geschickt, um zu lernen, wie man die Delfine trainiert.«

Toraf hat gesagt, er habe Paca an die Küste Floridas verfolgt, nachdem sie »verschwunden« war. Dort hat sie also die Handsignale gelernt, mit denen sie den ganzen Rat der Archive davon zu überzeugen wusste – und Grom –, dass sie die Gabe Poseidons besaß. Sie hat sich absichtlich finden lassen, nachdem sie die Fähigkeit erlernt hatte. Und so hat die Verschwörung begonnen, das Königreich Triton zu übernehmen. Natürlich war das Wiedererscheinen meiner Mutter, der lange verschollenen Poseidonprinzessin, ein riesiger Haken bei diesen Plänen. Was wäre passiert, wenn Mom nicht aufgetaucht wäre? Wenn Grom mit Paca verbunden geblieben wäre?

»Aber Grom wäre trotzdem König gewesen«, wende ich ein. »Ich glaube nicht, dass er zugestimmt hätte ...«

»Wie kannst du es wagen, mich zu unterbrechen«, sagt

Tyrden mit leiser, ruhiger Stimme. Der Ausdruck in seinen Augen hat sich von sorglos und freundlich zu kalt und berechnend verwandelt. »Glaubst du, ich bin ein Narr?«

»Entschuldigung«, erwidere ich schnell. »Ich glaube, Sie sind brillant.« Und ich glaube, dass du eine Pistole auf mich richtest. »Aber ich habe mich einfach gefragt, welche Rolle Grom bei alldem gespielt hat.«

Tyrden lacht höhnisch. »Gar keine. Wir werden ihn töten.«

38

Reed nimmt den Becher Wasser und kippt ihn sich auf den Unterarm, dann beginnt er hektisch, die feuchte Haut zu reiben. Galen gibt zu, dass er genauso gebannt ist wie Kennedy – die Vorstellung eines Halbbluts mit der Fähigkeit, sich zu tarnen, übersteigt Galens wildeste Fantasien. Selbst Dr. Milligan hat die Möglichkeit verworfen.

Wird der überrascht sein, denkt Galen bei sich. *Falls ich jemals die Chance bekomme, es ihm zu erzählen.*

Nach einer Zeit, die so lang erscheint, dass die Reibung ein kleines Feuer verursachen könnte, beginnt Reeds Haut, sich der Umgebung anzupassen. Kennedy schnappt nach Luft, und Galen fragt sich, ob Reed mit demselben Trick Emma beeindrucken wollte.

Wahrscheinlich, schlussfolgert er. Und er fragt sich, ob Emma es ebenfalls beherrscht.

Reed beginnt, unter der Anstrengung schwer zu atmen.

»Wenn ich aufhöre zu reiben, wird es wieder normal«, erklärt er Kennedy.

»Warum?«, fragt sich Kennedy laut.

»Ich habe keinen Schimmer«, gesteht Reed.

Kennedy nickt nachdenklich. »Hat dein ganzer Körper diese Fähigkeit?«

Reed zuckt die Achseln und streckt den Arm aus. »Meine Arme, Beine und mein Bauch haben sie. Ich nehme an, der Rest ebenfalls.«

»Das werden wir sehen.« Kennedy dreht sich auf dem Absatz um und sieht Galen an. »Kannst du dich tarnen, Galen?«

»Ich kann es, aber dazu muss ich komplett untertauchen«, lügt Galen. Er braucht tatsächlich Wasser, aber nicht viel. Und er muss nicht fünf Schichten seiner Haut abreiben wie Reed.

»Hm«, murmelt Kennedy. »Ich schätze, es ist eine Art Verteidigungsmechanismus. So wie ein Oktopus sich dadurch tarnt, dass er seine Farbe verändert?«

Galen zuckt desinteressiert die Achseln. »Tut mir leid. Ich hatte noch nicht die Gelegenheit, einen Oktopus zu fragen, wie er sich tarnt.«

Kennedy zieht eine Augenbraue hoch. »Du bist nicht sehr umgänglich, oder, Galen? Sag mir, Reed, ist das alles, was du tun kannst?«

Reed nickt und reibt sich jetzt den Arm, damit er sich besser fühlt, nicht aus Notwendigkeit. »Das ist alles, was ich kann. Aber er?« Er deutet mit dem Kopf auf Galen.

»Er kann etwas noch Spezielleres als sich zu tarnen. Galen verfügt über die Gabe Tritons.«

Das ist der Plan.

»Die Gabe ... Tritons? Was um alles in der Welt ist das?«

»Sag es ihm, Galen«, sagt Reed.

»Nein«, weigert er sich mit Endgültigkeit in der Stimme.

Kennedy gefällt diese Antwort nicht. »Galen, ich habe das Gefühl, dass es zwischen uns einen Mangel an Kommunikation gibt. Es wäre in deinem ureigenen Interesse, wenn wir das schnell ändern würden.«

»Ich habe es Ihnen bereits gesagt. Ich habe keine Angst vor Ihnen und ihrem furchteinflößenden Metallschloss.«

Kennedys Mund wird zu einer dünnen Linie. Galen kann erkennen, dass er dicht davor steht, einen Wutanfall zu bekommen, der Raynas würdig gewesen wäre. »Ja, das hast du sehr klargestellt, nicht wahr? Aber was meinst du, was dein bester Halbblut-Freund-Feind hier von mir und meinem furchteinflößenden Schloss hält?«

Daraufhin versteift sich Reed. »Was? Ich habe Ihnen alles erzählt! Er ist derjenige, der den Mund nicht aufmacht!«

»Ich habe Ihnen gesagt, dass er genug hat«, protestiert Galen gelassen. »Mehr kann er nicht mehr wegstecken. Er würde kein besonders gutes Testobjekt abgeben, wenn er tot wäre.« Zumindest sagt das Dr. Milligan immer, wenn sich Galen in Schwierigkeiten bringt.

Kennedy kichert. »Nein, tot natürlich nicht. Aber mit ›beschädigt‹ kann ich arbeiten. Also, was sagst du, Galen?«

»Ich sage: Fahr zur Helle!« Oder war es *Hölle*, was Rachel immer gesagt hat? Er kann sich nicht erinnern.

Wie dem auch sei, Kennedy begreift anscheinend, was er meint. Er ballt erneut die Hände um das Schloss herum zu Fäusten und geht hocherhobenen Hauptes auf Reed zu. Galen lässt zu, dass er ein erstes Mal zuschlägt, direkt aufs Kinn. So etwas in der Art hatte Galen sowieso selbst vor, wahrscheinlich sogar noch Schlimmeres, seit er erfahren hat, dass Reed seine Lippen auf Emmas Lippen gelegt hat. Ein Schlag mehr oder weniger wird Reed nicht erledigen oder zusammenbrechen lassen, sondern nur seine Gefühle ein wenig verletzen.

Als Kennedy den Arm erneut hebt, greift Galen ein.

»Stopp. Ich werde es Ihnen zeigen.« Galen sagt es mit einem Seufzer, nicht nur um Mr Kennedys willen.

Reed spuckt Blut auf den Boden und funkelt Galen von der anderen Seite des Raums wütend an.

Kennedy hebt die Faust noch höher. »Ganz bestimmt? Du wirkst unentschlossen, Galen.« Er will ein weiteres Mal zuschlagen, und Galen ist versucht, es zuzulassen. Aber er weiß, dass es jetzt reicht, dass es nicht mehr richtig wäre. Na ja, nicht dass es jemals richtig gewesen wäre …

»Ich habe gesagt, dass ich es Ihnen zeigen werde. Sind alle Menschen schwerhörig?«

Warum Kennedy sich weiter mit seinen schlauen Sprüchen abfindet, übersteigt Galens Verständnis. Es muss ihm irgendwie gefallen, wenn er niedergemacht wird. Oder er hat sich vielleicht nach all diesen Jahren als Witzfigur einfach daran gewöhnt? »Allmählich frage ich mich, was Emma in dir sieht, Galen. Du besitzt keinen besonders ausgeprägten Charme.«

Galen schüttelt nachdrücklich seine Ketten. Kennedy fügt hinzu: »Ich habe gute Neuigkeiten. Ich werde dir diese Ketten sehr bald abnehmen, Galen. Aber ich will dir zuerst etwas zeigen.« Er holt eine kleine Handfeuerwaffe unter dem Hemd hervor. Galen weiß, wozu diese Dinger fähig sind. Rachel hatte einige davon überall in irgendwelchen Nischen im Haus versteckt.

»Das ist eine Waffe, du ignoranter Fisch. Vielleicht werden meine Fäuste und mein winzig kleines Schloss deine Haut nicht durchdringen, aber ich kann dir versichern, dass diese Kugeln aus solcher Nähe dein Fleisch auf eine höchst unerfreuliche Weise aufreißen werden. Demonstration gefällig?« Er dreht sich zum gegenüberliegenden Ende der Hütte und zielt auf nichts Bestimmtes. Der Schuss ist laut und zersplittert das Holz der Wand. Ein langer, gerader Sonnenstrahl fällt durch das Loch, das die Kugel geschlagen hat.

»Aus kurzer Distanz bin ich ein ganz passabler Schütze, Galen. Zwing mich nicht, Kugeln auf dich zu verschwenden. Nicht jetzt, wo wir gerade begonnen haben, eine Beziehung aufzubauen.«

»Sie hatten eine schlimme Kindheit, nicht wahr?«, witzelt Reed. »Klingt nach Vater-Sohn-Problematik.«

Was auch immer das bedeutet. *Wie bekomme ich ihn nach draußen, wenn Reed ihn weiter so ablenkt?* Außerdem sollte Reed in diesem Moment eigentlich um sein Leben bangen oder jedenfalls etwas in der Richtung. Sein plötzlicher Ausbruch von Selbstbewusstsein ist, gelinde gesagt, schlechte Planung.

»Gerade du solltest keine Witze über irgendeine Art von Vater-Sohn-Problematik reißen, Reed.« Kennedy lacht. »Nicht als Schatten des allmächtigen Reders.«

Reed verzieht das Gesicht. Er weiß, dass er zu viel gesagt hat, dennoch wurde er genug provoziert, um weiterzureden. Galen kann den Zwiespalt, in dem er steckt, auf seinem Gesicht ablesen: Widersprich! Nein, tu's nicht. Los, mach schon! Reeds Stolz hat einen härteren Treffer kassiert als zuvor sein Gesicht.

»Warum lassen Sie ihn nicht einfach gehen?«, fragt Galen und lenkt die Aufmerksamkeit wieder auf sich. »Er ist nur ein Halbblut. Ich bin vollblütig.«

Kennedy verdreht die Augen. »Oh ja, ich lasse Reed gehen, damit er zu seinem Pa laufen und ihm alles erzählen kann, sodass die ganze Stadt Neptun auf Hexenjagd gehen und nach uns suchen kann. Nein danke.« Kennedy macht eine Bewegung und die Waffe klickt in seiner Hand. Dann steckt er zwei weitere Patronen aus seiner Jeanstasche hinein. »Voll geladen. Also, Galen, was hat es mit dieser Gabe auf sich?«

»Es ist eine Überraschung«, erwidert Galen im selben Moment, als Reed sagt: »Er kann mit Fischen reden!«

Wenn es nicht so einen Wahnsinnskrach gemacht hätte mit den Ketten und so weiter, wäre sich Galen frustriert mit der Hand durchs Haar gefahren. Galen beschließt, dass Reed eindeutig ein Idiot ist.

Kennedy lacht. »Das riecht nach einer Falle, Jungs. Ich meine, erzählt es niemandem, aber selbst ich kann mit Fischen reden.«

Reed verdreht die Augen. »Nur dass die Fische Galen zuhören und ihm gehorchen.«

Diese Worte entzünden ein Feuer in Kennedys Augen. »Ihr blufft.«

»Wirklich? Muss ich mich jetzt noch einmal schlagen lassen, weil Sie sich nicht einfach einen Beweis verschaffen wollen?«

Und Galen beschließt, dass Reed in Wirklichkeit ein Genie ist. Der Plan war, Kennedy von seiner Gabe der Schnelligkeit zu erzählen, aber das würde den verrückten Biologen aufschrecken, sobald sie das Wasser erreichen. Ihm zu erzählen, dass Galen die Gabe Poseidons besitzt, ist viel besser. Kennedy wird so wild darauf sein, die Reaktion der Fische auf Galens Stimme zu beobachten, dass er lange genug abgelenkt ist und Galen ins Wasser gelangen und wegschwimmen kann, so schnell die Gabe Tritons es ihm ermöglicht.

Reed hat den Plan Kennedys Intelligenz gemäß angepasst.

Brillant.

»Ist das wahr, Galen?«

Galen wendet sich ab und tut sein Bestes, den Verratenen zu spielen. Kennedy wertet es als Zustimmung.

Er schlendert zu Reed hinüber, packt seinen Kopf und drückt ihm die Waffe auf die linke Augenhöhle. »Ich hoffe, du belügst mich nicht, Reed. Denn in diesem Fall ...« Kennedy bewegt die Waffe weiter nach unten, richtet sie auf Reeds Hand.

Dann drückt er ab. Reed kreischt und windet sich, während Kennedy langsam zurückweicht. Blut sickert Reeds Unterarm entlang und tropft von seinem Ellbogen.

»Wenn du lügst – ruhig jetzt, pass auf, Reed –, werde ich dir die Zunge abschneiden.«

Mit diesen Worten zieht Kennedy einen kleinen Schlüssel aus seiner Jeanstasche. »Wollen wir, Galen?«

Schuldgefühle schnüren Galens Brust wie die Klaue einer Riesenkrabbe ein, als sie Reed zurücklassen, damit er allein leidet.

Das Abendrot fällt durch die Bäume hinter ihnen und sorgt dafür, dass das Ufer nicht völlig im Dunkeln liegt. »Wenn Sie weiter so rumbrüllen, werden Sie die Fische verschrecken«, flüstert Galen Kennedy zu. Was Galen gleichgültiger nicht sein könnte. »Spritzen Sie nicht so herum!«

Aber Kennedy läuft Gefahr, dass ihm gleich ein paar Stirnadern platzen, während er weiter barfuß auf dem kleinen Stück Strand auf und ab geht. Abgelenkt von seinen Wutanfällen, hat er Galen bereits gestattet, bis zu den Waden ins Wasser zu gehen. Womit Kennedy vielleicht mehr bewirken könnte, als bloß die Fische zu verschrecken; dieser ganze Lärm könnte Aufmerksamkeit erregen. Und Tyrdens Männer könnten überall sein.

»Hat Reed mich wirklich angelogen?«, kreischt Kennedy. »Hat er mich wirklich hierhergeschickt, obwohl er wusste, dass ich ihm die Zunge herausschneiden werde?«

Galen seufzt. »Sie haben die Fische schon wieder aufgescheucht. Ich glaube, wir sollten tiefer ins Wasser gehen.«

»Oh, ich bin mir sicher, dass du das glaubst!«, brüllt Kennedy. »Damit du wegschwimmen kannst, nicht?«

Das überrascht Galen. Offensichtlich ist Kennedy nicht so abgelenkt, wie er es inbrünstig gehofft hat. Eine Brise kämpft sich durch die Bäume und Kennedy richtet die Waffe auf den Wald. »Wer ist da? Zeigen Sie sich!«

Galen verdreht die Augen. »Es ist der Wind. Hören Sie, Sie machen zu viel Lärm. Leute werden nach Ihnen suchen, weil Sie Reed entführt haben. Wenn man Sie auch weiterhin nicht finden soll, dann halten Sie den Mund.«

»Ich habe überall Spuren gelegt. Sie werden auf der Suche nach uns tagelang im Kreis gehen.« Kennedy mustert Galen neugierig. »Ich gehe davon aus, dass du den braven Bürgern von Neptun auch nicht in die Hände geraten willst.«

»Es ist nicht meine Lieblingsstadt.«

»Aber Emma ist dort.«

Galen überlegt. »Anscheinend ist Emma dort sicher. Ich nicht.«

»Ahhh, ja, sie haben also deine Freundin akzeptiert, aber nicht dich. Interessant.« Kennedy klopft sich nachdenklich mit dem Finger auf die Wange. »Du erinnerst dich wirklich nicht an mich, oder? Oh, aber ich würde dich überall erkennen. Du bist schließlich der Grund, warum ich hier bin.«

Galen versteift sich. »Was?«

Kennedy lacht. »Vielleicht würde es deinem Gedächtnis auf die Sprünge helfen, wenn ich eine Taucherbrille und einen Schnorchel anlegte. Weißt du, ich habe mich immer gefragt, ob du Jerry vor unserem kleinen Zusammenstoß am Riff schon gekannt hast.«

Jerry? *Dr. Milligan.* Wie eine Flutwelle stürzt die Erinnerung auf Galen ein. Er war damals noch ein Jungfisch und hat mit Toraf und Rayna an einem Riff gespielt, als er einen Menschen entdeckte – Dr. Milligan –, der auf dem Boden des Ozeans lag und sein Bein umklammert hielt. Der Arzt hatte sich von seiner Schnorchelgruppe entfernt, einen Krampf bekommen und war drauf und dran, das Bewusstsein zu verlieren. Galen hat ihn sofort an die Oberfläche und zu seinem Boot gezogen. Dr. Milligan war mit zwei Freunden unterwegs gewesen – einer davon muss Kennedy gewesen sein, wie Galen jetzt begreift –, und als sie Galens Flosse sahen, versuchten sie, auch ihn ins Boot zu ziehen. Aber Dr. Milligan hat das Boot mit Höchstgeschwindigkeit weggefahren. Die beiden anderen Schnorchler verloren das Gleichgewicht und ließen Galen fallen.

Das war die erste Begegnung mit Dr. Milligan gewesen. Und der erste Kontakt mit Kennedy. Später behaupteten Kennedy und der andere Mann, sie hätten einen Meermann gesehen, doch Dr. Milligan widersprach ihnen, und die Sichtung wurde als Falschmeldung abgetan.

Kennedy lächelt angesichts von Galens erstauntem Gesichtsausdruck. »Ah ja, du erinnerst dich also doch. Allmählich war ich doch etwas gekränkt.« Sein Gesicht wird hart. »Wie passend, dass ich dich nach all diesen Jahren wieder eingefangen habe. Du bist mein Einhorn, weißt du das?«

Galen erinnert sich an Kennedys Worte in der Hütte. Dass er sich als Meerjungfrauenjäger verstehe, was ihn unter seinesgleichen zum Gespött gemacht hat. *Und ich bin der Grund dafür.*

Wie hoch die Chancen wohl standen, dass er mich jemals wiederfinden würde? Galen schüttelt über die Unwahrscheinlichkeit des Ganzen den Kopf.

Kennedy nickt. »Ja, begreife das erst mal richtig, Galen. Ich wette, du hast dich gefragt, warum ich dich noch nicht einfach erschossen habe, nicht wahr? Weil wir, du und ich, ein langes Leben zusammen haben werden. Eine Ausstellung nach der anderen. Kannst du dir die Millionen von Dollar vorstellen, die wir zusammen verdienen werden, wenn wir der Welt zeigen, dass es tatsächlich Meerjungfrauen gibt?«

Er will mich ausstellen? »Wenn Geld das ist, was Sie wollen, davon habe ich jede Menge. Ich werde Sie dafür bezahlen, dass Sie mich gehen lassen. Und Reed.«

Kennedy schürzt die Lippen. »Ich glaube, wir wissen beide, dass es nicht um Geld geht, Galen. Du hast mich ruiniert, du kleiner Scheißkerl. Du hast meine Zukunft ruiniert, meine Glaubwürdigkeit. Ich konnte nicht einmal eine Stelle als Lehrer finden.«

Galen erkennt, dass die Verbitterung wirklich an Kennedy nagt. *Er könnte sich eines Besseren besinnen und beschließen, mich zu erschießen. Jetzt wäre eine wirklich gute Gelegenheit, um noch einmal über Flucht nachzudenken.*

Galen nickt. »Es tut mir leid.«

Diese Bemerkung überrascht Kennedy. »Ach ja? Was genau tut dir leid? Dass du geschnappt worden bist?«

»Dass ich es Ihnen wieder antue.«

Und Galen taucht ab und ist sogar ein wenig über sich selbst schockiert.

Seine Flosse zerreißt, was von seinen verdrehten Jeans übrig ist; ein akzeptables Opfer für die Gelegenheit zur Flucht. Er hat sich zu voller Länge ausgestreckt, als eine Kugel an seinem Kopf vorbeizischt, dann folgt ein Stakkato von Schüssen rings um ihn herum, das vor und neben ihm kleine Tunnel im Wasser erzeugt. Galens Flosse schmerzt noch immer, und er muss ganz vorsichtig durchs Flusswasser manövrieren, um einen geraden Kurs beizubehalten. Aber er schießt vorwärts, so schnell er kann, wobei er daran denkt, dass Kennedy zwar einerseits ein schrecklich schlechter Schütze, andererseits aber auch wirklich verzweifelt ist. Außerdem war das Glück in letzter Zeit nicht unbedingt auf Galens Seite – und er weiß nicht genau, wie viele Kugeln noch in der Waffe sind.

Er achtet darauf, unter der Oberfläche zu bleiben, in der Nähe des Grundes, für den Fall, dass Kennedy so weit unten im Fluss noch irgendwelche Fallen aufgestellt hat. Er hört weitere Schüsse in der Ferne, sieht aber keine Kugeln vorbeischießen.

Um die Wahrheit zu sagen, er fühlt sich hin- und hergerissen, ob er zurück soll und Reed helfen oder ob er weiterschwimmen soll. *Aber was kann ich gegen eine Waffe ausrichten? Und wie würde ich Reed von den Ketten befreien? Ich konnte mir selbst kaum helfen, als ich an einen Stuhl gefesselt war.*

Nein, wenn er zurückgehen wird, braucht er Hilfe.

Und er muss Emma finden.

39

Tyrden späht durch die Rollläden hinaus. »Sieht so aus, als wäre es auf den Straßen ein wenig ruhiger geworden. Alle, die nicht nach Reed suchen, sind zu Hause und lassen sich ihr Abendessen schmecken. Warten wahrscheinlich am Telefon auf Neuigkeiten.« Er dreht sich zu mir um und reibt sich den Nacken. »Diese kleine Stadt läuft wie ein Uhrwerk. Tagein und tagaus. Alles macht um halb sechs dicht.«

Neben seinem Fuß regt sich Frank, bewegt ein Bein und stöhnt. Das andere Bein steht in einem seltsamen Winkel ab, wahrscheinlich hat er es sich bei seinem Sturz die Treppe hinunter gebrochen. Tyrden stößt es mit dem Stiefel an und Frank wimmert.

»Hören Sie auf, ihm wehzutun«, sage ich und schließe die Augen. Ich klinge mutiger, als ich bin. Ich weiß immer noch nicht, was Tyrden von mir will. Warum hält er mich hier fest? Ich hoffe und bete die ganze Zeit, dass jemand kommt und nach uns sieht, dass sie durch diese Tür kommen und erkennen, was er getan hat.

Andererseits würde er sie wahrscheinlich auf der Stelle erschießen.

»Es ist fast Zeit zu gehen.« Er kommt zum Sofa zurück.

»Wohin gehen?«

»Ich habe ein besonderes Plätzchen für dich, Prinzessin. Ich habe es heute Morgen gegraben.«

Er wird mich umbringen. Ich schlucke die Übelkeit und das Entsetzen herunter, die aus meinem tiefsten Innern hochsteigen. »Warum?« Meine Stimme ist jetzt zittrig. Tatsächlich schlottere ich am ganzen Leib. »Warum tun Sie das?«

Er sieht mich fast verärgert an. »Oh Emma, wie naiv kann man sein? Hast du die Geschichte schon vergessen, die ich dir gerade erzählt habe?«

Macht er sich Sorgen, dass er für seine Rolle in der Verschwörung bestraft wird? Ich wünschte, er hätte mir nichts davon erzählt. Jetzt bin ich ein Risiko für ihn. Jetzt hat er das Gefühl, mich beseitigen zu müssen. »Niemand sonst weiß davon. Wenn Sie mich gehen lassen, werde ich es niemandem erzählen, ich schwöre es.« Aber das ist nicht wahr. Jagen und Paca wissen von der Verschwörung und von Neptun, und sie haben es niemandem erzählt, obwohl sie zur Strafe in die Eishöhlen geschickt wurden.

Warum?

»Jagen und Paca haben das Geheimnis gewahrt. Ich werde das ebenfalls tun.«

Tyrden grinst höhnisch. »Du meinst, dass ich Jagen und Paca tatsächlich vertraue?«

»Tun Sie nicht?«

Er stößt sich mit dem Lauf der Pistole an den Kopf. »Überleg mal, Emma. Warum sollten sie jetzt, wo sie geschnappt worden sind, etwas verschweigen? Warum sollten sie das Geheimnis weiterhin für sich behalten?«

Allmählich ist er enttäuscht von mir, das kann ich erkennen. Da ist eine Turbulenz in seinen Augen, die auf Unberechenbarkeit hindeutet. Er verhält sich völlig konfus. Mal gelassen, dann erregt. Mal sanft, dann äußerst reizbar. Na schön, ich muss wohl zumindest versuchen, die Antwort auf die Frage zu erraten, wenn ihn das zufriedenstellt – für den Moment. »Weil Sie ihr Freund sind und sie Sie nicht verraten würden?«

Er lacht mitleidig und verschränkt die Arme vor der Brust. »Ich glaube, dass ich noch nie jemandem so Begriffsstutzigem begegnet bin.«

Beleidige mich, schön. Aber richte diese Waffe weiter überallhin, nur nicht auf mich.

Tyrden schüttelt den Kopf. »Jagen hat immer noch etwas an Land, woran er interessiert ist, Emma. Einen Halbblutsohn. Sein Name ist Asten. Wohnt zwei Städte weiter mit seiner Mutter. Ich sehe ab und zu nach ihnen. Er wird langsam groß. Ist jetzt fast zwei Jahre alt, der Bengel.«

Die Erkenntnis dessen, was er da sagt, trifft mich wie eine Ohrfeige. »Sie haben gedroht, seinen Sohn zu töten, wenn er etwas erzählt.«

Er legt den Kopf schief und zeigt mir ein etwas aus dem Gleichgewicht geratenes Lächeln. »Verstehst du, ich muss dafür sorgen, dass meine Geheimnisse nicht die Runde machen.«

»Wenn Sie mich gehen lassen, verspreche ich, nichts zu erzählen. Ich werde Ihr Geheimnis ebenfalls hüten.« Aber wir wissen beide, dass das eine Lüge ist. Sobald ich frei wäre, würde ich direkt zu Reder gehen und ihm von Asten erzählen, dass sein Leben in Gefahr ist. Ich würde dafür sorgen, dass dem Baby nichts geschieht und dass Tyrden ihm nichts antun kann.

»Natürlich ist unsere Situation eine andere, Emma. Du und ich, wir haben bereits eine Pattsituation erreicht.«

»Ich verstehe immer noch nicht.«

»Du erinnerst dich an den Teil meiner Geschichte, in dem Jagen und Paca die Königsfamilien genau da hatten, wo sie sie haben wollten?« Langsam kommt er mehrere Schritte auf mich zu. Ich nicke und beäuge jetzt, da er die Waffe wieder auf mich richtet, das Ende des Laufs. »Dann erinnerst du dich natürlich auch, wer mit einem Fischschwarm aufgetaucht ist und alles ruiniert hat.«

40

Galen presst sich an die Mauer und lauscht auf irgendwelche Bewegungen oder Geräusche aus Reders Haus. Es brennen keine Lichter und wie die ganze Stadt scheint das Haus verlassen zu sein – wofür Galen nicht dankbarer sein könnte, wenn man bedenkt, dass er nackt ist.

Er kriecht die Stufen zur vorderen Veranda hinauf und rüttelt, so leise er kann, am Türknauf. Als er durch das Fenster späht, stellt er fest, dass niemand im Wohn- oder Esszimmer ist. Er beschließt, das Haus von der Rückseite zu betreten; falls er eine Scheibe einschlagen muss, um hineinzugelangen, will er nicht, dass Passanten von der Straße es sehen können.

Auf Zehenspitzen stakst er ums Haus herum, lässt sich vom Mondlicht leiten und stolpert beinahe über den zusammengerollten Wasserschlauch neben der hinteren Veranda. Er öffnet die Fliegentür und zuckt zusammen, als sie lautstark knarrt, was ihn ein wenig an Toraf erinnert, der ganz ähnlich klingt, wenn er rülpsen muss, weil er zu viel gegessen hat.

Zu Galens Überraschung – und Erleichterung – ist die hintere Tür unverschlossen. *Dank sei Triton für Kleinstädte, in denen die Nachbarn einander vertrauen.* Er bewegt sich zentimeterweise durch das Haus, sucht jeden Winkel und jeden Raum nach Lebenszeichen ab und findet keine. Er kommt zu dem Schluss, dass Kleidung diesen ganzen Einbruch weniger stressig machen würden, und geht die Treppe hinauf, um Reders Kleiderschrank zu suchen. Reder ist mehr wie Galen gebaut als Reed.

Er streift die erstbeste Jeans über, die er finden kann, und schlüpft in ein abgetragenes T-Shirt. Dann probiert er Reders Schuhe an und stellt fest, dass sie ein wenig zu groß sind, aber dass er sie nicht verliert, wenn er sie fest genug schnürt.

Galen hatte gehofft, Emma hier zu finden. Es ist der eine Ort, an dem er sie vermutet hat. Jetzt, da sie nicht hier ist, weiß er nicht so recht, wo er weitersuchen soll. *Ich werde versuchen, sie anzurufen.*

Er schleicht wieder die Treppe hinunter und in die Küche, wo er einmal ein Telefon an der Wand hat hängen sehen. Nachdem er ihre Nummer gewählt hat, hält er den Atem an und weiß bereits, dass es zu einfach wäre, wenn sie sich jetzt melden würde. Er ahnt, dass es heute Nacht nicht so laufen wird.

Als die Mailbox rangeht, legt er auf und wählt Dr. Milligans Nummer. Obwohl er ziemlich zuversichtlich ist, dass niemand im Haus ist, flüstert er trotzdem, als sein Freund den Anruf entgegennimmt.

»Dr. Milligan, ich bin es, Galen. Sie müssen nach Neptun kommen. Kennedy ist hier und er hat Reed entführt. Er wird die Syrena auffliegen lassen.«

»Galen? Neptun? Was?«

»Kennedy – einer der Männer, mit denen Sie geschnorchelt haben, als wir uns das erste Mal begegnet sind – ist hier in Neptun. Neptun ist eine Stadt in Tennessee voller Halbblüter und Syrena. Er hat Reed. Und ich kann Emma nicht finden.«

Nach einer langen Pause sagt Dr. Milligan: »Okay, okay, beruhig dich erst mal.« Aber für Galen ist es Dr. Milligan, der beunruhigt wirkt. »Kennedy, sagst du? Greg Kennedy? Ich habe ihn seit Jahren nicht mehr gesehen.«

»Er war damit beschäftigt, Jagd auf Syrena zu machen. Und jetzt hat er welche gefunden.« Galen beschreibt mit kurzen, abgehackten Sätzen alles, was geschehen ist. Vielleicht erklären sie alles, vielleicht auch nicht. Er hofft, dass Dr. Milligan folgen kann – und dass er die Dringlichkeit der Situation begreift. Offenbar ja.

»Oje. Das klingt nicht gut.«

Galen nickt in das Telefon. »Ich weiß. Können Sie kommen?«

»Ich werde den nächsten Flieger nehmen.«

Nachdem er aufgelegt hat, wählt Galen Groms Nummer. Er ist überrascht, als sein Bruder den Anruf entgegennimmt. »Galen, wo bist du?«

»Ich bin in Reders Haus. Ich kann Emma nicht finden, und sie ist in Gefahr.«

Galen hört ein leises Schlurfen am anderen Ende der Leitung und plötzlich redet er mit Nalia. »Emma ist im Keller des Rathauses.«

»Woher ... woher weißt du das?«

»Wir haben telefoniert. Geh sie holen. Und sag Toraf, dass wir keine Geisel brauchen.«

»Toraf? Wo ist Toraf? Eine Geisel?« Hat er ihnen nicht gesagt, dass sie *nicht* nach Neptun kommen sollen? Trotzdem, er ist froh, dass sie nicht auf ihn gehört haben. Er könnte ihre Hilfe jetzt echt gebrauchen. Vor allem weil sie Kontakt zu Emma hatten.

»Er ist auf dem Weg in die Stadt, um irgendjemanden für uns zu entführen. Wir wollten einen Geiselaustausch vornehmen.«

Galen schüttelt den Kopf. »Vergiss es. Ich will es gar nicht wissen. Ich werde Emma suchen. Wo sollen wir uns treffen?«

»Wir sind auf einem Picknickplatz knapp außerhalb der Stadt. Er liegt etwas abseits der Straße.«

Galen nickt. »Ich erinnere mich, auf dem Weg hierher ein Schild gesehen zu haben.«

»Gut. Beeil dich. Oh, und Galen?«

»Ja?«

»Ich werde dir den Hintern versohlen, weil du Emma dort allein gelassen hast.« Und dann legt Nalia auf.

Galen schlägt den Kopf gegen die Wand. Wie konnte das alles noch schlimmer werden?

Bevor er geht, nimmt er die magnetische Schreibtafel vom Kühlschrank und kritzelt eine Nachricht darauf. Hoffentlich wird jemand nach Hause kommen und sie sehen, bevor noch etwas Schlimmes passiert.

Tyrden und Kennedy sind eure Feinde.

Er legt die Tafel auf den Küchentisch und verlässt das Haus.

Wieder in der Stadt, muss Galen in die Gassen zwischen den Gebäuden eintauchen. Die Straßen Neptuns sind überflutet von Leuten in orangefarbenen Westen und mit Taschenlampen. Wahrscheinlich Suchtrupps für Reed. Ihren niedergeschmetterten Mienen nach zu urteilen, haben sie ihn noch nicht gefunden.

Als ein Paar auf dem Gehweg vorüberkommt, duckt sich Galen hinter einen Müllcontainer. Er muss unbemerkt das Rathaus erreichen, aber er weiß nicht mehr so genau, wo es ist.

»Wusste ich doch, dass ich etwas gerochen habe«, erklingt eine Stimme hinter ihm.

Er dreht sich um und steht vor Toraf. »Wie lange bist du schon da?«, zischt Galen. Trotzdem, er war noch nie so froh, seinen Freund zu sehen.

»Ich war als Erster hier. Du bist mir fast auf den Fuß getreten. Nicht sehr aufmerksam, kleiner Fisch.«

»Hast du Emma schon gefunden?«

Toraf schüttelt den Kopf. »Sie ist nicht im Rathaus. Ich habe schon nachgesehen.«

»Woher hast du gewusst, wo das Rathaus ist?«

Toraf zuckt die Achseln. »Ich habe jemanden gefragt. Die Leute hier sind ziemlich freundlich.«

Galen massiert sich die Schläfen. »Und hast du dir bereits eine Geisel gesucht?«

»Nein. Das wollte ich gerade tun, bevor du mir fast einen Kopfstoß versetzt hättest – als du dich so sehr bemüht hast, unbemerkt zu bleiben.«

»Du kannst nicht einfach mitten in der Stadt jemanden entführen.«

»Ich wollte ein Taxi rufen und den Fahrer anweisen, mich zu dem Picknickplatz zu fahren, wo alle anderen sind. Peng. Geisel genommen. Was ist mit deinem Gesicht passiert? Ich hoffe, der andere sieht schlimmer aus.«

»Diese Stadt ist zu klein für Taxis.« Er fragt sich, woher Toraf weiß, was ein Taxi ist und wie man eins ruft, entschließt sich aber, die Frage für später aufzusparen. Jetzt ist nicht der Zeitpunkt, sich mit Nebensächlichkeiten abzugeben, insbesondere wenn Toraf darin verwickelt ist. Trotzdem, der Plan seines Freundes war ziemlich beeindruckend.

»Ähm, kleiner Fisch, ich will ja deine sachkundige Ausarbeitung einer Strategie nicht unterbrechen, aber …« Toraf zeigt auf die Straße hinter sich. »Ist das nicht Emma?«

Galen fährt herum. Tatsächlich, Emma sitzt auf dem Beifahrersitz eines Autos, das vor der einzigen Ampel in der ganzen Stadt angehalten hat. Und Tyrden sitzt am Steuer.

41

Ich will zu den Leuten um mich herum hinausschreien. Will gegen das Fenster trommeln und um Hilfe brüllen. Aber Tyrden hält die Waffe auf meinen Bauch gerichtet, und ich weiß, dass er schießen wird, bevor mir jemand zu Hilfe kommen kann. Bevor jemand begreift, was geschehen ist.

Meine Alternative besteht also darin, jetzt erschossen zu werden oder später. Allerdings glaube ich, dass ich später eine bessere Chance zur Flucht haben werde. Wenn ich jetzt auch nur einen Finger rühre, bin ich tot. Später, wenn wir dort ankommen, wo immer wir hinfahren, wird er irgendwann aus dem Wagen steigen müssen. Es wird diesen Augenblick geben, in dem die Waffe nicht auf mich zielt. Zumindest hoffe ich das. Das ist der Punkt, an dem ich handeln muss.

Rachel hat mich eines gelehrt: Wenn jemand eine Waffe auf dich richtet, besteht die beste Chance zur Flucht darin, im Zickzack wegzurennen, weil es schwerer ist, ein Ziel zu treffen, das sich bewegt. Sie sagt, selbst wenn sie schießen, sind die Chancen wesentlich geringer, dass sie ein lebenswichtiges Organ treffen – was die Chancen erhöht davonzukommen.

Ich werde aus meinen Gedanken gerissen, als ein Fußgänger an mein Fenster klopft. Ich habe zu große Angst, um aufzuschauen und nachzusehen, wer es ist. »Was soll ich tun?«, frage ich Tyrden leise.

»Finde heraus, was er will«, antwortet er. »Und vergiss nicht, was ich in der Hand halte.« Tyrden senkt die Waffe und legt sie auf den Sitz zwischen uns, sodass sie im Dunklen bleibt.

Ich kurbele das Fenster herunter. Und habe Toraf vor mir. Meine Augen fühlen sich an, als wären sie auf einmal doppelt so groß. *Toraf ist hier. Toraf ist hier. Toraf ist hier.*

»Hey«, sagt er und streckt den Kopf herein. Ich will ihn hinausstoßen, ihm zurufen, dass er weglaufen soll. Gleichzeitig will ich ihm sagen, dass er mir helfen muss, dass ich mit einer Waffe bedroht werde. Mein Mund steht weit offen und will die Worte nicht formen. »Kann ich zum Rathaus mitfahren?«, fragt er.

Es ist völlig ausgeschlossen, dass Toraf die Waffe nicht sieht. *Was tut er da?*

»Entschuldigung, wir fahren nicht in diese Richtung«, erwidert Tyrden ganz freundlich und wohlgelaunt. Er presst die Waffe in meine Hüfte. »Und wir kommen noch zu spät.«

»Oh, tut mir leid. Könnten Sie mir dann schnell den Weg beschreiben?«

»Natürlich.« Langsam schimmert seine Ungeduld ein wenig durch. »Biegen Sie an dieser Ampel nach rechts ab und ...«

Das Geräusch des splitternden Glases von der Fahrerseite trifft mich noch vor den eigentlichen Scherben. Toraf reißt die Beifahrertür auf, und ich werfe mich aus dem Wagen und auf ihn drauf, während hinter mir die Waffe losgeht. Die Kugel trifft die Türverkleidung nur Zentimeter von meinem Kopf entfernt.

»Steh auf, schnell«, sagt Toraf und zieht mich auf die Füße. Er legt mir den Arm um die Taille und zerrt mich zur Bordsteinkante.

Rings umher werden Schreie laut. Das Auto wippt auf und nieder, quietscht auf der Radaufhängung, und erzeugt ein entsetzliches Geräusch, das eine Reihe von männlichen Knurrlaute vom Fahrersitz noch schlimmer macht. Nach einigen Sekunden ertönt ein weiterer Schuss und mit einem Klirren fällt die Waffe auf das Pflaster neben dem Wagen.

»Bin gleich zurück«, sagt Toraf fest und tritt sie weg. Dann taucht er förmlich auf den Beifahrersitz. Millisekunden später erscheint Galen auf der Fahrerseite und mein Magen schlägt Purzelbäume. Galen zieht einen bewusstlosen Tyrden an den Achselhöhlen aus dem Wagen und wirft ihn ohne viel Federlesens auf die Rückbank. Er scheint die Menge, die sich um uns herum gebildet hat, nicht wahrzunehmen. Er entdeckt mich auf dem Gehweg, wo ich nicht das Geringste unternehme, um mich selbst oder ihn zu retten. Galen wirkt erleichtert, dass ich mich nicht nützlich mache.

»Emma!«, brüllt er. »Steig ein!«

Wie ein Roboter krabbele ich wieder auf den Beifahrersitz, während gleichzeitig Torafs Füße über die Rückbank fliegen und er neben Tyrdens schlaffem Körper Platz nimmt. »Los, los, los!«, ruft Toraf und Galen tritt das Gaspedal bis zum Boden durch und teilt die Menge.

Der Vorteil einer Kleinstadt besteht darin, dass man sie schnell verlassen kann. Binnen zwei Minuten jagen wir den Highway entlang. Ich umklammere das Türpaneel und gebe mir Mühe, nicht an das Einschussloch darin zu denken. Außerdem versuche ich zu begreifen, was verdammt noch mal gerade passiert ist.

»Engelsfisch«, murmelt Galen neben mir. Er legt mir sanft eine Hand aufs Bein und ich lege meine instinktiv darüber. »Alles in Ordnung?«

Ich nicke mit großen Augen. »Und bei dir?« Eine berechtigte Frage. Er hat überall im Gesicht Schrammen, ein geschwollenes Auge, und sowohl Unterlippe als auch Oberlippe sind geplatzt. Einige seiner Prellungen werden bereits gelb, was bedeutet, dass sie älter sein müssen und nicht von dem Gerangel mit Tyrden gerade eben in diesem Wagen stammen. Ich habe ihn noch nie so zugerichtet gesehen.

»Wird schon wieder«, erwidert er voller Zuversicht. »Sobald ich dich in Sicherheit gebracht habe.«

»Was soll ich tun, wenn er aufwacht?«, fragt Toraf hinter uns. Ich schaue zu Tyrden hinüber, der ganz klein eingerollt auf der Rückbank liegt. Er sieht aus, als habe ihn jemand in aller Eile in einen Koffer gestopft.

Galen guckt in den Rückspiegel. »Halt ihm deinen Stiefel vors Gesicht und mach dich bereit, ihn zu benutzen.«

»Geht klar.«

»Galen?«, sage ich leise. Ich weiß nicht, ob ich lachen oder weinen soll, aber wofür ich mich auch entscheide, es wird in einem Zustand der Hysterie geschehen.

»Hm?«

»Wo bist du gewesen?«

Er holt tief Luft und drückt mein Knie. »Du wirst nicht glauben, was alles passiert ist.«

Ich betrachte Galens Gesicht, die Einschusslöcher im Wagen und den Mann, den wir entführt haben, auf dem Rücksitz, und denke an die Tatsache, dass er mich vor nicht einmal zehn Minuten als Geisel gehalten hat. »Was wollen wir wetten?«

42

Galen wirft Tyrden hinten auf die Ladefläche des SUV, den Nalia am Flughafen gemietet hat. Mit konzentrierten Bewegungen wickelt er ihn in ein Seil, das sie einige Städte entfernt in einer Eisenwarenhandlung gekauft hat. *Sie ist wirklich darauf vorbereitet gewesen, eine Geisel zu nehmen.* Mit den Zähnen reißt er ein Stück Klebeband ab und legt es sorgfältig über Tyrdens Mund.

»Du solltest es um seinen ganzen Kopf wickeln«, sagt Rayna hinter ihm. »Es wird richtig wehtun, wenn er es sich aus den Haaren ziehen muss.« Dann schlägt sie den schlafenden Mann. Fest. »Er ist wirklich bewusstlos.«

Bei Tritons Dreizack, Galen hat seine Zwillingsschwester vermisst. »Hoffentlich erhält er überhaupt keine Gelegenheit, es abzureißen.«

»Wird er nicht.« Sie lehnt sich ans Heck des SUV und hebt langsam die Hand, um Galens Gesicht zu berühren. »Und der Typ da hat dir das angetan?«

»Es ist nicht so schlimm, wie es aussieht.« Was keine Lüge ist. Er wird sich die Lippen wieder aufreißen, wenn er nicht aufpasst, aber davon abgesehen, scheint alles gut zu verheilen. Zumindest hat Nalia das gesagt.

Er schließt die Hecktür des SUV und dreht sich zu den Picknicktischen um, an denen sich alle versammelt haben. »Kommst du?«, fragt er Rayna.

Langsam schüttelt sie den Kopf. Sie geht um den Wagen herum und öffnet die hintere Beifahrertür. »Ich werde ein Auge auf ihn haben.«

Galen will ihr gerade erklären, dass mit ihrer Geisel nicht zu spaßen ist, aber er sieht den harten Ausdruck in ihren Augen und besinnt sich eines Besseren. Sie weiß genau, was sie tut. »Wenn er sich bewegt, werde ich ihn prügeln, bis er nicht mehr weiß, ob er Männlein oder Weiblein ist«, sagt sie. Dann springt sie in den Wagen und schließt die Tür hinter sich.

Vielleicht ist es am besten so, dass Rayna Tyrden bewacht. Von ihnen allen ist Rayna wahrscheinlich diejenige, die am wenigsten zögern würde, wenn die Situation es erforderte. Seine Schwester hat schon immer lieber um Verzeihung gebeten als um Erlaubnis. Und ihr Temperament sucht noch in beiden Königreichen seinesgleichen.

Also genau die Art von Bewachung, die Tyrden verdient.

Galen geht zu den Picknicktischen und setzt sich auf den Platz neben Emma, gegenüber von Grom und Nalia. Toraf lehnt an einem Baum hinter ihnen und beobachtet

Rayna, die wiederum Tyrden fixiert. Antonis sitzt erwartungsvoll an dem Picknicktisch neben ihnen.

Galen und Emma haben viel über ihre jeweiligen Erfahrungen in Neptun zu erzählen. Emma beginnt, indem sie ihnen von der Stadt selbst berichtet, wie sie entstanden ist, dass Reder Frieden und Einigkeit zwischen den Ozeanbewohnern und den Landbewohnern will und dass Tyrden in Jagens und Pacas Verschwörung, das Tritongebiet zu übernehmen, verstrickt war. Außerdem enthüllt sie eine Tatsache, die alle schockiert: Jagen hat einen Halbblutsohn. »Wir müssen dafür sorgen, dass ihm auch weiterhin nichts zustößt«, sagt sie.

»Wir werden unser Bestes tun«, verspricht Grom. »Ich würde sagen, dass er im Moment sicher ist, weil Tyrden gefesselt im Wagen liegt.«

Galen erzählt ihnen von seiner Gefangenschaft bei Tyrden, dann bei Kennedy. Er deutet mit dem Kopf auf den SUV. »Abgesehen von ihm haben wir noch andere Probleme«, bemerkt er an Grom gewandt. »Dr. Milligan ist auf dem Weg hierher, um uns zu helfen, mit der Kennedy-Geschichte fertigzuwerden.«

»Was für eine Geschichte ist das genau?« Nalia faltet die Hände. »Du bist entkommen.«

Galen erzählt ihnen, dass Kennedy auf Reed geschossen hat, und von seinen Plänen, Experimente an ihnen durchzuführen. »Ich muss zu ihm zurück«, sagt er entschieden. »Er hat mir geholfen zu fliehen, und ich bin ihm das schuldig. Wir können ihn nicht dort lassen.«

»Und wir können nicht zulassen, dass Kennedy an ihm herumexperimentiert«, wirft Nalia ein. »Wir alle sind in Gefahr. Obwohl ich nicht so ganz verstehe, wie Dr. Milligan uns helfen kann.«

»Vielleicht kann er Kennedy zur Vernunft bringen«, entgegnet Galen. »Vielleicht können wir ihm Reed abkaufen.« Aber Galen weiß, wie unwahrscheinlich das ist. Trotzdem, er glaubt, dass Dr. Milligan helfen kann. Er weiß nur nicht genau, wie.

»Aber die ganze Stadt hat nach ihm gesucht«, wendet Emma ein. »Wenn sie ihn nicht finden, wie können wir es dann?«

»Er hat mir erzählt, dass er sie absichtlich auf die falsche Fährte gelockt hat«, sagt Galen. »Ich muss zum Fluss. Dann werde ich zu dem Ufer zurückzufinden, von dem aus ich geflohen bin. Und dann werden wir die Hütte finden.« *Und hoffentlich Reed.*

»Und was dann?«, fragt Grom. »Dann haben wir zwei Gefangene aus Neptun, einen menschlichen Wissenschaftler und keinen Plan. Ich glaube, das ist ein bisschen viel des Guten.«

»Tyrden ist nicht nur ein einfacher Gefangener«, korrigiert ihn Nalia. »Er kommt mit uns in den Ozean zu seiner eigenen Verhandlung. Seine Verbrechen gegen die Königreiche sind zu groß, um sie außer Acht zu lassen.«

»Das wird Neptun nicht gefallen«, bemerkt Grom. »Er ist schließlich ihr Bürger.«

»Als ob mich das kratzen würde«, sagt Nalia. »Und

warum interessiert es *dich?* Neptun sollte gar nicht existieren. Wir müssen seine Autorität nicht anerkennen. Er hat sich mit meiner Familie angelegt. Damit kommt er nicht durch.«

»Aber Neptun existiert sehr wohl«, meldet sich Antonis sanft zu Wort. »Und Grom hat recht – mit ein klein wenig Diplomatie kommt man sehr weit. Ich werde in die Königreiche zurückkehren und Unterstützung für uns rekrutieren.« Er springt von seinem Platz auf und legt Grom eine Hand auf die Schulter. »Die Königreiche können die Stadt Neptun nicht länger ignorieren. Wir müssen Gespräche mit ihnen beginnen.«

Grom schüttelt den Kopf. »Du hast uns in diese Lage gebracht. Du und deine Geheimnisse.«

»Es ist ein Geheimnis, das Tausende von Jahren gehütet wurde. Es wäre unfair, es *mein* Geheimnis zu nennen.« Antonis verschränkt die Arme vor der Brust. »Und sie wollen Frieden. Das wollten sie immer. Ich glaube, jetzt wäre vielleicht der richtige Zeitpunkt, darauf hinzuarbeiten. Schließlich haben die Archive auch Emma akzeptiert.«

»Emma ist eine Ausnahme. Eine«, wendet Grom ein. »Dies bedeutet, zu früh zu viel zu verlangen.«

»Dann sollten wir den Rat vielleicht noch nicht darauf ansprechen«, wirft Antonis ein. »Vielleicht sollten wir das Gespräch auf die Anwesenden beschränken. Den Archiven erlauben, sich im Laufe der Zeit mit der Idee anzufreunden.«

»Du hast viel darüber nachgedacht«, sagt Grom verärgert. »Du hast dir das alles zurechtgelegt, nicht wahr?«

»Natürlich nicht«, widerspricht Antonis. »Nun ja, vielleicht ein wenig. Also wäre es vielleicht doch keine gute Idee, Verstärkung zu rekrutieren. Wir wollen nicht mehr als notwendig mithineinziehen ...«

Nalia begräbt das Gesicht in den Händen. »Unglaublich. In all dieser Zeit ...«

»Hört mal«, unterbricht Galen sie. »Ich weiß, das ist ein wichtiges Gespräch, aber wir verschwenden Zeit, was Reed betrifft. Kennedy soll nicht die Chance bekommen, ihn irgendwo anders hinzuschaffen.« Alle nicken in stummem Einverständnis. »Ich denke, Grom, Toraf und ich sollten gehen.«

»Ich lasse Rayna nicht hier bei diesem Wahnsinnigen«, protestiert Toraf.

»Du möchtest einen Wahnsinnigen gegen einen anderen eintauschen?«, stichelt Galen, obwohl er weiß, dass Toraf sich entschieden hat. Toraf hat einen übertrieben ausgeprägten Beschützerinstinkt, wenn es um Galens Schwester geht, und das kann sowohl gut als auch schlecht sein.

»Nalia, Emma und Antonis können sich um Tyrden kümmern. Er ist gefesselt und geknebelt. Es gibt keinen Grund, warum Rayna nicht mit uns gehen kann.«

Galen gefällt es auch nicht, Emma bei Tyrden zurückzulassen – vor allem, weil er sie gerade erst zurückbekommen hat. Aber Fakt ist, dass Tyrden fest verschnürt ist, und Nalia ist praktisch zur Expertin im Umgang mit Waffen geworden – rein zufällig hat sie im Moment drei davon in ihrem Besitz. Und da Emma keine Flosse ausbilden kann, würde sie die Gruppe unten im Fluss behindern.

Er und Emma wechseln einen verständnisvollen Blick. Sie nickt schwach und gibt ihm ihr Einverständnis für das, was sich nicht ändern lässt.

»Okay«, entscheidet Galen. »Wir werden Rayna mitnehmen. Brechen wir auf. Wir können nicht warten, bis es hell wird. Und achtet auf Fallen.«

Sie waten im Mondlicht aus dem Fluss ans Ufer. Die Bäume und Büsche um sie herum sind schwarze und blaue Formen, kaum erkennbar an Stellen, wo der Blätterbaldachin des Waldes den Nachthimmel verdeckt. Barfuß gehen Toraf, Rayna, Galen und Grom zum Wald hinüber.

»Wie weit ist es noch von hier?«, flüstert Rayna.

»Nicht weit«, antwortet Galen und geht in den Wald voran.

»Wie werden wir ihn überwältigen, wenn er eine Waffe hat?«, fragt Grom.

»Wir sind in der Überzahl«, erwidert Galen. »Und da sind Bäume, hinter denen wir uns verstecken können. Außerdem ist er kein guter Schütze.«

»Perfekt«, brummt Toraf.

»Du bist derjenige, der Rayna mitnehmen wollte«, sagt Galen.

»Kann ich meine Meinung noch ändern?«

»Nein«, antworten die Zwillinge wie aus einem Mund.

»Seid still, ihr alle«, flüstert Grom. »Galen, konzentrier dich.«

Galen blinzelt in die Ferne. Vor den Bäumen lassen sich die Umrisse einer Hütte erkennen. »Wir sind da«, flüstert er und zeigt nach vorn. Er bedeutet ihnen, näher zu kommen. »Wir werden ihn umzingeln und von dort aus weitermachen.«

»Was ist, wenn er nicht rauskommt?«, gibt Rayna zu bedenken.

»Er wird kommen, sobald er weiß, dass wir bewaffnet sind.«

»Wir sind aber nicht bewaffnet«, sagt Toraf.

Galen hebt einen Stock vom Boden auf und bricht einige Zweige ab. Er deutet mit dem Ende auf Toraf. »Solange es dunkel ist, sind wir bewaffnet.«

Toraf nickt und sucht sich seinen eigenen Stock, dann ahmt er des Effekts halber ein Schussgeräusch nach. Galen verdreht die Augen.

Als Gruppe schleichen sie auf die Hütte zu, die Stöcke bereit. Wann immer sie einen Zweig zerbrechen oder Blätter unter ihren Füßen rascheln, windet sich Galen. *Auf keinen Fall darf Kennedy wissen, dass wir kommen.* Er verfällt in einen leichten Trab und bedeutet den anderen, den Rest der Hütte zu umstellen. Galen vereinnahmt einen Baum direkt vor der Tür. Als alle an ihrem Platz sind, brüllt Galen: »Kennedy, wir haben Sie umzingelt. Kommen Sie heraus und wir werden Ihnen nichts antun.«

Aber Kennedy antwortet nicht. Tatsächlich kommen aus dem Innern der Hütte kein Geräusche. Nichts rührt sich. Galen sucht einen Stein und wirft ihn in das einzige Fenster an der Frontseite. Er trifft es in der unteren Ecke.

Immer noch nichts.

Im Innern leuchten keine Lampen. Galen schleicht langsam auf die Treppe zu und kommt sich ein wenig kindisch vor, als er seinen Stock wie eine Waffe hebt. In dem Fleckchen Mondlicht kann er das Vorhängeschloss erkennen, das an der Tür baumelt und sie verschließt.

Kennedy ist nicht hier.

»Reed?«, ruft Galen. »Reed, bist du da drin?« Er späht durch die zerbrochene Scheibe. Reeds Fesseln liegen auf dem Boden unter dem Fenster auf der anderen Seite. Kennedy hat ihn bereits weggebracht.

Toraf und Grom treffen Galen vor der Hütte, Rayna ist nicht weit hinter ihnen. »Sie könnten immer noch in der Nähe sein«, erklärt Galen. »Wenn er klug ist, wird er weiter nach Süden gehen. Wir sollten anfangen ...«

»Scht!«, zischt Rayna. »Hört ihr dieses Geräusch?«

Sie halten alle inne. Für einen Moment ist der einzige Laut, den man hören kann, das Rascheln in dem Blätterbaldachin über ihnen, durch den der Wind streicht. Dann vernehmen sie ein deutliches Summen vom Fluss her.

»Ein Boot«, sagt Galen. »Das müssen sie sein.«

Sie rennen zurück zum Ufer, wobei sie sich nicht um

die tiefhängenden Äste und Zweige scheren, die ihnen ins Gesicht peitschen. In der Ferne sehen sie ein kleines, gelbes Licht über den Fluss huschen – in südliche Richtung.

»Sie fahren schnell«, bemerkt Grom.

»Vielleicht kann ich sie einholen.« Galen watet ins Wasser. Rayna hält ihn am Arm fest. »Wir haben alle deine Flosse gesehen, Galen. Du musst sie schonen. Lass mich das übernehmen.«

»Du holst sie niemals ein«, widerspricht Galen, während Toraf schnaubt. »Auf gar keinen Fall.«

Ohne ein Wort der Warnung öffnet Rayna den Mund. Und die Gabe Tritons rast in einer riesigen Welle den Fluss hinab.

43

Großvater setzt sich neben mich an den Picknicktisch. Er räuspert sich und glättet ganz demonstrativ eine Falte in seinem T-Shirt. Schließlich sagt er: »Nun?«

»Ähm. Nun, was?« Es klingt eine bisschen respektlos, deshalb bemühe ich mich sofort, es wiedergutzumachen: »Ich meine, ich weiß nicht genau, was du mich fragst, Großvater.«

»Bist du ärgerlich, weil ich dich nach Neptun geschickt habe?«

»Du hättest mir erzählen können, was mich dort erwartet.«

»Aber du weißt, warum ich es nicht getan habe.«

»Galen.«

Großvater seufzt. »Ich finde, dass Galen und Grom einander sehr ähnlich sind, obwohl es keiner von beiden zugeben würde. Beiden geht Sicherheit vor Vergnügen. Manchmal ist das gut so. Eigentlich sogar meistens. Aber bei anderen Gelegenheiten kann es einen daran hindern, das Leben zur Gänze zu erfahren.«

Ich frage mich, ob er daran denkt, wie Grom vor all diesen Jahren Mom verboten hat, an Land zu gehen. Das war der Beginn des Streits, der sie jahrzehntelang voneinander getrennt hatte. Ich würde gern davon ausgehen, dass ich Galen davon geheilt habe, mir etwas zu verbieten, aber zu bestimmten Gelegenheiten sehe ich immer noch das Zögern in seinen Augen lauern, den Kampf, den er nicht völlig an die Oberfläche treten lassen kann. Manches, was ich tue, gefällt ihm nicht, aber zumindest verbietet er es mir nicht.

Doch in Bezug auf Neptun hat Großvater wohl recht gehabt. Ich glaube, wenn Galen gewusst hätte, was wir innerhalb der Stadtgrenzen finden würden, hätte er sich quergestellt. »Ich bin nicht böse«, entscheide ich, während ich es ausspreche. »Ich weiß, warum du mich nicht warnen konntest.« Unsere Erfahrung in Neptun war nicht gerade der Stoff, aus dem meine wildesten Träume gemacht sind, vor allem nach dem, was Galen während unseres Aufenthalts dort widerfahren ist. Aber die Entdeckung anderer Halbblüter und einer Stadt, in der beide Spezies akzeptiert werden und in Einheit leben? Das hat mir Hoffnung gemacht. Eine Hoffnung, die aufblühte und nach den Ereignissen der heutigen Nacht vielleicht in einer Sackgasse endet.

»Und wie stehst du zu dem Frieden, den Neptun mit den Königreichen will?« Dann senkt er die Stimme, wahrscheinlich, damit Mom seine Worte nicht hört.

»Ich will, dass es passiert.« Punkt.

»Dann lass uns zusammen daran arbeiten, ja?«

Ich will ihn gerade fragen, wie das seiner Meinung nach gehen soll, aber plötzlich erscheinen Galen und Toraf am Waldrand. Sie schleppen Reed hinter sich her und stützen ihn beim Gehen. Hinter ihnen folgen Grom und Rayna. Grom hat sich Kennedy über die Schulter geworfen wie ein schlafendes Kind. Seine Arme baumeln hin und her wie herabhängende Bananenschalen.

Galen hilft Reed, sich an einen der Tische zu setzen, und winkt Mom. »Seine Hand ist verletzt.« Reed hat sich ein Tuch fest um die Handfläche gebunden, und dem Aussehen von Galens zerlumptem T-Shirt nach zu urteilen, hat er das Tuch gespendet.

Rayna tauscht in bester Laune die Plätze mit Mom, die den SUV bewacht hat. Tyrden ist nur einmal kurz zu sich gekommen – bis Mom ihn wie ein Gangster mit dem Knauf ihrer Handfeuerwaffe bewusstlos geschlagen hat.

Mom bringt eine Flasche Wasser an den Tisch, an dem Galen, Grom und Reed sitzen. Toraf tritt zu Rayna vor den SUV und hilft, Kennedy auf die gleiche Weise wie Tyrden zu fesseln. Und plötzlich sehe ich die Szene wie ein Außenstehender vor mir.

Wenn sich jemand genau jetzt entscheiden sollte, hier ein Picknick zu veranstalten, wären wir aufgeschmissen.

Ich behalte meinen Platz neben Großvater bei und rücke auf der Bank hin und her, um meine Nervosität zu verbergen. In diesem Moment erscheint mir alles, was wir tun, wie eine Pflicht. Dieser Picknicktisch ist für den Augenblick mein Posten, und ich trete beiseite, bis ich mich nützlich fühle. Dieser familienfreundliche Picknickplatz hat sich in das Basislager einer herumziehenden Meerjungfrauen-Bande verwandelt.

Vorsichtig entfernt Mom das Tuch und untersucht Reeds Verletzung. Er nimmt es sportlich und verzieht nur hier und da das Gesicht, spricht aber niemals aus, was für Schmerzen er hat. »Du hast mehrere gebrochene Knochen«, erklärt sie nach einigen Minuten. »Ich muss in eine Drogerie fahren und Verbände und antibiotische Salbe besorgen. Du wirst einen Gipsverband brauchen, damit die Knochen richtig zusammenwachsen können. Du ... hat die Stadt Neptun ein Krankenhaus?«

Er schüttelt den Kopf. »Wir haben einen Arzt. Wir meiden das Krankenhaus tunlichst. Aus naheliegenden Gründen.«

Mom nickt. Mir fällt auf, dass sie nicht sagt, dass wir ihn sofort zu diesem Arzt bringen müssen; anscheinend ist das nicht nötig. »Das wird wehtun«, stellt sie fest und hält die Wasserflasche hoch. Reed wendet den Blick ab, als sie das Wasser auf seine Hand schüttet. Ich sehe ebenfalls weg. Beim Anblick offener Fleischwunden dreht sich mir der Magen um. Nachdem sie die Wunde gereinigt hat, geht Mom zum SUV und holt ein sauberes T-Shirt heraus, das sie in handliche Streifen reißt, wobei sie die beiden Männer völlig ignoriert, die gefesselt auf der Ladefläche liegen. Sie verbindet Reeds Wunde neu und gibt ihm ein paar Schmerztabletten. »Das ist alles, was ich habe«, sagt sie.

Reed nimmt die Tabletten dankbar an und trinkt einen Schluck aus der Wasserflasche, die sie ihm anbietet. Er sieht Galen an, dann Grom. »Bringt ihr mich nach Hause? Oder bin ich von einem Gefangenenwärter zum anderen gewandert?«

Galen verschränkt die Hände hinterm Kopf und stößt einen Atemzug aus. »Ich schätze, es wird Zeit, über unseren nächsten Zug zu sprechen. Ich bin dafür, dass die Könige es regeln.«

»Natürlich regeln sie es«, stimmt Mom zu.

Aber ich weiß, dass Galen die Bemerkung um meinetwillen gemacht hat. Er lässt mich wissen, dass die Welt nicht auf meinen Schultern ruht und dass nicht ich die Entscheidung treffen muss, wie es jetzt mit Neptun weitergehen soll. Er will mich entlasten.

Oder will er mir damit sagen, dass ich nichts zu melden habe? Wir werden sehen.

Grom macht sich daran, Stöcke und Holzstücke zu sammeln und sie auf einer der Grillstellen zu einem Feuer aufzuschichten. Toraf hilft ihm, und wenige Minuten später haben wir etwas, worauf wir unser Abendessen kochen können. Nur dass wir kein Abendessen haben, es sei denn, irgendjemand hat unten am Fluss mehr gefangen als bloß Kennedy.

Mir fällt auf, dass Galen beim Errichten des Feuers nicht hilft. Er starrt es lange an, wie hypnotisiert. In den

Minuten, die so verstreichen, starre ich wiederum ihn an. So weiß ich genau, in welchem Moment er aufblickt. Und ich bin überrascht von dem Ausdruck in seinen Augen.

Abrupt stolziert er durch das Lager, stellt sich vor mich hin und sieht mich durchdringend an. In seinen Augen liegt eine untergründige Qual – und ein Anflug von Reserviertheit. Irgendetwas macht ihm zu schaffen. Und es hat mit mir zu tun. »Ich würde gern mit dir sprechen, Emma. Allein.«

44

Galen führt sie von den Picknicktischen weg und in den Wald hinein. Sie können das Lagerfeuer von hier aus immer noch sehen, aber sie sind weit genug entfernt, dass seine Worte nur für Emmas Ohren bestimmt sein werden. Nach einigen weiteren Schritten bleibt er stehen, blickt zurück zum Lager und dann zu ihr.

Ihre Augen sind riesig und voller Fragen. Er weiß nicht, wo er beginnen soll.

»Galen, du machst mich nervös«, flüstert sie. Ihre Stimme zittert; vielleicht ist sie den Tränen nah. Aber genau das will er doch vermeiden.

Er fährt sich mit einer Hand durchs Haar. »Ich habe dich nicht hierhergebracht, um dich zu verunsichern. Ich habe nur ... Eine Menge ist passiert, zwischen uns – *mit* uns –, seit wir uns im Hotel gestritten haben. Und ich glaube, wir müssen darüber sprechen, bevor wieder etwas passiert.«

Sie räuspert sich. »Als du nicht zurückgekommen bist, dachte ich, du hättest mich verlassen. Ich dachte, es sei aus.«

Natürlich hat sie das gedacht. Was sollte sie auch sonst denken? »Wolltest du, dass es aus ist?« Es ist nicht die Frage, die er stellen wollte, aber es ist die, die er am dringendsten beantwortet haben will.

»Galen ...«

»Wenn du es wolltest, sag's mir einfach. Ich werde nicht sauer sein.« Er spürt, dass er die Kontrolle über seine Gefühle verliert, und erinnert sich daran, wie das beim letzten Mal ausgegangen ist. *Beruhig dich. Rede drüber.* »Ich habe einige Dinge gesagt, die keinen Sinn ergeben haben. Ich war in keiner guten Verfassung. Ich schätze, ich stand unter Schock, nachdem Reed aufgetaucht ist und ich mich mit Reder auseinandersetzen musste – nein, keine Entschuldigungen.« Er tritt von einem Fuß auf den anderen. Aber es ist nicht sein körperliches Gewicht, das ihm ein Gefühl von Schwere verleiht. »Ich hatte reichlich Zeit, um über alles nachzudenken. Um über uns nachzudenken.«

»Ich wollte nicht, dass es aus ist.«

Er hebt die Hand und streichelt mit dem Handrücken ihre Wange. Sie schließt die Augen. Er weiß nicht, ob das gut oder schlecht ist. »Der Grund, warum du mit mir im Ozean leben solltest, der Grund, warum ich dich vom Land wegholen wollte, ist ...«

»Du glaubst, dass ich länger leben werde. Dass das Leben im Ozean für meinen Körper leichter sein wird, wie bei den Syrena.«

»Menschen sind zerbrechlich.«

»Du sprichst von Rachel.«

»Ich schätze ja, das tue ich. Ja, ich spreche von Rachel.«

»Was mit ihr passiert ist, war ein Unfall. Daran trägt niemand die Schuld.«

Er schüttelt den Kopf. Darüber könnten sie mehrere Mondzyklen lang diskutieren. »Es ist nicht einmal das. Es ist ... das darf dir nicht zustoßen. Sterben, meine ich.«

»Eines Tages wird es geschehen. Es geschieht uns allen. Sterben ist ein Teil des Lebens.«

»Ich versuche, mir das zu sagen, ich schwöre es. Ich versuche, es so zu sehen, dass es hier um Qualität, nicht um Quantität geht. Aber ich muss die ganze Zeit daran denken, dass du als Erste sterben wirst. Es sei denn ... Aber ich will, dass du glücklich bist. Ich wollte nie, dass du dich wie meine Gefangene fühlst.«

Sie verzieht das Gesicht. »Oh. Das. Ich war wütend, als ich das gesagt habe, Galen. Ich empfinde nicht wirklich so. Es ist eher anders herum. Ich habe das Gefühl, dass *ich dich* vom Meer fernhalte. Ich habe das Gefühl, dass du eigentlich dort sein willst.«

»Ich will dort sein, wo auch immer du bist.« Und er meint es ernst.

Eine Träne kullert ihre Wange hinunter. »Galen, da gibt es etwas, das du wissen musst. Über Reed.«

Er streicht den neuen Tränenstrom, der ihr übers Gesicht fließt, mit dem Daumen beiseite. Er weiß, was sie ihm erzählen wird, und er beschließt, sie es tun zu lassen. Sie das Geschehene in ihre eigenen Worten fassen zu lassen. Es ihm aus ihrer Perspektive zu erzählen. Ganz gleich, wie sehr es ihn schmerzt. Es ist offensichtlich etwas, das sie loswerden muss.

Er hätte ihr erlaubt, es für sich zu behalten, er hätte sie niemals dazu gezwungen, es ihm zu erzählen. Denn unterm Strich hat sie ihn gewählt, und das ist alles, was zählt. »Erzähl es mir«, sagt er leise. »Wenn du es willst.«

»Reed und ich waren ... wir waren im Wald und haben nach dir gesucht. Und dann steht er plötzlich vor mir und fragt, ob er mich küssen darf.«

Galens Eingeweide krampfen sich zusammen. »Und du hast ja gesagt?«

»Muss ich wohl, denn er hat mich gleich darauf geküsst.«

Wow. Ihm war nicht klar, wie schmerzhaft es sein würde, die Details noch einmal zu durchleben, obwohl er bereits so hart daran gearbeitet hat, sie aus seinem Kopf zu verbannen. »Warum ... warum solltest du ihm die Erlaubnis dazu geben?«

Ihre Lippen zittern. »Ich weiß es nicht. Ich meine, du und ich, wir hatten uns gestritten. Du warst fort. Du hast meine Anrufe nicht beantwortet, nicht mal meine SMS. Und da war Reed, und er war nett zu mir und hat mir gezeigt, wie großartig es ist, ein Halbblut in Neptun zu sein. Und ... und ...«

»Du hast gedacht, das wäre vielleicht etwas für dich.«
»Ja. Nein! Ich meine, ich wusste, dass ich nicht *ihn* wollte, ich wusste die ganze Zeit, dass ich dich wollte. Ich hatte einfach das Gefühl, dass es da plötzlich eine Alternative gab, eine andere Möglichkeit, eine, die …«
»Die ich dir nicht bieten konnte.«
»Konntest, hm … Vielleicht. Zu diesem Zeitpunkt hatte ich das Gefühl, als wärst du nicht bereit dazu. Es tut mir so leid, Galen. Ich hätte es ihm niemals erlauben dürfen. Ich hätte ihn wegstoßen und es beenden sollen, bevor es passiert ist.«
»Du hast nicht gewusst, wo wir standen. Du hast geglaubt, ich hätte dich an einem fremden Ort ganz allein zurückgelassen. Ich kann nicht … ich kann mir nicht vorstellen, was du von mir gedacht haben musst.«
»Aber ich hätte mich trotzdem nicht von jemand anderem küssen lassen dürfen. Du und ich, wir wollten uns verbinden.«
Wollten? Seine nächste Frage brennt in seiner Kehle, ummantelt von der Hitze der Angst, die aus seinem Magen aufsteigt. »Emma, bedeutet das … habe ich dich verloren?« Er umfasst ihr Gesicht mit beiden Händen. Die Lage ist mehr als drängend geworden. *Was meint sie damit, wir wollten uns verbinden?* »Denn ich schwöre, ich werde es wiedergutmachen. Alles. Gib mir noch eine Chance. Ich werde dir alle Optionen offen lassen. Wenn du willst, dass Neptun sich mit den Unterwasserkönigreichen vereint, werde ich das unterstützen. Ich werde versuchen,

Grom davon zu überzeugen, dass es das Beste so ist. Was willst du, Emma? Sag es mir einfach und es gehört dir.«

Sie lehnt sich an ihn und schluchzt in seine Brust. Er zieht sie näher zu sich und genießt das Gefühl, sie wieder in den Armen zu halten. »Du bittest mich, dir noch eine Chance zu geben, obwohl es andersherum sein sollte«, murmelt sie. »Das machst du immer. Nimmst die Schuld auf dich.«

Er streichelt ihr übers Haar. »Aber du hast ihn nicht geküsst. Er hat mir erzählt, dass du es nicht getan hast, dass du dich zurückgezogen hast.«

»Reed hat es dir erzählt?«

»Als wir bei Kennedy waren.«

»Und was hat Reed dir sonst noch erzählt?«

»Er hat gesagt, du hättest mich gewählt. Das musstest du nicht tun. Nicht nach dem, wie ich mich verhalten hatte. Ich war bereit, Neptun in jener Nacht zu verlassen, Emma. Bereit, dich von einem Ort wegzubringen, der dich glücklich macht. Ich war egoistisch und eifersüchtig. Du hattest ein Recht, andere Möglichkeiten auszuloten.«

»Wenn du gewusst hast, dass ich ihm das gesagt habe, warum hast du mich dann gefragt, ob du mich verloren hättest?«

»Ich wollte es von dir hören. Ich *musste* es von dir hören. Du hättest es dir nämlich anders überlegen können.«

Aber dann zieht sie seinen Mund auf ihren herab. Ihre Lippen drücken sich wild an die seinen, als wolle sie verlorene Zeit wettmachen. Sie presst sich an ihn, als wolle sie den Raum zwischen ihnen vollständig aufheben. Plötzlich hebt er sie hoch, sodass er sie noch tiefer küssen kann. Sie schlingt die Beine um seine Taille und hält sich fest, um den Kuss nicht für einen einzigen Moment zu unterbrechen.

Er lehnt sie an einen Baum, das wilde Verlangen, jeden Teil ihres Körpers zu berühren, zuckt in seinen Händen. Gerade als er sie nach unergründetem Gebiet ausstrecken will, räuspert sich Toraf hinter ihnen. »Ähm«, sagt er.

Ich werde ihn umbringen.

Galen zieht sich sofort zurück, stellt sich aber vor Emma, damit sie sich wieder einigermaßen zurechtmachen kann. Sie glättet ihr Sommerkleid und fährt sich mit schnellen Fingern durchs Haar. Als sie bereit ist, sich Toraf zu stellen, nickt sie. Ihr Mund ist geschwollen – gleich wird es ihn wieder überwältigen und er wird sie wieder küssen.

Galen wendet den Blick von ihr ab und sieht seinen Freund an. »Wir müssen wirklich an deinem Timing arbeiten«, erklärt er fast atemlos. Sein Puls trommelt schneller, als selbst er schwimmen kann.

»Hmm«, sagt Toraf. »Wie es aussieht, wäre ich fast zu *spät* gekommen.«

Bevor Emma die vielen wutschäumenden Worte loswerden kann, die ihr auf der Zunge liegen, legt Galen ihr die Hand auf den Mund. »Was willst du, Toraf?«

Sein Freund verschränkt die Hände vor sich. Die Geste hat etwas Förmliches, Kontrolliertes an sich ... *Könnte*

Toraf verlegen sein? »Anscheinend haben die beiden Könige einen Plan ausgeheckt«, berichtet Toraf und räuspert sich abermals. »Sie brauchen Emma, damit sie Reder anruft.«

Also los.

45

»Reder, ich bin es, Emma.« Die Worte kommen voller Anspannung aus meinem Mund. Aus irgendeinem Grund habe ich das Gefühl, Reder verraten zu haben, aber in Wirklichkeit tue ich genau das, worüber wir gesprochen haben. Zumindest hoffe ich es.

»Emma, großer Neptun, alles Ordnung? Wo bist du? Bist du bei Tyrden? Frank ist …«

»Geht es Frank gut?«

Am anderen Ende der Leitung entsteht eine kleine Pause. Reders Stimme wechselt von Sorge zu Argwohn, was ein wenig schmerzt. *Warte, bis er alles hört, was ich zu sagen habe.* »Er ist übel dran. Emma, was ist passiert? Wo ist Tyrden? Die Leute erzählen mir, es habe einen Unfall an der Ampel in der Stadt gegeben. Dass …«

»Wir haben Tyrden«, unterbreche ich ihn. »Und es war kein Unfall.« Ich klinge strenger, als mir lieb ist, aber die Erinnerung daran, wie Tyrden seine Waffe auf mich gerichtet hielt, versetzt mich nicht gerade in Verzückung.

Eine weitere Pause. »Wir?«

»Meine Familie ist hier. Sie alle.«

»Und ... und ihr habt Tyrden gefangen genommen? Warum?«

»Wir haben auch Reed. Und Kennedy.« Angst schäumt in meinem Magen auf wie eine Aspirin in einem Glas Wasser. Mom hat mir eingeschärft, unsere Vorteile gleich am Anfang ins Rennen zu schicken, aber es fühlt sich falsch an. Ich brauche Reder nicht zu drohen, damit er vernünftig wird. Er ist bereits so rational, wie man es sich nur wünschen kann. »Ich habe Grom und Großvater von Ihrem Wunsch nach Frieden zwischen den Meeresbewohnern und den Landbewohnern erzählt. Sie sind bereit, sich mit Ihnen zu treffen.«

Reder seufzt. »Leider kann ich deiner Familie nicht mehr vertrauen. Sie haben bereits zwei meiner Leute gefangen genommen, darunter meinen eigenen Sohn. Und sieh dir an, was sie Frank angetan haben! Woher weiß ich, dass das keine Falle ist, Emma?« Mit leiserer Stimme fragt er: »Woher weißt *du*, dass es keine Falle ist?«

»Woher ich es weiß? Gar nicht. Aber ich vertraue meiner Familie. Und ich vertraue Ihnen. Ich halte das für legitim. Und es war Tyrden, der Frank so zugerichtet hat, nicht wir.«

»Wie meinst du das?«

Und das ist der Moment, in dem ich Reder erkläre,

dass Tyrden ein machthungriger Soziopath mit einer sadistischen Ader ist. Und dass Kennedy quasi sein Zwillingsbruder ist, nur von einer anderen Mutter. Der Bürgermeister braucht eine Weile, um all das zu verarbeiten, was direkt vor seiner Nase passiert ist.

Schließlich erwidert er: »Ich habe dir gegenüber versagt, Emma. Ich habe meinen Leuten gegenüber versagt. Meinem Sohn gegenüber. Ich hätte wachsamer gegenüber der Gefahr sein sollen. Ich hätte ahnen müssen, was da vor sich geht.«

Was soll ich darauf erwidern? Etwas Aufrichtiges und Tröstliches, beschließe ich. »Selbstvorwürfe ändern gar nichts«, sage ich zu ihm.

»Und was wird etwas ändern? Was sind die Bedingungen deiner Familie für die Rückgabe meines Sohnes?«

»Ich meine, wir halten ihn nicht als Geisel oder so.«

Das Telefon wird mir aus der Hand gerissen. »Reder? Hier ist Nalia, Poseidonprinzessin und Tochter von König Antonis. Wir *halten* Ihren Sohn als Geisel, bis Sie zustimmen, sich an einem öffentlichen Ort mit uns zu treffen. Ich glaube, wir sind einer Meinung, dass Vertrauen etwas ist, das sich keiner von uns beiden im Moment leisten kann. Was Kennedy betrifft, ist seine Tarnung aufgeflogen. Er hat Leute von außen kontaktiert, die vielleicht auf dem Weg nach Neptun sind. Also ist es in unserem eigenen Interesse, Ihnen dabei zu helfen, diesen Schlamassel aufzuräumen. Wir lassen jemanden aus Florida einfliegen, der uns dabei unterstützt. Wir werden Kennedy auf einem Picknickplatz außerhalb der Stadt zurücklassen, gleich im Wald. Sie werden ihn festhalten müssen, bis unser Freund, Dr. Milligan, eintrifft.« Sie hält inne. Anscheinend würde Reder gern etwas sagen.

»Es tut mir leid, aber bis unsere Bedingungen erfüllt sind«, sagt sie, »behalten wir Ihren Sohn. Ich versichere Ihnen, er wird gut versorgt. Wir sind nicht wie die wilden Tiere, die in Ihrer Stadt herumlungern.« *Oooh, das ging unter die Gürtellinie, Mom.* Aber in gewisser Weise hat sie recht. Wir klingen nicht wie Tiere.

Wir klingen wie verdammte Terroristen.

46

Die Fahrt zu dem Restaurant, auf das man sich geeinigt hat, wird nur durch einen kurzen Halt bei einer Drogerie unterbrochen, um Reed richtige Verbände zu besorgen und Tyrden vernünftige Sedativa. Er wacht immer wieder auf, und Rayna schlägt ihn jedes Mal wieder bewusstlos – nicht dass das Galen allzu sehr stören würde.

Was ihm jedoch zu schaffen macht, ist die Tatsache, dass Reed und Toraf offenbar gut miteinander auskommen. Von der Rückbank kann man hören, dass sie *Schlag zu* spielen, ein Spiel, das Rachel Rayna beigebracht hat und für das man gute Reflexe benötigt.

»Das ist gemogelt«, sagt Reed. »Mogler werden fester geschlagen.«

»Dann schlage ich halt mit der geschlossenen Hand«, erwidert Toraf unbekümmert.

Emma, die auf Galens Schoß sitzt, dreht sich zu ihnen um. Galen hatte geglaubt, sie sei eingeschlafen – obwohl ihm nicht ganz klar war, wie sie das hinbekommen hat, während ihr doch zwei wohlbekannte Großmäuler direkt ins Ohr geschnattert haben. »Könntet ihr zwei etwas anderes spielen? Etwas, wobei man nicht so laut oder fies sein muss?«

Toraf nimmt die Hände herunter. »Na ja, wie lange dauert es überhaupt noch, bis wir da sind?«

»Ja«, fällt Reed ein. »Wir fahren schon seit über einer Stunde.« Gerade Reed sollte wissen, wie lange es dauert, von Neptun aus nach Chattanooga zu kommen.

»Geduld ist eine Tugend«, zwitschert Nalia vom Fahrersitz aus. Alle stöhnen. Man sieht im Rückspiegel, wie sie eine Augenbraue hochzieht. »Wir sind fast da, Kinder.« Wie aufs Stichwort passieren sie ein Schild mit der Aufschrift: WILLKOMMEN IN CHATTANOOGA.

Galen spürt, dass Emma sich verkrampft. »Alles wird wieder gut, Engelsfisch«, flüstert er ihr ins Ohr.

Sie lehnt sich zurück. »Woher weißt du das?«

Die Wahrheit ist, er weiß es nicht. Schwer zu sagen, was bei diesem Treffen mit den Neptunvertretern herauskommen wird, was das Ergebnis sein wird. Aber die Tatsache, dass es überhaupt zu einem Treffen kommt – auf neutralem Boden –, sollte als positives Zeichen gewertet werden.

In der Fahrerkabine des SUV wird es still. Rayna und Toraf zeigen auf die hohen Gebäude, die überall um sie herum in den Himmel ragen, weiter hinauf, als sie mit gerecktem Hals erkennen können. Reed scheint damit beschäftigt zu sein, den Verkehr zu beobachten, der vor seinem Fenster dahinfließt. Emma entspannt sich an Galens Brust, verloren in ihren eigenen Gedanken.

Er hofft, dass der heutige Tag keine Enttäuschung wird. Antonis hat recht – sie können die Existenz Neptuns nicht länger leugnen, egal welche Gründe auch dafür sprechen würden. Sie werden es den Archiven sagen müssen.

Als sie ein Restaurant namens Hennen's erreichen, lässt Nalia alle aussteigen, bis auf Rayna und Toraf, die beauftragt worden sind, Tyrden zu bewachen. *Zumindest*, denkt Galen bei sich, *kann Rayna jetzt, da er richtig betäubt ist, ihre Faust ein wenig ausruhen.*

Sie warten vorn am Straßenrand, während Nalia den Wagen parkt. Anscheinend dauert es einige zusätzliche Minuten, um einen idealen Platz für die Geisel zu finden. Als sie wieder zu ihnen stößt, zwinkert sie Grom zu, dann hakt sie ihn unter und führt ihn hinein. Galen, Emma, Reed und Antonis folgen ihrem Beispiel. Warum auch nicht? Sie wirkt so locker, als habe sie so etwas schon Hunderte von Malen getan.

Die Kellnerin führt sie in einen großen Privatraum, zu einem einzelnen langen Holztisch, an dem mühelos dreißig Personen Platz hätten. Nachdem sie jedem eine Speisekarte gegeben hat, schiebt sie die Tür hinter sich zu. Der Raum hat Glaswände; aus den anderen Teilen des Restaurants dringt kein Geräusch herein.

Reder sitzt bereits am Tisch, zusammen mit zwei anderen Männern, die Galen nicht erkennt. Reed ergreift die

Initiative und nimmt neben seinem Vater Platz. Wie sie es auf dem Weg hierher beschlossen haben, durfte er das als Zeichen der Großzügigkeit der Königsfamilien tun.

Galen kann Antonis' Worte von vorhin förmlich in seinem Kopf hallen hören: *Mit ein klein wenig Diplomatie kommt man sehr weit.*

Vater und Sohn führen ein kurzes, geflüstertes Gespräch, und Reed hebt seine verletzte Hand hoch, damit Reder sie begutachten kann. Galen kann nicht erkennen, was dem Bürgermeister gerade durch den Kopf geht, aber es sieht stark nach Wut und Enttäuschung aus. Dann zeigt er ein Gefühl, das Galen sehr vertraut ist – Selbstverachtung.

Als eine kleine brünette Bedienung kommt, hat noch niemand etwas gesagt. Alle geben gehorsam eine Getränkebestellung bei ihr auf. Als sie mit neun Gläsern Wasser zurückkommt, gibt ihr Nalia ein Zeichen. »Wir werden unser Abendessen noch nicht gleich bestellen«, erklärt sie. »Wenn Sie nichts dagegen haben, wären wir gern ein wenig ungestört.«

»Natürlich«, erwidert die Kellnerin und beugt sich von Nalia weg, das leere Getränketablett unter den Arm geklemmt. Als sie diesmal die Tür schließt, ergreift Grom sogleich das Wort.

»Wir wissen es zu schätzen, dass Sie sich entschieden haben, sich heute mit uns zu treffen«, sagt er.

Grom der Diplomat. Wie verständnisvoll er ist, bleibt noch abzuwarten, denkt Galen.

»Gleichwohl kommen wir hier ohne das Wissen oder die Billigung des Rats der Archive zusammen«, fährt Grom fort.

»Wollen Sie damit sagen, dass dieses Treffen wertlos ist?«, fragt Reder.

Grom ist ungerührt. »Ich sage, dass alle Lösungen oder Schlussfolgerungen, zu denen wir bei diesem Treffen kommen, als theoretisch zu behandeln sind, bis sie mit dem Rat besprochen wurden.«

Reder trinkt einen Schluck Wasser. »Ich schätze, ich werde nehmen, was ich kriegen kann.« Sein Handy klingelt, und während des Sekundenbruchteils, den er braucht, um an den Apparat zu gehen, hallt die Melodie eines Country-Songs durch den Raum mit den Glaswänden. »Gut«, sagt er nach einigen Augenblicken. »Halten Sie mich auf dem Laufenden.« Als er auflegt, sieht er Galen an. »Dein Freund Dr. Milligan ist in Neptun eingetroffen. Er redet jetzt mit Kennedy.«

»Wo halten Sie ihn fest?«, erkundigt sich Nalia. »Ich hoffe, irgendwo, wo es sicher ist.«

»Wir haben nur eine Zelle in unserem Gefängnis«, entgegnet Reder. »Dort befindet er sich jetzt.«

Dass sie überhaupt ein Gefängnis haben, beeindruckt Galen. In einer Stadt, deren Bewohner in solcher Harmonie miteinander zu leben scheinen. »Ist die NOAA schon da?« Dr. Milligan zufolge wurde die National Oceanic and Atmospheric Association verständigt – nicht gut.

Reder schüttelt den Kopf. »Wie sich herausstellte, hat

die NOAA nur einen einzigen Mann geschickt, um Kennedys Behauptungen nachzugehen, und dieser Gentleman hat dummerweise die falsche Wegbeschreibung nach Neptun erhalten, als er von der Autobahn aus in Sylvias Pension angerufen hat. Ihr Dr. Milligan wird eine gute halbe Stunde allein mit Kennedy haben.«

Grom stützt sich auf den Tisch und faltet die Hände vor sich. »Emma hat uns die Geschichte erzählt, wie Ihre Stadt entstanden ist. Gibt es noch andere?«

Reder nickt. »Wie viele, weiß ich nicht genau. Einige von Poseidons Nachfahren sind in Europa geblieben, statt mit Kolumbus zu segeln. Ich nehme an, sie haben sich fortgepflanzt. Ich höre, dass andere nach Asien gegangen sind. Kleinere Gruppen beginnen, sich abzusplittern. Ich habe keinen Grund, daran zu zweifeln, dass sie über die ganze Welt verteilt sind. Aber andererseits, wenn Sie über Zahlen reden wollen, habe ich keine Ahnung.«

»Warum haben wir nicht schon früher von Ihnen gehört? Warum ist das jetzt das erste Friedensangebot von Poseidons Nachfahren?«

Reder zuckt die Achseln. »Es könnte sein, dass die anderen nicht die gleichen Interessen wie wir in Neptun haben.«

»Interessen?«

»Das gleiche Verlangen, die Meere zu erkunden«, erklärt Reder. »Soweit wir feststellen können, sind sie damit zufrieden, im Süßwasser zu bleiben oder sich an Menschen anzupassen.«

»Stehen Sie in Verbindung mit diesen anderen Gemeinden?«, fragt Nalia nach.

Reder schüttelt den Kopf. »Eigentlich nicht. Ab und zu bekommen wir einen Besucher – den wir natürlich willkommen heißen –, aber sie sind selten. Der letzte Besuch liegt ungefähr dreißig Jahre zurück. Es war jemand aus Italien. Er hatte einen Neffen, der bei den Olympischen Spielen als Schwimmer angetreten ist.« Reder kann sich ein kleines Lächeln nicht verkneifen.

Grom ist unbeeindruckt und verschwendet keine Zeit, zur Sache zu kommen. »Tyrden war jüngst in eine Verschwörung verstrickt, das Königreich Triton zu stürzen. Wir würden ihn gern mit zurück in den Ozean nehmen.«

Reder verschränkt die Arme vor der Brust. »Welchen Beweis haben Sie dafür?«

»Er hat es Emma erzählt, während er sie als Geisel gehalten hat. Das war, nachdem er Ihren Wachposten verletzt hat – wie war noch gleich sein Name, Frank? Er hat außerdem Galen gefangen gehalten und ihn gefoltert, um weitere Informationen über die Königreiche zu erhalten.«

»Frank sagt, er erinnert sich daran, dass Tyrden ihn getreten hat, als er einmal lange genug aufgewacht ist. Er dachte, es wäre nur ein Traum gewesen.« Reder runzelt finster die Stirn. »Trotzdem, Tyrden ist ein Bürger Neptuns. Wir haben bestimmte Vorgehensweisen bei Verbrechen. Er wird nicht ungeschoren davonkommen.«

»Das ist nicht einfach nur ein Verbrechen, über das wir

hier sprechen«, wirft Nalia ein. »Sein Verbrechen richtet sich gegen die Königreiche. Er hat zwei Mitglieder der Königsfamilien entführt, war an einer Verschwörung zum Sturz der Königsherrschaft in Triton beteiligt und hat auf betrügerische Weise eine der heiligen Gaben der Generäle simuliert. Wir können ihn nicht in Neptun lassen. Er muss mit uns zurückkehren.«

»Es ist Ihnen vielleicht aufgefallen, dass wir uns nicht der Gesetzgebung der Königreiche unterwerfen.«

»Wenn Ihr wahres Ziel Frieden mit ihnen ist, wären Sie gut beraten, die Gesetze, die den Königreichen teuer sind, zumindest zu respektieren«, wendet Nalia ein.

Reder überlegt. »Sie wollen, dass ich Tyrden ausliefere. Was bekomme ich als Gegenleistung? Sie haben mir nichts versprochen.«

»Wie schon gesagt«, antwortet Grom, »wir sind nicht in der Position, Versprechungen zu machen. Aber als König von Triton kann ich einem Austausch zustimmen.«

»Einem Austausch wofür?«

»Für Ihren Sohn«, erwidert Grom.

Dies entlockt den beiden anderen Neptunvertretern, die links und rechts neben Reed und Reder sitzen, ein beunruhigtes Knurren. Galen hält ihre Anwesenheit für Show. Er fragt sich, warum der Bürgermeister sich überhaupt die Mühe gemacht hat, sie mitzunehmen. Es kommt ihm in den Sinn, dass sie Leibwächter sein könnten. Reder ist schließlich in der Minderzahl, ganz gleich, wie öffentlich ein Restaurant wie dieses auch ist.

»Mein Sohn sitzt neben mir.« Reder hebt die Stimme. »Er befindet sich nicht mehr in Ihrem Gewahrsam. Und Sie haben die Frechheit, ihn als Austauschgeisel anzubieten? Sie werden ihn nur über meine Leiche zurückbekommen.« Jetzt spannen sich die beiden »Vertreter« an. Eindeutig *Leibwächter*.

»Sie missverstehen mich«, sagt Grom gelassen. »Ich meine, dass Reed uns als unser Gast zurück in die Königreiche begleiten soll.«

»Zu welchem Zweck?«, fragt Reder aufgeschreckt.

Grom nickt verständnisvoll. »Sie müssen es aus unserer Perspektive betrachten. Sie werden zustimmen, dass Antonis und ich den Archiven bei unserer Rückkehr eine fantastische Geschichte zu erzählen haben. Eine Stadt namens Neptun auf dem Großen Land, die lang verschollene Nachfahren Poseidons ebenso beherbergt wie Halbblüter, und sie alle haben sich dazu entschieden, sich von den Gesetzen der Generäle abzuwenden. Und dann sollen wir mit ihnen über Frieden und Einheit sprechen?« Grom schüttelt den Kopf. »So etwas dauert seine Zeit. Wir haben ohnehin gerade jede Menge Aufruhr in den Königreichen erlebt. Die Königsfamilien stehen unter Beobachtung und man lauert auf den kleinsten Fehltritt.«

»Was ich heraushöre, ist, dass Sie Reed nicht beschützen können, wenn er mit Ihnen geht«, erwidert Reder.

»Ich werde ihn beschützen«, stößt Galen zwischen zusammengebissenen Zähnen hervor. *Um Emmas willen. Sie will es so sehr.*

»Ich schätze deine Tapferkeit, Galen, aber du bist nur einer. Und Sie«, fügt Reder hinzu und konzentriert seine Aufmerksamkeit wieder auf Grom, »Sie haben noch nicht erklärt, wie es uns einen soll, wenn Sie das Leben meines Sohnes in Gefahr bringen. Ich bekomme das nicht so ganz zusammen.«

»Wir können nicht versprechen, dass es uns einen wird«, räumt Antonis ein. »Aber unsere Chancen werden dadurch größer. Ich werde zurückkehren und berichten, dass ich genau wie alle anderen Poseidonkönige vor mir von der Existenz Neptuns gewusst habe. Dass Sie nichts als Frieden mit uns gesucht haben, wenn auch aus der Ferne. Dass Sie nicht unsere Feinde sind.«

»Als Zeichen Ihres guten Willens werden Sie Tyrden mit uns schicken, damit er gemäß unserer Gesetze bestraft werden kann«, sagt Grom. »Das wird nicht gering geachtet werden. Und wenn Sie Reed mit uns schicken, werden sie Gelegenheit haben zu sehen, dass auch er die Gabe Poseidons besitzt. Ich glaube, man kann sie im Laufe der Zeit davon überzeugen, dass ein Bündnis mit einer ganzen Stadt, die über diese Gabe verfügt, sich als einträglich erweisen könnte.«

Reder holt tief Luft und massiert mit zittrigen Fingerspitzen seine Schläfen. »Und wenn sie entscheiden, dass er nach dem Gesetz ein Gräuel ist? Wenn sie entscheiden, dass mein Sohn zum Tode verurteilt werden sollte?«

»Sie haben Emma akzeptiert«, erwidert Antonis. »Sie müssten erklären, warum das eine Halbblut akzeptabel ist und das andere nicht. Die Archive sind nicht unvernünftig, Reder.«

Reder nickt und hebt den Kopf etwas höher. »Sie vergessen die anderen Vorteile, die wir den Meeresbewohnern anzubieten haben.«

»Als da wären?«, fragt Nalia überrascht.

»Wir haben Augen und Ohren an Land«, sagt Reder. »Wir können die menschliche Welt für Sie beobachten. Galen hat seine Sache als Botschafter bei den Menschen gut gemacht, da bin ich mir sicher. Aber wir haben mehr Verbindungen. Bessere Möglichkeiten. Es ist eine Aufgabe rund um die Uhr, eine, die Galen nicht allein schultern sollte.«

»Das ist wahr«, stimmt Grom ihm zu.

Dann breitet sich im ganzen Raum nachdenkliches Schweigen aus. Es sind lebensverändernde – weltverändernde – Entscheidungen, die sie an diesem glänzenden Holztisch erörtern. Jeder Kompromiss, der hier erreicht wird, wird einen weitreichenden Effekt auf die kommenden Jahre haben. Er wird Generationen an Land und im Meer überspannen.

»Wenn Reed damit einverstanden ist«, erklärt Reder endlich, »werde ich ihn gehen lassen. Aber es ist seine Entscheidung.«

»Ich bin bereit, auf der Stelle aufzubrechen«, ergreift Reed das Wort. »Lasst es uns tun.«

Galens Magen krampft sich zusammen. Reed wird mit ihnen kommen. Das bedeutet, dass er mehr Zeit mit

Emma verbringen kann. Er sieht sie von der Seite an. Emma, die seine Eifersucht nicht bemerkt, schenkt ihm ein begeistertes Lächeln. Das zu erwidern er nicht umhin kann.

»Babyschritte«, flüstert sie ihm zu.

Galen nickt. *Babybrei*, denkt er bei sich. *Den wird Reed essen, wenn er dir je wieder zu nahe kommt.*

Reder hebt die Hand. »Es ist unausweichlich, dass andere unserer Art von dieser Vereinbarung hören werden. Was, wenn sie sich melden?«

»Darum werden wir uns ein andermal den Kopf zerbrechen, mein Freund«, entgegnet Grom. »Ich glaube, es ist vernünftig, wenn wir uns wieder treffen, und zwar binnen eines Mondzyklus. Eine solche Entscheidung werden die Archive nicht mit Hast treffen. Natürlich, wenn Sie uns vorher eine Nachricht zukommen lassen müssen, können Sie unsere Telefonnummern haben. Und wenn Reed wirklich bereit ist, werden wir ihn jetzt mitnehmen und aufbrechen.«

»Da ist noch etwas«, wendet sich Galen an Reder. »Tyrden hat nicht allein gearbeitet. Da waren andere Männer, die ihm bei meiner Ergreifung geholfen haben. Ich würde es zu schätzen wissen, wenn Sie herausfänden, wer das war.«

Reder nickt. »Ich habe mich immer noch nicht förmlich für das entschuldigt, was euch beiden zugestoßen ist. Es tut mir wirklich leid, dass so etwas während meiner Amtszeit geschehen konnte.« Er sieht Grom an. »Ihr brecht schon auf? Was ist mit Kennedy?«, fragt Reder. »Was ist, wenn Dr. Milligan uns nicht helfen kann?«

»Ich bin mir sicher, Sie sind nicht zum ersten Mal von Menschen entdeckt worden«, sagt Antonis und steht auf. »Selbst wenn es so wäre, können Sie immer noch auf das zurückgreifen, was Sie am besten können.«

»Und das wäre?«, fragt Reder.

»Sich tarnen.«

47

Ich wähle Dr. Milligans Nummer. Als er sich meldet, stelle ich das Smartphone auf Lautsprecher und lege es in den Becherhalter der Konsole zwischen uns in Galens Mietwagen. Es war eine lange Heimfahrt in diesem engen kleinen Kompaktwagen, aber es war alles, was es am Flughafen noch gab. Der Rest der königlichen Truppe ist irgendwo hinter uns auf der Autobahn. Sie mussten in Neptun einen Boxenstopp einlegen, um einige persönliche Sachen für Reed zu holen. Galen hat großzügig angeboten, sie bei sich zu Hause aufzubewahren.

»Hallo?«, sagt Dr. Milligan. Es klingt windig im Hintergrund. Vielleicht ist auch bloß der Lautsprecher des Smartphones hinüber.

»Dr. Milligan, ich bin es, Galen. Können Sie reden?«

»In der Tat, kann ich, mein Junge. Ich habe gerade Neptun verlassen. Interessanter Ort ist das.«

»Und Kennedy?«

Dr. Milligan seufzt ins Telefon. »Um ganz ehrlich zu sein, ich war kaum hilfreich. Es ist traurig, aber Gregs geistige Gesundheit hat seit unserer letzten Begegnung eine Wendung zum Schlimmeren genommen. Der NOAA-Beauftragte hatte seine liebe Not, überhaupt etwas aus ihm herauszubekommen. Und dann waren es bloß Fragmente von etwas, das wie ein Märchen klang. Die NOAA hält nicht viel von Magie.«

»Magie?«

»Zum Beispiel Leute, die vor deinen Augen verschwinden.«

»Oh. Tarnung.«

»Das dachte ich mir.«

»Also, wo ist er jetzt?«

»Soweit ich gehört habe, hat ihn Reed wegen einer Schussverletzung angezeigt. Ich glaube, Greg ist auf dem Weg ins Gefängnis.«

»Meinen Sie, dass er zurückkommt?«

Eine lange Pause. »Wenn nicht er, dann jemand anders. Die Zeiten ändern sich, Galen.«

Galen sieht mich an und nickt. »Dann müssen wir uns einfach mit ihnen ändern.«

Epilog

EIN JAHR SPÄTER

Es fühlt sich seltsam an, sich an Großvaters Schultern zu klammern und den Bauch an seinen Rücken zu pressen. Es erscheint mir zu intim, zu vertraut. Wir umarmen einander niemals oder klopfen uns auch nur auf die Schulter, daher ist es etwas peinlich, Huckepack zu reiten.

Aber wie könnte ich es ablehnen? Er war einfach zu aufgeregt. Ein *Nein* als Antwort hätte er praktisch nicht akzeptiert. Nicht dass ich ihm diese eine Sache abschlagen würde.

Insbesondere diese eine Sache.

Großvater ist in kürzester Zeit etwas ganz Besonderes für mich geworden. Jede Woche sitzt er ein paar Abende nach dem Essen bei mir am Strand und erzählt mir Geschichten aus seiner Kindheit, wie er für das Amt des Königs ausgebildet worden ist, von den Zeiten, die er mit meiner Großmutter verbracht hat, bevor sie starb. Wie ähnlich meine Mutter und ich uns sind – selbst wenn wir es nicht sehen können. Er bringt mir bei, wie man Syrena-Netze knüpft und wie man Tintenfischtinte ohne große Mühe selbst herstellen kann.

Galen musste Großvater widerstrebend einen Platz zugestehen und akzeptieren, dass er jetzt ebenfalls etwas von meiner Zeit für sich beansprucht. Und Großvater hat sich mit der Tatsache ausgesöhnt, dass ich kein Kind mehr bin – oder ein Jungfisch, wie er es nennt – und dass Galen und ich Zeit für uns brauchen. Oh, zuerst war er untröstlich. Tatsächlich hat er einen derart mordsmäßigen Aufruhr veranstaltet, als er herausfand, dass wir uns eine Wohnung abseits des Campus teilen wollten – getrennte Schlafzimmer, um Himmels willen! –, dass wir auf den letzten Drücker unsere Kaution hinterlegen mussten und nur noch mit knapper Not Wohnheimzimmer bekommen haben.

Separate Wohnheimzimmer. Auf gegenüberliegenden Seiten des Campus.

Aber heute ändert sich alles und Großvater scheint das zu erkennen. Um ehrlich zu sein, er wirkt beinahe gelöst.

Also gleiten wir schweigend durchs Wasser, Großvater und seine Selbstsicherheit und ich und meine Nervosität und mein wasserfestes Bündel. Das Meer ist heute ruhig, ein scharfer Kontrast zu dem brodelnden Strudel, der einmal mein Magen war. Ich versuche, die Fische um uns herum zu würdigen, die Schule von Delfinen, die unter uns spielen, die Schönheit des schluchtenähnlichen Abgrunds. Um uns herum schwebt mehr Tang im Wasser als gewöhnlich, was bedeutet, dass ich heute Abend einige zusätzliche Minuten einplanen sollte, um ihn mir aus den Haaren zu waschen. Tang ist im Meer ungefähr das, was Luftschlangenspray an Land ist – das Zeug geht nie wieder raus.

Aber das sind kurze, flüchtige Gedanken. Alles, woran ich wirklich denken kann, ist Galen – und dass er in wenigen Stunden endlich ganz mein sein wird. Die zarten Konturen seiner Lippen, wenn er lächelt. Die Silhouette seines Körpers, wenn er im Mondlicht auf mich zukommt. Seine Umarmung, die scheinbar genau das ist, was ich ein Leben lang gesucht habe. Alles, was Galen ausmacht, wird mir gehören.

Ohmeingott, was bin ich nervös!

Ich spüre, dass Großvater langsamer wird, und spähe um ihn herum. Wir sind fast da. Das Licht der Sonne wird heller und glitzert auf der Oberfläche wie funkelnde Diamanten. Unmittelbar vor uns hebt sich der Meeresboden dem flacheren Wasser entgegen. Davor türmt sich ein Sandhaufen bis zur Oberfläche auf und formt eine Insel.

Die Insel, die Galen für uns ausgesucht hat.

Großvater bringt uns zur Oberfläche, und ich glaube, dass mein Herz gleich aufhören wird zu schlagen. Als wir oben ankommen, stoße ich einen Atemzug aus, den ich länger angehalten habe, als ich sollte. Aber ich kann nicht anders.

Dies ist der Tag.

Die Insel ist ein Meisterwerk tropischer Schönheit. Palmen bilden eine schützende Mauer um den üppigen Wald weiter landeinwärts. Kokosnüsse sprenkeln den Sand des Strandes, wo die Ebbe einen dunklen, nassen Streifen am Ufer hinterlässt. Möwen kreischen über uns im Chor und gleiten träge in der Brise, statt mit den Flügeln zu schlagen.

Die Insel ist perfekt.

Großvater bringt uns zum Strand, wo Mom auf uns wartet und wie eine Verrückte winkt. Als könnten wir die riesige, rosafarbene Blume in ihrem Haar übersehen. Oder das gewaltige Boot, das sie gemietet hat und das einige Meter entfernt in den sanften Wellen schaukelt – es ist viel größer, als wir besprochen haben. Wofür sie ein so gigantisches Boot braucht, bleibt mir ein Rätsel. Es gleicht einem dreistöckigen Haus in einem überdimensionalen Kanu.

Als ich glaube, dass ich den Grund berühren kann, lasse ich Großvaters Schultern los und folge mit einem kleinen Abstand.

Er dreht sich zu mir um und lächelt. »Es war mir eine Ehre, dich zu deiner Insel zu bringen, Enkeltochter.«

Ich nicke und bin plötzlich extrem schüchtern. »Danke.« Ich weiß nicht, ob ich noch etwas sagen sollte. Es ist eine Syrena-Tradition. Normalerweise sollte mein Vater mit mir zu meiner Verbindungszeremonie schwimmen, angeblich um letzte Worte der Weisheit zu sprechen oder so. Ähnlich, wie der Vater die Braut in der Kirche zum Altar geleitet. Aber da Dad tot ist, hat Großvater sich freiwillig gemeldet. Und er hat die Worte der Weisheit entweder vergessen oder er hatte keine.

Dann schwimmt er davon, wahrscheinlich auf die andere Seite der Insel, wo hoffentlich trockene Kleider auf ihn warten. Als er erfahren hat, dass er unter denjenigen sein würde, die am Strand stehen, war er plötzlich ganz aufgeregt und hat eine geschlagene Stunde lang Selbstgespräche geführt.

Alte Leute.

Ich rücke den Rucksack auf meinen Schultern zurecht, bevor Mom sich auf mich stürzt. Ich stehe immer noch bis zu den Knien in den Wellen, deshalb spritzt es heftig beim Zusammenprall. Eigentlich ist Mom nicht der Typ für Umarmungen, deshalb berührt mich diese Geste zutiefst. Ich hatte mich darauf verlassen, dass sie heute mein Fels in der Brandung sein würde, unerschütterlich. Daraus wird vielleicht nichts.

»Galen ist schon hier«, sagt sie, was ich bereits weiß, aber ich verspüre beim Klang seines Namens trotzdem ein Flattern im Magen.

»Was ist mit der Yacht?«

Sie führt mich am Handgelenk den Strand entlang und zu der Planke, die zum Boot führt. »Grom und ich werden nach der Zeremonie zweite Flitterwochen machen.«

»Igitt.«

Rayna erscheint an Deck des Bootes. Sie trägt einen

waschechten Kokosnuss-Bikini mit passendem Grasrock und winkt uns ganz klassisch wie eine Prinzessin zu: Handgelenk Handgelenk, Ellbogen Ellbogen. Ich werfe Mom einen fragenden Blick zu. Sie zuckt die Achseln. »Sie wollte bei irgendetwas helfen und Galen hat sie bereits von der anderen Seite der Insel verscheucht. Es gab da wohl irgendeinen Vorfall mit brennender Deko.«

»Fan-tastisch.«

»Quatsch. Sie wird dir nur Nägel und Haare machen.« Nur? Sie hat die Deko in Brand gesetzt und jetzt soll sie nur Stunden vor meiner Verbindungszeremonie mit einem Glätteisen vor meiner Nase herumfuchteln? Noch nie konnte ich versengtes Haar so wenig gebrauchen wie jetzt, verdammt.

Alle werden bei dieser Zeremonie zugegen sein. Das Königreich Triton. Das Königreich Poseidon. Halb Neptun. Alle Augen auf mich gerichtet. Deshalb weiß ich, dass etwas schiefgehen wird. Rayna wird mir das Haar spröde machen oder mir einen Striemen auf die Wange brennen. Eine Möwe wird sich auf mein Kleid erleichtern. Oder was könnte passender sein, als dass ich an unserem Hochzeitstag in Galen hineinstolpern werde? Nur um der alten Zeiten willen.

»Emma, wenn du das nicht willst, musst du es mir sofort sagen.«

In diesem Moment wird mir bewusst, dass ich nicht mehr auf das Boot zugehe. Ich muss aussehen wie eine aufgeschreckte Katze. »Ich bin bloß nervös«, erwidere ich und lecke mir die Lippen, die staubtrocken geworden sind. »Was ist, wenn irgendetwas schiefgeht?«

Sie lächelt. »In ein paar Jahren wirst auf diesen Tag zurückblicken können und darüber lachen. Ganz gleich, was passiert.« Also meint sie auch, dass der heutige Tag Katastrophenpotenzial hat.

»Darüber lachen, wie ich mich an meinem Hochzeitstag in den Schlaf geweint habe?«

Sie greift nach einer Strähne meines Haars, die von der Brise herumgeworfen wird, und schiebt sie mir hinters Ohr. »In einigen Stunden wird das alles hinter dir liegen. Halte nur noch ein paar Stunden länger durch. Und es ist sowieso nicht wahrscheinlich, dass du schlafen wirst…«

»Mom!«

Noch ein paar Schritte, dann geht es die Planke hinauf, und die Hitze meines Errötens kriecht meinen Hals hinunter und bis zu meinen Ohren hinauf. Rayna ist bereits in der Kabine verschwunden. Wir hören das Geräusch von etwas Schwerem, das misshandelt wird, wahrscheinlich fallen gelassen.

»Was macht die Uni?«, fragt Mom schnell. »Sind deine Professoren nett? Gewöhnt sich Galen langsam an das Collegeleben?« Dieses Gespräch führen wir nicht zum ersten Mal, aber die Fragen müssen ihr leicht über die Lippen gehen, genau wie die Antworten mir leicht fallen. Es ist müheloses Geplauder und genau das brauchen wir beide im Moment.

»Alles in Ordnung. Ich habe ein paar coole Profs, und

dann sind da einige, die wären als Leichenbestatter besser aufgehoben. Galen ... Galen sieht's sportlich.« Er ist großartig in seinen Seminaren und geht höflich der Damenwelt der Monmouth University aus dem Weg. Seine Schwächen bestehen darin, dass er sich nicht wirklich überwinden kann, das Essen in der Mensa herunterzuwürgen, und es ihm schwerfällt, die Fäuste bei sich zu behalten, wenn sich ein angeheiterter Kommilitone an mich heranmacht.

Aber er macht sich. Beim Essen in der Mensa.

Sobald wir im Boot sind, folge ich Mom den schmalen Gang zu der wackligen Wendeltreppe, die uns hinunter ins nächste Stockwerk bringt. Unten ist ein einziger großer Raum, wahrscheinlich für Gäste, aber jetzt ist er einzig für den Zweck umgestaltet worden, mich auf meine Hochzeitszeremonie vorzubereiten.

Und er ist wunderschön.

Der Teppich ist mit Blütenblättern besprenkelt und überall schweben schwarze, weiße und violette Luftballons in unterschiedlichen Höhen. Passende Fähnchen hängen an der Decke, dazu kristallene Bälle, die ein Kaleidoskop von Licht durch den Raum wirbeln lassen. An und für sich nur die übliche Partyausstattung, und für sich genommen könnte man es vielleicht für kitschig halten, aber als Ganzes – einschließlich der Tatsache, dass Mom und Rayna lange genug miteinander klargekommen sind, um das für mich herzurichten –, erreicht es eine neue Ebene von Besonderheit.

»Wow«, ist alles, was ich herausbringe. Mom ist zufrieden.

Rayna grinst. »Mir machen eine Mädchenparty. Du wirst schon sehen. Deine Mom hat meinen ganzen Nagellack mitgebracht, und ich habe am Riff diese superglänzenden Muscheln gefunden, die sich bestimmt großartig in deinem Haar machen werden.« Ohne zu fragen, tritt sie direkt vor mich, packt eine Handvoll Haar, dass es wehtut, und zieht es mir dann auf den Kopf hinauf. »Ich denke an eine Hochfrisur etwa in dieser Art. Und vergiss die Tiara. Das ist zu elegant für Galen.«

»Finde ich auch«, sagt Mom, will jedoch keinen Blickkontakt zu mir herstellen.

Überraschung!

Der Spiegel muss sich irren. Das Mädchen darin kann unmöglich ich sein. Denn das Mädchen, das mir entgegenblickt, sieht so ... so ... glamourös aus. Aber auf völlig subtile Weise, und ich hätte nie gedacht, dass die Summe an Details jemals dieses Gesamtbild ergeben könnte. Die winzigen Muscheln in meinem Haar – das gehorsam zurückgekämmt und zu weichen Löckchen gedreht wurde – wirken im Licht der Kabine wie schimmernde Edelsteine. Obwohl Mom mein Make-up ganz schlicht gehalten hat, wirkt es sehr elegant. Ein Hauch von Rouge, etwas Wimperntusche und zartrosa Lipgloss, um den natürlichen Effekt zu vervollständigen. Entweder war der natürliche Effekt Absicht oder Moms Make-up-Know-how hat damit bereits seinen Gipfel erreicht. So oder so, ich bin glücklich damit. Ich bin außerdem die dankbare Empfängerin von Raynas Mani- und Pediküreküsten geworden. Sie hat mir ganz fantastische French Nails gezaubert.

Mein weißes trägerloses Kleid fällt mir vorn bis knapp übers Knie und umschließt meine Kurven, aber der äußere, durchsichtige Stoff fließt vom Rücken bis über die Knöchel. Ich habe das Gefühl, ich bin in eine echte Prinzessin verwandelt worden, statt einfach nur im formellen Sinn eine zu sein.

Ich frage mich, ob alle Bräute so empfinden.

»Du bist zauberhaft«, sagt Mom, und da sie fast an ihren Worten erstickt, hätte ich beinahe auch geweint und dadurch meine Wimpertusche ruiniert. »Ich kann nicht glauben, dass das alles passiert.«

»Da sind wir schon zu zweit.«

»Was du nicht sagst«, wirft Rayna ein. »Ich habe nie geglaubt, dass Galen irgendjemanden dazu bringen könnte, sich mit ihm zu verbinden.«

Dann lachen wir alle, weil die Idee so lächerlich ist und weil es ohnehin besser ist, als zu weinen, nicht wahr? Mom schnauft. »Bist du bereit? Die Sonne wird gleich untergehen. Wir müssen dich noch durch die Bäume auf die andere Seite bringen.«

Wir gehen über die Planke, sozusagen, und setzen die Füße in den weichen Sand. Ich beschließe, dass derjenige, der den Pfad von einer Seite der Insel zur anderen geräumt hat, ein Experte sein muss. Ich weiß, dass die Syrena darin geübt sind, Inseln für Verbindungszeremonien herzurichten, aber ich glaube nicht, dass sie jemals so ein Meisterstück vollbracht haben. Sie an barfüßige Halbblüter anzupassen, stand wahrscheinlich noch nie zuvor auf ihrer To-do-Liste. Dennoch treffen meine Füße auf nichts anderes als samtweichen, weißen Sand, gewärmt von der untergehenden Sonne.

Wir gehen den Weg lautlos und im Gänsemarsch. Mom übernimmt die Führung, Rayna folgt in der Mitte und ich komme am Schluss. Ich sollte ein wenig mehr zurückbleiben, aber es wird dunkler, und ich bin einfach so tollpatschig, dass ich es sogar schaffen würde zu stolpern, wenn gar nichts da ist. Von tropischen Hindernissen, die die Brise oder das Schicksal oder was auch immer mir entgegenwehen könnten, einmal ganz zu schweigen.

Durch die Bäume vor uns sehe ich einen Pfad aus Fackeln, der zum Strand führt, dorthin, wo ich die Wellen ans Ufer plätschern höre. Wahrscheinlich landen Braut und Bräutigam bei den meisten Strandhochzeiten nicht im Wasser – aber diese hier ist nicht wie die meisten Strandhochzeiten. Schließlich wird die Mehrheit unserer Gäste im flachen Wasser zusehen und Flossen tragen statt Smokings und Kleider.

Als wir den Waldrand erreichen, bleibe ich zurück und lasse Rayna und Mom Zeit, ihre Plätze vorn in der Prozession einzunehmen. Und mit Prozession meine ich mich. Ich weiß nicht mehr, wie lange ich warten soll – waren es fünfzehn Sekunden oder fünfzehn Minuten? Angesichts meines neuen Dilemmas vergessen meine Lungen zu atmen. Mein Herzschlag strapaziert meine Adern aufs Äußerste. Ich werde mich zum Narren machen.

Ich werde mich zum Narren machen.

Ganz plötzlich höre ich ein Summen. Es ist leise, aber deutlich und kommt aus dem Wasser. Sanft und harmonisch hebt und senkt sich eine Melodie. Ein Lied. Das ist mein Stichwort.

Und so gehe ich los, lasse mich von dem Pfad aus Fackeln führen und versuche, meinen Schritt dem Rhythmus der zarten Melodie anzupassen. Ich frage mich, ob es ein traditionelles Lied zur Verbindungszeremonie der Syrena ist, und komme zu dem Schluss, dass es wohl so sein muss. Sie alle kennen es so gut. Sie alle tragen wunderschön zu dem Lied bei.

Da ist eine leichte Erhebung im Sand, bevor der Strand zu sehen ist, und als ich darüber hinweggehe, fühlt sich mein Blick unausweichlich zu der Gestalt auf der rechten Seite hingezogen. Galen.

Mein Ziel.

Meine Bestimmung.

Er steht im seichten Wasser und trägt einen maßgeschneiderten Smoking, der seine körperliche Vollkommenheit umschmeichelt. Sein Gesichtsausdruck ist das Einzige an ihm, was nicht scharf ist. Ich habe gedacht – mir Sorgen gemacht –, dass er heute vielleicht Groms leidenschaftslosen Ausdruck annehmen oder vielleicht ein unerschütterliches Lächeln aufsetzen würde. Dass der heutige Tag für ihn nicht so nervenzermürbend sein würde wie für mich und sich aus irgendeinem blöden Grund etwas weniger außergewöhnlich anfühlen würde. Ich habe gehofft, dass er etwas Gefühl zeigen würde. Dass er mich mit den Augen oder einem schnellen Händedruck beruhigen würde. Dass er nicht die Statue sein würde, die zu sein er imstande ist.

Was ich niemals erwartet habe, ist diese Zärtlichkeit, die er verströmt, diese tiefe Verletzlichkeit auf seinem Gesicht. Seine Augen sind intensiv leuchtende Kugeln im Fackelschein und zeigen mir alles. Was er für mich empfindet, was er von meinem Kleid hält, und eine leichte Ungeduld, dass ich endlich zu ihm kommen möge. Ich spüre, dass die Sorge von mir abfällt wie Perlen von einer zerrissenen Halskette.

Es ist richtig. Galen weiß es. Ich weiß es.

Hinter Galen steht die untergehende Sonne und bescheint Hunderte von Köpfen, die knapp über der Wasseroberfläche auf und ab hüpfen. Dunkles Syrena-Haar, immer wieder unterbrochen von schockierend weißem Halbblüter-Haar. Hunderte von Gästen, aber ich bin unbekümmert, denn mit jedem Schritt komme ich dem, was ich haben muss, näher und näher. Dem einen, ohne das ich nicht leben kann.

Neben Galen zwinkert mir Toraf spielerisch, brüderlich zu. Und ich bemerke, dass sich Toraf herausgeputzt hat. In seinem Smoking ähnelt er einem großen, gutaussehenden Kind. Ich sehe, dass er sich in den langen Hosen nicht wohlfühlt, denn er kratzt sich immer wieder an den Knien. Seine Ärmel sind eine Spur zu kurz, und er zieht sie unermüdlich herunter. Rayna hält seine Hand fest, damit er aufhört zu zappeln: Ein schiefes Lächeln breitet sich auf ihrem Gesicht aus, als sie mich sieht.

Könnte sein, dass Rayna mich inzwischen mag.

Mom steht links und Grom direkt in der Mitte – er wird die Zeremonie leiten. Dicht am Ufer entdecke ich Großvater im Wasser. Großvater, der mit uns anderen am Ufer stehen sollte. Großvater, der anscheinend nicht die Absicht hatte, einen Smoking zu tragen. Und neben ihm ist Reed – begleitet nicht von einer, sondern von zwei Syrena-Frauen. Ich glaube, in einer von ihnen jemanden aus dem Königreich Triton zu erkennen. Reed bemerkt, dass ich ihn bemerke, und winkt mir ermutigend zu.

Galen sieht ihn und zieht eine Augenbraue hoch. Reeds Lächeln erstarrt und er senkt die Hand unter die Oberfläche.

Eines Tages werden sie sich verstehen. Vielleicht.

Als ich Galen erreiche, ergreift er meine beiden Hände. Wenn ich mich recht erinnere, sollte er das erst tun, wenn wir die Gelübde wiederholen – oder wie auch immer die Syrena sie nennen. Als Grom sieht, dass Galen einen Schritt voraus ist, beginnt er mit der Zeremonie.

»Lasst bekannt werden, dass wir alle Zeugen der Verbindung von Galen, Tritonprinz, und Emma, Trägerin der Gabe Poseidons, sind. Wie wir alle wissen, Freunde, wird diese Vereinigung immerwährend sein, ein Band, das nur vom Tod zerrissen wird.« Ein ernstes Murmeln geht durch das Wasser. Grom ist ungerührt. Wenn überhaupt, klingt er noch förmlicher, als er hinzufügt: »Lasst außerdem bekannt sein, für das Gedächtnis der Archive, dass dies seit der Zerstörung von Tartessos die erste legale Vereinigung ist, die die Königreiche zwischen einem Syrena und einem Halbblut anerkennen. Dass dieser Tag für immer als ein Symbol des Friedens und der Einigkeit zwischen den Meeres- und den Landbewohnern in Erinnerung bleiben wird.«

Das kommt unerwartet.

Unsere Verbindungszeremonie ist ein Symbol für alle Königreiche? Es fühlt sich an, als hätte sie jetzt ein Eigenleben angenommen, ein Blitzlicht, gefroren in der Zeit. Es geht nicht länger nur um Galen und mich und um unsere Hingabe füreinander. Es ist eine Gelegenheit, die für immer als etwas Größeres als die Vereinigung selbst im Gedächtnis bleiben wird. Aber ich nehme Abstand von diesem Gedanken.

Denn für mich könnte es nichts Größeres geben als die Verbindung mit Galen. Es kümmert mich auch nicht, ob dies die letzte legale Vereinigung zwischen Syrena und Halbblütern ist, solange diese eine zustandekommt.

Grom redet weiter, und ich versuche zuzuhören, ich versuche es wirklich. Er erklärt die jeweiligen Pflichten von Mann und Frau, wie das Gesetz Treue in Ehren hält. Dass Galens erste Pflicht als Prinz dem Königreich gilt und seine zweite Pflicht mir. Dass es sich angesichts meiner Gabe bei meinen Pflichten genauso verhält. Dann schwafelt er weiter, etwas darüber, Jungfische so zu erziehen, dass sie das Gesetz und den Rat der Archive respektieren, vor allem während dieser Zeiten der Veränderung.

Nicht direkt die Entsprechung einer menschlichen Hochzeit, aber ich war bei einem halben Dutzend dabei – und wer ist nicht der Ansicht, dass sie sich endlos in die Länge ziehen? Außerdem sind das Dinge, die Grom vor einigen Tagen mit mir und Galen besprochen hat, als wir uns zusammen hingesetzt haben und er uns gefragt hat, ob wir wirklich dazu bereit sind.

Dann gestatte ich mir loszulassen und meine gesamte Aufmerksamkeit auf Galen, auf seine Lippen, seine Augen, und seine Hände in meinen Händen zu richten. Eine Wärme durchläuft mich, eine winzige Woge der Aufregung, sodass ich fast aufkreische.

Jetzt die Gelübde. Und wie die Syrena-Tradition es will, mache ich den Anfang. Ich habe sie auswendig gelernt. Ich habe sie mir eine Million Mal vor dem Spiegel vorgesagt. Hinter mir höre ich ein Schniefen, und ich bekomme feuchte Augen, weil ich weiß, dass es nur Mom sein kann.

Mom, die niemals weint.

Ich räuspere mich und sprudele die Worte hervor. »Galen, Tritonprinz, ich gelobe, dich als meinen Gefährten für ewige Zeiten zu schätzen. Ich gelobe, dir innerhalb der Grenzen des Gesetzes und des Rats der Archive zu dienen. Ich gelobe, dir immer treu zu sein und dich in Wort und Tat zu ehren. Galen, Tritonprinz, ich nehme dich zu meinem Gefährten.«

Galen braucht man nicht zu sagen, wann die Reihe an ihm ist. Sobald das letzte Wort über meine Lippen kommt, fallen die ersten von seinen: »Emma, Trägerin der Gabe Poseidons, ich gelobe, dich als meine Gefährtin für ewige Zeiten zu schätzen. Ich gelobe, dir innerhalb der Grenzen des Gesetzes und des Rats der Archive zu dienen. Ich gelobe, dir immer treu zu sein und dich in Wort und Tat zu ehren. Emma, Trägerin der Gabe des Poseidon, ich nehme dich zu meiner Gefährtin.«

Grom nickt seinem Bruder ernst zu. Das ist der Augenblick, an dem wir einander auf die Wange küssen sollen. »Freunde, ich präsentiere ...«

»Ich bin noch nicht fertig«, unterbricht ihn Galen. Dann lässt sich der Syrena-Prinz im nassen Sand auf die Knie nieder. Seine Augen sind Brunnen, die in seine Seele führen, in den Kern seines Wesens. Ich glaube, ich werde mein eigenes Herz verschlucken. »Emma, ich werde dich mit jedem Atemzug meines Körpers lieben und über meinen eigenen Tod hinaus. Ich schwöre, dein Schild zu sein, dein Beschützer, dein Anbeter. Es gibt nichts, was ich dir verwehren werde. Ich bin dein.«

Dann lasse ich mich ebenfalls auf die Knie sinken, alles, was Galen ist, zieht mich zu ihm. Mein Kleid klatscht in eine hereinkommende Welle, und das Salzwasser leckt bis zu meinen Hüften und Oberschenkeln hinauf, aber es könnte mir nicht gleichgültiger sein. »Ich liebe dich«, antworte ich ihm, aber ich bin mir nicht sicher, ob er die Worte durch meine Tränen verstehen kann.

Sein Mund ist auf meinem und bedeckt mein Schluchzen. Alles, was er in Worten gesagt hat, legt er in diesen Kuss. Ich nehme vage einen fernen Jubel wahr, der über dem Geräusch der Wellen aufbrandet, über den Lärm der Möwen und meinen Herzschlag. Ich nehme vage Grom wahr, der sich räuspert, Moms Hand auf meiner Schulter und Raynas Gekicher. Aber dieser Kuss lässt sich nicht aufhalten.

Und das sollte er auch nicht.

Ich ziehe die Ecken des Lakens über dem Sand zurecht und lasse mich in der Mitte nieder. Galen nimmt den Platz hinter mir ein und legt seine Arme und eine leichte Decke um mich. Er zieht mich an sich und lehnt mich an seine Brust. Unsere Nacktheit fühlt sich natürlich an. Ein eigenartiger Gedanke, dass diese Insel noch vor Stunden von Gästen überlaufen war, die uns gratuliert und uns zugejubelt haben, die uns Fische für unsere erste gemeinsame Nacht gebracht haben. Der Gedanke, dass Mom hier war und stolz Groms Arm umklammert hielt, während Rayna ein großes Getue wegen meines durchnässten Kleides gemacht hat. Selbst jetzt scheint der Lärm der Menge wie ein Geist im Wind um uns herumzuwirbeln und uns an all das zu erinnern, was stattgefunden hat. An all die Privatsphäre, die wir nicht hatten.

Aber sobald sie alle fort waren, haben wir unsere Einsamkeit mit aller Macht an uns gerissen.

Heute Nacht haben Galen und ich einander zur Gänze geliebt und auf eine Weise, wie wir es noch nie tun konnten. Ich bin immer noch atemlos, wenn ich an seine Berührung denke, seine Zärtlichkeit, die Wärme seines Körpers. Davon werde ich nie genug bekommen, und doch bin ich zufrieden, genau jetzt und in diesem Moment.

»Ich habe eine Überraschung für dich«, flüstert Galen mir ins Ohr. Ein Prickeln überläuft mich, beschlagnahmt mein Rückgrat und nimmt meine Sinne als Geisel. Er streift mir mit einer Hand über den Arm und streckt ihn zum Ozean, deutet auf den Horizont. Und dann sehe ich es.

Das Wasser glüht. Tausende und Abertausende blaue Lichter schwärmen direkt unterhalb der Oberfläche und bilden einen breiten Ring um die Insel. Das Licht der Quallen ist prachtvoll, ein strahlendes Sternenbild im Wasser, wie ausgegossene fluoreszierende Farbe.

»Was ist das?«, hauche ich.

»Du bist nicht die Einzige mit der Gabe Poseidons.«

»Es ist wie ein Unterwasserfeuerwerk.« Er drückt die Nase an meinen Hals und küsst mich direkt unterhalb meines Ohrs, was mir einen unwillkürlichen Seufzer entlockt.

Ich will nicht, dass diese Nacht endet, aber gleichzeitig will ich, dass der morgige Tag beginnt.

Und alle anderen Tage mit meinem Tritonprinzen.

Danksagung

Wo soll ich anfangen? Man sagt, um ein Kind aufzuziehen, benötige man eine ganze Stadt. Und es ist zufällig so, dass das Schreiben eines Buchs und das Aufziehen eines Kindes viel gemeinsam haben: Von der Geburt (d. h. der Idee) bis hin zu den dramatischen Teenagerjahren (der Bearbeitung). Anfangs macht es riesigen Spaß und man spielt gern mit dem Kind und verbringt einfach allgemein viel Zeit mit ihm. Dann wird es nach und nach immer schwieriger im Umgang. Als Nächstes merkt man, dass es auf der weiterführenden Schule ist und einem Widerworte gibt, wie es sonst niemand täte, und sich weigert, die Form anzunehmen, die man sich eigentlich vorgestellt hatte. Aber man liebt es nach wie vor, weil es das eigene Kind ist. Man hat es erschaffen. Doch man erreicht eine Schwelle, wo man sich davon abnabeln muss (durch ein Lektorat, wenn man fertig ist) und es in die Welt hinausschickt, ob man dazu bereit ist oder nicht (ernsthaft, nach dem Lektorat ist man dazu bereit).

Man braucht eine Stadt, um ein Buch zu schreiben.

Und ich würde meiner Stadt gern danken, aber nicht in einer bestimmten Reihenfolge:

Meiner Agentin, Lucy Carson, dass sie mich so sehr unterstützt hat. Mehr als das, du bist für mich absolut lebensnotwendig gewesen. Es waren schwierige Jahre und du warst einfach nur umwerfend. Ich bin so glücklich, dass ich dich habe (und die anderen vom TFA-Team!). Liz Szabla, wie hätte ich diese Trilogie ohne dich schreiben können? Unmöglich. Nicht ohne deine Einsicht, nicht ohne dein Verständnis, nicht ohne deine Unterstützung. Jean Feiwel, du hast so eine Art, dass ich mich wie zu Hause gefühlt habe. Ich kann's nicht erklären.

Vielen Dank dem Macmillan Verlag: Heilige Scheiße, ihr seid alle Rockstars! Schlaft ihr eigentlich auch manchmal? Rich Deas, für die Coverentwürfe der gesamten Serie. Die Fans haben vielleicht ihr Lieblingscover, aber sie sind alle großartig, alle drei. Danke, Jessica Brody, dass du mit deiner positiven Einstellung und deiner Unterstützung immer für mich da warst. Emmy Laybourne und Leigh Bardugo, wir sind zusammen aufgewachsen. Und ich habe jede Minute davon geliebt. Kaylie Austen, was täte ich ohne deine bissigen, aber ermutigenden Texte? Heather Rebel, was täte ich ohne dich, so ganz allgemein?

Ein dickes Dankeschön allen meinen Schwestern, Lisa, Teri, Tami und Debbie. Ich bin Schriftstellerin, aber es gibt keine Worte, mit denen ich meine Dankbarkeit für alles ausdrücken kann, was ihr für mich getan habt. Für all eure Unterstützung, obwohl es manchmal so aussah, als wären wir in einer Tragödie gelandet. Maia, ich danke dir so sehr dafür, dass du mich mit der Welt geteilt hast und mit meiner Abwesenheit klargekommen bist. Ich liebe dich. Jason, vielen Dank dafür, dass ich alles mit dir besprechen konnte, dass du immer ein offenes Ohr für meine Sorgen und Ängste hattest und mich immer ertragen hast.

Opa, du warst vielleicht mein größter Fan. Vielen Dank.

Danke, Laura, dass du Reed getauft hast.

An alle meine Fans: Vielen Dank. Unendliche Male. Ihr habt die Serie zu dem gemacht, was sie ist. Ihr. Nicht ich. Danke. Vielen Dank.

An die Community der Blogger: Ihr seid allesamt fantastisch. Ernsthaft. Aber das habt ihr längst gewusst, nicht wahr? Gebt es zu. Ihr wisst, dass ihr es verdient. :-)

Wenn ich jemanden vergessen habe, so tut es mir aufrichtig leid. Ich schreibe diese Danksagung um drei Uhr morgens – weil mich meine Dankbarkeit tatsächlich aus dem Tiefschlaf geweckt hat –, bitte vergebt mir meine Gedankenlosigkeit, wenn ich einen wichtigen Beitrag zum Buch, zur Serie vergessen habe. Selbst wenn er hier nicht aufgeführt ist, so bin ich doch unendlich dankbar dafür, glaubt mir. Und ich stehe für immer in eurer Schuld.

Brief an die Fans von *Blue Secrets*:
Liebe fantastische Leser,

vielen Dank, dass ihr dieses verrückte Abenteuer mitgemacht habt, das mit *Der Kuss des Meeres* anfing und mit *Der Ruf des Ozeans* endet. Vielen Dank, dass ihr gekommen seid, um mich lesen zu hören, dass ihr mir E-Mails mit euren überschwänglichen Berichten über Galen geschickt, Emma die Daumen gedrückt, über Torafs Mätzchen gelacht, euch für Rayna nicht verantwortlich gefühlt und um Rachel geweint habt. Mein Dank kommt aus tiefstem Hintern (mein Hintern ist größer als mein Herz, also bekommt ihr eine ordentliche Portion), dass ihr *Das Flüstern der Wellen* zu einem New-York-Times-Bestseller gemacht habt. Ich hoffe, dass ihr Folgendes aus der *Blue Secrets-Reihe* mitnehmt: Seid stolz auf alle eure Gaben und akzeptiert sie, ganz egal wie »anders« ihr euch deswegen auch fühlen mögt oder wie sehr ihr deswegen aus der Menge herausragt.

Alles Liebe
Anna Banks